誘蛾燈

横溝正史

横溝正史ミステリ短篇コレクション

4

日下三蔵［編］

柏書房

目次

横溝正史ミステリ短篇コレクション

4

誘蛾燈

妖説血屋敷

菱川流家元

ああ、思い出しても慄然《ぞっ》とする。世の中に何が恐ろしいと云《い》って、人殺し程恐ろしい出来事が又とあろうか。あの血みどろな、得体の知れぬ人殺し。しかも一人ならず二人迄《まで》。——いやいや、恐ろしいのはそればかりではない。この殺人事件に絡まる因縁の恐ろしさ。お染《そめ》様の呪いだの、血屋敷だのとそれはもう薄気味の悪いことばっかり。

ああ、わたしは何故《なぜ》こんな恐ろしいお話をしなければならないのだろう。元来わたしのような教育のない女に、物を書くなんて事は柄《がら》にもないのだ。自分でもそれはよく承知している。しかしわたしは今、どうしてもこの物語を書いておかなければならぬ。その理由《わけ》は終《おわり》までお話すれば分って戴《いただ》ける事と思う。

さて、読者の中には菱川《ひしかわ》とらという名を御存知の方もあるだろう。菱川流の踊《おどり》の家元、七代目とらというのがわたしの母なのだ。母と云っても血をわけた親子ではない。わたしは養女なのだ。然《しか》し養女とは云え幼い時から貰《もら》われて来たわたし達は、全《まった》く本当の親子も同然、少くともわたしの方ではそう思っていた。

養母《はは》の肚《はら》ではみっちりわたしを仕込んで、将来《ゆくゆく》は八代目を襲《つ》がせるつもりだったのだろうし、わたしもその気で、二十五になるこの年まで一生懸命に励んで来たお蔭《かげ》には、将来は母まさりになるだろうと人からも云われ、自分としても、それが母に対する何よりの孝養と思い、八代目を名乗る日を一日千秋《いちじつせんしゅう》の思いで待ちこがれていたのに、無残にもその希望《のぞみ》を蹂躙《ふみにじ》られた時のわたしの口惜《くや》しさ。

その時分、中風《ちゅうぶう》の気味で離れ座敷に寝たきりだった養母のとらが、ある日わたしを枕もとに呼びよせると、

「お前にはもうこの家は譲れぬ。今迄面倒を見て来たが、この先は勝手にするがよい」

と藪《やぶ》から棒のお言葉。あまりだしぬけの挨拶《あいさつ》なので、わたしは自分の耳を疑った位だ。

「お母《つか》さん、わたしに悪い事があればお詫《わ》び致します。どうぞ御機嫌を直して。……」

わたしは泣いて掻《か》き口説いた。然しわたしが詫びれば詫びる程、母は益々《ますます》冷やかになり、

「お銀《ぎん》、お前口ではそう云っても、腹の中では又、毎度の事だろうとたかをくゝっておいでだろう。然し今度ばかりはそうは行かぬ。お前さんがいなくても私はちっとも困りゃしない。私の名はお千《せん》に譲るつもりだから、そう思っていておくれ」

わたしはハッとした。今から思えばその時わたしは随分怖い顔をしたのにちがいない。母はそれを見ると急に大袈裟《おおげさ》に身を顫《ふる》わせ、

「おや、お銀、それは何という顔だえ。かりそめにもそれが親と名のつく私を見る眼附きかえ。ああ、厭《いや》だ厭だ。そういう根性だから私ゃお前に愛想がつきたのだ。それに較《くら》べるとお千のほうがどれだけ優しくしてくれるか知れやしない。将来《ゆくゆく》は彼女《あれ》と鮎三《あゆぞう》を夫婦にして、二人にこの家を譲るつもりだ」

その言葉にわたしは初めて、母の怒りの原因が分った。母はこの間、鮎三さんとの縁談を、わたしが断ったのを根に持っていらっしゃるのだ。

その時分家は、わたし達親子の他に、母の甥《おい》にあたる鮎三さんと、内弟子のお千ちゃん、他に女中のお鶴《つる》と都合五人暮しだった。

鮎三さんというのは母のお妹さんの遺児《わすれがたみ》で、幼い時分両親を失ってからというもの、母の手許《てもと》でわたしと一緒に大きくなった人、わたしより六つ年少《としした》の市松人形のように可愛《かわい》い少年だったが、母は決してこの人に優しかったとは云えない。わたしの口から

こんな事をいうのも何だが、生涯独身で通して来た母は、随分気難しい人で、わたしなどもどれ位泣かされて来たか分らぬが、鮎三さんに対しても随分邪《じゃ》慳《けん》な仕打が多かったものだ。

それが近頃体が不自由になって来ると、結局血は水より濃いの譬《たとえ》のとおり、急にこの甥の事が気になって来たのであろうか。

「お銀や、お前鮎三と夫婦になって、この家を継いでおくれでないか」

というような話が、少し以前にあったのをわたしはお断りしたのである。

わたしは何も鮎三さんが嫌いという訳ではない。どうしてどうして前にも云った通り、母の邪慳な仕打ちにどうかするとぼんやり涙ぐんでいるようなこの人を、いつも弟のようにかばってやったのはこのわたしだ。然しそれとこれとは話が違う。第一年齢《とし》からしてわたしの方が六つも上だ。いや、気持ちの上から云えば十も十五も違うような気がする。弟としてはいゝけれど、良人《おっと》にするには頼りないような気がしてならないのだ。

母はそれを根に持っていられるのだ。そこへ持って来て、ちかごろわたしの評判が、とかく母を凌《しの》ぎそうなので、病人の僻《ひが》み根性からわたしが憎くて耐《たま》らないのに違いない。

「お銀、後で坂崎《さかざき》さんに電話をかけて、お暇の節に来て戴くように云っておくれ」

その言葉がわたしには死刑の宣告のように思えた。坂崎さんというのは弁護士で、しかも母の一番有力な後援者、母はかねてからこの人に遺言状を預けていられるのだが、きっとそれを書き変えるつもりなのだろう。

「お母《つか》さん」

と、わたしはそう云ったが、急にハラハラと涙がこぼれて来た。然し母は云うだけの事を云ってしまうと、ジロリと意地の悪い眼でわたしの顔を見たきり、くるりと向うを向いて、貸本屋が持って来たばかりの草双紙をひらいた。旧弊《きゅうへい》な母は現代式な活字が嫌いで、いつも昔の本ばかり読んでいられるのだ。

わたしはもう取りつく島もない。暫《しばら》くぼんやりと母の開いている本の挿絵《さしえ》を眺めていたが、何と云っても無駄だと観念した。腹の中は煮えくり返るようだが、母を相手に喧嘩《けんか》するわけにも行かぬ。わたしはフラフラするような気持を制《おさ》えながら縁側へ出たが、すると意外にも、廊下の端に立ってじっと庭の方を見ている鮎三さんに衝突《ぶつか》ったのだ。

お染様

鮎三さんは立聴《たちぎ》きしていたのに違いない。そう思うとわたしはカッとして、無言のまゝ行過《いきす》ぎようとすると、鮎三さんが背後《うしろ》から、

「姉さん」

と呼びとめたが、急に顔を紅《あか》らめるとおどおどしながら、

「あれ！」

と薄暗い庭を指しながら、さっと怯《おび》えたような色を眼にうかべる。わたしは釣り込まれて、その場に立ち止ると、

「何よ、どうしたの？」

「なんだか妙な影が。……」

「妙な影って？」

「髪を振り乱した女の影が。……あれ、お染さまじゃなかったかしら」

と鮎三さんは急にガクガクと顫《ふる》えだす。

「叱《し》っ、お止《よ》しよ。そんな事いうもんじゃないわ。そうでなくてもお母さんの神経が立っている時じゃないか。縁起でもない」

とは云うものゝ矢張《やは》り気にかゝる。

「鮎三さん、それほんとう？」

「いや、ハッキリとは云えないけれど、何だかね、影のようなものがじっと離れの方を見ていたような気がしたの」

と、鮎三さんは妙な手附きをする。わたしはゾッとして襟《えり》をかき合せながら、

「お千ちゃんじゃなかったのかい？」

「いゝえ。ほら向うの車井戸の側《そば》に八手《やつで》の葉がかぶさっているでしょう。あの蔭にこう。……」

と、鮎三さんが又もや妙な手附きをしかけた時、軽い足音と共に、枝折戸《しおりど》の蔭から現れたのはお千ちゃんの眼も覚めるばかりの鮮《あざや》かな姿。お千ちゃんは首をかしげて、

「おや、兄さん、姉さん、そんなところで何をしていらっしゃるの？」

と花簪《はなかんざし》のビラビラを顫わせながら訊《たず》ねる。

「お千ちゃん、お前さんいま、向うの車井戸のほうへ行きはしなかった」

「いゝえ、どうして？」

「いや、何でもないけれど」

「変ね、ずいぶん、――何かあったの？」

お千ちゃんはあどけない眼をしてわたし達の顔を見較《みくら》べている。結いあげたばかりの鴛鴦髷《おしどりまげ》の水々しさ。草色友禅の鮮かさ。お千ちゃんは今年十八、妍《ねた》ましい程の美しさだが、それだけに鮎三さんが今見た幻からは、凡《およ》そかけはなれた存在だった。

それにしても何故わたし達が、このようにとりとめもない白昼の幻に怯《おび》えるのか、またお染様とは何のことか。その仔細《しさい》を一通りお話しておこう。それはあなた方には実に馬鹿々々しい迷信であるかも知れぬが、その迷信がこの物語に大関係があるのだから、どうしても一応お話しておかねばならぬ。

初代菱川とらという人は文化年間に一派を立てた名人だが、この人は男だった。この初代にお染様という愛妾《あいしょう》があったが、このお染様が役者と密通したというので、初代はこれを嬲殺《なぶりごろ》しにした揚句、土蔵の壁に塗りこめたという話がある。その怨霊《おんりょう》が代々菱川流の家元に祟《たた》るというのだ。何でもお染様が嬲殺しにされる時、焼鏝《やきごて》で左眼を潰《つぶ》されたとかで、以来菱川流の家元は代々左の眼を患《わずら》うなんて事がまことしやかに云われている。

今はもうなくなったが、震災前まで本所《ほんじょ》にあった初代の屋敷は、昔から血屋敷と呼ばれたもので、土蔵の壁をいくら塗りかえても、ボーッと黒い人の形が浮き出してくる。お染様を塗りこめた跡だというのである。

むしろ真偽の程はわたしの知った事ではない。然

し血屋敷だのお染様だのという名が、昔から菱川流にとって何より禁物であった事は事実で、殊《こと》に養母が昨年中風を患って以来、どうかすると左の眼が霞《かす》むなどといい出してからというものは、お弟子さんの中には気味わるがって近寄らぬようになった人もある位だ。

　そういう折からだけに、鮎三さんの見た幻というのが、何か凶《わる》い前兆のように思えてならなかったが、後から思えばやっぱりそうだったのだ。思い出してもゾッとする、あの恐ろしい数々の出来事。——ああ、やっぱりお染様の呪いに嘘《うそ》はなかったのだ。

第一の殺人

　その晩わたしは怖い夢を見た。

　まっくらな、広い、荒れはてたお屋敷の中だった。ふと壁を見ると、何やらボーッと黒い汚点《しみ》が見える。お染様の血だ、とそう気がついたとたん、その汚点《しみ》が見る見る恐ろしい人の形となった。その形相《ぎょうそう》の物《もの》凄《すご》さ。わたしは思わずギャッと叫んだが、その声にふと眼をさました。その途端、どこやらで魂消《たまげ》るような悲鳴。はて、わたしはまだ夢を見ているのだろうか。夢なら早く覚めておくれ。

　然しそれは夢ではなかった。二階にある舞台のほうから、トントンと軽い足拍子の音が聞えてくる。この真夜中に、誰だろう。

　わたしは急に恐ろしくなった。寝床の中で体が石のように固くなった。しかし怖いからと云って放っておくわけにはいかぬ。母が寝ている以上、すべての責任はわたしにあるのだ。そこでわたしは怖々《こわごわ》ながら女中のお鶴を起しに行ったが、お鶴の寝床は空《から》っぽだ。

　足拍子の音はまだ続いている。トン、トンと弱いながらも格にはまった足拍子だ。わたしはもう怖くて耐らないのだが、それでも勇をふるって登って行くと、階段の上にお鶴が寝間着のまゝ倒れている。気絶しているのだ。

　わたしは思わずドキリとして、

「お鶴、お鶴」と云いながら、ひょいと舞台の方へ眼をやったが、いやその時の恐ろしさ。

誰が開いたのか雨戸の隙から、朧《おぼろ》なる薄明りが一筋、斜《なな》めにさっと舞台の上へ落ちた中に、音もなく踊っている朦朧《もうろう》たる人の影。今思い出してもゾッとする。あの時、よくまあ腰を抜かさなんだこと！　うす紫の小袖《こそで》に振り乱したサンバラ髪。そして顔半面はぐちゃぐちゃに崩れていて、唯《ただ》一つ、ギラギラ光っている眼の物凄さ。ああ、違いない。話にきくお染様だ。わたしは全身の血が一時にさっと凍ってしまうような恐怖に打たれた。

お染様はジロリとわたしの方を尻目にかけると、スルスルと音もなく雨戸のほうへ寄り、そのまゝ外の闇へ消えてしまった。と思うと間もなく、階下《した》の方からアレッという女の悲鳴。お千ちゃんだ。わたしはそれを聴くと不思議に勇気が出て来た。お鶴を放棄《うっちゃらか》したまゝ、階下《した》へ降りて見ると、まっくらな廊下にお千ちゃんが寝間着のまゝ顫えている。

「お千ちゃん。どうして？」

「あ、姉さん、何だか怖いものが上の方から。……」

「そして、それどこへ行ったの」

「あちら。……お師匠さんの居間の方へ。――」

とお千ちゃんが顫えながら指《ゆびさ》すかなたから、鮎三さんが寝間着のまゝ飛出《とびだ》して来た。

「どうしたのさ。いったい何の騒ぎだね」

「鮎さん、ちょっとお母さんを見てあげて」

「え？　伯母《おば》さんどうかしたの」

「何でもいゝから見てあげてよ」

鮎三さんは廊下を渡って離《はなれ》の前へ行くと、

「伯母さん、伯母さん」

と声をかけたが返事はない。障子を開くと暗闇の中からプーンと異様な匂い。

「姉さん。灯《あかり》をつけましょうか」

「えゝ、そうして頂戴《ちょうだい》」

鮎三さんが手探りに、行燈《あんどん》の中に仕掛けてある電球をひねったが、その時の恐ろしさ。

座敷の中は血の海だった。

そしてその血潮の海の中に、無残にも咽喉《のど》を抉《えぐ》られた養母、七代目の菱川とらが、掻巻《かいまき》の中から半身乗り出すようにして、虚空《こくう》をつかんで死んでいるのだった。ああ、その形相の物凄さ。あたりには煙草《タバコ》盆《ぼん》や、うがい茶碗《ぢゃわん》や、草双紙本が血潮にまみれて散乱している。

初七日の夜

それから後のごたごたは今更こゝに繰返すまでもあるまい。お巡《まわ》りさんが来る、刑事が来る、新聞記者が来る、大騒ぎの中《うち》に鵜沢《うざわ》さんという警部がいられたが、この方が今度の事件の主任だったらしい。四十ぐらいのキビキビした中《うち》に愛嬌《あいきょう》があって、物をお訊ねになるにもたいへん優しく訊《き》いてくださる。

わたしはひと通り昨夜《ゆうべ》の出来事を話したが、警部さんはお染様の幽霊というのに、たいへん興味をお持ちになった模様で、

「それであなたのお考えはどうです。矢張《やは》り幽霊の仕業だと思いますか」

まさか。——わたしは幽霊なんて信じやしない。これはきっと誰かこの家に絡まる伝説を知っている者が、人の眼をくらますために、お染様に化《ば》けてやった仕事に違いないのだ。わたしがそう云うと、警部さんは感心されて、

「成程《なるほど》、そうかも知れません。ところでそれが誰だか心当りはありませんか」

「さあ。——」

「誰か、お母さんに怨恨《えんこん》を抱いているというような人物に心当りはありませんか」

「さあ。——」

わたしが答え渋っているのを見ると、警部さんはいゝ加減に打ちきって、刑事を指揮しながら家中隈《くま》なく捜索していたようだが、果して何か証拠を獲《と》られたかどうか疑わしい。

然し、その晩の夕刊を見ると、誰か裏の塀から、塀《へい》を越えて忍び込んだ跡があるというような事が載っていた。云い忘れたが家の裏はすぐ大きな堀に面しているのだ。

その当時のいやな思いをわたしは未だに忘れる事

が出来ぬ。毎日のように警察へ呼び出される。無遠慮な新聞記者の襲撃をうける。近所の人の変な眼附き、そこへ持って来て、鮎三さんやお千ちゃんの妙な素振《そぶ》りだ。

あれ以来鮎三さんたら、わたしの顔を見ると、怯えたようにすぐ眼を反《そ》らすのだ。それでいて、何か話したい事があるらしいのは、ハッキリとその素振りで分っている。そこでわたしが言葉をかけると、ピクッと飛上《とびあが》ったりするのだ。お千ちゃんはお千ちゃんで又、頭痛がするといって碌《ろく》に口も利かない。何かというと溜息《ためいき》ばかり吐いていて、時々、訴えるような眼で、じっと鮎三さんの顔を見ているのだ。そういう煮え切らぬ気分のうちに、早くも日がたって初七日の晩のこと。

事件が事件だけに、その晩お集《あつま》り願ったのはごく内輪だけだったが、中で一番主立《おもだ》った人はといえば、例の坂崎弁護士、前にも云った通りこの人は、一番有力な後援者で母の遺言状まで預っている人だ。

「さて、師匠もひょんな事になったものだが、いつ迄もこうして後を放っておくわけにもいかぬ。早く後継者《あと》を立てゝ立派にやって貰わねばならぬが、その跡目について。……」

と、坂崎さんはジロリと一座を見渡すと、わたしの顔をチラと見て、

「これは当然お銀さんというのが順序だろうが、実は故人が死ぬ間際に俺《わし》の許へ手紙を寄来《よこ》してね、八代目はお千さんに継がせたい、そしてお千さんと鮎三さんとを夫婦にして、跡を立てゝ貰いたいというのが故人の意志なんだ」

わたしは急に体中がシーンと痺《しび》れて、握り拳《こぶし》がガクガクと顫えるのを感じた。

「俺《わし》も意外な申分《もうしぶん》なので、そのうち師匠に会ってよく意向を訊《ただ》そうと思っているうちにこんな事になって。……これもまあ何かの因縁だろうが、故人の意志は尊重しなければならぬ。お銀さんには気の毒だが、こゝは辛抱《しんぼう》して一つお千さんに譲って貰いたいのだが。……」

わたしは体中が怒りと絶望の為に顫えた。

「それでわたしはどうなりますの」

「それはお前さん次第だね、お前さんが快《こころよ》くお千さんを助けて働いてくれるならそれに越したことはないが、厭だというなら拠《よんどころ》ない。故人の意志に逆《そむ》くわけにはいかぬから。……」

「わたしを義絶するというのですか、わたしを……厭です、厭です。この家を出るのも厭、八代目を譲るのもいや、誰が何《な》んといっても八代目はわたしが貰います。はい、貰いますとも。あんまりです。あんまりです。みんな共謀《ぐる》になってわたしを逐《お》い出そうというんでしょう。みんな酷《ひど》い、お千ちゃんも酷い、鮎さんも酷い、お母《つか》さんも酷い」

と夢中になってそんな事を喋舌《しゃべ》っているうちに、あたりがまっ暗になったと思うと、急に耳の中がガアーンと鳴り出した。わたしはその儘《まま》、気を失ってしまったのである。

謎の血屋敷

わたしはまた広い原っぱを歩いていた。するといきなりお染様の姿が眼前に現れた。わたしはゾッとしたが、急に憎らしさがむらむらとこみ上げて来ると、持っていた簪《かんざし》でグサッとお染様の咽喉を突刺《つきさし》してやった。すると今迄お染様だったのが急にお千ちゃんになって、お染様は向うのほうで、

「ひひひひひひ！」

と物凄い笑い声、そのとたんハッと眼を覚したわたしは、気がつくといつの間にやら奥の八畳に寝かされているのだ。

会議の席で気が遠くなった所まで憶えているがその先は一切夢中だ。多分みんなでこの部屋へ担込《かつぎこ》んだのだろうが、それにしても何時頃かしら。夜も大《だい》分《ぶ》更けているようだが。……と、そんな事を考えていると、ふいに、

「ひひひひひひひ！」

と低い笑声と共に、どこやらでバッタリ障子を締める音。わたしは思わず跳《は》ね起きた。夢——？ いや、そんな筈《はず》はない。と、思っているとその時再び、キャッという女の悲鳴。

すわ！　とばかりに寝間着のまゝ縁側へ飛び出すと、その途端、スーッと廊下の向うへ消えて行く影。お染様なのだ。振り乱した髪、薄紫の小袖、ギロリとこちらを向いた形相の物凄さ、わたしは思わずその場に立ちすくんだが、すぐ気を取り直して追っかけようとすると、足下につき当った物がある。お鶴だ。

「お鶴、お鶴！」

と呼ぶと、お鶴はいきなり獅嚙《しが》みついて、

「お染様が……」

「馬鹿をお云いでない」

「いゝえ、確かにお染様です。雨戸のところへスーッと立って」

「そんな事があるものかね。怖い怖いと思っているから、お前さんの気の迷いだよ。ほら御覧な、何もありゃしないじゃないか」

そう云いながら縁側の端を覗《のぞ》いていると、そこへ鮎三さんが又、この間のように寝間着の帯をしめながら現れた。

「どうかしたのですか」

「何でもないのよ。夢でも見たのでしょう」

「そうですか、それならいゝが吃驚《びっくり》しましたよ。おや、姉さん、あれは何でしょう」

わたしはふいにゾッと冷水を浴《あび》せられるような気がした。どこかで呻《うめ》き声が聞える。背筋も凍るような物凄い呻き声が。……

「お千ちゃんじゃないでしょうか」

お鶴の言葉にハッとしたわたし達、がらりとお千ちゃんの部屋の障子を開くと、真暗《まっくら》な中から又もやプーンと鼻をつく異様な匂いだ。

「鮎三さん、電気をつけて、早く、早く」

「よしッ」

パッと点《つ》いた電気の光に見ると、お千ちゃんは蒲《ふ》団《とん》から乗り出して、がっくりと首うなだれている。

鮎三さんが駆けよって、

「お千ちゃん」

と抱き起すと、その途端、一時にドッと胸先から溢《あふ》れて来た血潮の恐ろしさ。お千ちゃんはまだ死にきってはいなかった。生と死との最後の段階を彷徨《ほうこう》しているのだ。

「お千ちゃん、しっかりしろ、鮎三だよ。姉さんもこゝにいる」

その声が通じたのか、眼をひらいて鮎三さんの顔を見たお千ちゃん、ニッコリと微笑をうかべると、いかにも何かいいたげな様子だ。

「お千ちゃん、誰がこんなことをしたの。さあ、云って御覧、誰の仕業だえ」

お千ちゃんは何か云おうとしたが、舌が縺《もつ》れて言葉の出ぬもどかしさ、焦立《いらだ》って、何か書こうとする。

「ああ、何か書残《かきのこ》すことがあるのだね。お鶴、その枕屏風《びょうぶ》をこちらへ持っておいで」

お鶴がおどおどしながら屏風を側へ持ってくると、お千ちゃんは胸の血を長襦袢《じゅばん》の袖にタップリ滲《にじ》ませて、顫える手で書いたのは、
血屋敷
と、いう三文字。お千ちゃんはそれきり、ガックリと首うなだれた。鴛鴦髷《おしどりまげ》のガクガクと灯の下に揺れているのも悲しげに。

疑惑

わたしはもう気が狂いそうだ。

お千ちゃんはまた何だって選《え》りに選って血屋敷だなんて、あんな気味の悪い文字を書き残したんだろう。この文字に何かわたし達の知っている以外の、もっと現実的な意味でもあるのだろうか。わたしには分らない。何もかもが恐ろしい謎《なぞ》なのだ。

正午《ひる》前又鵜沢警部がやって来られた。

「また、妙なことが起りましたな」

警部さんは一通り事情を聴取《ききと》った上で、

「ところでこの血屋敷という文字だが、何か思いあたる事はありませんか」

「はあ」

「菱川流には昔から、血屋敷という不思議な云い伝えがあるそうですな」

「それについてわたし考えるのですが、お千ちゃんはきっと、自分を殺した者の名を書こうとしたのに違いございませんわ。鮎三さんが繰り返し、繰り返

し訊ねた時に、これを書いたのですから」

「しかし、それが血屋敷というのじゃ、およそ意味がないじゃありませんか」

「それはこうだと思うんですけれど。……つまりお千ちゃんはお染様の幻を見たのに違いありません、それで犯人はお染様だというつもりで、血屋敷と書いたのではないでしょうか。お染様と血屋敷の間には、切っても切れぬ深い関係があるのですから」

「すると何ですな。犯人は矢張りお染様に化けていたというわけですな」

警部さんは暫《しばら》くじっと考えていられたが、急に思い出したように、

「時にお鶴の話によると、昨夜《ゆうべ》は少々ごたごたがあったそうじゃありませんか」

わたしは思わずドキリとして、

「はい、皆様の仕打ちがあまり酷《ひど》いので、わたくしは思わずクヮッとしたのでございます。でもその事とお千ちゃんの死との間には、何も関係はあるまいと思いますけれど。……」

「それはそうでしょう。然し妙ですな。おとらさんが殺された時も、あなたとひどく口論した直後だといいますし。……」

「まあ、それではわたしの仕業だと仰有《おっしゃ》るのでございますか、あの、わたしの。……」

「まあ、まあ、そう昂奮《こうふん》なさらんで、誰もあなたの仕業だなんて云やアしない。然し誰が犯人にしろ、いつもその行動があなたの利害と一致しているのは不思議ですな。お千ちゃんが死ねば家元は当然あなたでしょう」

「さあ、それはよく分りませんが、他に適当な人もありませんし、まあそうなるのじゃないかと思っております」

「不思議ですな。犯人はまるであなたの為に働いているようだ」

そう云って警部さんはじっとわたしの顔を凝視《みつめ》るのだ。あんまりだ、警部さんの疑いはあんまり酷い。──わたしは思わずわっとその場に泣き伏したのだった。

それから後、どんなに厭な日がつゞいた事だろう。家の周囲《まわり》にはいつも刑事さんが彷徨《うろつ》いている。お弟子さんはバッタリ来なくなったし、近所の人もいゝ顔はしない。そのうちにお鶴まで逃げ出して後には鮎三さんと二人きり。——そしてある晩のことである。

夕飯の後、わたし達は久し振りで沁々《しみじみ》と話をした。苦しんでいるのはわたしだけでない証拠に、鮎三さんもすっかり窶《やつ》れ果てゝ、もとより白い顔が近頃では蒼味《あおみ》さえおびて、いっそ物凄いくらいなのだ。

「姉さん、明日は堀を渫《さら》えるんだってね」

「堀を渫えるんだって、何のためだろう」

「何のためって、証拠を探すんでしょう」

「証拠？　だってお前さん、家の中で人殺《ひとごろし》があったのに、泥溝《どぶ》ん中に証拠なんかありっこないじゃないか」

「そうでもありませんよ。犯人がなにか捨てゝ行ってるかも知れませんからね。ほら、伯母さん時もお千ちゃん時も、二度とも刃物が見附からなかったでしょう。そういう物がひょっと出て来るかも知れませんよ」

「ああ、そうね。何でもいゝから早く犯人がつかまってくれゝばいゝ」

「姉さん、お前さんほんとうにそう思う？」

「そりゃそうさ。誰だってそうだろうじゃないか。それとも鮎三さんはそう思わないの」

「ソ、そんな事はないけれど……」

と、鮎三さんは慌てゝ打消《うちけ》すと、

「そりゃ、わたしだってそう思うけど」

と、何となく沈んだ調子でそう云ったが、急にきっと面をあげると、

「姉さん、わたしにだけ本当のことを云っておくれでないか」

「本当のことって何さ」

「伯母さんや、お千ちゃんをあのように。……」

「なんだって、鮎三さん、お前さんそれは何を云うのだい？」

「何をって、姉さん知ってるくせに」

「わたしが何を知ってると云うの。え、鮎三さん、これは聴き捨てにならない。お前さんの口吻《くちぶり》によると、わたしがお母《つか》さんやお千ちゃんを殺した人を知ってるように聞えるじゃないか」

「だって。……だって。……」

「だって？　何だい、ハッキリ云ってよ。こんな事がお巡りさんの耳に入ろうものなら、唯《ただ》ではすまないからね。お前さん云いたいことがあるなら隠さずに云っておくれよ」

「姉さん」

鮎三さんは涙ぐんだ眼でじっとわたしの顔を見詰めていたが、プイと横を向くと、

「大丈夫だ、姉さん、誰もお前さんを疑ってる人間なんてありゃしない」

と吐き出すように云う。

「疑《うたぐ》られて耐《たま》るもんかね」

わたし達はそれきり黙り込んでしまったが、暫くして鮎三さんは又わたしの方を向くと、

「しかしねえ、姉さん、この事件もそう長いことはないと思うよ。明日裏の堀を濮えば、きっと証拠が出てくると思うんだ」

「結構だね。なんでもいゝからわたしゃ一刻も早く、その憎い犯人の顔がみたいよ」

「姉さん、わたしゃ恐ろしい」

「何が恐ろしいのさ。犯人がわかるのが恐ろしいのかい？」

「うゝん、それも恐ろしいが、お染様の呪いというのが恐ろしい」

「何を馬鹿なことを。男のくせにさ」

「いや、古い云い伝えはやはり馬鹿にならないものだ。最初が伯母さん、それからお千ちゃん、この次《つ》ぎはきっとわたしだろう」

「馬鹿だねえ、鮎さん、お前さん今日はよっぽどうかしてるね」

「そうかしら」

鮎三さんは淋《さび》しげに微笑《わら》ったが、急に声を顫わせると、

「姉さん、一語《ひとこと》でいゝから私を可哀そうな奴といっ

ておくれ」

と云ったかと思うと、いきなり猿臂《えんぴ》を伸《のば》してわたしの体を抱き竦《すく》めようとする。

「あれ、鮎さん、何をするのだね」

驚いて跳び退《の》こうとしたが、日頃の鮎三さんとも思えない。恐ろしい力でのしかゝって来る。むっとするような男の体臭が、滅茶滅茶《めちゃめちゃ》にわたしの鼻や口を塞《ふさ》ぐのだ。

「あれ、お前さん、気でも狂いやしないかい。あれ、誰か来ておくれ」

そのとたんスーッと電燈が消えた。停電はほんの二三分の間だったが、再び灯のついた時には鮎三さんの姿は既になく、灼《や》けつくような唇の感触がわたしの額《ひたい》にのこったのである。

血屋敷の秘密

その翌日、朝早くから大勢の人夫がやってきて、裏の堀を渫えているようであったが、わたしは気分が悪かったので覗きにも行かなかった。鮎三さんは昨夜とび出したきり帰らないし、わたしはもうくさくさする事ばっかり、寝床を離れるのも大儀だったが、すると正午過ぎ、また刑事さんがやって来て、鮎三さんの部屋からお千ちゃんの居間まで、残る隈《くま》なく捜索してひきあげた。

刑事さんは何か発見したのだろうか。わたしには見当もつかなんだが、するとその日の夕方、わたしは又もや警察へ呼び出された。養母の死以来、馴れっこになっている事とて、別に驚きもせず、取調室へ入っていくと、お馴染《なじ》みの鵜沢警部が、気のせいかいつもとは違った緊張の面持《おももち》で控えている。

「やあ、度々御苦労ですな」

警部さんは上機嫌で、暫くとりとめもない話をしていたが、ふと思い出したように、

「時に妙な事を訊ねますが、お千さんが死ぬ間際に書いた血屋敷という文字ですがね」

「はあ」

「昨日、お鶴を取調べていると、お千さんはあの血屋敷と書く時、最初、皿屋敷と書いたそうじゃあり

ませんか」

「そうでございましたかしら」

「そうだそうですよ。一旦、皿屋敷と書いて、後から人差指に血をつけて、それを皿屋敷という字の上に、べったりと捺《お》したというのですが、御記憶ではありませんか」

なるほど、そう云われゝばたしかにそうであったような気がする。

「そのことを、何故、最初から云って下さらなかったのですか」

「まあ、後から点を打ったということが、そんなに大切なことなんでしょうか」

「そうなんです。これが実に、非常に重大な意味を持っているのですよ。時にあなたはこの本に見憶えがあるでしょうね」

警部が取出《とりだ》したのは五六冊の草双紙、手にとってみるまでもなく、べっとりと血に塗《まみ》れているところより見て、養母《はは》の枕もとにあった本である事はあきらかである。

「この本は、あの日の夕方貸本屋が持って来た物だそうですが、そのとき、何冊あったか憶えていませんか」

「はい、よく憶えています。貸本屋さんから受取ったのはわたしでしたから。たしか全部で七冊あったと憶えていますが。……」

「ところがこゝには六冊しかないのです。これはわれわれが出張すると同時に押収したものですから、誰かその前に一冊かくした者があるのです。ところがその失《な》くなった一冊ですが、どういう本だったか憶えていませんか」

「さあ」

考えてみたが、一々調べたわけではないから、サッパリ思い出せない。

「これではありませんか」

警部さんはまた、いきなり別の抽斗《ひきだし》から一冊の本を取り出した。わたしはその頁《ページ》をくっているうちにハッとした。あの日の夕方、母が開いていた挿絵をそこに見出《みいだ》したからだ。それは腰元が皿を数えている場面で、その草双紙というのは、「播州《ばんしゅう》皿屋敷」なのだ。

「あゝ、これです、これです。だけどこれどこにありましたの」

「お千さんの居間の天井裏にあったのを、今日漸《ようや》く発見したのです。御覧なさい、血の着いているところを見ると、おとらさんが殺された時、この本もやはり枕もとにあったのを、お千さんが咄嗟《とっさ》のまにかくしたのでしょう」

「お千ちゃんが、まあ、どうしてゞしょうか」

「それはね、こういうわけですよ」

と、警部さんが開いてみせたのは、腰元お菊が井戸に釣《つ》るし斬《ぎ》りにされている凄惨《せいさん》な場面で、しかもその上には絵具ならぬ真実《ほんとう》の血がべっとりと着いているのだ。警部さんはその挿絵を指しながら、

「ほら、この指の跡を御覧なさい」

と云われてわたしはハッとした。なるほど、その挿絵の上方に、血に染まった指の跡が、ちょうどスタンプを捺したようにくっきりと、色鮮かについているではないか。

これは後に知ったことだけれど、人間のこの指にある細い筋は、これを指紋といって十人が十人、百人が百人、悉《ことごと》く違っていて、同じ指紋を持った人間は絶対にないのだそうな。その時わたしはそんな難しい理窟は知らなかったが、一眼見てそれが誰の指紋であるか覚《さと》った。見憶えのある三日月型の傷の痕！

「あっ、これは鮎三さんの指の痕ですね」

「そうでしょう。つまりお千さんもあの晩、ひと眼でそれと覚ったものだから、とっさの間に、これを隠したのですよ」

「まあ、どうしてゞしょう」

「どうしてって分っているじゃありませんか。犯人――つまり鮎三君を蔽《かば》うためでしょう」

「まあ！　鮎三さんが犯人ですって！」

その時のわたしの仰天《ぎょうてん》！　天地が一時にひっくり返ったとてそれ程わたしを驚かせはしなかったゞろう。あの温柔《おとな》しい、気の弱い鮎三さんが、現在の伯

母を殺すなんてどうしてそんなことが信じられよう か。わたしには信じられぬ。どうしても信じられないのだ。

「だって、だって、それじゃお千ちゃんを殺したのは誰ですの？」

「それもやはり鮎三君ですよ。むろんお千さんはそれを知っていたのでしょう。知っていながら、尚且《なおか》つ鮎三君をかばおうとしたのですね。そこでほら、この血屋敷という文字だが、これはね、つまり皿屋敷の本の上にあなたの指紋が残っているという事を教えるために、皿屋敷と書いて、その上に指の跡をつけて見せたのです。それが偶然、血屋敷と誤まり読まれたというわけでしょうね」

ああ、聞けば聞くほど意外な話。しかしそう聞けば確かにそうであったように思えるのだ。お千ちゃんはこの字を書いた後、何度も何度も念をおすように鮎三さんの顔をみ、それから確かにいちど天井を指したようであったが、あれは、そこに証拠の品がかくしてあるということを教えるためであったのだろう。

「そうすると、あのお染様の亡霊というのもやはり鮎三さんだったのでしょうか」

「そうですとも、それについてあなたに見て貰いたいしろものがあるんですが」

と、警部さんが床の上から取りあげたのは、ひとつの風呂敷包み、開くと中から出て来たのはグッショリ水に濡《ぬ》れた薄紫の小袖に、サンバラ髪の鬘《かずら》、それから血のついた短刀がひとふりと、ほかにびんつけ油の瓶《びん》。

「これは今日裏の堀から見附けたんだが、この小袖や鬘に記憶があるでしょうね」

それは確かにお染様の亡霊の衣裳に違いなかった。しかし尚念をいれて調べているうちに、わたしは思わずドキッとした。

ああ、今まで何故それに気附かなんだのだろう。この衣裳は家に伝わっている「七変化《へんげ》」の踊のうちの、狂女の振りに使うもので、家宝のようにいつも長持《ながもち》の奥深くしまってあるものなのだ。長い間使わなかったとはいえ、今まで忘れているなんて、わたしもよっぽどどうかしていたに違いない。警部さんはそれを聞くとたいへんお喜びになって、

「なるほど、それじゃいよいよ鮎三君が犯人だということに間違いありませんね。この衣裳を着て、このびんつけ油で片眼を塗りつぶすと、薄暗い場所ではちょうど、顔半分焼けたゞれているように見えるのですよ」

「しかし、鮎三さんは何だってまた、そんな恐ろしいことをしたのでしょう」

「それはね。これは私の考えだけれど、鮎三君は深くあなたを想い込んでいたのですよ。だからこそ、あなたの邪魔になる人間を次々と殺していたのじゃありませんか」

「まあ、わたしのために！」

あまりの恐ろしさにわたしは思わず絶叫した。ああ、違いない。そういえば昨夜のあの奇妙な素振りといい、怪しい言葉の節々といい、そんならこの恐ろしい出来事の原因は、みんなこのわたしにあったのか。

わたしは暫く、夢に夢みる心地であったが、その時慌《あわただ》しくひとりの刑事さんがとび込んで来て、何やら早口に、警部さんに報告していたが、聴いているうちに警部さんの顔はみるみる真赤《まっか》になってきた。わたしは今にも大声で怒鳴りつけるのではないかと、ハラハラしていたが、さすがに怒りをおさえつけると、わたしのほうへ振りかえって、

「お銀さん、死んだそうですよ」

誰が――？　と訊き返すまでもない。わたしはさっと真蒼《まっさお》になった。

「告白を得ることが出来なかったのは残念だが、自殺はもっとも雄弁な告白ですからな」

鮎三さんが死んだのだ。鮎三さんが。……

そう繰り返しているうちに、わたしは急に気分が悪くなって今にも吐きそうな気がした。

恐ろしき発見

鮎三さんが犯人だなんて、そんな恐ろしいことが

信じられるだろうか。幼い時からお互いに気性を知り過ぎているほど知っているわたしには、まるで夢のようである。

　しかし、警部さんが一々わたしに示して下さった証拠に間違いのあろう筈がなく、それに鮎三さんの非業《ひごう》の最期《さいご》が、なによりも雄弁に、その有罪を語っているのだ。

　新聞の伝えるところによると神田の友人のところに潜伏中、刑事に捕えられた鮎三さんは、護送の途中新大橋の上から身を躍らせて川の中へとび込んだところ、ちょうどその下を通りかかっていただるま船の舳《へさき》で脾腹《ひばら》をうってそのまゝ絶息したのである。死体は間もなく、佃島《つくだじま》の近所で発見された。

　こうして、さしも世間を騒がせた血屋敷事件も、表面一段落ついた形だったが、ああ、何たる事ぞ。実際はまだまだ、恐ろしい、意外な秘密がそこにかくされていたのだ。

　わたしがこゝにお話しようとするのも、実にその点にあるのだから、皆さん、もう少し辛抱してお聞き下さい。

　鮎三さんが死んでから一ケ月ほど後のことである。何かのひょうしにふと手文庫をひらいたわたしは、意外にもそこに鮎三さんの遺書を発見したのである。わたしは思わずハッとして、慌しく封を切って読んでみると、それは次のような簡単な文面だった。

姉さん。

わたしは死にます。伯母とお千ちゃんを殺したという恐しい罪を背負ったまゝわたしは死にます。どうぞ、わたしを可哀そうな奴と思って、たまにはお線香の一本も立てゝ下さい。それぐらいの事を要求する権利がわたしにあると思うのです。その代り、姉さんの秘密は永久に保たれるでしょう。御機嫌よくお暮し下さい。

鮎　三

追伸、血のついた姉さんのハンケチをこゝに入れておきます。これは恐ろしい証拠物件ですから、一刻も早く焼棄《やきす》てなさい。それから姉さんの紛失された指輪、あれもきっと離れ座敷にあるに違いないと思って、随分さがしましたが見当りませんでした。そのうちにお探しになっておくようお奨《すす》めします。そんな物から足がついては詰《つま》りませんからねえ。

わたしはこの遺書の妙な文句を、二度も三度も読みかえしてみたが、どうしてもその意味がよくわからなかった。

ハンケチだの、指輪だのと、これはいったい何のことだろう。これは今迄、事件に関係がないと思ったので語らずにいたが、養母《はは》が殺されたのと前後して、わたしは自分のハンケチと指輪が失くなっているのに気がついた。指輪はルビーの入ったもので、いつも左の薬指にはめていたのだが、ちかごろめっきり痩《や》せて、どうかすると知らぬ間に抜けおちることがあった。それが養母の殺されたのと前後して、全く見えなくなってしまったのだ。

しかし、それとこれといったいどういう関係があるのだろう。第一わたしはあの混雑《とりこみ》にまぎれて、誰にもその事を云った憶えはないのに、どうして鮎三さんがそれを知っているのだろう。おまけに証拠になるの足がつくのと、まるでわたしが悪いことでもしたような云いかたではないか。

「いやだわ、本当に、人を馬鹿にしてるわ」

わたしは血のついたハンケチを見ると、なぜかゾーッと寒気を感じたが、云われるまでもない、こんな気味の悪い、血のついたハンケチなんか持っていられるものではないから、早速、風呂場へ持っていって焼捨てた。

ところがその晩のことである。

わたしは又夢を見た。お染様の夢である。

広い野原でお染様がおいでおいでしている。フラフラとその後について行くと、お染様がこゝを掘れというので、一生懸命に掘っていると、土の中から失くなった指輪がでて来たのである。

「まあ、こんな場所に指輪があったわ」

と呟《つぶや》いた拍子に、ハッと眼が覚めたが、ああ、その時のわたしの驚き！

あの時の何ともいえない変梃《へんてこ》な気持を、わたしは未だに忘れることが出来ない。いつの間にやらわたしは、自分の寝床を抜けだして、養母が殺された離れ座敷に来ているのだ。

しかも灰まみれになったわたしの手には、夢で見たと同じように、失くなった指輪を握っているのだ。わたしの膝《ひざ》の前には、養母が殺された時枕もとにあった煙草盆があって、その中から指輪を掘りだしたらしい証拠は、そこら中が灰だらけになっている事でも知れるのである。

いったいこれはどういうわけだ。どうしてこんな所に指輪があるのだろう。いやいや、それよりももっと大きな疑問は、どうしてわたしがそれを知っているのだろうという事だ。

わたしは暫く呆然《ぼうぜん》として考えていた。考えて考えて、しまいには頭が痛くなる程考えた。

そうしているうちに、暁《あかつき》の雲を破って次第に朝の光がさして来るように、恐ろしい事のいきさつがだんだんハッキリ分って来た。

ああ、わたしは夢遊病者だったのだ！

幼い時分わたしは、ひどく心配するとか腹を立てるとかすると、夜中にどうかするとフラフラと夢中で起きだすくせがあった。自分ではもちろん、ちっとも知らないのだが、はたから見ると、正気の時と少しも変らないので、養母などがずいぶん気味悪がったことを憶えている。

その癖が今夜また出てきたのだ。

いやいや、今夜はじめてこの癖が出て来たのだろうか、いままで自分では気附かなかったけれど、もっと以前から時々こういうことがあったのではなかろうか。例えば養母が殺された晩だとか、お千ちゃんが殺された晩など。……

そう考えて来てわたしはゾッとした。

あゝ、恐ろしい、神様！

養母が殺された晩も、お千ちゃんが殺された晩も、わたしは今夜と同じようにお染様の夢を見た。そして寝床の中で眼がさめたとき、手足が氷のように冷えきっていて、しかも非常に激しい運動をしたあとのように、節々が抜けるようにだるかったのをよく憶えている。

　自分では少しも気がつかなかったけれど、ひょっとするとわたしは、夜中にフラフラと起きだして、憎い、憎いと思いつゞけて眠った養母やお千ちゃんを殺したのではなかろうか。

　そうだ、きっとそうに違いない。

　そして養母を殺した時、指輪が抜け落ちてこの煙草盆の中へ落ちたのをわたしは夢の中でハッキリと覚えていながら、眼がさめるとそのまゝ忘れてしまったのに違いない。ところが今日鮎三さんの手紙を読んでから、そのことが妙に気にかゝり、それと同時に、いまゝで心の底に押しこめられていた記憶が、夢の中で再び頭を持ちあげ、さてこそまた、フラフラとそれを取返《とりかえ》しに来たのだろう。

　子供の時にもこういうことは度々あった。夢中でやったことを、眼が覚めると忘れていながら、今度また発作を起した時ハッキリと思い出す。そういう事がたびたびあった。

　ああ、恐ろしい。それでは養母やお千ちゃんを殺したのは、わたし自身だったのか。

　然し、それでは鮎三さんのあの行動はなんといって説明したらいゝのだろう。お染様に扮装して、他人の眼を眩《くら》まそうとするあの奇怪な行動は。――いや、それも今になってみると、満更《まんざら》わからないこともない。

　鮎三さんはきっとわたしが母を殺すところを見たのに違いない。そしてまさかわたしが夢遊病者だとは知らなかったものだから、わたしを蔽《かば》うつもりで、お染様の亡霊に化けて、お千ちゃんやお鶴のまえにすがたを現わし、疑いをほかへそらそうとしたのだろう。

　あの日の夕方、鮎三さんが庭で見たというお染様の幻、あれはむろん鮎三さんの出鱈目《でたらめ》だったに違いない。あの時鮎三さんは、養母とわたしの話を立ちぎきしていたのを、わたしに見附けられたものだから、ついドギマギして、あんな出鱈目を云ったのに違いないが、それから思いついてあゝいうお芝居を打つ気になったのであろう。

そうだ、あの皿屋敷のうえについていた指紋だって、わたしが落していった血染《ちぞめ》のハンケチを後から拾ってくれたとき、着いたものであったのだろう。

お千ちゃんはお千ちゃんでまた、お染様の亡霊というのが鮎三さんである事を、最初から感附いていたのに違いない。だから養母を殺したのは鮎三さんだと一途《いちず》に思いこみ、自分がふいに、暗闇の中で刺された時も、それをわたしの仕業だとは知らず、恋しい鮎三さんだとばかり信じて、喜んで死んで行ったのだ。

あゝ、何ということだ。お互いに疑いあっていると思ったのは、実にその反対にお互いにかばい合っていたのだった。お千ちゃんは鮎三さんを、鮎三さんはわたしを、お互いに生命《いのち》をかけて蔽っていたのだ。……

ああ、ああ、ああ、ああ！

わたしは少しでもこの考えに、不条理なところや、不自然なところはないかと考えてみた。しかし、考えれば考えるほど、そうとしか思えなくなって来る。

わたしは寝間着のまゝ、朝までそうして考えつゞけていた。やがて夜が明けて、輝かしい太陽が出て来た。しかし、わたしの頭には依然として、あの恐ろしい、まっくろな疑惑が、煙突の煤《すす》のようにこびりついているのだ。

やがて日が暮れ、ふたゝび夜が明けた。然しわたしは依然として同じことを考えつゞけている。三日たった。一週間たった。しかしわたしの考えることは依然として変らない。

あゝ、皆さん、世の中にわたしのように恐ろしい疑惑に責められた人間が、ほかにあるだろうか。語るによしなく、解くによしなき、この恐ろしい、絶望的な疑惑。

十日たった。

そしてわたしはもう骨と皮ばかりになってしまった。然し、その時分からわたしの心には次第に、明るい黎明《れいめい》の光がさして来たのだ。

わたしのような人間のとるべき唯一の途《みち》、それが漸くわたしにハッキリと分って来たからだ。死。――これよりほかにわたしのような人間のとるべき方法があろう筈がない。

少し前にわたしはとうとう毒を嚥《の》んでしまった。然し、わたしは今少しもそのことを後悔などしてやしない。わたしはもう何もかもお話してしまった。この上は筆をおいて静かに死の訪れを待つばかり。

ああ、次第にあたりが暗くなってくる。体が深い谷底へ引きずり込まれるようだ。さあ、眼をつむろう。眼を閉じればありありと浮んで来るのは、身をもってわたしを蔽ってくれた、あの優しい鮎三さんの顔。

鮎三さん、鮎三さん！

わたしもすぐにお側《そば》へまいります。ま――い――り――ま――す。

面《マスク》

私はその時、ある洋画展覧会の会場にいたのである。

陰気な花曇《はなぐも》りの、なんとなくうすら寒さを覚えるような午後のことで、そういうお天気のせいか、会場にはごくまばらにしか、人影を見ることが出来なかった。

絵を観るということはひどく疲れるものである。傑作が多ければ多いように愚作が多ければ多いように、ちがった意味で、それ〴〵疲労を感ずるものである。

目録を片手に、かなり丹念に一室々々を見て廻った私は、まだ半分も見終らないうちにぐったりと疲れを感じた。傑作が多すぎたせいであったか、それともその反対の場合であったか、いま私はよく思い出すことが出来ないが、とに角《かく》私はその時、疲労した身体《からだ》をとある画廊のベンチのうえに憩《やす》めていたのである。

前にもいったように、その日はひどく入《い》りが少かった。私はおよそ半時間あまりもそうしてぼんやりとベンチに腰をおろしていたのであるが、そのあいだに、私のまえを通り過ぎていった人々の数は、ほんの僅《わず》かしかなかった。みんな黙々として、跫音《あしおと》を偸《ぬす》むように私の前を通りすぎてゆく。それが、その日の鬱陶《うっとう》しいお天気とともに、妙に物憂い印象をあたえるのだった。

私はそのとき、何《な》んの気もなく、ベンチの真正面にかゝっている絵を眺めていた。それはこの展覧会における呼物《よびもの》の一つで『起請《きしょう》』という題がついているちょっと変った絵なのである。

　非常に美しい散切《ざんぎ》りの少年が、遊女と取交《とりか》わす起請を書きあげて、その上に血に染まった小指の跡を捺《お》しているところだった。画題からいえばひどく古風な、むしろ浮世絵風なものなのである。画家はそれを、おそらく故意にそうしたのであろうが、ひどくクラシックなタッチで描いていた。そして、セピアのかった色彩の配合が、そういう頽廃《たいはい》的な画題によく調和して、妙にしらじらとした、侘《わ》びしい印象をかたちづくっている。

　暗く塗りつぶした画布のうえに、ほんのりと浮きあがっている少年の顔の妖《あや》しいまでの美しさ、起請誓紙《せいし》のうえにくっきりと色鮮《あざや》かに捺された、紅《くれない》の小指の跡を見ながら、にっと艶《あでやか》に微笑《わら》っているその頬《ほお》の、寒気を誘うような、妖しい麗わしさは、必ずしもその日の、妙に遺瀬《やるせ》ないお天気のせいばかりではなかったであろう。

「あなたはあの絵をどうお感じになりますか」ふと、耳許《みみもと》にそう囁《ささや》く声に、驚いて振りかえってみると、いつの間にか、私の腰をおろしているベンチの側《そば》に、ひとりのひどく醜《みにく》い老人が立っていて、その絵のうえを凝《じ》っと眺めているのである。

　実際その老人のあまりにひどい醜さは、私に嫌悪の情を起させるまえに、私の心をヒヤリと冷たく怯《おび》えさせたくらいだった。黄色くかさ〳〵に萎《しな》びた皮膚のいろ、無数の細かい縮緬皺《ちりめんじわ》、平たい鼻、大きな口、そういう顔が私と並んで、薄ぐらい廊下の片隅《かたすみ》に浮いているのを見たとき、私は心臓に冷たい刃物を当てられたような、無気味さを感じたものである。

「妙な絵だとはお思いになりませんか、なんだか、気味の悪くなるような絵だとはお思いになりませんか」

　老人はそういって、はじめて真正面から私の顔を眺めた。そのとき、私は何故《なぜ》かハッとしたのを覚えている。というのは、その老人の眼を、私は前に、どこかで一度見たことがあるような気がしたからである。それは顔のほかの部分に似げなく、妙に若々しい、濡《ぬ》れたような眼差《まなざ》しだった。

いつ、どこで私はこの眼を見たのだろう。それは私の頭に、非常に鮮かな印象となって残っていながら、それでいて、どこで見たのであったか、思い出すことの出来ない眼つきだった。

老人はそういう私の気持ちなどに頓着《とんちゃく》なく並んで腰をおろすと、なんとなく悲しげに、しかしまた、どこか昂然《こうぜん》としたようすで、この不可思議な絵の面《おもて》を凝視しているのだった。

「あなたも、この絵をかいた人物についてご存じでしょうね」

「えゝ、新聞で読みましたけれど……」

誰だって、およそこの展覧会に足を踏みいれるくらいの人間で、この『起請』をかいた画家の名を知らぬものはなかったであろう。それは画家としてはまったく素人《しろうと》であったが、社会的にかなり有名な婦人だった。いや、その婦人が有名であるというよりも、婦人の良人《おっと》という人が有名だったのである。

綱島《つなしま》博士は整形外科の一大権威である。そして、その若く美しい夫人の朱実《あけみ》というのがこの問題の絵の作者だった。

「世間では、綱島博士を魔術師とよんでいますが、あなたはその理由をご存じですか」

この話好きな老人は、そういって横から私の顔を覗《のぞ》きこむようにするのである。

「いゝえ」

私はこの、少しばかり狎々《なれなれ》しすぎる老人に向って、出来るだけ言葉少《すくな》に答えた。

私は別に、その老人に対して不愉快を感じていたわけではないが、その日の妙に物憂い天候と、この妖しい絵の印象が、いくらか私を瞑想《めいそう》的にしていたのに違いない。なるべくなら私は、そのまゝ、そっとしておいて貰《もら》いたかったのであるが、さりとて、この老人の物語りをきくのがいやでもなかった。

「あの男は、ほんとうに魔術師ですよ。いや、世間が信じているよりも、遥《はるか》に素晴らしい魔術師なんですよ。幸いこゝは静かだしそしてこの調子なら、もうあまり沢山の人もやって来ますまい。ひとつ、綱島博士の魔術師ぶりというのを話してあげましょうか。それはまた、同時にこの絵の由来にもなるのですから」

老人はそういって、私の気持ちなんかにお構いなしに、次のような奇怪な話をはじめたのである。

老人がいったように、この陰鬱《いんうつ》な黄昏《たそがれ》の、乏しい光線は、絵を鑑賞するのに不適当なせいだったのであろう、ついに一人の人間も、老人の物語を妨げることはなかったのである。

鱗三《りんぞう》はふと、くらがりの中で眼をさました。からだ中がシーンと痺《しび》れて、何んともいいようのないほどの不快さが、腹の底から、ジ、ジーンと、こみあげてくるのだ。

いったい、こゝはどこだろう。どうして自分はこんなところにいるのだろう。

鱗三はかすかに身動きをしようとしたがその拍子に、手足がバラバラに抜けてしまいそうな、気《け》だるさを感じた。こめかみがズキズキと鳴って、身体中が燃えるように熱いのである。

「おや、俺はどうしたのだろう。病気にでもなったのかしら」

鱗三はぼんやりと、そんなことを呟《つぶや》きながら、もう一度、仔細《しさい》にあたりを見廻したが、黒の一色に塗りつぶされた闇のなかゝらは、何を発見することも出来ない。耳を澄ますと底知れぬ静けさが、胸をかきむしるように迫って来るのである。

鱗三はふいにドキリとした。心臓がはげしい湿気《しけ》に遭《あ》ったように鳴りだした。

自分は死んでしまったんじゃないかしら。そしてこゝは墓の中ではないだろうか。

その考えは、鱗三を恐怖に導くに十分であった。しばらく彼は麻痺《まひ》したように、じっと息をひそめていたが、突然、非常な勢いで、自分がいま横《よこた》わっているところから起き直ろうとしたが、そのはずみに、ガチャガチャと、鎖の触れあうような音がしたと思うと、彼の身体はドシンと、もとのところに投げだされてしまったのである。

鱗三はハッとした。暫《しばら》く、茫然《ぼうぜん》として闇のなかを凝視しつゞけていた。心臓が咽喉《のど》のところまでふくれあがって、ハアハアという激しい息使いが、我ながら小うるさいまでに耳について来る。やがて彼は、おそる〳〵身体を起すと、手を伸ばして足首を触ってみた。彼の指は冷たい鉄の環《わ》に触れた。足首には太い鎖がはまっているのである。

彼は鎖につながれているのだ！

鱗三は突然、頭髪の逆立《さかだ》つような恐怖にうたれた。いったい、どうしてこんなことになったのだろう。誰がこのようなことをしたのだろう。

鱗三は急《いそ》がしく自分の周囲を触ってみた。すると、彼がいま横になっているのは、冷たい革張りの寝台であるらしいことが分った。虚空《こくう》を掻《か》き廻してみたが、どこにも彼の手を遮《さえぎ》る障碍物《しょうがいぶつ》はない。つまり彼はかなり広い部屋のなかの、革張りの寝台のうえに、鎖で繋《つな》がれているらしいのである。

棺桶のなかにいるのでなかったらしいことが、それでも幾分《いくぶん》、鱗三を安心させるのに役立った。それで彼は、出来るだけ落着《おちつ》いて、今までのことを考えてみようと試みた。頭が乱れて、なか〳〵思うように考えがまとまらなかったけれど、それでも彼は次第に、意識を失う直前のことを思い出すことが出来た。

先《ま》ず第一に、彼の意識によみがえって来たのは、眼を射るばかりの、パッと明るい緑色だった。それは、陽当《ひあた》りのいゝ、温かい部屋のなかで、彼はそこで、美しい婦人と差し向いになっていた。

「駄目、動いちゃ駄目、もう少しですから辛抱《しんぼう》していて頂戴《ちょうだい》よ」

「だって、僕、すっかりお腹《なか》がすいちゃったんだもの」

「いゝ子だからね、もう少し辛抱して頂戴よ。そうすれば、あとで御褒美《ごほうび》に、うんと御馳走《ごちそう》してあげますわ」

女はそういいながら、自分のまえに立てかけてあるカンヴァスのうえに、せっせとブラシを走らせている。

早春の柔かい陽差しに縁取りをされたその横顔を、

モデル台のうえから偸《ぬす》み視《み》しながらなんという不思議な女だろうと鱗三は考えていた。

女は鱗三より三つ四つ年うえの、廿五、六という年ごろであった。黒い瞳《ひとみ》のなかに、譬《たと》えようもないほどの智恵と、愛情と、残忍さを秘めた、ちょっとその魂をとらえかねるような、不思議な性格をもった女なのである。

どうしてこんなに美しい、悧巧《りこう》な女が、あのように年老いた、よぼよぼの良人を持っているのだろうと思うと、鱗三はいかにも不思議でならないのである。たとい、相手がいかに有名な、偉い学者であろうとも、そういうことに惑わされそうな女とも思えないのに。——

「まあ、何を考えていらっしゃるの?」

気がつくと、女は三脚から離れて、遠くから、カンヴァスのうえをしげしげと眺めている。それからまだ意に満たないところを発見したのであろう。絵具をまぜ合せながら、二三度首をかしげかしげ、ブラシを走らせていたが、それでやっと満足したように、パレットと筆を、床のうえに投げだした。

「出来た?」

「えゝ、やっと」

「じゃ、もうこゝを離れてもいゝね」

「えゝ、いゝわ、無罪放免よ」

「その絵、見てもいゝのかい?」

「えゝ、どうぞ。だけど、ほんとうをいうとまだすっかり出来あがったというわけじゃあないの、でも、後はあなたに手伝っていたゞかなくっちゃあ……」

鱗三は女のそばによってカンヴァスの上をのぞきこんだ。正直のところ、鱗三はその絵を見るのは、その時がはじめてだった。女がすっかり出来あがるまで見ちゃいけないと、彼の見ることを禁じていたのである。

鱗三がその絵を見た瞬間の印象を率直に述べるならば、それはある恐ろしい戦慄《せんりつ》的な気持ちだった。なんのために戦慄したのか知らない。が、ともかく、彼はぎゅっと心臓をしめつけられるような、不安な戦慄を感じたのである。

「ほゝう、こりゃ、妙な絵だね。いったい、何をしているところなの」

「これ起請を書いてるところなのよ。愛人と取交わす起請誓紙を書いてるところなのよ」

「起請――？　だって、その愛人というのはいないじゃないか」

「えゝ、絵のなかにはいなくてもいゝの。ちゃんと、こゝにいるから」

女は、自分の鼻を指さしてみせると、悪戯《いたずら》っ児《こ》らしくにいっと微笑《わら》ってみせるのである。

「ふうん」

鱗三は仔細らしく、鼻の頭に皺を寄せると、

「うまく、いってらあ」

と、女の美しい髪の毛を見おろしながらいった。

鱗三がこの女と懇意になってから、もう三月《つき》も経《た》っていた。彼はかなり性《たち》の悪い不良だったから、知り合ってから三月も一人の女を完全に手に入れることなしに過ごすということは、今まで、殆《ほとん》ど類例のないことだった。

彼はこの間から、何んともいえないほどのいらだたしさを感じている。女のほうもちゃんとそのことを知っているのだ。知っていながら、不思議な手管《てくだ》で、彼の指の間から巧《たくみ》にすり抜けてゆくのである。

「絵が出来あがったら！」

それが鱗三の唯一の希望だった。そして今日という今日、待望の絵が出来あがったのである。

「ね、いゝだろう」

鱗三がすり寄って、腰を抱こうとするのを女はするりとすり抜けると、

「まだよ」

そういって、女は細い針を手にとりあげた。

「あなたの血を少し頂戴な」

「血を……」

「えゝ、そうよ。起請には血判を捺すものなのよ。こゝんとこに余白がとってあるでしょう。そのうえへ、あなたの血で、小指の痕を捺して頂戴な。そうすれば、この絵は出来あがったことになるのだわ」

「だって」

「恐ろしいの、何も恐ろしいことはありゃしないわよ。さあ、右手を出して頂戴」

「ほんとうに血を出すのかい」

鱗三がおず〳〵と差出《さしだ》した手をとらえると女は容赦なく、チクリと小指を針でさした。

「あ、痛ッ！」

「痛かった？　もういゝのよ。さあ、それでこゝんとこへ指の痕を捺して頂戴な」

薔薇《ばら》いろをした鱗三の小指の先から、南京玉《なんきんだま》ほどの、紅《あか》い血が美しく盛りあがっている。女はその血を小指の先全体に塗ってやりながら、

「さあ、それをこゝんとこに一捺しして頂戴」

そういって、鱗三の小指をつかむと、カンヴァスのうえの、起請誓紙のはしへ持っていった。

「これでいゝかい」

「あゝ、結構だわ。とうとう出来たのね」

カンヴァスのうえに残った薄紅《うすくれない》の小指の痕を眺めながら、女は恍惚《こうこつ》としたように呟いた。それから、急に眼を輝かすと、

「ね、あなたどうお思いになって、私、これを展覧会に出すつもりなのよ。私たちのこの恋のしるしを、人々の眼の前に公開してやろうと思うの。この絵のうえにある起請は決して絵空事《えそらごと》じゃないのよ。これこそ、あなたと私との間に取り交わした恋の誓紙なのよ。だけど、こうして絵にしておくと、誰だってそうとは気がつかないでしょう。あの、陰険で、疑いぶかい良人だって、こうしておけば、恐らく何も気がつかないで済むにちがいないわ。あゝ、何んという嬉《うれ》しいことでしょう、あの人と一緒になって以来、はじめて私はあの人を馬鹿にしてやることが出来るのだわ。しかもあの人の鼻先に、この絵がブラ下っているのに、あの人はそれを知ることが出来ないのだわ」

鱗三はいさゝか激しすぎる女の情熱に、圧倒されたような形だった。鱗三といえども、この女が良人である綱島博士を憎んでいることはとっくより承知していた。しかしそれがこのように、病的で、熱烈なものだとは夢にも気がつかなかった。鱗三はいく

らか気味が悪くなったのである。

「まあ、何をしていらっしゃるの。いまさらになって、あなたは尻ごみをなさるの。さあ今こそお約束を果しましょう。こゝへ来て、私の体を抱いて頂戴……」

――鱗三はいま、くらやみの一室のなかでそこまで思い出すことが出来た。

さて、それから、どういうことになったろう。……そうだ、自分は女を抱こうとした。するとその時、綱島博士がかえって来たのである。女はそれを知ると、極度に狼狽《ろうばい》して、無理矢理に自分をかたわらの洋服簞笥《だんす》のなかへ押しこんだ。

そこまでは憶えている。

が、それから先が朦朧《もうろう》として、意識のほかにはみだしてしまっているのである。洋服簞笥のなかはとても窮屈《きゅうくつ》で、息苦しかった。声をあげようかと思ったが、もし、博士に見つけられたらどうなるだろうと思って、苦しいのを我慢して、じっと辛抱しているうちに、とうとう気を失ってしまったらしいのである。……

鱗三はふいにぎょっとして、固い革製のベッドのうえでからだをかたくした。

まっくらな部屋の外から、軽い足音が聴えて来たからである。足音は部屋のまえで止ったらしい。カチッと鍵を廻す音がした。と、思うと、扉《ドア》が静かにひらいて、鈍い鉛いろの光がさっと部屋のなかへ流れこんで来た。その四角な光の枠のなかに浮きあがった人物の姿を見たとき、予期しないことではなかったが、鱗三はやっぱりドキリとした。綱島博士であることが、ハッキリ分ったからだ。

「おや」

博士は扉《ドア》のそばにある電燈のスイッチをひねると同時に、軽い叫びごえをあげた。それから髯《ひげ》だらけの顔を、微笑に崩しながら、

「気がつきましたな」

と、意外に狎々しい言葉である。

鱗三はそのときはじめて、部屋のなかを見廻した。そこは綱島博士の手術室なのである。

「どうしたのです。私はどうしてこんなところにいるのです。何故、鎖でなんか繋がれているのです」

「いや、なんでもないのです。君はちょっと病気だったんですよ。暫く安静にしていなければならぬ必要があったのに、あばれ廻って困ったもんだから、そうして鎖で繋ぎとめておいたんです。でも、いゝ工合に早く快《よ》くなってよござんしたね。さあ、鎖をといてあげましょう」

博士は無雑作《むぞうさ》に鍵をとりだして鎖をとくと、

「気分はどうですか」

「有難《ありがと》うございます。大したことはありません」

「それは結構です。起きてごらんなさい」

鱗三は革張《かわばり》のベッドから起きあがったが何んとなく手足がけだるいような感じのほか、別に変ったところもなかった。

「まあ、そこへお掛けなさい。ちょっと話をしようじゃありませんか」

鱗三はドキリとした。

話というのはなんだろう。朱実夫人とのことであろうか。それにしてもいったい夫人はどうしたのだろう。なぜ、こゝへ姿を見せないのだろうか。

「えゝ」

鱗三はなんとなく不安を感じながら、しかし逆らうと何かしら、もっとよくないことが起りそうで、おずおずと示された椅子に腰をおろした。

妙な部屋で、真黄《まっき》な壁紙を張った壁際には大きな長方型のガラス戸棚《とだな》が置いてあって、その中には石膏《せっこう》で作った人の首が、沢山並べてあった。

鱗三はその、妙に白々《しらじら》とした夥《おびただ》しい石膏の首を見た刹那《せつな》、何んとなく、背筋が冷たくなるような気味悪さを感ずるのだった。首のなかには、女もあれば、男もあった。

「お話というのはほかでもありません、朱実のことですがね」

綱島博士は、髯《ひげ》だらけの顔から、チラと真白《まっしろ》な歯を覗《のぞ》かせながら、

「君は、あれをどう思っているのですか」

「どう思うって？」

鱗三は博士の、冷たい、鋼鉄のような眼を見ると、あわてゝ視線を反《そ》らしながら、

「別に、どうといって……」

「いやいや、隠さなくてもよござんすよ。私は何もかも知っているのです。朱実が描いた君の肖像画のことも、それからあの不思議な恋の起請のことも。……で、君は朱実をどういう風に考えているのですか」

「そうですか、そういう風に何もかも御存じなら、隠したって仕様がありませんね」

鱗三は大胆に、博士の顔を真正面から眺めながら、

「それじゃ、万事率直に申しあげましょう。私は奥さんを愛しています。そして奥さんも……」

「妻も？」

「奥さんも、私を愛していて下さると信じます」

ちらと、残忍な薄ら笑いが博士の唇のはしにうかんだ。

「君は、自信をもってそういいきることが出来ますか。彼女《あれ》が君を愛しているということを。……」

「むろんですとも！」

「なるほど、しかし、君は果して彼女《あれ》のことをよく御存じですかねえ。彼女《あれ》はねえ、鱗三君、あの女は一種の化物《ばけもの》ですよ。君はそのことを御存じですか」

「化物ですって、奥さんが。……それはいったいどういう意味なのですか」

「君はあの女の素性《すじょう》をご存じかね。私と結婚する以前、何をしていた女だか知っていますか。知らないでしょう。いや、知らないのは君ばかりじゃないのです。世の中にそれを知っている者は一人だっていないのですからね」

「どういう意味ですか、それは……もっとハッキリおっしゃって戴《いただ》けませんか」

「つまりね、あの女は私と結婚するまで、この世に存在しなかった人間なんです。いいかえれば、あの女はかくいう私が創造《つく》りだした人間なんですよ」

さっきから意気込んで聴いていた鱗三は、こゝに至って茫然《ぼうぜん》たらざるを得なかった。

朱実の身辺にまつわる一種不可思議な空気につい

ては、鱗三もとくより気がついていた。スフィンクスのように、深い謎《なぞ》を秘めた女なのである。

女というものはとかく身の上ばなしをしたがるものだ。だから、女の過去を知るくらい容易なことはないと信じている鱗三は、朱実の泥のようにかたくなに閉《とざ》している唇を見ると、何んともいえない焦燥を感じることがあった。その謎を今、博士の口より解いて貰えるのだと、きおい込んでいたのに、話があまり途方もないので、呆気《あっけ》にとられた形だった。

鱗三はしばらく、相手の正気を疑うように、じっと沈黙をまもっていた。

「いや、君が疑うのも無理はない。あるいは私のいいかたが拙《まず》かったかも知れないが、君は魔術ということを信じますか」

「…………」

「私はその魔術師ですよ。いや〳〵、まあもう少し黙って聴いていて下さい。私のいう魔術というのは、神話にあるような、荒唐無稽《こうとうむけい》なものじゃない。立派に科学的根拠のある魔術なんです。君は私の、整形外科における偉大な名声を知っているでしょう」

「知っています」

鱗三は一種の恐怖を眼にうかべながら答えた。

「私のは主として、顔面整型外科ですが、私のメスにかゝると、低い鼻を高くしたり、一重瞼《ひとえまぶた》を二重瞼にしたり、眼尻を切長《きれなが》にしたり、顔面に、体のほかの部分の皮膚を移植して色を白くしたり、そういうことは朝飯まえなんです。いやいや、もっと素晴らしい、お話しても信じられないような手術だって平気で出来ます。ところが、これらの手術を全部やってくれという人間は殆んどない。たいてい鼻の低い人間は、それを高くしてくれとか、一重瞼の人間はそれを二重にしてとか、そういう部分的な依頼しかない。それにも拘《かか》わらず世間では私のことを魔術師とよび、私を目《もく》して醜《しゅう》より美を産むミラクルマンだといっています。そういう私が、もし、蘊蓄《うんちく》を傾けて、一人の人間の顔面に、あらゆる手術を施したとしたら、どういう結果になると思いますか。今まではまったく変った、別人が新らしく産《うま》れてくるとは思いませんか」

綱島博士はそこで立上《たちあが》ると、壁際にあるガラス張りの戸棚の中に並んだ、様々な石膏の胸像《トルソー》を指した。

「御覧なさい。こゝにある石膏像が私の魔術をよく説明してくれます。こゝにいる人々はそれ〴〵秘密の理由から全然新らしく産れ変ろうと決心して私のもとへやって来た人たちです。私はこうして、記念のために手術まえの面《マスク》と、手術後の面《マスク》とを胸像《トルソー》として残してあるのですが、今まで一度だってこれらの被手術者から、その前身を看破されたという苦情をうけたことはありません。この中には、殺人犯人として官憲から、厳重な追跡を受けている人物もありますが、しかも彼は、私の手術のおかげで、平然と、大手を振って街頭を濶歩《かっぽ》しているんですよ」

博士は髯だらけの顔の奥から、無気味に皓《しろ》い歯を覗かせて、チラリと微笑《わら》った。それは聴者《きくもの》をゾッとさせるような、冷たい、惨酷《ざんこく》な動物的なともいうべき微笑だった。

鱗三は、しだいに博士のいおうとするところが分って来た。彼は思わず、ギョッとしたように息をのんで、

「それじゃ、もしや朱実さんも……」

「そうですよ。やっと合点がいったようですね。あの女も、私の手術によって新らしく生れかわった人間なんです。ほら、こゝに二つの胸像《トルソー》がありますが、これが朱実の手術の前と後におけるそれ〴〵の面《マスク》です。手術の後の面《マスク》はむろんご存じでしょうが、ひょっとすると手術前の顔もご存じかも知れませんね」

博士はガラス張りの戸棚のなかゝら二つの胸像《トルソー》を出して並べた。その一つはいうまでもなく、この日ごろ馴染《なじ》んで来た朱実夫人の顔である。が、他のもう一つの顔を見ているうちに、鱗三は突如、激しい惑乱を感じた。彼は思わず、ガラス戸棚に身を支えながら、ゴクリと大きく唾《つば》をのみこんだ。

彼はこの女を知っていたのである。いやいや、誰だってこの女を知らぬものはないはずだ。

それは、二、三年まえまで、非常な人気を持っていた、さる高名な映画女優だった。そしてこの女は

ある愛の葛藤《かっとう》のために、これまた有名だった男優を殺して、三原山で身投《みなげ》自殺を遂げたと信ぜられている女なのである。

「あゝ、それじゃ、これが朱実さんの……」

「さよう。これであの女が、どうして私のような老人の妻になっているかわかるでしょう。好むと好まざるとに拘らず、あの女は私から独立して生活することの出来ない女なのです。もし、私を怒らせたら、どういう恐ろしい結果になるか、賢明な女のことだから、それはよく知っているのですよ」

鱗三はしばらく憑《つ》かれたような顔をして、じっと、二つの石膏の面《マスク》を眺めていたが、ふいにゲラ〳〵と笑いだした。

「冗談でしょう。一種気違いじみた笑いだった。先生、多分私をからかっていらっしゃるのでしょう」

「そう、お思いになるかね」

「だって、話があまり突飛《とっぴ》なんですもの。私はこの映画女優をよく知っていましたがね、朱実さんとはあまり違いすぎますよ。あの二人が同じ人間だなんて、私にはとても信じられませんねえ」

「それじゃ、君は、私の手術を疑うのかね」

「先生の名声はよく承知しています。しかしこればかりは話があまり奇抜ですからね。朱実さんが、あの殺人犯の映画女優ですって。いや、どうも、冗談もこゝまで来ると傑作ですね」

「よろしい」

とつぜん、博士がきびしい声で、

「君がそれほど疑うなら、私の素晴らしい魔術の実証を今、眼《ま》のあたり見せてあげることにしよう。醜より美をうむばかりが、私の仕事の全部じゃない。美より醜を作りあげることも、私の仕事の一つなんです。しかも、そこに、何らの破壊のあとを止《とど》めずに、うまれながらの醜い容貌に作りあげるのが、私の自慢なんでね」

綱島博士は、そういいながら、突然鋼鉄のような手で、しっかりと鱗三の腕をとらえた。

「さあ、この鏡のなかを覗いてごらん。君のその、自慢の容貌が、どのように変化しているか、私の手術がどのように素晴らしいものであるか、君にも納得がいくことだろう」

鱗三は、博士の眼のなかに炎《も》えあがっている恐ろしい火を見た。それから彼は、恐るおそる、突きつけられた鏡のなかを覗きこんだ。

後になって鱗三は、なぜあの時自分は、あのまゝ石になってしまわなんだろうと、どれだけ口惜《くや》しく思ったか知れないのである。薄暗い鏡のなかに朦朧《もうろう》と浮かびあがった顔。——それはなんという、呪わしい、忌々《いまいま》しい化物であったろうか。皺だらけの、萎びたような、カサカサとした黄色い皮膚。平たい鼻、大きな厚い唇。——あゝ、これが自分の顔なのか!

そう思った刹那《せつな》、鱗三はとつぜん、黄色い壁紙がくるくると廻転するような気がした。意識が滅《め》茶々《ちゃちゃ》々《ちゃ》に乱れて、眼の前に七彩の花火が乱れとんだかと思うと、そのまゝ、彼の意識は朦朧としてぼやけて行ったのである。

——————

「このような馬鹿々々しい話を、あなたはとてもお信じにならないでしょうね」

話し終ってから、醜い老人は私の顔を覗きこむようにして呟いた。

私はゾッと全身に鳥肌の立つような恐怖を感じた。老人の年に似合わぬ若々しい、濡れたような瞳を、その時、ハッキリと思い出すことが出来たからである。それは、あの壁にかゝっている美少年の眼と同じだったのだ。

画廊はすでに、すっかりたそがれの色につゝまれて、窓にかぶさった鬱陶しい青葉のあいだから、鈍い鉛いろの空の一部分がのぞかれた。

「いや〳〵、あなたが信ずることの出来ないのも、決して無理じゃありません。誰だってあそこにかゝっている、あの美しい少年と、私のような醜い老人が同じ人間だといって、それをそのまゝ信じることが出来ましょうか? しかし、私の話はまったく偽《いつわり》のない、正真正銘の事実なんです。私はいまその証拠をあなたにお見せすることが出来ます」

老人はそういって、懐中からナイフをとりだすと、それで腕を傷つけ、そしてその血を小指の先につけると、ペッタリと鼻紙のうえに押しつけた。

「さあ、この指紋と、あの絵のうえの指紋とよく見《み》較《くら》べて下さい。あなたも、同じ指紋をもった二人の人間が、絶対にありっこないことをご存じでしょう」

私は興奮と恐怖のためにわなわなと慄《ふる》えながら、いわれるまゝに絵の側《そば》へ寄って、老人に渡された鼻紙のうえの指紋と、あの美しい少年が、起請のうえに捺した指紋とを見較べてみた。そして、逢魔《おうま》ヶ時《とき》の乏しい光線の下であったけれど、二つの指紋に一分《ぶ》一厘《りん》のくるいもないことを、はっきりと認めることはそう大して困難なことではなかったのである。

身替り花婿《はなむこ》

アーサー上等の酒に陶然とする事

禍福はあざなえる縄の如《ごと》しとか申しましてとかく吉《よ》いあとには凶《わる》いことがあります。しかし人生凶いことは続きはしない。いつかは又、いゝこともございますから、近頃運が悪すぎるなんて、早まって三原山だの青酸加里《カリ》などはよろしくございませんようで。こゝに英京倫敦《ロンドン》にその名をアーサー・ルランと申す男、もとはさる帽子店に勤めておりましたが、ふとした過失より馘《くび》となり、爾来《じらい》、いろいろとつてを求めて就職口を探しておりますが、何しろ不況の折柄《おりから》とて、仲々うまい口もございません。僅《わず》かばかりの蓄えも使い果し、不義理な借金は嵩《かさ》む、ついには住みなれた下宿も追われて、いまでは毎夜河岸通《かしどおり》のベンチで野宿をするという誠に果敢《はか》ない身の上。

○「兄弟、いやにぼんやりしているが、どうかしたのかい？」

ア「ぼんやりもするよ。今日は朝から碌《ろく》におまんまも食わねえのだもの」

○「フーム、見ればお前はまだ新米《しんまい》のようだが、この寒さに空《す》き腹じゃさぞ体に耐《こた》えるだろう。幸いこゝに食い残しのパンの破片《かけら》があるから、これでも喰べておきねえ」

ア「止《よ》そう。折角《せっかく》お前が明日《あした》の楽しみにと取っておいた物を横取りしちゃ悪いやな」

○「何を云《い》やがる。そんな遠慮は禁物だ。この次には又どのような事で俺のほうが厄介《やっかい》になるか知れたものじゃねえ。世の中は兎角《とかく》回り持ちだ。潔《きよ》く受けてくんねえな」
ア「そうかい。兄貴、そいつは済まねえな」
こういう連中には、普通の人には分らぬ同志愛というものがあるらしく、親切な仲間が恵んでくれたパンの破片で、僅かに飢えをしのいだアーサーが、ベンチの上でとろとろとしかけた折柄、やって参りましたのは御年輩の一紳士。太い灰色の髭《ひげ》を生やした御老人でございますが、不思議な事にこの老人、ベンチの上に野宿をしているルンペンの前まで来ると、一々立止《たちどま》っては懐中電燈の光で顔を眺めておりますが、何が気に入らぬのかその度にブツブツロの中で叱言《こごと》をいって居《お》ります。やがてアーサーのところまで来ると、例によって懐中電燈でしげしげと、その顔を眺めておりましたが、俄《にわ》かに満足そうな微笑を洩《も》らすと太いステッキでつゝきながら、
紳「こら、起きろ、起きろ」
言われてハッと眼を覚したアーサー、又巡廻のお巡《まわ》りさんかと思ったから、
ア「旦那《だんな》、どうぞ御勘弁なすって」
紳「何だ、勘弁しろ？　貴様何か俺に謝らねばならんようなことをしたのか」
ア「そういう訳じゃございませんが、それじゃ旦那は警察の方じゃございませんので」
紳「はゝあ、貴様よくよく警官が怖いと見えるな。安心せい俺は警察の者じゃない」
ア「へえ」
紳「警官じゃないから安心しろと申しているのだ」
ア「へえ、さようで。それでは真平《まっぴら》御免なさいまし」
と、安心したアーサーが又もやゴロリと横になろうとするのに驚いた件《くだん》の紳士。
紳「これこれ、どうしたものだ。人が話しているのに寝る奴があるか」
ア「まだ何か御用がございますので」
紳「用があるからこそ起したのだ。不届きな奴だ。貴様、金儲《かねもう》けはしたくないのか」
ア「金儲け。へえ。それはもう金儲けと聞いちゃ、咽喉《のど》から手が出そうでございます」

紳「よし、それじゃ俺について来るがいゝ」
ア「へえ」
紳「ついて来いと申すのだ」
ア「ついて参るとどうなりますので」
紳「分らぬ奴だな、貴様は。ついて参れば金儲けをさせてやろうと申すのだ。どうだ、千磅《ポンド》だ、千磅の金が欲しくはないか」
ア「まア、千磅と申せば大金でございます。アーサーは暫《しばら》く考えておりましたが、
紳「止す？　貴様千磅の金が欲しくないのか」
ア「それは欲しいのは山々でございますが、これでも生命《いのち》は惜しゅうございます」
紳「これこれ、なにも貴様の生命までくれとは申しておらぬぞ」
ア「いえ、よく分っております。欲に目が眩《くら》んでついて参りますと、新刀の試《ため》し斬《ぎり》、それへ直って観念いたせなんてのは有難《ありがた》くございません」
西洋のお話ですからそんな事は申しますまいが、暫く押問答《おしもんどう》を重ねておりましたアーサー、やっと納得が行ったものか、連れられて来たのがウエスト・サイドの立派なお邸《やしき》でございます。
紳「何にしてもその服装じゃいかんな。幸い風呂が沸《わ》いているから垢《あか》を落して、着物もこゝにあるから夜会服を着なさい」
と言われてアーサー、一風呂浴びて久し振りに鬚《ひげ》を剃《そ》り、髪を梳《くしけず》り、夜会服を着てみると、元来が賤《いや》しい育ちではありませんから、意気で高等で我れながら惚々《ほれぼ》れする位の男振り。件の老紳士も、悉《ことごと》く御満足の御様子で。
紳「フーム、これは見事だ。思ったより掘り出し物だ。どうだ、貴様一ぱい飲まぬか」
ア「は、頂戴《ちょうだい》いたします」
と早《はや》、言葉から改まるから不思議だ。やがて今迄《まで》味わった事もないような結構なお酒に、前後も忘れて陶然と酔いが廻ったアーサー、贅沢《ぜいたく》な安楽椅子にふんぞり返ってみると、恰《まる》で夢のような心持ち。
紳「どうだね、この気分は」

ア「は、悪くはございませんな」
紳「気に入って倖《しあわ》せだ。どうだ貴様、いつ迄もこういう生活を続けたいと思わぬか」
ア「それは勿論《もちろん》、出来ればこんな結構な事はございません」
紳「ところがそれが出来るのだ。出来るように俺がお膳立《ぜんだて》をしてやる。たゞそれには覚悟が要る」
ア「覚悟とは」
紳「読んで字の如し」
なアんて、荒尾譲介《あらおじょうすけ》の台詞《せりふ》みたいでございます。
紳「先《ま》ず第一に貴様は、今迄の身分をソックリ忘れて、今日からロナルド・ヒュームという大尉にならねばならぬ。どうだ、出来るか」
ア「それじゃ俺《あっし》がヒューム大尉の身替りを勤めるので」
紳「さようじゃ」
ア「止しましょう」
紳「止す？」
ア「どうせ最初《はな》から正直《まとも》な仕事じゃあるまいと思っていましたが、かたりとは悪すぎます。第一私の性《しょう》に合いません。それにいつ何時《なんどき》本物が現れて、御用と来ないものでもない。まアそういう危ない橋を渡る位なら、河岸通りで寒さに顫《ふる》えている方がましでございますからね」
紳「貴様は見かけによらぬ臆病者だな」
ア「うまれつきでしてね」
紳「フーム」
と暫くアーサーの顔を眺めていた件の老紳士、つと立上《たちあが》ると暖炉棚《マントル・ピース》の上に飾ってあった女の写真を取り上げると、
紳「貴様、この女をどう思う」
と言われてアーサーどきりとした。さっきこの部屋へ入った時から気が附いているのだが、高貴の姫君と見える素晴らしい美人だ。男と産《うま》れたからにはこんな美人と片時でも、差向《さしむか》いになって見たいと思うのが人情です。
紳「どうだ、実に美人じゃないか。ヒューム大尉は果報者だな。このような美人を許婚者《いいなずけ》に持ってい

るのだ。しかも美人はまだ一度もヒューム大尉に会った事がないのだから、絶対に露見する心配はないのだが、惜しいものだ、貴様にその気がないのなら止《や》むを得ん、又、ほかから適当な奴を探して来よう」

ア「それじゃあなたの言葉に従えばこの美人に会えるので」

紳「会えるどころじゃない。腕次第ではこの美人を自分の妻と呼ぶことも出来る。どうだ、貴様、こういう美人の腕に抱かれて、愛する人よ、いとしい人よと言われたくはないか」

と言われてアーサーは心の騒ぐ風情《ふぜい》で、生唾《なまつば》を嚥《のみ》込《こ》み、のみこみ考えておりましたが、世の中には金で動かぬ人間でも恋には心乱れるならい、アーサーは突如老紳士の足下にひざまずくと、

ア「やります。何でもやります。人を殺せと云えば殺しもします。その代り、どうか一目この美人と会わせて下さい」

アーサー薔薇《ばら》の詩をよむ事

話変ってその頃倫敦の社交界にて、女王の如《ごと》く持て囃《はや》されておりましたのは、バーソロミウ・リプトン卿《きょう》の姫君にて、ハアミオンと称《よ》ばれ給う絶世の佳人、昨年父君リプトン卿を喪《うしな》ってより、一年の喪に服しておりましたが、漸《よう》くその年忌も明け、近く社交界に再びその艶麗《えんれい》な姿を現すというので、いやもう大変な騒ぎ。

我れと思わん貴公子連中、我れこそはかの麗しの花を手折《たお》らめや、わが宿の妻と定めんと、手具脛《てぐすね》引いて待っておりますが、かの寄るべなき身のアーサーが、その面影《おもかげ》をひと眼見てしより、長い浮世に短い生命とばかり、いかけ松もどきに宗旨を入れかえ、肝《きも》太くもロナルド・ヒューム大尉の替玉となる決心を致しましたのも、実にこの姫君の為でございます。

一体このヒューム大尉とハアミオン姫との間はどうなっているかと申しますと、姫の父リプトン卿は嘗《かつ》て印度《インド》駐在中ヒューム大尉の父なる人に危い一

命を救われた事がある。

その恩に酬《むく》いるためでありましょう、大尉を姫の良人《おっと》と定め、若《も》し姫にしてこの遺言に従わず、他の男と結婚するような場合には、遺産は全部姫の叔父《おじ》なるジェラルド・リプトン大佐の許《もと》に行く事になっている。姫にとってはまことに迷惑な話で、今まで一度も会った事もない人を、良人としなければならぬというのだから実に心許ない次第です。印度産れの印度育ち、さぞやむくつけき東夷《あずまえびす》であろうと思えば、早胸が塞《ふさ》がる思いでございますが、そこはそれ、社交界で鍛えあげた腕前、何とかうまくあしらってやろうと、手具脛《てぐすね》引いて待っているところへ、叔父なるリプトン大佐に伴われて現れたのがヒューム大尉ならぬ贋物《にせもの》のアーサー・ルラン。姫はむろんそんな事とは知らない。

一眼見るよりポッと顔に紅葉《もみじ》を散らしたのは、ハテ怪《け》しからぬ雲行《くもゆき》となったもンです。

大「姫や、そなたの許婚者のヒューム大尉をお連れしたよ。大尉は印度から帰って来たばかりだから何も分らぬ。そなたよろしく引廻してあげておくれ。これ、姫や、どうしたものだ。何をそのようにぼんやりしている」

と言われてハッと我れにかえったハアミオン姫。

姫「おや、まあ、わたしとした事が。……ほゝゝゝほ、いらっしゃいまし」

と白魚のような手を差し出されたアーサー、ブルブルと身顫《みぶる》いをした拍子に、倫敦中が顫えたと申しますが、これはあまり当てになりません。

ア「初めてお眼にかゝります。私がロナルド・ヒューム大尉でございます」

姫「まア、大尉さまとした事がそのように堅苦しい事をおっしゃって。……満更赤《まんざら》の他人でもありますまいに」

と怨《えん》じるように申しますのは、許婚者の仲である事をハッキリ相手に思い出させようとの意味か、いや味《あじ》な事になったもンですが、リプトン大佐はうまく行ったと内心北叟笑《ほくそえ》んでいる。

かくして大佐の計画はまんまと成功して、贋大尉のアーサーとハアミオン姫は日増しに親密になるばかり、姫は折角《せっかく》の社交シーズンをどこへも顔を出さず、たゞもう大尉と嬉《うれ》しく楽しく戯《たわむ》れてしまいには体にきのこが生えたというんだから、社交界の貴公子連中　悉《ことごと》く目算外れというわけです。

○「どうだ貴公、ちかごろのハアミオン姫の噂《うわさ》を聞いておるか」

△「いや、一向聞かんが、姫がどうか致したかな。盲腸炎でも起したかな。それとも虫歯が痛むのかな。虫歯なら拙者が接吻《せっぷん》してやるとケロリと治るて。どうだ貴公ひとつ試してやろうか」

○「ウプ。冗談じゃない。そんな暢気《のんき》な沙汰《さた》じゃござらぬ。姫に虫がつき申した」

△「なに、虫がついた？　それでは早速ナフタリンでも」

○「これこれそんな虫ではござらぬわ。姫に恋人が出来たと申しておるのだ」

△「あゝ、その事か、それなら別に耳新らしいことではござらぬ。拙者とくより承知いたしておる」

○「ナニ、貴公御存じとな。それでは相手の名も御存じであろうな」

△「モチ」

○「モチ？　いや気味の悪い声だな。して相手は何者でござる」

△「憚《はばか》りながらオホン、拙者でござる」

なんてたいへんな騒ぎ。こういう連中が集《あつま》りまして、印度帰りの大尉づれに姫を取られたとあっては我々倫敦っ児の恥だ。ひとつ大尉を恥かしめてやろうではござらぬか、さよう、さよう、それがよろしゅうござるというので、ある時ヒューム大尉のアーサーが公園を散歩しているところをつかまえて、

○「貴公、この花を御存じか」

と差出《さしだ》したのが薔薇《ばら》の花。アーサー内心馬鹿にしてると思ったが、そんな様子は気振《けぶ》りにも見せません。万年筆と紙を取出《とりだ》してスラスラとしたゝめましたのが、

I think it's a rose-flower of England
But what would say Londoner about it?

という一聯《れん》の詩でございます。これを翻訳いたしますと、
「イギリスの薔薇の花とは思えども、ロンドン人《びと》は何《な》んといううらん」
ということになるんだそうで、いや天晴《あっぱれ》なもんでゲス。お蔭《かげ》で貴公子連中すっかり器量をさげて引退《ひきさが》りましたが、これを聞いて悉く欣《よろこ》んだのはハアミオン姫、ちかごろはロナルドさん、ロナルドさん、ローさんやとばかり、片時も側を離れませんから、時分はよしと叔父のリプトン大佐。
大「どうだね。例のことはまだ進捗《しんちょく》しないかね」
ア「例の事とは?」
大「分っておろう、結婚のことさ」
ア「結婚ですって。それでは大佐どの。このまゝ姫と結婚しろと仰有《おっしゃ》るんですか」
大「さようさ。姫の方でもどうやらその気らしいからあんまり焦《じ》らせるのは罪というもの。いゝ加減に納得させてやったがよいではないか」
ア「しかし大佐、それでは本物のヒュ－ム大尉はどうなるのですか」
大「はゝゝは、貴様の心配しているのはその事か。それなら心配は要らぬ。実は大尉も同意の上じゃ」
ア「え? 大尉も同意ですって」
大「さようさ。大尉は質朴《しつぼく》な軍人ゆえ、七面倒な社交界だの姫君なんてのが何よりの苦手だ。そうかと云って倫敦へ帰った以上挨拶《あいさつ》に参らぬわけにゆかぬ。そこで困《こう》じ果てた揚句、思いついたのがこの身替りの一件さ。その代り身替りがどのような事をしようと文句はいわぬと一札《いっさつ》とってある。だから貴様は謂《い》わば天下御免の天一坊《てんいちぼう》。どうだ、それでも厭《いや》か」
ア「なるほど、して、大尉は今どこにいるのですか」
大「名前を改《か》えて巴里《パリ》にいる筈《はず》、大方今頃は姫よりもっと美しい花を手に入れてヤニ下《さが》っている事だろうよ」
と、こう聞いてみれば何んとなく気も楽になると見えて、それよりアーサーは益々《ますます》腕に撚《よ》りをかけて

モーションをかけましたから、姫の方では忽《たちま》ち陥落、遂に秘密に結婚式をあげると、倫敦の片ほとりに、人眼につかぬ瀟洒《しょうしゃ》たる家を一軒かまえ、こゝを逢曳《あいびき》の場所と定《き》めては人知れず楽しんでおります。いや高貴の姫君にあるまじき振舞いといえば振舞いです。

アーサー野菊の家に佳人を発見する事

かくして二人は人知れず、蜜のような囁《ささや》きを交わしておりましたが、天網《てんもう》カイカイ、疎《そ》にして何んとやら、ある日この隠れ家を襲いましたのは数名の警官、有無をも言わさず贋大尉のアーサーを引立《ひった》てたから、ハアミオン姫の驚きはいかばかり。

鴛鴦《えんおう》の片羽《かたは》もがれた嘆きもかくやと、しばし悲嘆に暮れておりましたが、段々きいてみると叔父リプトン大佐の悪事の数々が露見すると共に、アーサーにまで累《るい》を及ぼし、図らずも彼の仮面生活が暴露《ばくろ》したというわけで、いやもう、ハアミオン姫の驚きは察するに余りあります。

アーサーは由ない事に加担したばかりに、十八ケ月という懲役を申渡《もうしわた》され、出獄した時には右を向いても左を向いても寄るべなき前科者の哀れな身の上、とぼとぼと歩いているうちにふと眼についたのは新聞売子《うりこ》、何気なく新聞を一枚買って開いてみると、折も折、麗々しく載っておりますのは、ハアミオン姫とロナルド・ヒューム大尉の結婚の報道でございます。さては姫には到頭《とうとう》、本者のヒューム大尉と結婚したと見える。ああ、口惜《くや》しい、騙《だま》されたと、アーサーは早《は》や気も狂わんばかり、よしよし向うがその気なら、こちらにもそれだけの覚悟がある。

これから早速乗込《のりこ》んで、神の前に終世誓った言葉を思い出させてやろう、そうすれば姫は取りも直さず二重結婚の重罪に落ちるわけ。それぐらいの事をしてやらなければこの腹が癒《い》えぬ、と血相変えて行きかけましたが、すぐまた気を取り直し、いやいや、そんな事になれば姫はどのように悲しむだろう、恐らくおめおめと生きてはいまい。

仮令《たとえ》、僅かの間でも、恋しい人よ、愛する妻と囁《ささや》きあった仲の相手を、そのような不幸に陥れてよいだろうか。
いやいや、こゝは一番男らしく思い切って、姫の幸福を祈ってやるのが自分のつとめだと、健気《けなげ》にも決心をしましたアーサーが、ふらふらとやって参りましたのは、昔、姫と楽しい語らいを交わしたあの隠れ家でございます。
見れば庭に咲き乱れた野菊の色も昔にかわらぬ懐しさ、ああ、今はどのような人が住んでいることやらと、とつおいつ立去《たちさ》りかねて居りましたが、耐《たま》りかねてフラフラと扉《ドア》を開いて中へ入れば、こはそも如何《いか》に夢ではないか、にこやかに微笑を湛《たた》えて迎えたのは、昔に変らぬハアミオン姫。
ア「や、や、そなたは姫ではないか」
とアーサーが思わず吃驚仰天《びっくりぎょうてん》するのを、さも嬉しげに寄り添った女。
女「お帰りあそばせ。今日のお帰りをまアどのようにお待ちしておりましたでしょう」
ア「姫、何といやる、それは真実の言葉かえ」
女「まあ、何んで嘘《うそ》など申上《もうしあ》げましょう」
ア「それじゃというてそなたは、ロナルド・ヒューム大尉と改めて結婚した筈ではないか」
女「はい、確かに結婚いたしました。そして、その恋しいヒューム大尉さまとは、あなたでございます」
ア「いやく、俺《わし》はロナルド・ヒュームでもなければ大尉でもない。俺は腹黒いそなたの叔父に頼まれて、替玉の役をつとめてそなたを騙した悪人だ。そなたもそれをよく知っておいでではないか」
女「ハイ、よく存知ております」
ア「知っていながら、そなたは矢張《やは》り私を愛してくれるというのかえ」
女「愛せずにどう致しましょう。神の前に誓った言葉に何で嘘がございましょう」
ア「それでは私が贋者でも」
女「アーサーさま、贋者はあなたばかりではございませぬ。かくいうわたしも……」
ア「ゲ、ゲ、何んと云やる」
女「ハイ、贋者でございます」

というなり、アーサーの胸に縋《すが》りついて泣き伏したから、これにはアーサーも吃驚した。

ア「これは一体どうした事だ。もっと詳《くわし》く話してくれねば、私にはとんと訳が分らぬ。姫、そなたが贋者と言やるのは」

女「ハイ、わたしはハアミオン姫ではございません。姫と瓜《うり》二つであるところより、頼まれて身替りの役をつとめておりましたメリーと申す賤《しず》の女《め》でございます」

ア「して又、そのメリーが何んのために姫の身替りを……」

女「ハイ、それはこういうわけでございます」

メリーが改めて語ったところによるとかような次第で。ハアミオン姫がロナルド・ヒューム大尉を袖《そで》にして他の者と結婚した場合には、遺産全部が叔父リプトン大佐の所有《もの》になる事を前にも申上げましたが、但《ただ》しそれには例外がある。若しヒューム大尉の方で勝手に他の女と結婚した場合には、姫はその義務から取り除かれる。つまり大尉と結婚しなくても済むというわけでございます。

メ「それでお姫さまは私を身替りに立て、何んでもかんでも、私と大尉を結婚させてしまったその後で、大尉はほかの女と結婚したから自分には遺言状を履行する義務はないと、主張をされようという御魂胆」

ア「ハテナ」

メ「欺《だま》す欺すと思っていたのが、互いに欺されていたそのおかしさ」

ア「ハテ面妖《めんよう》な」

chon!

両人「事じゃなアー」

というような訳で。さて一方ハアミオン姫はどうなりましたかというに、メリーに一切委《まか》せておいて、自分は名前をかえて巴里で好き放題な事をしているうちに、恋に陥ったが、同国人の青年士官、急にこの恋が進捗《しんちょく》致しまして、愈々《いよいよ》結婚という間際にお互いに本名を打明けて見ると、これが本当のヒューム大尉だったというわけで、御両人、アリャリャというような訳でございましたが、何にしてもこんなお目出度《めでた》い事はございません。その後アーサーとメリーの二人は改めて姫から莫大な資本を出して貰《もら》って、帽子屋を開店いたしましたという読切《よみき》りの一席でございます。

噴水のほとり

一

龍吉《りゅうきち》は妙な子供である。

ひまさえあれば公園のなかにある噴水のほとりへやって来て、いつもひとりぼっちで歌をうたったり、草笛を吹いたり、石蹴りをしたり、草を編んだり、そして疲れると、池の側《そば》にある大きな記念碑の蔭《かげ》に腰をおろして、ぼんやりと膝《ひざ》小僧を抱きながら、噴水の音に耳をかたむけている。

噴水はいつも元気よく、さらさらと音を立てゝ空にまいあがっていた。その先には、紅《べに》と黄のだんだらに染められたピンポン・ボールが、面白く、くるくる踊っていて、風と日光のぐあいでは、どうかすると、そのへん一帯に植えこんである青々とした楓《かえで》若葉のうえに、さっと美しく、虹《にじ》を織りだすことがあった。

龍吉はこの噴水のほとりが大好きだった。それはくるくると踊っているピンポン・ボールの面白さや、虹の美しさや、さては池の中を泳いでいる緋鯉《ひごい》真鯉《まごい》の可愛《かわい》らしさや、そういうものが、淋《さび》しい彼を惹《ひ》きつけるからでもあったが、それよりも、もっと大きな理由としては、この噴水のそばにいると、いつも亡くなった母の声が聴《きこ》えるような気がするからである。

龍吉の母は数年まえに、長い患《わずら》いのために亡くなった。亡くなるまえの母は、龍吉をつれて、この噴水のほとりへ散歩にくるのが、一日じゅうでの最も楽しい日課であるらしかった。こゝは公園のなかでもいちばん静かだし、陽が強すぎると、それを避けるのに恰好《かっこう》の茂みもあるし、龍吉を遊ばせておくのに危険もないし、かたがた、このさゝやかな噴水のほとりは、病身な母と、幼い子供にとって、最もお気に入りの場所になっていた。

お天気さえよければいつでも二人は、白塗りのベンチのうえに仲よく並んで、母子《おやこ》というよりは、まるで友達のような調子で話しあいながら、くるくると面白いように踊っている、ピンポン・ボールを飽きもせずに眺めていた。

どうかすると風の方向が急に変って、二人ともビショ濡《ぬ》れになるようなことがあったが、それでも二人は手を叩いて興じあった。

「ねえ、お母さま」

あるとき、ベンチの上から両脚をブラブラさせながら、鹿爪《しかつめ》らしい顔をして、噴水を眺めていた龍吉が、ふと大きな眼をくるくるさせると、

「あの噴水、なんて言ってるか知ってる?」

といい出した。

「さあ、なんて言ってるんでしょうね」

長い病気のために窶《やつ》れてはいるが、どっか美しさの残っている若い母は、静かな微笑を湛《たた》えながら首をかしげた。

「わからない? お母さま」

「えゝ、わからないわ。なんて言ってるの?」

「わからなきゃ、教えたげましょうか」

「えゝ、教えて頂戴《ちょうだい》」

「あれはね。母ちゃん、母ちゃん、母ちゃんといってるのよ。ほら、じっとして聴いてゝごらんなさい」

龍吉にそういわれて、じっと首をかしげていた母は、にっと笑いながら、

「まあ、ほんとね、ほゝゝゝほ」

と、嬉《うれ》しそうにわらったが、しばらくして少し風が出てくると、

「おや、龍ちゃん、噴水の音がさっきとは変って来たわよ。今度はなんて言ってるんでしょうね」

「そうね」

勿体《もったい》らしく耳をかたむけていた龍吉は、

「あゝ、わかった。今度はお母さまが僕を呼んでるんだよ。ほら、龍ちゃん、龍ちゃん、龍ちゃん……って言ってる」

と、言って母をわらわせた。

それからというもの、若い、病身な母とその子供は、前よりもいっそう、この噴水のほとりが好きになった。噴水の言葉はいつも同じではない。日によって、時間によって、種々様々に変化するのである。あるときは、龍吉さんのお悧巧《りこう》さん、龍吉さんのお悧巧さんと、ゆるやかに、節《ふし》をつけて舞いあがっているかと思うと、また別のときには、龍ちゃんの馬鹿、龍ちゃんの馬鹿と、鋭く、小刻みに噴きだしているともある。そんなときには、水の色からして、黝《くろず》んで、不機嫌に見えるのである。

若い母は、そういう噴水の言葉を、幼い子供の翻訳によって聴かされる度に、嬉しそうに微笑《ほほえ》んだり、時によっては、声を立てゝ笑ったりした。

龍吉は不思議な児《こ》で、うまれつき聴覚が異常に発達しているのだった。

龍吉の家は、その公園を出て、すぐそこの横町を曲った露路の突当《つきあた》りにあったが、その露路を出たところの表通《おもてどお》りを電車が走っていて、しかも、その電車線路は、ちょうど露路の入口のあたりで、かなり急なカーヴをえがいていた。だから、その露路の奥にある龍吉の家では、一日じゅう、カーヴを曲るときに軋《きし》る、一種とくべつな電車の音に、悩まされなければならなかった。

龍吉はうまれた日よりその年になるまで、一日としてこの電車の軋音《きしり》を耳にしない日はなかったが、そうしているうちに、いつの間にやら彼は、その音を聴いたゞけで、いまの電車は何千何百何十何号の、どこ行きであるかということを、まるで掌《たなごころ》でも指すように、間違いなく当てるようになった。

母はいま、ふとその時分のことを思い出した。天才少年というような標題《みだし》のもとに、大きく新聞に掲げられたり、いろんな偉い学者たちの立合いのもとに、難しい実験をされたり、まだ七つにも足らぬ子供を中心に、大騒ぎを演じたその当時のことを想い出すにつけても、このような異常な才能をもった少年の将来に対して、楽しい希望とともに、母親らしい危懼《きく》の念をも禁ずることが出来ない。しかし、あゝ、それがなんであろう。どっちみち、あまり長く生きていることの出来ない自分は、よかれ、あしかれ、この子供の将来を見ることは出来ないであろう。

――

若い母はそこで、かすかな溜息《ためいき》をつくと、子供の不憫《ふびん》さにいつか眼の中が熱くなって、そして噴水の水煙《みずけむり》さえ、ぽっと滲《にじ》んだように見えてくるのであった。

母のこの嘆きは間違いではなかった。それから間もなくの、ある秋の終りごろ、彼女は夥《おびただ》しい血を喀《は》いて死んだ。

そして、龍吉の家には新らしい母が来た。

新らしい母は、まえの母にくらべると遥かに若くて、まるで女学生のように朗《ほが》らかで、健康で、そして龍吉にも優しかった。しかし、まえの母のように、無言のまゝ向きあっていても、心と心とが通うようなわけにいかなかったのは是非《ぜひ》もない。それに彼女には、すぐ後から後からと子供が出来たので、そういつまでも、龍吉ばかりをかまっているわけにもいかなかったのである。

そこで、龍吉がひとり悄然《しょうぜん》として、噴水の囁《ささや》きに耳を傾けているというような日が、だんだんと多くなって来た。

龍吉はいつの間にやら十六になっていた。

二

今夜も龍吉は、池のほとりの大きな記念碑の裏がわで、膝小僧を抱いたまゝ、ぼんやりと噴水の囁きに耳をかたむけている。

夏のちかい、ある美しく晴れた夜のことで、香《か》ぐわしい空気は、しっとりと潤《うるお》いを帯びていて、少しも寒くはなかった。それに、この辺は珍らしく蚊のいない場所だったし、灯《あかり》といっては、池の向側《むこうがわ》に、ほの白い街燈がたったひとつ立っているきりで、その光とてもこの辺まで達《とど》きそうもなかったから、あたりはまっくらという程ではないにしても、とまれ、ひとり物思いに耽《ふけ》っているには恰好の場所だった。

芝生の上に仰向《あおむ》けに寝ころぶと、頭のすぐ上には、透けて見えるほど真蒼《まっさお》な楓の若葉が重なりあって、その隙間から洩《も》れる星の光は、驚くほど、くっきりと鮮《あざや》かであった。ときどき、さっと吹いてくる風が、ザワザワと梢《こずえ》をゆすぶって、どうかすると、冷い夜露をおとすことがある。

——その時、龍吉はふと、池の向うからさくさくと砂利を踏んで、こちらへ近附いて来る足音をきいた。靴《くつ》の音らしいのである。はてな、龍吉は相変らず寝そべったまゝ小首をかたむける。

男かしら、妙だな、男のようでもあるが、やっぱり女らしい。……

龍吉はたいてい、その足音をきいたゞけで、相手の性別はもちろんのこと、年齢まで凡《およ》そ判断出来るのであるが、この足音は妙である。女のようであるが、それでいてまた、男のようにさくさくと、歯切れのいゝところもある。

しかし、龍吉は特別その足音にふかい注意をはらっていたわけではなかった。

近道をするために、公園を斜《ななめ》に突切《つっき》ろうとする人々のひとりであろう。どうせ間もなく行きすぎてしまうのだ。この大きな記念碑のうしろにいるのだもの、見とがめられる心配なんてありゃしない。……

しかし、龍吉の考えは間違っていた。足音の主は、池の向側にある街燈のあたりで立止《たちどま》ったらしかった。そこで、暫《しばら》く足音がとだえたのは、きっとその光の下で腕時計でも見ていたのであろう。しばらくすると、以前とはかわった、ゆっくりした足どりで、池を回ってこちらへやってきた。

むろん、そんなところに龍吉がいようなどとは、夢にも気が附かないのであろう。噴水の周囲を、いくらかいらいらとした調子で歩き廻っている。時々、記念碑のすぐ向うがわで立ちどまって、軽く口笛を吹いたりした。

相手との距離が、それほど近くなったにも拘《かかわ》らず、龍吉はまだ、その性別をはっきりと判断しかねていた。女に違いないとは思うけれど、それにしては、ひどく物にこだわらぬ性質らしく、さくさくと砂利を噬《か》む靴音には、青年のような爽《さわ》やかな小気味よさがあった。

妙だな、やはり男かしら。しかし、青年としては、どっかタッチに柔かなところがある。

むろん、覗《のぞ》いてみれば雑作《ぞうさ》なくわかることである。しかし、そうするにはどうしても、芝生のうえに起き直らねばならない。音を立てゝ相手を驚かしては……、とそういう懸念《けねん》が龍吉の行動を妨げる。それに彼は、聴覚だけで、判断してみたいという、妙な欲望を持ってもいた。

不思議な人物は、しばらく口笛を吹いたり、低声で鼻唄をうたったりしながら、その辺を歩き廻っていたが、すると間もなく、第二の足音が、また遥か池の向うからこちらへ近附いて来た。

今度は明らかに女である。それもまだ若い、おそらく二十前後の女であるらしい。さくさく、さくさくと小刻みに砂利を噬む靴音は、歩くというよりは飛ぶような調子だ。さきほどから、池のほとりで、待っていた人物が、その時、突然、

「貝子《かいこ》!」

と、ひくい声で呼んだ。ひどく巾《はば》のひろい、低い、しゃがれた声で、しかも、非常に歯切れのいゝ、爽《そう》快《かい》の調子だったが、間違いなく、それは女の声であった。

妙だな、男のような女だな。

芝生のうえで龍吉がそんなことを考えている時、若い女の足音が急に近くなって来た。足音ばかりではない。はアはアという劇《はげ》しい息遣いまで、明瞭に聴取《ききと》れるのである。

「貝子」

「ミミ?」

若い女の、美しいアルトの声が、闇のなかを透《すか》すようにひびいて来た。

「うん、ぼく」

次《つ》ぎの瞬間、貝子のからだとミミの体がひとつになったらしい。短い沈黙があったのちに、急に早口

で、貝子がなにやらくどくどと言い出した。非常に早口で、それに時々、噴水の水の音でかき消されるので、全部の意味を聴取ることは困難であったが、どうやら相手の心変りを怨《うら》んでいるらしいのである。

「困るなあ、そう邪推ばかりしちゃ。そんなわけじゃないって、さっきからあんなに口を酸《す》っぱくして言ってるのに、貝子にはわからないのかなア」

「だって、だって……」

貝子が泣声を振りしぼって、何か言いかけたが、その声は、足音とともに、しだいに池の向うのほうへ遠ざかっていった。

龍吉はなんとなく吻《ほっ》とした。貝子という女の言葉の調子や、足音や、身動きのなかに、何やら激烈な感情の切迫を感じて、いまにもとんでもない事が起りそうな気がしていたからである。早くどっかへ行ってくれゝばいゝ。彼等の間にどのような事が起ろうとも、自分のいない所でなら一寸《ちょっと》も構やしない。

――

しかし、二人は立ち去ったのではなかった。ますます激しく言いつのりながら、池を一週《ひとめぐり》して、しだいにまたこちらへ近附いてくるらしいのである。その様子から判断すると、二人とも少しでも冷静になるどころか、いよいよ猛《たけ》りたっているらしいのだ。

二人は記念碑のすぐ前まできた。

そこでまた、貝子がキイキイ声をふりあげて、ひとしきりミミを口説いていた。それに対して、むっつり黙りこんでいたミミが、ふいにキッパリとした声でいいきった。

「貝子、そんなに面倒くさいのなら、ぼく、もう真平《まっぴら》だよ」

「まっぴらって?」

貝子のうめくような声がきこえる。

「今夜きりということさ。ぼくのことはさっぱりと忘れてくれたまえ」

「えッ、忘れろですって?」

「そうだ。きみはきみ、ぼくはぼくということにしようじゃないか」

「じゃ、今夜を最後の晩にしようというの、ミミ?」

「だって、仕方がないじゃないか。ぼくだってこんなこと言いたかないけれど、きみが信用してくれないのだからしかたがない」

「まあ、愛想づかしを仰有《おっしゃ》るのね。そしてわたしと別れて、あのかたのところへいらっしゃろうというのでしょう？」

「あのかたって、黄枝《きえ》のこと？　ほんとういうと、ぼくいまゝであの女《ひと》はそんなに好きじゃなかったです。しかし、そんな風にしつこく邪推されると、ぼく、意地でもあの女《ひと》のものになりたくなるよ」

「ミミ！」

突然、貝子が絶叫した。

「それがあなたの本心なのね」

ざざざざざ！　と砂利を蹴立てる音がして、龍吉は思わずハッと首をすくめた。そのとたん、闇にひらめく白刃《はくじん》を、はっきりと見たような気がしたからである。

「貝子、何をする！」

「堪忍《かんにん》して、ミミ！」

悲劇は瞬間にして終った。

記念碑のすぐ向うがわで、低いうめき声がしたかと思うと、つゞいて、ドサリと重い物が倒れるような地響きがした。

それから、あとはもとの静寂《しずけさ》。

龍吉は記念碑のこちらがわで、きっと歯をくいしばりながら、楓の若葉のようにちりちりと顫《ふる》えていた。いつの間にやら両手をしっかと草の根につっ込んで、爪のあいだには土がいっぱい詰まっている。

泣きだしたいのだ。

絶叫したいのだ。しかし、その結果を考えると、恐ろしさにぞっとする。自分がこゝにいることを相手に覚られてはならぬ。もし、覚られたら、自暴自棄《やけくそ》になっている貝子のことだ。どんなに恐ろしいことになるか知れたものじゃない——

とつぜん、碑の向うがわで、激しい歔欷《すすりなき》の声がきこえた。つゞいて、屍骸《しがい》をかき抱《いだ》いて、くどくどと囁いている声が聞える。

「堪忍して、ミミ、堪忍して。あたしは誰にもあなたを渡したくなかったの。あなたをいつまでもいつまでも、あたし一人のものにしておきたかったの。あなたは御存じじゃなかったのだわ。どんなにあたしがあなたを愛していたか。……どんなに狂おしい愛情を、あなたに対して注ぎかけていたか。……許してね、あたしを可哀《かわい》そうだと思って、昔どおりに愛して頂戴」

貝子はそこで言葉をきると、尚《なお》しばらくのあいだ、激しく歔欷《すすりな》いていた。泣いて泣いて、涙が涸《か》れるほど泣きつくした。

そうすると、いくらか気が楽になったのであろう。涙を拭《ぬぐ》うと急に恐ろしくなったように戦慄《せんりつ》しながら、

「さようなら、ミミ。あなたはもう永久にあたしのものよ」

それから、さくさくと戦《おのの》くような靴音が、砂利を噛んで、しだいに遠のいてゆく。ときどき、逡巡したり、かと思うと、急に馳けだしたり、その足音からして、いかに彼女が激しい混乱におちいっているかわかるのである。

龍吉はいちまいずつ、心の重石《おもし》をとりのぞかれてゆくような気持ちで、じっと、その足音に耳をすましていたが、ふいに、おやという風に小首をかしげた。その靴音のなかに、何やら尖《とが》った、キイキイとかすれるような雑音がまじっていて、それが、鋭い龍吉の聴覚をとらえたのであろう。

「なんだろう、あれは。——」

龍吉は、不安そうに呟《つぶや》きながら、ごそりと草のうえに起きあがった。それから、こわごわ、四つん這《ば》いになったまゝ、記念碑の向うをのぞいてみた。

そこには、タキシードを着た若い少女が、仰向けになったまゝ倒れている。ボーイシュ・カットの髪の毛が、ひろい額《ひたい》のうえにばらりと乱れて、薄化粧をした顔が、夕顔のようにほんのり白いのである。

龍吉もその少女を知っていた。

それはいま、某レビュー劇団で、素晴《すば》らしい人気を博している、いわゆる男装の麗人、百合園《ゆりぞの》美々子《みみこ》なのである。

龍吉はごそごそ這うようにして、この可哀そうな

少女の屍体《したい》のそばに近附いていった。見ると、記念碑の表面から、砂利のうえにかけて、べっとりと血の沫《しぶき》である。龍吉はそれをみると、思わず戦慄して面を反向《そむ》けたが、その拍子にふと眼についたのは、ミミの屍体のすぐ傍におちている、一輪の薔薇《ばら》の花である。

おそらく、ミミがタキシードの襟《えり》にさしていたものであろう、短いピンが挿《さ》さっていて、そしてそのピンの尖端《せんたん》が折れている。

「あゝ、これだな」

龍吉はそれを拾おうとして身を屈《かが》めたとたん、ふとミミの顔に眼をおとすと、さらさらと、暗い噴水の影を受けたミミの唇は、いまにも何か言いそうであった。

龍吉は急におそろしくなって、薔薇の花を拾いあげると、一散に池を廻って逃げだしたのである。

三

ミミ殺害事件の記事が、世間を騒がしているあいだ中、龍吉はけっして、その噴水のほとりに近附こうとはしなかった。

「龍ちゃん、どうしたの。この頃はちっとも公園へ出かけないのね」

若い母がからかい顔に言ったときも、龍吉はたゞ、うゝんと上眼づかいに、言葉すくなく、首を振ってみせたゞけだった。

「やっぱり、あんな恐ろしい事があったので、恐くて近よれないのでしょうね」

「なにしろ、たいへんな騒ぎだね。女学生たちの悲嘆の程は素晴らしいというぜ」

全《まった》く龍吉の父の言葉どおり、ミミの死ほど近頃世間を騒がした事件はないのである。さまざまなデマやゴシップが入乱《いりみだ》れてとび、彼女と交渉のあった少女たちが、次から次へと新聞のうえで問題にされた。しかも、それらの多くが、良家の子女であったところから、その度に騒ぎは大きくなるのだったが、不思議なことには、貝子という名前だけは、いつまでたっても、事件の表面に現れて来ず、したがって犯人も捕まらなかった。

こうして事件の日から早くも二月《つき》とたち、三月とすぎて、そして漸《ようや》く人々の脳裡《のうり》からさすが人気のあったミミの記憶も、いつしかうすれていこうとする初秋ごろの、よく晴れた朝のことだった。

龍吉は久しぶりで早朝の公園へはいっていった。恐しい惨劇のあったあたりは、ひとしお砂利も清められ、記念碑の面も綺麗に拭われて、むろん血の跡など、どこにも残っていなかった。噴水はあの晩と同じように、さらさらと音を立てゝ舞いあがっている。

龍吉はその記念碑のまえまで来たとき、ふと足をとめて地面を見た。白いマーガレットの花束がそこに落ちていたからである。龍吉は何気なくその花束を拾いあげたが、すぐ、それが偶然そこに落ちていたものではなくて、故意にそこにおかれていたものであることに気がついた。というのは、その花束は黒いリボンで結ばれていて、しかもそこはちょうど、ミミの血によって染められた、あの砂利のうえだったからである。龍吉はそれに気がつくと、思わず花束を投げだして、一散に公園を抜けだした。

その翌日も龍吉は、そこに同じような花束をみた。それは決して昨日の花束ではなかった。白いマーガレットの花の中に山百合《やまゆり》がいっぽん混《まじ》っていた。

その翌朝も同じだった。

龍吉は三度目の花束をみたとき、何か決心するところがあるように、久しぶりに日が暮れてから、噴水のほとりへ出向いていって、記念碑のうしろへもぐりこんだ。

龍吉はそこで、どのくらい待ったであろうか。秋に向うころの夜の空気はかなり冷くて、もし、あまり長く待たなければならぬようなら、彼はあきらめて引上《ひきあ》げるつもりだった。

しかし、実際はそれほど待つ必要はなかったのである。

龍吉が潜りこんでから、半時間ほどしたとき、しとやかな靴音が池の向うから聴えてきた。その靴音はいくらかためらい勝ちに、しかし、間違いなくこの記念碑を目指してやって来るのである。龍吉はその靴音に、じっと耳をすましているうちに、にっこり嬉しそうな微笑を洩らした。それがあの夜の少女であることを知ったからである。しかも彼女は、あの晩と同じ靴をはいている。

貝子はとうとう記念碑のまえまでやってきた。そして持って来た花束を地上に捧げると、長い長い黙《もく》禱《とう》をつゞけていた。黙禱の合間には時々悲しげな歔《すすり》欷《なき》の声もまじった。

龍吉はそのあいだ、じっと辛抱《しんぼう》してまっていたが、漸く祈《き》禱《とう》がおわって、立上《たちあが》ろうとするとき、出来るだけ静かな声で、

「貝子さん」

と、呼びかけると、素速く相手の面前へ現れた。あゝ、その時の貝子の驚き！　もし、彼女の脚が、恐怖のためにすくんでいるのでなかったら、きっと、龍吉の止めるひまもなく駆け出していたであろう。まだ十八か十九くらいの少女で、あさみどりのワンピースと、桃色のハーフコートの下で、彼女の筋肉は蠟《ろう》のように固く凝固していた。

「どういう風に話したらいゝか、実はぼく、あの晩、ほらミミの殺された晩、この石の向うにいたんです」

貝子はそれをきくと、あっと叫んでとびかかりそうになったが、その顔からは血が悉《ことごと》く引いて、唇までまっ白になった。

「何も心配する事はないのです。ぼくは誰にも話しはしないのですから。あなたがミミを殺したというようなことは。……」

「なんですって？　あたしがミミを殺したのですって」貝子は必死となって、「何を証拠にあなたはそんなことを仰有るのです」

「証拠って、ぼくはたしかに聞いたのです。貝子という人がミミを殺すところを。……」

「そして、あなたはその女《ひと》の姿を見たの。あんな暗い晩に。――」

「いゝや、見なかった。見なかったけれど……」

「見なかった？　それじゃどうしてあたしがその貝子だとわかって？　あたしは貝子じゃありませんわ」

「そうですか」龍吉は悲しげに首を振りながら、「あなたはもっと上手に嘘《うそ》をつくためには、靴をはきかえて来たほうがよかったのです」

「靴が――靴がどうしたんですって？」

「あなたの靴の底にはピンの先端《さき》が折れて、突きさっているのです。ぼくの耳にはそれがよくわかるのです。そのピンというのは、ミミが胸に薔薇の花を挿《さ》していたそのピンなのです。ほら、薔薇の花とピンとを、ぼくは今でもこゝに持っているのですよ」

　貝子はそれを聴くと、恐怖のために真青《まっさお》になった。彼女はまだ、龍吉の言葉をすっかり理解することは出来なかったが、しかしそこに、容易ならぬ罠《わな》のあることに気がついたのである。

「あのとき、ミミの胸からこのピンの落ちたのを、あなたは――いや、貝子は知らずに踏んだ。そしてピンは折れて靴の底につきさゝったのです。ぼくはあの晩、貝子の靴音に、とがった、キイキイというような雑音の混っているのを聴きわけることが出来ました。そして今夜も、それと同じ音を、あなたの靴音のなかに聴いたのです。それでもあなたは、貝子でないと言いはりますか」

　貝子は黙っていた。彼女の眼は恐怖のためにうつろになり、唇はかさかさに乾いて慄《ふる》えていた。おそらく彼女は、あの夜以来、長い病気で臥《ふせ》っていたのだろう。痛々しいほど窶れた眼のふちは、悲しみと恐怖のために、深い隈《くま》をえがいているのである。

「なにも心配することはないのです。ぼくは誰にも喋舌《しゃべ》りゃしなかった。ぼくは唯、ミミとの約束を果したいだけなのです」

「ミミとの約束ですって？」

「そうです。ミミはあのときまだ微《かす》かに呼吸《いき》をしていた。そしてぼくに、伝言《ことづて》をしたのです、貝子という人に言ってくれって。……」

「あたしに伝言ですって？」

「あゝ、やっぱりあなたが貝子さんでしたね。そうです。あなたに伝言です」

「いったい、なんといったのです。ええ？　ミミはあたしの事なんといったのですか」

龍吉は憐《あわれ》むように少女の眼を見た。それから、静かに、さとすようにいった。

「ミミはこういったのです。ぼくが――つまりミミのことです――ぼくが愛するのは貝子ひとりだ。ぼくは貝子に殺されたけれど、ちっとも怨《うら》みに思わない。いや、却《かえ》ってうれしいくらいだ。どうかこの薔薇を愛の印として、この伝言と共に貝子に贈ってくれ――と、そういって、ミミはこの薔薇をぼくに渡したのです」

龍吉は萎《しな》びて色褪《あ》せた薔薇の一輪を、そっと貝子の手に握らせてやると、この巧妙な嘘がどのような反応を惹起《ひきおこ》すかという風に、じっと貝子の様子を見守っていた。そしてとつぜん、気違いのように地上に身を投げだして、咽《むせ》び泣く貝子を見ると、やっと満足したらしく、出来るだけ静かにその場を立ちさったのである。

その翌朝、人々は噴水のほとりに、自ら胸を貫いて死んでいる少女の屍体を発見した。

少女は襟に一輪の薔薇の花をつけ、あたりに白いマーガレットの花をいっぱい敷きつめて、そのうえで死んでいた。その顔は神々《こうごう》しいほど安らかであったということである。

噴水はいまでもさらさらと音を立てゝ流れている。しかし、その言葉を理解することの出来るのは龍吉だけなのだ。

龍吉の性情は、この事件を転機として急に大人のようになり、まもなく彼の鼻の下には、柔かい青草のような髭《ひげ》がふさふさと生えはじめた。

舌

人通りも少ないうすぐらい横町だった。どうしてわたしはそんなところを通りかゝったものか、また、それがどこであったのか、どうも記憶がぼやけていて、ハッキリと思い出すことが出来ないのである。

梅雨《つゆ》あけの、くらい空気のムッとするような、そういう蒸暑《むしあつ》い陰気な夜のことで、それは浅草《あさくさ》だとか千日前《せんにちまえ》だとか、そういう毒々しいほど賑《にぎ》やかな、盛り場のすぐ裏通りではなかったかと思う。

古風なジンタの音を、どこか間近に聴きながら、ふとその横町を通りかゝったわたしはおやと思ってそこに足を止めたのである。この人通りの少ないうすぐらい横町にアセチリンの焔《ほのお》もわびしく、不思議な店をひらいている露店をそこに認めたからである。

それは不思議にも恐ろしい品々を並べた珍らしい露店だった。さいしょ、わたしの眼をとらえたのは、店の正面に下っていた、毒々しい色彩の絵だった。ほの白いアセチリンの焔のなかで、それがまっかに浮きだしているのである。

何気なく、側《そば》へよって見たわたしは、それが見るも恐ろしい、凄惨《せいさん》な人体解剖図であることに気がついた。

「旦那《だんな》、何か買ってくださいな。せいぜいお安くしておきますよ」

陰気な顔をした主人は、わたしの顔に好奇心のいろを見ると薄暗いところからそういって奨《すす》めるのである。

「ふむ」

わたしはそう生返事《なまへんじ》をしながら、店のまえにしゃがむと、そこに並べられた不思議な品々をひとつひとつ、手に取ってみた。手ずれのした、グロテスクな恰好《かっこう》の仏像がある。どうやらそれは歓喜天《かんぎてん》らしいのだ、非常に生々《なまなま》しい表情をした、十字架上のキリスト像がある。どうもそれは敬虔《けいけん》だとか、崇高だとかいう感じからは、甚《はなは》だ縁の遠い、一種の無残人形なのである。地獄変相図がある。八ケ月ぐらいの胎児のアルコール漬《づけ》がある。奇怪な、オブシーンな浮世絵を描いた、青黒い鞣皮《なめしがわ》はどうやら、刺青《いれずみ》をされた人間の皮らしいのだ。淫《いや》らしい腫物《はれもの》が花のように盛りあがった蠟《ろう》人形もある。

その他、ちょっと大きな声で言うを憚《はばか》るようなさまざまな、珍奇な器具が、いっぱいに並べてあるのだ。

わたしはそれ等《ら》のひとつひとつを手に取って眺めているうちに、ふと、小さな広口壜《びん》を取りあげた。透明な液体を湛《たた》えたその中には、何やら、赤黒いような、肉の塊《かたまり》がたゞひとつぶらぶらと浮んでいるのだ。何《な》んだろう、どうも分らない。いろいろと、ためつ、すかしつつしてみたが、どうも判断がつきかねるのである。

「これは何んだね、妙なものだな」

「それですか」

無表情な顔をした露店の主人は、そっけない調子で、

「それは舌ですよ」

「舌——？　なんの舌だね」

「人間の舌ですよ？」

「人間の舌だって？」

わたしは思わずもう一度、壜のなかを透してみながら、

「死人の舌かい？」

「いゝえ、生きてる奴を、そうして食い切ったのですね。尤《もっと》も、食い切られた奴は、すぐ死んじまいましたが……」

わたしは、思わずギクンと心臓が大きく躍るのを感じた。アルコール漬になった赤黒い舌——ギザギザに食い切られた、生々《なまなま》しいその一端には、血がギ

ラギラと漆《うるし》のように黒くこびりついているのである。わたしはそれを見ると、思わずゾーッとするような恐怖にうたれた。表情のない顔をした夜店の主人が鬼かなんどのように思われ、心臓が、針で刺されたような痛みを感じたのである。

「冗談だろう？　人間の舌だなんて」

「どうしてゞすか」

「だって、こんなもの売るのかい」

「売るのです。しかし、これは買主《かいて》が極《き》まっているのですから、だれにでもお売りするというわけにはいきません」

「いったい、誰が、こんなものを買うのだね」

「見てゝごらんなさい。今に買主がやって来ますからね」

主人は浮かない顔をして、それきり口をつぐんでしまった。ジージーと、カーバイドの燃える音がして、雨気をふくんだ黒い風が、さっとほの白い焔をゆすぶる。

「あなたは新聞をお読みになりますか」

暫《しばら》くして、夜店の主人が沈んだ声でまたそういった。

「新聞？——うん、読んだり読まなかったり……」

「それじゃ、一週間ほどまえに、Qホテルで、男が舌を噛《か》みきられて死んでいたという事件を御記憶じゃありませんか」

わたしはドキッとした。そして思わず、この不思議な露店商人の顔を見直したのである。

Qホテルの、あの残虐極《ざんぎゃくきわま》りなき事件——それはちかごろでの、最も忌《いま》わしい、気味の悪い出来ごとだったからである。わたしはこういう陰惨な物語を筆にすることをあまり好まないのであるが、一応お話しておかなければ諸君にはなんのことか分らないだろう。

一週間ほどまえのことである。

新宿にある、連込《つれこみ》専門という評判のあるQホテルへ宿泊した男女があった。男は五十くらいの重役タイプ、女はまだ二十そこそこの若い娘なのである、一見して連込みと知られるこの二人は十五号室へ一泊したが、その翌朝、男のほうだけが、ベッドの中で冷くなっているのが発見された。見ると口のまわりにべったりと赤黒い血がこびりついている。医者が駆けつけて、無理やりに口を開いてみると、男の舌がないのである。いや、途中から獣に喰いきられたように千切《ちぎ》れ、そこに夥《おびただ》しい血が、ブヨブヨとした塊となってたまっているのだった。

取調べの結果、男はかなり有名な弁護士だということが分った。そして犯人と目《もく》された女は、その弁護士の宅にかつて働いていた小間使いなのである。事実はこうなのだ、小間使いはその宅で働いているうちに主人なる弁護士の蹂躪《じゅうりん》するところとなったのである。これを感附いた弁護士夫人は、ダイヤの指輪を盗んだというかどで、その小間使いを告発した。可哀《かわい》そうに、小間使いは取返《とりかえ》しのつかぬ体にされた揚句、冤《むじつ》の罪で六ケ月の処刑をうけたのである。

Qホテルの事件は、この瀆《けが》された小間使いの復《ふく》讐《しゅう》だったが、その手段のあまりの恐ろしさに、当時、大きなセンセーションを巻き起したものである。小間使いは間もなく弁護士邸の庭で縊死《いし》をとげているのが発見された。

この恐ろしい事件を、まざまざと思い出したところへ、ふとわたしの前へ立った女があった。

「あなたですね、わたしに手紙をくれたのは……あなたのところに良人《おっと》の舌があるというのはほんとうですか」

わたしはその女の顔を見た。そしてわたしはその細面《ほそおもて》の、眼のつりあがった、ヒステリックな顔を、この間《あいだ》、新聞で見たことを思い出したのである。女は弁護士夫人だった。

「はい、ございます」露店商人は無表情な顔をして、例のアルコール漬けの肉塊を手渡した。

「有難《ありがと》う……」女は静かにわたしの方を振りかえって「どう、これは――?」

と、そういって、ベロリと長い黒い舌を出してみせたのである。そのとたん、どっと黒い風がアセチリンの焔をゆらめかして、あたりはひたひたと冷い水のような狭霧《さぎり》のなかに包まれた。

三十の顔を持った男

人間カメレオン

世の中に何が物凄《ものすご》いといって、新聞社の競争ほど激烈を極めるものはないようである。わけても東都《とうと》新聞と朝陽《ちょうよう》新報、――この帝都の二大新聞のあいだに繰返されて来た虚々実々の攻防合戦ほど、われわれの眼を欹《そばだ》たしめるものはなかった。

ちょっと一例を挙げて見ても、東都新聞が南極探検飛行を計画すると、朝陽新報はたゞちに北極探検を応酬する。東都新聞がアマゾン遡江《そこう》とやると、朝陽新報では待ってましたとばかりにヒマラヤ登攀《とうはん》と来る。もっと滑稽《こっけい》なのは、朝陽新報である時土用《どよう》の丑《うし》の日には牛肉を食うべしと宣伝しはじめると、東都新聞でも直《ただ》ちにそれに応酬して、寒《かん》の酉《とり》の日には鶏肉《かしわ》を食えとやらかすという寸法。

諸君がもしこの二大新聞社のどちらかに足を踏入《ふみい》れたとしたまえ。そこに渦巻く轟々《ごうごう》たる輪転機の唸《うな》り、電話の怒号、嵐のようなペンの呻吟《しんぎん》、憑《つ》かれたような記者諸君の急歩調のなかゝら、澎湃《ほうはい》として湧《わき》起《おこ》って来る社内の心臓の音を聞くことが出来るだろう。それはいつも次《つ》ぎのような金言を呟《つぶや》きながら、世にも急《いそ》がしい鼓動をつゞけているのだ。

「負けるな、負けるな、負けるな、負けるな。……」

と。

さて、私がこれから述べようとする「三十の顔を持った男」という、この不可思議な事件も、もとはといえば、そういう狂気じみた嵐の中から考案された、ひとつの催《もよお》しものなのだ。

毎年夏になると新聞社は記事に困る。その余白を埋めるためと、ひとつには人気取りのために、どの新聞社でも奇抜な催しものを計画して、読者をあっといわそうと魂胆を砕くのだが、この一万円懸賞附きの「三十の顔を持った男」というのも、そういう夏場の催しものゝ一つで、これは東都新聞によって計画されたものである。

詳細をお話するとこうである。

こゝに鮫島勘太《さめじまかんた》という映画俳優がある。年齢《とし》は二十八、素顔はすこぶるつきの美男なんだそうだが、これが和製ロン・チャーニーという綽名《あだな》があったくらいで、実に扮装の妙を極める。この男がいちど変装すると、シャーロック・ホームズといえども観破することは困難であろうといわれたくらい、つまり人間カメレオンなのだ。

東都新聞社の幹部の頭脳にふと浮んだ妙案というのは、この人間カメレオンを利用して、読者に一つの競技《スポーツ》を提供しようというのである。詳しく説明するとつまりこうなのだ。

八月一日より向う三十日間、鮫島勘太は東都新聞社のおかかえとなって、東京旧市内の各地に出没する。むろん、素顔では現れない。毎日変った扮装のもとに出来るだけ多く人の集まる場所へ出没するが、もしその扮装を見破って、無事に勘太を東都新聞まで連れて来たものがあったら、賞金として即座に一万円提供しようというのである。

むろん、これには新聞社側のフェヤー・プレーが要求される。そこでだいたい、次ぎのような細目が発表された。
一、鮫島勘太はこの競技中、絶対に旧市内より外に出《い》でざること。
二、鮫島勘太は毎日必ず一定時間、群衆の中に現れ、しかも現れたという証拠を、写真でもって翌日の新聞に示すこと。
三、それらの写真で示された扮装が、鮫島勘太にちがいなかったことを、競技終了後、扮装場面を公開することによって一般に証明すること。

四、鮫島勘太はその正体を指摘された場合、絶対に否定、或《ある》いは抵抗に類似する行為に出でざること。
五、若《も》し最後まで発見者なき場合は、賞金一万円は防空基金として政府に寄附すること。

だいたい以上のとおりであった。

私はいま率直にいうが、ちかごろ各新聞で行われた夏の催し物のうちで、これほど人気に投じたものはなかったのである。何しろ慾と二人づれなのだ。その男を見つけさえすれば、一万円という金が労せずして転がり込んで来る。このセチ辛《がら》い世の中に、こんなうまい話はないではないか。

さればこそ、八月一日を期して競技の幕が切って落されると、東京市中は湧き返るような人気だった。町の辻々に貼られた写真入りの宣伝ポスターのまえには、いつも黒山のような人群《ひとだか》り、新聞は飛ぶように売れる。あちらでもこちらでも偽《プソイド》勘太が捕えられるという騒ぎ、いやもう血眼《ちまなこ》なのだ。あとで分ったことだが、この競技期間中に、東都新聞は実に十数万という発行部数を増加したそうである。

ついでにいっておくが、鮫島勘太はこの計画が発表される一ケ月以前から、すでに姿をくらましていた。そしてその潜伏場所を知っているのは東都新聞社の三人の幹部だけ、その幹部というのは社長の河野《かわの》氏と編輯《へんしゅう》長の栗原《くりはら》氏、それからもう一人はこの計画の立案者、東都新聞きっての腕利きといわれる少壮記者の結城《ゆうき》晈平《こうへい》、この三人だけなのであった。

歪んだ顔

激しい夕立《ゆうだち》のあった後、市中はにわかに涼しくなった。アスファルトは洗われたように水々しく濡《ぬ》れて、街の灯も涼を呼ぶように爽《さわや》かにまたゝいている。

日比谷の角にある東都新聞の電気ニュースは、今日も人間カメレオンが発見されなかった旨を報じて、人々の胸に新らしい希望と亢奮《こうふん》を喚起している。

この東都新聞社の正門前に立てられた、大きな宣伝ポスターのまえに立って、さっきからしきりに小首をかしげている男があった。日に焦げた赧《あか》ら顔、

太い眉、胸が厚くて肩がもりもりと盛りあがってい
る。形の崩れた洋服、膝《ひざ》のとび出したパンツ、靴《くつ》は
先端《さき》が丸くて底が平たい、ちょっと南洋通いの二等
運転士といった恰好《かっこう》なのだが、気になるのはその顔
なのである。

激しい神経痛の発作でもこらえているように、顔
中の皺《しわ》という皺が全部左の頬《ほ》っぺたに集中していて、
そのために顔全体が三角に歪《ゆが》んでいる。それさえな
ければかなり男らしい顔貌《かおつき》であろうと思われるのに。

「畜生《ちくしょう》!」

男は果して苦しそうな呻《うめ》き声をあげた。じっと歯
を喰いしばると、歪んだ顔がいよいよひん曲って見
えるのだ。

だが、それでもやっぱりその男は、ポスターのま
えから立去《たちさ》ろうとしない。去ろうとしないのみなら
ず、さっきからしきりに不審そうな小首をかしげて
いる。ところでこのポスターだが、いうまでもなく
これは、例の人間カメレオンの宣伝ポスターなので
ある。中央に大きく焼附《やきつ》けてあるのは、鮫島勘太の
素顔写真、その周囲には今日まで巧みに東京市民の
眼を欺《あざむ》いて来た、彼の七つの扮装写真が貼りつけて
ある。今日は八月八日だから、この競技が最後まで
つゞけられるとすれば、そこには彼の三十の違った
顔が貼りつけられることになるのである。

男はしばらくこのポスターと睨《にら》めっこをしていた
が、やがてふふんと肩をそびやかすと、側《そば》をはなれ
てのろのろと歩き出した。それでもやっぱり気にな
ることがあると見えて、しきりに小首をかしげてい
る。時々振返って新聞社を眺める。立止《たちど》まって電気ニ
ュースを読んだりする。

やがて四角《よつかど》まで来ると、そこに立っている新聞売《うり》
子《こ》を見附けて、東都新聞を買った。そしてそいつを
ポケットに捻《ね》じこむと、ぶらぶらと暗い横町へはい
っていったが、この横町にある「はな屋」という大
阪料理店のまえまで来ると、俄《にわ》かに空腹を思い出し
たように、つかつかと中へ入っていった。

「おいでやーす」

愛嬌《あいきょう》がいゝので評判のお主婦《かみ》なのだ。

「えゝお湿りだしたな。えろう急に涼しくなったやおまへんか。何にしまほ」

白い割烹着《かっぽうぎ》を着たお主婦は、せわしそうに台のうえを拭《ふ》きながら、ひん曲った男の形相《ぎょうそう》を、横眼でジロジロと眺めている。時間すぎと見えて、ほかに客は一人もなかった。

「酒を頼みます」

男は案外優しい声でいった。それから二三品の料理を附加《つけくわ》えると、お主婦のお世辞に耳もかさず、ポケットの中から今買って来たばかりの新聞を取り出した。いうまでもなくこの男が探しているのは、例の「三十の顔を持った男」の記事なのである。

あった、あった。そこには、

「鮫島勘太東京駅へ現る」

という標題のもとに、大きな写真が掲げてある。それはフランスへ招聘《しょうへい》されていった映画女優、久米《くめ》京子《きょうこ》が東京駅を出発しようとする刹那《せつな》の、歩廊《フォーム》の雑沓をスナップした写真なのだ。その群集の中に白髪の老紳士がはっきり映っているが、その紳士のうえに白い矢印がつけてあって、だいたい次ぎのような説明が附加えてあった。

——又もや諸君を出し抜いた鮫島勘太。昨夜彼は矢印の如《ごと》き老紳士に扮して東京駅へ現われ、かげながら久米京子嬢の前途を祝福したが、誰一人それに気附いたものはなかったのである。このスナップに現れている人々は、今頃さぞや地団駄《じだんだ》を踏んで口惜《くや》しがっていることだろう。さても神出鬼没の鮫島勘太よ、今日はいかなる扮装で、どの方面に現れるやら、諸君、眉毛に唾《つば》して一日も早くこの人間カメレオンを逮捕してくれたまえ。一万円の懸賞金が、金庫の中で夜泣《よなき》をして困る。云々《うんぬん》。——

お主婦の置いていった酒を、チビリチビリと舐《な》めながら、この記事を読んでしまった男の顔には、この時非常に妙な表情がうかんでいた。ちょっと放心したような表情《かおいろ》なのだ。例の歪んだ顔のまゝ、じっとまえの盃《さかずき》をにらんでいる。何かしら、旧《ふる》い記憶をたぐりだそうというふうに。

結城皎平——東都新聞の花形記者、あの人間カメレオンの立案者なのだ――その結城皎平が、いつものようにせかせかとした歩調《あしどり》で入って来たのはちょうどこの時だったのである。

「お主婦《かみ》、いつもの奴を拵《こしら》えてくれ」

「あら、結城さん、今日はどうぞしなはったか。えろう遅《おそ》おましたな。なんや顔色が悪《わる》おまっせ」

「あゝ、ちょっとね、気分が悪いのだよ。お主婦、大急ぎで頼むぜ」

「えらい急《いそ》がしいこっちゃな。あんた、結城さんのいつもの御馳走《ごちそう》頼みまっせ」

お主婦はそのまゝどっしりと結城のまえに腰をおろすと、俄かに相恰《そうごう》を崩しながら、

「結城さん、今日はえらい面白いことがおましたんだっせ。いつもうちへ来てくれはるお客さんがな、昨夜《ゆんべ》東京駅へあの人、ほら、なんたらいう女優さんを見にいきなはったんやそうな。ところがそのお客さんの写真が、ちゃんと今日の新聞に載ってるやおまへんか。それもあんたあのお爺《じい》さんの隣りに。お客さんぼやくまいことか、ぼやくまいことか、あの時お爺さんに足を踏まれて、じっと睨んだったんやそうです。それでいてあんた、その人が鮫島勘太やとは気がつかなんだもんやな。一万円儲《もう》け損《そこの》うたちゅうて、さっき来なはってえらい騒ぎだしたがな」

結城皎平はそういうお主婦の饒舌《しゃべり》のあいだ、いかにも浮かぬ顔をしてぼんやりと傍《そば》の鏡のなかを覗《のぞ》きこんでいる。ふつうならこういうさまざまな反響をきいて喜んでしかるべきだった。しかし現在《いま》の彼には少しもそういう様子が見えないばかりか、むしろ反対に、いかにも苦しげな焦燥《しょうそう》の表情《いろ》が見える。

「結城さん、あんたどうぞしなはったんか」

「うん、何しろ大変なんだ」

「大変て、いったい何が大変やの」

「なに、お主婦に言ってもはじまらない」

皎平が苦笑いをした時である。

「お主婦さん、水をいっぱいくれないか」

と、さっきの男が向うのほうから呼んだ。皎平はその声ではじめて、その男のほうを振りかえって見たのである。

男はちょうどその時、ポケットの中から奇妙な七ツ道具を取り出していた。注射針に小さいガラス容器、青い紙包、そんなものを小皿のかげにならべている。やがてお主婦がコップに汲《く》んだ水を持って来ると、それで白い粉を溶かしてそいつを注射器のなかに吸いこんでいる。

（モヒ患者かな）

皎平が横眼でそれを睨んでいると、男は間もなく左の腕をまくしあげて、プッツリとそれに注射針を打ちこんだ。

「フーム」

男はひくい呻き声をあげると、そのままテーブルの上に顔を伏せたが、見ているとその面上からはしだいに苦痛のいろが消えていく。そして今度顔をあげた時には、例の左の頬っぺたの皺がすっかり取れて、歪《ひずみ》になった顔が一瞬間、普通の顔になった。

眉の太い、唇のしまったいゝ男なのだ。

だが、この瞬間結城皎平は何に驚いたのか、ドキリとしたように椅子から腰をうかしたのである。その動作があまり急激だったので、テーブルの上の湯《ゆ》呑茶碗《のみぢゃわん》がひっくりかえったくらいだ。

男はびっくりしたように、ピクリと眉を動かすところを見た。しかし、その顔はまたもやもとの歪《ひずみ》にかえっている。薬が足りなかったのかも知れない。果して男はもぞもぞとポケットを探ると、小さな紙袋を取り出したが、その中にはもう一包も残っていなかった。

「畜生！」

男は腹立たしそうにそいつを土間に叩きつけると、大急ぎで例の七ツ道具をしまいこみ、それから勘定をはらって出ていった。

「お主婦」

皎平も大急ぎで立上《たちあが》ると、

「御馳走はあずけておく。急に用事を思い出したから、今日は失敬」

呆気《あっけ》にとられているお主婦を残して、疾風のように縄暖簾《なわのれん》の外へとび出していったのである。

棺の中

「それじゃ君、どうしても断念せにゃならんというのかね。いったい、なんといって、世間に謝まったらいゝんだい」

「それは社長、なんとか私がこじつけてみましょう。しかし、とにかくこの計画は中絶しなければなりませんよ」

「やれやれ」

東都新聞社の社長河野氏は大きな腹をゆすぶりながら、情なさそうな声をあげた。

「世間であんなに騒いでいるのになあ。この十年あまり俺《わし》ゃこれほど素晴らしいヒットを経験したことがないぜ。取次店の報告によっても、この一週間あまりのあいだに二万からの読者が殖《ふ》えているじゃないか。そいつを今更急に中止するなんて、おい、栗原君、君のような智慧者《ちえ》でもどうにもならないのかね」

「どう仰有《おっしゃ》られても、無から有を出すわけには参りませんよ。それは社長の苦衷《くちゅう》はお察しします。いや社長より私の立場はもっと苦しいですよ。何しろやりかけた仕事を中止するなんて、社の威信に関《かか》りますからね。しかし、どうもこればかりはどうにもなりませんよ」

鶴のように痩《や》せて骨ばった編輯長の栗原氏は、布袋腹《ほていばら》の社長とは実にいゝ対照を見せている。一見いかにも温厚そうな老紳士だが、一皮剝《は》げば近藤勇《こんどういさみ》という綽名《あだな》があったくらい、新聞界でも有名な闘士なのだ。だが、さすがの近藤勇も今夜ばかりは、どうにもあがきのつかぬ表情をしているところを見ると、よほど困ったことが起ったのにちがいない。第一社長が今時分まで残っているということからして、並々ならぬ事件の突発を思わせるのだ。

「それにしても結城の奴はどこへ行きやがった。あいつは当の責任者じゃないか」

「いや、奴《やっこ》さんも散々苦しんでいますよ。いまちょっと飯を食いに出かけたんですが、もうおっつけ帰って来るでしょう」

だが編輯長の言葉もまだ終らないうちに、当の結城皎平が風のように躍りこんで来た。

「あ、社長」

と、皎平は息を弾《はず》ませながら、

「編輯長も、ちょうどいゝところでした。実はいま大変な代物《しろもの》を見つけて来たところです」

「どうしたんだ結城君、もっと静かに話が出来ないものかね」

「いかに編輯長のお言葉でも、これが静かに出来ますかってんだ。社長、ちょっと恐入《おそれい》りますがお耳を拝借」

皎平が何やらボシャボシャと囁《ささや》いているうちに、社長の顔にはみるみる大きな驚駭《きょうがい》の表情がうかんで来た。

「そ、そんな馬鹿なことが」

「いえ、ほんとうなのです。兎《と》に角《かく》僕はそうするよりほかに、社を救うみちはないと思います。編輯長、ちょっと」

編輯長もその話を聞くと、すっかり魂消《たまげ》てしまったらしかった。

「結城君、君は気でも狂やしないか。そんな馬鹿げたことが、東都新聞ともあろうものが、そんなインチキが出来ると思うのかい」

編輯長は驚くというよりも寧《むし》ろあきれてしまったらしかったが、社長はしかし、その間にすっかり肚《はら》をきめてしまったらしい。

「いや、栗原君、一概にそう言ってしまうものではないぜ。とにかくこれは一考の要がある。たゞ肝腎《かんじん》なのはその代物だが……」

「だって社長、そんな、そんな事が出来ると思うんですか」

「出来るか出来ないかとにかくやって見るさ。俺《わし》ゃね、この事件にゃ朝陽新報の手が働いてるに違いないと睨んどる。口惜しいじゃないか。みすみす相手の陰謀に負かされて了《しま》うのは。結城君。その男はどこにいるんだ」

「会議室に待たせてあります」

「よし、それじゃ一寸《ちょっと》首実検をして見よう。栗原君、君も一緒に来たまえ」

三人が会議室へ入っていくと、例の男がぼんやりと椅子に腰をおろしている。テーブルのうえには注射器が放り出してあって、今注射が終ったところらしい。例の歪んだ顔も真直《まっす》ぐになり、いかにも満足《みちた》りた表情《かおいろ》なのだ。

社長と編輯長とは、この男の顔を見ると思わずぎょっとしたように顔を見合せた。それからまるで値踏みでもするように、四方からその男の様子を眺めていたが、急にフームと低いうなり声をあげると、

「結城君、お名前は？」

と、社長が訊《たず》ねる。

「降旗史郎《ふりはたしろう》さんと仰有るそうです。一昨日まで、台《たい》南丸《なんまる》に乗っていらしたそうで」

「降旗さん」

社長は降旗史郎のまえにどっかと腰をおろすと、

「あなたは、どうしてこゝへ連れて来られたか、御存じですか」

「知りません。実はこの方が素晴らしい金儲けがあるからと仰有るんで、実は俺《あっし》、船の方をお払い箱になってさし当り困ってるもんですから」

薬が利いているせいだろう。降旗史郎はいかにも大儀そうにいった。社長はそれを聞くと素速い視線を編輯長のほうへくれた。栗原氏の顔にもしだいに亢奮の色が現れてくる。

「そう、この男の言ったことは嘘《うそ》じゃありません。様子によっては莫大なお礼を差上《さしあ》げてもいいのです。ところで、船の方を馘《くび》になられた理由は」

「実は、持病の神経痛がしだいに亢じて来るもんですから、何、薬さえありゃ構わねえようなものゝ、何かと不便なもんですから」

「陸《おか》では何か就職の目当てゞも」

「それがからきしなんで困っていますのさ。船乗《ふなのり》は陸《おか》へあがると河童《かっぱ》も同然なんで、それに親戚《みより》でもありゃなんですが、東京にゃ一人も知人がねえもんですから」

「お郷里《くに》は？」

「熊本の方なんで、でもなんしろ二十年も船に乗っ

ていて、その間に内地の土を踏んだのは二度か三度きりしかねえもんですから」

社長の顔にはしだいに満足の表情《いろ》が濃くなって来る。社長は急に体を起すと、

「栗原君、俺《わし》はよさそうに思う。駄目々々、君がなんと言っても俺《わし》ゃもう肚を極《き》めたよ。後は万事君から話してあげてくれたまえ」

編輯長はちょっと困ったような顔をした。しかし、一旦言いだしたからには金輪際《こんりんざい》あとへ引かぬ社長の気質を知っているし、それに彼自身にしてもなんとかこの暗礁を漕《こ》ぎ抜けたい肚は十分にあるのだ。

「よろしい、一《いち》か八《ばち》かやって見ることにしましょう」

栗原氏は急に降旗史郎の方へ体を乗出《のりだ》すと、

「降旗さん、あなたはこの度のわが社の催しものについて御存じでしょうね」

降旗史郎は眼をパチパチとさせると、

「へえ、知ってる段じゃございません。俺《あっし》はもう魂消ちまって。実は今朝はじめて東京へ足を踏入《ふみい》れたんですが、驚きましたね、あのポスターにゃ。俺《あっし》ゃてっきり自分の写真が貼出《はりだ》されてるんだとばかり思いやしたよ」

「ほうら見ろ、栗原君、当人自身がすでにそれを認めてるじゃないか」

「ところで、降旗さん」

編輯長は社長の言葉に耳もかさず、

「この計画にわが社が、どれほど力瘤《ちからこぶ》を入れているか分って戴《いただ》けるでしょうな。実際、今迄《まで》のところこの計画は予想以上の大成功をおさめているんです。したがって、この計画を俄かに中止しなければならんということになると、わが社がどれほど大きな痛手を負わねばならぬか、お分りでしょうな」

「へえ」

「ところで、不幸にもそういう事態に立至《たちいた》ってしまったのです。こゝに何か奇蹟でも起らない限り、この企てを進めていくことが出来なくなったのです」

「どうしてゞすか。鮫島勘太とやらいう俳優が、急に不平でもいいだしたのですか」

「いや、それ以上のことが起ったのです。社長、す

つかり打開《うちあ》けた方がいゝでしょうな」

「ふむ、俺《わし》もその方がいゝと思う」

「それでは降旗さん、ちょっとこっちへ来て下さい」

編輯長は立上《たちあが》って、錠のおりた傍《そば》の押入《おしいれ》をひらいた。押入の中には大きな白木の箱がある。編輯長はその蓋《ふた》をちょっと上げると、

「中を見て下さい」

降旗史郎は中を覗き込んだ。と同時に、彼は声も立てずに二三歩うしろへ跳びのいた。しかしすぐまた側《そば》へかけよると、箱のふちに手をかけたまゝ、跳び出しそうな眼つきで箱の中を覗きこんだ。

箱の中には一個の屍体《したい》が横《よこた》わっている。その屍体の顔には見覚えがあった。さっき新聞で見た、あの矢印のついた老人なのだ。しかもその老人の首には、肉に食い入るばかり緊《し》めつけられた、紅《あか》い絹の紐《ひも》が巻きついているのだった。

喰うか喰われるか

「鮫島勘太ですな」

よほど暫《しばら》くたってから降旗史郎がいった。

「そうです」

「殺されたのですか」

「そうです」

「一体誰が……どうして……」

「分らないのです。がまあ、向うへいって話をつゞけましょう」

二人は再び社長や皎平の側へかえって来た。社長は黙然として胸の鎖をいじっている。皎平もこれまた無言のまゝ、いかにも不安で耐《たま》らぬという風に部屋の中を歩廻っている。

「あの屍骸《しがい》はね、あゝして箱詰めになって今日の午《ひる》すぎ私あてに送って来られたものです。むろん送り主は分りません。だがこれが何を意味しているか分りますか。この殺人事件は鮫島勘太個人に対する怨《えん》恨《こん》でなくて、東都新聞の繁栄を嫉視《しっし》する何者かの陰謀にちがいないと思われるのです。鮫島勘太が死んでしまえばもうこの計画は続けることが出来ない。そうなれば読者との約束の手前、本社は非常な打撃

を蒙《こうむ》ることになる。それが犯人のつけ目なんです。だが、相手の肚が分っていればいるだけ、我々は屈服を欲しないのです。少しフェヤーでないかも知れないが、飽迄《あくまで》この目論見を遂行して、相手の鼻をあかしてやりたいのです。そこであなたの御助力が是非《ぜひ》とも必要になって来るわけなんですがね」

「というと?」

「つまりね、あなたに鮫島勘太の役割を代って演じて戴きたいのです。いやいや何もそう驚くことはない。あなた御自身もあの男に瓜《うり》二つというほどよく似ていることを認めていられる。実際我々もさっき、あなたをこゝで見た時には、鮫島勘太が例の扮装術で我々を欺いているのだと思ったくらいですよ。もしあの屍骸さえなければ」

「しかし、しかし」

降旗史郎もやっと気を取り直すと、

「あの男が死んだことはもう外へ知れているのでしょう」

「いや、ところがそれを知っているのは、こゝにいる四人のほかに一人もないのです」

「しかし、犯人は?」

「犯人がいったい、何が出来るというのです。まさか、自分が鮫島勘太を殺したのですから、あいつはもう死んでいる筈《はず》だと訴えて出ることが出来ると思いますか」

「しかし、あの男には親戚もあれば友人もあるでしょう。いかに顔が似ていたからって、その人たちの眼を欺くことが出来ようたあ思いませんし、それに第一俺《あっし》ゃあの男みたいに変装が上手じゃありませんからな」

「いや、その点については心配御無用、結城君、今度は一つ君の方から話してあげてくれ」

「承知しました」

どうやら降旗史郎の意《こころ》が大分《だいぶ》動いているらしいことを見てとった結城皎平、俄かに活々《いきいき》とした眼つきになって、

「私から話しましょう。鮫島勘太はね、この計画が発表される一ケ月も以前から、変装変名で小石川の

アパートに住んでいるんです。誰一人それが勘太だと知る者はないし、それにまた、扮装については一人の助手があるから、万事その人がうまくやってくれるでしょう、助手というのはね、本郷にある弥生《やよい》美容院のマダムで、春岡《はるおか》弥生という女です。これが勘太の昔の恋人で……まあ、そんなことはどうでもいゝが、だが、あなたは小石川のアパートから、毎日本郷の弥生美容院へ出かけてくれさえすればいゝのです。するとマダムが適当に扮装をほどこしてくれる。そこであなたはぶらぶら町へ出かける。私がその写真を撮影する。たゞそれだけの事です。簡単な話じゃありませんか」

降旗史郎は黙っていた。しばらく三人の顔を見較《みくら》べていた。だが、急ににっこり微笑《わら》うと――あゝ、その微笑い方からして鮫島勘太そっくりだと皎平は思ったのだが――決然として、

「やりましょう。面白そうですね。俺《あっし》ゃもうそういう冒険がお飯《まんま》よりすきな方でしてね」

「やってくれますか」

社長と皎平がほとんど同時に叫んだ。

「やりましょう。なあに俺《わし》だってまんざら無器用な方じゃない。人のやれることなら俺《わし》にだってやれまさあ」

「しかしね」

編輯長が急に心配らしく眉をひそめて、

「こゝに注意しなければならんのは、鮫島勘太を殺した犯人のことですよ。そいつはね、人殺《ひとごろし》を敢《あえ》て辞せぬくらいの人物だから、贋《にせ》勘太が現れたとなれば、またどのような手段に出ないとも限りませんが、万一あなたの身に間違いでもあると……」

「だから俺《あっし》ゃ引受けるんです。俺《あっし》がそいつを恐れているとでも思っていらっしゃるなら大違いですよ。面白いじゃありませんか、生命《いのち》のやりとり。兎に角やれるところまでやりましょう。どうせ人間、喰うか喰われるかなんだ」

降旗史郎は決然として、太い眉を動かした。いや、その頼もしさ。

碧漾荘《へきよう》の住人

一週間たった。

人間カメレオンの人気はいよいよ高まるばかり、東都新聞の売行きは日に日に素晴らしい勢いで増加していく。降旗史郎は自らも公言した如く、決して無器用な方ではなかった。いやいやその巧妙なる出没には、むしろ鮫島勘太をしのぐものすらある。誰一人それが贋者《にせもの》だと気附く者もない。降旗史郎がひそかに皎平に洩《も》らしたところによると、弥生美容院のマダム、春岡弥生さえまだ気がついていないというのだ。素晴らしいジョーク、素晴らしいスリルだ。

河野社長はすっかり悦に入っていた。とにかくこの一月《つき》さえ無事にすめばいゝのだ。後はまた後で、何《な》んとか方法があろう。

だが好事魔《こうじま》多し、突然この計画に罅裂《ひび》の入る日が来た。しかもそれは思いがけない方向から、世にも恐ろしい形となってやって来たのである。

ある日東都新聞社へ、編輯長に会いたいといって一人の若い娘がやって来た。地味な洋装をした、活々《いきいき》とした感じの娘なのだ。取次ぎの者が用件を訊ねると、小石川の逢初《あいぞめ》アパートに住んでいる葉山謙吉《はやまけんきち》のことについてお話したい事があるという。

編輯長はそれを聞くと思わずドキリとした。無理もない。葉山謙吉とは鮫島勘太が世をしのぶ仮の名ではないか。

「とにかくこちらへ通してくれたまえ」

編輯長は取次ぎの者にそう命ずると、すぐ社長と結城皎平とに電話をかけた。二人ともそれを聞くと血相かえてやって来る。三人が額《ひたい》を集めてひそひそと相談をしているところへ、その娘が入って来た。

「わたくし、陶山美智代《すやまみちよ》と申します。逢初アパートの経営者の娘なんですの」

美智代はさすがにドギマギとした様子で、先《ま》ずそう自己紹介をした。

「はあ、それで、御用と仰有るのは」

「あの、わたくし葉山さんのことで参ったのですけれど、わたくし葉山さんが鮫島勘太さんであること、とうから知っていましたの」

「はあ、はあ」

編輯長は思わずほかの二人と顔を見合せながら、

「どうぞお掛けなすって。それで？」

美智代はもじもじと椅子に腰をおろすと、三人の顔をかわるがわる眺めながら、

「わたし、お訊ねしたいのですけれど、近頃鮫島勘太と名乗って活躍しているあの人が、ほんとうはそうでないということを、こちらでは御存知なのでしょうか」

「なんですって！」

皎平が思わずせきこむのを、編輯長は眼顔でしっと制しながら、

「それはまた異《い》なことを承《うけたまわ》りますな、すると何ですか、近頃のあの男は偽物《にせもの》だと仰有るんですか。いったいどういう根拠から」

「だって、だって……」

と、娘は急に涙ぐんだ眼になると、

「本当の鮫島さんは一週間ばかりまえに殺された筈なんですもの」

美智代はふいに、わっと声をあげてテーブルの上に泣き伏したのである。

これには三人とも少からず驚いた。勘太の殺されたことを知っているのは、四人の関係者を除いては、犯人よりほかに知っている者はない筈なのである。するとこの娘が——この可愛い娘が犯人なのだろうか。

「あなたの仰有ることはよく分りませんな。勘太が殺されたって？　馬鹿な！　しかし、とにかくお話を承りましょう。どうしてあなたはそうお考えになるのですか」

「お話します。お話しますからどうか勘太さんの敵《かたき》を討って下さいまし」

そう言いながら美智代が話したのは、だいたい次ぎのような驚くべき事件だった。

美智代は勘太が葉山謙吉と名乗って、自分のアパートに住むようになってから間もなく、すぐその正体を観破したというのである。むろん、何故《なぜ》勘太が

そんなことをするのか分らない。ひょっとすると、何かしらよからぬ事でも働いて、しばらく身を隠していなければならないのかも知れない、そこで美智代は誰にも——当の相手の勘太にすら、その事を打明けようとはしなかった。何故なら、彼女は猛烈な勘太の崇拝者だったから。

ところがそれから間もなく東都新聞で今度の計画が発表されたので、美智代にははじめて、勘太が素性《すじょう》を包んでいる理由が分ったのである。すると彼女には猛烈な悪戯《いたずら》心が起って来た。彼女は勘太がどういう風にして人を欺くか、それを見届けたかったので、毎日勘太の後を尾行していたというのである。

「しかし、それなら何故あなたはあの男を捕えなかったのですか。一万円という懸賞金がついているのに」

「だって、そんなことをすれば馴合《なれあ》いだって疑われますもの。それにあたし、勘太さんを失敗させたくなかったのですわ。あの方が最後まで成功されることを祈っていたんですもの」

編輯長は思わずほかの二人と眼を見交わした。こいつ、お安くないぞといった眼附きなのである。

「なるほど、それで?」

「ところが今から一週間ほどまえでした。ほら、久米京子さんが東京駅からお立ちになった晩、あの晩もやっぱりあたし、勘太さんのあとを尾《つ》けていましたの」

すると勘太は、あの老人の扮装のまゝ、東京駅を出るとまっすぐに雑司《ぞうし》ケ谷《や》にある碧漾《へきよう》荘というアパートへ行ったそうである。碧漾荘というのは女子大のすぐ近くにある、小ぢんまりとしたアパートだった。勘太はそのアパートへ入っていったが、ものゝ十五分も経《た》つと再び出て来たので、美智代がそのあとを尾けていくと、電車に乗って神楽坂まで出かけた。むろん例の老人の扮装のまゝなのである。勘太はその時、いかにも面白そうににや〳〵と微笑《わら》いながら、神楽坂をひと廻りすると、再び電車に乗って碧漾荘へ引きあげて来たが——

「ところが電車がひどく混んでいたものですから、

降りる時あたし少しおくれましたの。そこで大急ぎで女子大の坂を登っていきますと、何しろあの辺は暗いでしょう。それに人通りってありませんし、あたし気味が悪かったのですが、それでも勇気を揮《ふる》って登っていきますと、向うの方の、そう碧漾荘のすぐ間近《まぢか》でした。その暗がりに一人の男が佇《たたず》んで道のうえを見ているんです。その男はあたしの姿を見ると、すぐびっくりしたように向うへ逃げていきましたが、後であたしがその場所までいってみると、そこに勘太さんが……」

「死んでいたというのですか」

「えゝ、首をしめられて！」

美智代は今更のように、その時の恐ろしさを思い出したように身顫《みぶる》いをするのだった。編輯長はほかの二人の顔を見ながら、

「それで、あなたはどうしました」

「どうもこうも、あたしもう、怖くて怖くてそのまま逃げて帰りましたの。ところが翌日の新聞を見ても、その人殺しのことはどこにも出ていないでしょう。どうしたのかしらと思っていると、その晩おそく、殺された晩の勘太さんが、いゝえ、葉山謙吉さんがひょっこり帰って来て。……」

「はゝあ、帰って来ましたか。それじゃ問題はないじゃありませんか。結局、あなたの見られたのは何か間違いですよ。酔払《よっぱら》って倒れていたのを、あなたが早合点《はやがてん》で死んだものと思いこんでしまったのじゃありませんか」

「いゝえ、いゝえ、そんなことはありませんわ。あたし確かに見たのですもの。首をしめられて、こう歯を嚙《く》いしばって……」

と、言いながら美智代はまたもや涙ぐんだ眼で、三人の顔を見ながら体を顫わすのだ。三人ともしばらく無言のまゝ、この娘の顔を見詰めている。美智代のいうところは間違ってはいない。勘太はたしかに殺されたのだ。しかし今それを言ってしまえば何もかもおしまいになってしまう。さて、どういうふうにこの悧巧《りこう》そうな娘をいいくるめたものだろう。

ふいに皎平が横あいから口を出した。

「ところであなたは、その時、屍骸のうえにかゞみこんでいたという男の顔をごらんにはなりませんでしたか」

「えゝ、何しろ暗かったものですから、はっきりとは。……でも、逃げていく時、碧漾荘の門燈の下を通ったものですから、ちらとその横顔を見たのですけれど、何んですかこう、ひどく歪んだ顔をした男で。……」

「歪んだ顔？」

「えゝ、神経痛か何かなんじゃありますまいか。左の頬っぺたがぎゅっと引釣《ひっつ》ったようになって、そうですわね、服装《みなり》は船乗みたいな恰好をしておりましたけれど」

こゝに至って、社長をはじめ編輯長ならびに結城皎平も、思わずぎょっとしたような眼を見交わしたのである。あゝ、なんということだ、どうやら彼等は、勘太を殺した当の犯人を、勘太の身替りに雇っているらしいではないか。

勘太の誘拐

「やっぱりそうですよ」

受話器をおくと皎平は暗い顔をして、社長と編輯長の方へ振返る。

「碧漾荘でも、あの晩訪ねて来た老人が鮫島勘太だったと後に分って大騒ぎをしたそうです。ところで、その晩勘太が訪ねた当の相手を誰だと思います。台南丸の二等運転士、降旗史郎という男。――しかも、その降旗史郎たるや、まぎれもなく、顔に恐ろしい引釣りがあったというのです。しかも、あの晩以来行方がわからないそうですよ」

「やれ〳〵」

編輯長の栗原氏は思わず太い溜息《ためいき》をもらした。社長は無言のまゝ、しきりに胸の金鎖をいじくっている。美智代はもういなかった。尚《なお》一層、葉山謙吉と名乗って宿泊している男の動勢をうかゞって見てくれといって、たって彼女を追いかえしたその直後のことなのである。

「いったい、これはどういうことになるんです。我々は殺人犯人をお抱えにしているということになりそうですな」

「こん畜生！」

鮫平は歯ぎしりをしながら、

「まんまと我々をペテンにかけやがった。だが、どうも分らない。いったいあいつは何を企んでいやがるんだろ」

「あの男が何を企んでいようとも、栗原君、これだけのことはよく心得ていて貰《もら》わねばならぬ。やりかけた仕事は最後までやり遂げてしまわねばならぬ」

「なんですって？　社長」

「降旗史郎が殺人犯人であろうがなかろうが、そんなことは我々の知ったことではない。あの男は非常に上手に立ち廻っているじゃないか。それを利用せぬという法はない。分ったかね、栗原君、結城君。万事はこの催しが終ってからの事だ。それまでは絶対秘密だ。いゝか、あの男自身にもこの事を覚《さと》られちゃいかんぜ」

社長はそれだけのことをいってしまうと、憤《いきどお》ったように大きな腹をゆすぶりながら、さっさとその部屋を出ていってしまったのである。

こうして又もや一週間たった。人間カメレオンの人気はいよいよ素晴らしい。東都新聞はあちらでもこちらでも引っ張り凧《だこ》なのだ。新聞の上には毎日のように、勘太の新らしい扮装が附加《つけくわ》えられていく。その度に東京市中には讃嘆と亢奮と幸運を取りのがした人々の口惜しまぎれの爆笑が渦を巻くのだ。あのポスターの周囲にはすでに二十三の違った扮装写真が貼りつけられた。そして、どうやらこの分でいくと勘太は無事に「三十の顔を持った男」になりおおせそうに見える。

ところが、この競技もあますところあと一週間という、八月二十三日の晩になって、突如栗原編輯長のもとへ電話がかゝって来た。陶山美智代からなのである。

「大変です、あの人が……あの人が……」

啻《ただ》ならぬ相手の気配に、編輯長はドキリとしたよ

うに、

「どうしました。あの人って、えゝ鮫島勘太君の事ですか」

「えゝ、そう、そうですの。その勘太さんが……」

「勘太君がどうしたというのです。電話が遠いのですが、ハッキリ仰有って下さい」

「勘太さんがいま、誘拐《ゆうかい》されたのです」

「えゝ？」

これには編輯長も思わず受話器を取り落しそうになった。しかし、すぐそいつを握り直すと、

「どうしたというのです。もっと詳しくお話し願えませんか」

「いゝえ、今はとてもその暇がありませんわ。あたし今、永代橋の東詰めにある自働電話にいるんですが、至急どなたか寄越《よこ》して下さいません？　あたし勘太さんの檻禁《かんきん》された場所を知っています。愚《ぐ》図々《ずぐず》してると、明日からあの競技は続けられなくなりますわよ」

「有難《ありがと》う、承知しました」

電話を切って栗原編輯長、たゞちにその旨を社長と結城皎平に通じると、そこで三人大急ぎで自動車に乗って跳出《とびだ》したのである。

約束の場所には果して、美智代が真《ま》っ青《さお》な顔をして、彼等の来援を待ちうけていた。

「あ、よく来て下さいましたわ。あたしもう心配で心配で……」

「いったい、どうしたというのですか」

「詳しいことは後でお話しますけれど、あたし今夜も、こっそりあの人の後から尾行していましたの。すると上野の近所まで来たとき突然暗闇から無頼者《ならずもの》が三人現われて、あの人を自動車の中に押しこむと、そのまゝどこかへ連れていく様子なんです。あたしもすぐ自動車でその後を尾けたんですが、自動車はすぐその向うへ停《とま》りました。そして、勘太さんを無理矢理にある場所へ連れこんでしまったのです。愚図々々してると、どんなことになるかわかりません。後生《ごしょう》ですから、あの人を助けて下さい」

息もきれぎれに語る美智代は、眼には涙さえうか

べ、全身が恐怖のために波打っている。贋物の勘太のために、彼女はどうしてこれほどまで心配するのだろう。

だが、東都新聞の連中にとってはそんなことはどうでもよかった。気になるのは降旗史郎の身の上なのだ。もし、あの男の身に間違いでもあれば、今度こそ計画は水泡《すいほう》に帰してしまう。どんな犠牲をはらっても、あの男の身体《からだ》だけは救い出さねばならないのだ。

「有難う。よく報《しら》せてくれました。それで檻禁されている場所というのは？」

「すぐ向うです。御案内しますわ。でも、自動車はこゝから返した方がよくはありませんかしら。覚られると大変ですもの」

美智代の頭脳《あたま》のいゝ忠告にしたがって、自動車をその場から返した三人は、暗い夜道を隅田川《すみだがわ》に沿って下っていった。ゴミゴミとした場末の街を突抜《つきぬ》けると、やがて向うに造船所の煙突が、折からの軍需景気のせいだろう、くらい夜空に煙を噴きあげている。潮の香《におい》がしだいに強くなって、河岸《かわぎし》を洗う波の音がだんだん高くなって来た。海に近いのだ。

「あれですの」

ふいに美智代が立ちどまって、河岸《かし》につないである一艘《そう》の汽船を指さした。おそらくそれは廃船にでもなっているのだろう。ペンキの剝《は》げた、半ば壊れかゝった船が、赤い船腹を見せてゆう〳〵と暗い波のうえに揺れているのである。

贋勘太仮面を取る

天井のひくい、がらんとした船室なのである。煤《すす》けたランプが黄色い焰《ほのお》をあげて、臭《くさ》い油煙の匂いが狭い部屋いっぱいに漲《みなぎ》っている。

その部屋の一隅《ぐう》に壊れかゝった寝床《ベッド》の上に雁字搦《がんじがら》めに結《ゆわ》えられて放り出されているのは、いわずと知れた降旗史郎。今日は田舎《いなか》の村長さんといった扮装なのだ。その降旗史郎のまえに突立《つった》って、冷然と相手の顔を見おろしているのは、年齢《とし》は、さよう三十二三であろうか、抜けるように色の白い綺麗な女だった。

弥生美容院のマダム春岡弥生なのだ。

腰の緊《しま》った黒い洋装に、華奢《きゃしゃ》な体がいっそう細くしなやかに見えて、白魚《しらうお》のような指にはめたダイヤの指輪がチカリと光る。

「とうとう尻尾《しっぽ》を現わしたな。どうせこんなことだろうと思っていたよ」

降旗史郎は縛られたまゝ、毒々しい声をあげて笑う。

「おい姐《ねえ》さん、誰に頼まれてこんなことをするのさ。朝陽新報の連中にかい？　だけどまさか、彼奴《あいつ》らだって、勘太を殺してくれって頼みやしなかった筈だがな」

「誰に頼まれたっていゝじゃないか。あたしは自分でしたいことをしているんだよ」

弥生はかすかに眉をあげると、憎々しげに相手の顔を見おろしている。白い瞼《まぶた》の際《きわ》がぼっと紅に霞《かす》んで、凄いような美しさだった。

「ふふん、それじゃお前さん、自分の遺恨から勘太を殺したというのかい。えゝおい、姐さん、どうせ俺ゃこのまゝ暗いところへ送られてしまうんだろ。聴かせたっていゝじゃないか。冥途《めいど》の土産《みやげ》に聴いておいて、向うで勘太の奴に会ったら話してやりたいよ」

「ふん、話してもいゝ」

「誰に頼まれたのさ」

「今お前さんが言った連中よ」

「あゝ、やっぱり朝陽新報の連中だな。何んて野郎だ」

「名前はいえないよ。もっともこれは朝陽新報全体の意見じゃなくて、単にその人だけの考えらしいんだがね。だけど、いかに何んでも名前だけは言えないよ」

「分った。で、そいつが勘太を殺せって頼んだんだな」

「なあに、そうじゃないの。その人の頼みというのは、単に勘太を一ケ月の間だけ、どこかへ監禁しておいてくれというんだったけど、あたしひと思いに弥生は疲れたような、けだるい声音でいうと立上った。

「有難い仕合《しあわ》せだ。だが、どういう風にして殺すんだね。首をしめられるのはまっぴらだな。そうかといってピストルも厭《いや》だ。ピストルという奴はどうも色消しでいかんよ。願わくば匕首《あいくち》ということに願いたいね」

「いゝわ、お望みどおり匕首にしてあげるわ」

弥生はすらりと黒い洋装の下から鋭い白刃《はくじん》を抜きはなった。さすがに顔色は真蒼《まっさお》になって、細い指が顫えている。

「あっ、そいつで一搔《か》き咽喉《のど》を抉《えぐ》られるか。あんまりいゝ気持ちのものじゃないね。南無阿弥陀仏《なむあみだぶつ》、南無阿弥陀仏」

「よくって」

弥生がふいに激しい身顫いをする側へ進み寄った。

「あ、ちょっと」

「何よ、まだ何か用事があるの」

「なに、ひと言忠告しておきたいことがあるんだが殺しちまったの」

「なんの怨《うら》みで？」

「さあ、なんの怨みか考えて見るとよく分らないわ。まあ強《し》いて言えばあの男が、会う度に美智代とやらいう女の惚気《のろけ》を聞かすじゃないか。それが癪《しゃく》に触ったのかも知れないわね。ほゝゝゝゝ、女心ってそんなものなのよ」

贋勘太はちょっと驚いたような顔をして相手を見たが、すぐまたにやくとして、

「ふゝゝ、そうすると君は全然あの男と手が切れてなかったというわけかい」

「さあ、どうだか、自分じゃなんの未練もないつもりだったんだけどね、やっぱり分らないわね、女の心ってものは、今じゃいくらか後悔しているのよ」

「有難う、姐さん、それだけ聞けば十分だよ。それでこれから俺をどうするつもりだい」

「どうするって、そうね。どうせこれだけのことを話してしまったからには生かしておくわけにはいかないわね」

ね、俺の咽喉を抉るのもいゝが、そのまえにちょっと背後《うしろ》を振り向いたらどうかな」

弥生はその声にさっと背後をふりかえったが、その途端、すさまじい叫声《さけびごえ》をあげた。

「畜生ッ!」

ふいにきりゝと柳眉《りゅうび》を逆立てゝ、遮二無二《しゃにむに》降旗史郎のほうへ突っかゝって来ようとするのを、いきなりうしろからとびついて抱きしめたのは結城皎平だ。

「美智代さん、早く〳〵、その人の綱を解いてあげたまえ」

勝敗は一瞬にして終った。匕首を叩き落され、床に捻《ね》じ伏せられた弥生は、真蒼な顔をして唇を嚙《か》みしめている。

「あゝ、有難う、社長も、編輯長も、これはどうも、わざわざお出《い》で下すって恐れ入ります。それで、今のこの女の告白はお聞きになったでしょうな」

「ふむ、聞いた。実に驚くべきことだな」

社長は例によって太い金鎖を、赤ん坊のような指でいじくっている。栗原編輯長はいかにも困ったような顔で、そこにいる男と弥生の様子をかわるがわる眺めながら、しきりに顎《あご》をなでているのだ。

「いったい、このあたしをどうしようというの」

ふいに、弥生がヒステリックな声をあげる。

「どうしようもないさ。君は監獄行きだぜ」

「どういう罪で?」

「知れたことさ、鮫島勘太殺害の廉《かど》でさ」

「ほゝゝゝ、いゝわね」弥生は太々《ふてぶて》しい声をあげると、

「そうするとどういうことになるの。東都新聞は今迄贋物の勘太を使って、世間を瞞着《まんちゃく》していたということになるのね。いゝわ、どうせあたしは覚悟を極めているんだから。その代り東都新聞を道連れにしてやるから、そのことをよく覚えておいで」

編輯長はこれをきくと、困った顔をいっそう、しわ〳〵としかめて見せながら、

「社長、この女のいうことは本当ですよ。もし、この事が露見したら。……」

「しかし、編輯長、殺人犯人をこのまゝ見逭《みのが》すわけ

にはいきませんよ」

鮫平は思わず激した表情《いろ》を見せる。

さすがの社長も思わず太い溜息を洩らした。この中にあって泰然としているのは、当の降旗史郎と美智代のたゞ二人、降旗史郎はふいににやりと微笑を洩らすと、

「美智代さん、もういゝだろう。君の知っていることを、この人たちに話しておあげ」

「えゝ」

美智代はいくらか気臆《きおく》れがしたような微笑を泛《うか》べながら、

「あの、あたしいつか中上《もうしあ》げたことを訂正したいと思いますの。あたしこの方を贋物だとばかり思っていたんですけれど、よく〳〵気を附けていたら、やっぱりこの方、本当の勘太さんでしたわ。あたしもっと早くこのことを申上げようと思ったのですけれど、こちらが言っちゃいけないと仰有るので……」

「な、なんだって」

そういう叫びは、殆《ほと》んどそこにいる四人の唇から同時に発せられたのである。

「こ、この男が本物の勘太だって?」

「そうですよ。社長さん、少しお考えになれば分りそうなものですね。いかに顔がよく似ていたからって、ほかの者に、あんなふうにうまく勘太の役目がつとまりますかってんです。そうですとも、私ですよ。社長さん、編輯長、結城君、よく私の面を見て下さいよ。正真正銘、まざりけなしの鮫島勘太ですよ」

その時どしんと大きな音を立てたのは、社長が毀《こわ》れかゝった椅子の上に、大きな図体《ずうたい》を落したからなのである。

「なんだって、それじゃ、君は……君は……」

「そうですよ。皆さんを欺いていたんですよ。しかしね、私にとっては相当の理由があったんです。鮫島勘太の扮装姿を知っているのは、あなた方よりほかにありませんからね。その勘太が殺された以上、犯人はひょっとすると、あなた方の中にあるのじゃないか、あるいはあなたがたの中に敵に内通してい

るものがあるのじゃないかと思ったんですよ」

「しかし、しかし、あの殺された男は？」

「あれですか、あれは私の兄貴です。降旗史郎といってね、私の義理の兄貴なんですよ。さあ、何もかも打明けちまいましょう。兄貴は船乗りでしたがね、三ケ月ほど前に内地へ帰るから一度あいたいといって来たんですよ。ところがちょうどそれから間もなく、御社から今度の話があったので、私は行方をくらまさなければならなくなった。そこで兄貴の寄港地へ手紙を出して、東京へ来て宿が定《き》まったら、新聞の案内欄でちょっと知らせてくれといっておいたんです。その広告があの日の朝、新聞に出たもんですから、私は扮装のまゝ兄貴に会いに行ったんですよ。兄貴は私の姿を見、私の話を聞くと大笑いをしましたが、ちょっとその扮装を貸せというんです。私たちはそこで扮装を取りかえ、兄貴に私がなりすまして外へ出ていったというわけです。まさか、その私の生命を覘《ねら》っている者があろうとは知らなかったんですね。私は一時間ほど待っていたが仲々兄貴が帰って来ない。何か間違いが起ったのじゃなかろうかと思って、表へ出たはずみに兄貴の屍骸に躓《つまず》いたというわけです。あとは皆様も御存じの通りですよ。その時私は警察へ届けて出ようかと思ったんですがね、そうすれば私はいやでも度々警察へ呼び出されなければならない。そうなれば結局、今度の競技はおじゃんになってしまうじゃありませんか。私は責任をかんじました。それに兄貴の敵《かたき》を自分で探したかったという点もあるのです。しかしそうかといって兄貴の屍骸をそのまゝにしておくわけには参りませんからね。そこで手篤《てあつ》く葬って戴こうと思って、東都新聞社へ送りとゞけておいたのですよ。それにしても、あなたがたがみんな、あれを私と見違えてしまったには驚きましたよ。尤《もっと》も兄貴と私は、非常によく似ていたことは確かですがね、しかし、兄貴があの扮装をしていず、そして最後の苦悶《くもん》のために、顔があんなに歪んでいなかったら、あなた方と雖《いえど》も間違われる筈はなかったんですがね。さあ、私の話はこれでおしまいです。しかし、私はまだこの競技をつゞけなければなりません。後一週間です、私は中途で物事を止《よ》すのは嫌いな方でしてね、警察の方へはなんとかよろしく言っておいて下さい。明日からは、こゝにいる美智代さんを助手にして、私はこのお芝居をつゞけます。さようなら皆さん、あ、それから皎平君、扮装写真を、新聞に掲載する写真は、万事美智代さんに頼んでやって貰います。毎日、間違いなく送りとゞけますから心配なさらないで。さあ、美智代さん、これから一週間、完全に地下へ潜るんですよ。いゝですか」

「いゝわ、あなたのためなら」

「有難う、じゃさようなら、諸君」

あっという間もなかった。

鮫島勘太は美智代の手をとって、颯爽《さっそう》と闇の夜に消えていったのである。


こうして、この奇抜な人間探しは完全に三十日間つゞけられた。ということは、結局、誰一人勘太の扮装を見破る者がなかったということを意味している。


しかし、そのことは読者の間に少しも不満を呼起《よびおこ》しはしなかった。何故というに、人間というものは、自分の逃した幸福を他人がつかむことをかなり嫌がるものだから、結局、自分のまえを素通りにした幸運が、隣人の家に転げこむよりも、寧《むし》ろ、防空基金というような縁遠いところへ行った方が寝覚めも悪くないというわけなのである。

人々はみんな、自分がその一万円を献金したようなつもりになって、大変この企《くわだ》てを祝福したということである。

風見鶏の下で

一

ある港町の山の手に、異人館にならんで一軒の妾《しょう》宅《たく》が建っていた。この夢のようなさゝやかな物語は、その妾宅を中心として起った出来事なのである。もっとも、異人館のほうもまんざら関係がなかったというわけではない。異人館と妾宅がならんで建っていたということが、この物語にちょっとしたロマンチックな色彩を投げている、と言って言えないこともないであろう。

そこでもう一度はじめよう。

ある港町の山の手に、異人館にならんで一軒の妾宅が建っていた。

この妾宅の主は鈴代《すずよ》といって、ついこの間まで、同じ町の有名なカフェーで女給として働いていた女なのである。自分では二十二だと言っていたけれど、ほんとうはもっといっているのかも知れない。しかし見たところはどうしても二十そこそこにしか見えない程、あどけない顔をしていた。

別に取り立てゝ美人というほどでもないが、下《しも》ぶくれの愛くるしい顔で、笑うと大きな靨《えくぼ》が出来るのが愛嬌《あいきょう》だった。気性もその顔立《かおだち》に似て、闊達《かったつ》な、物にこだわらない性分で、いつも円《つぶら》な眼をくるくるとさせて、こみあげて来る笑いを押し殺しているといったような口許《くちもと》をしている。

中年者の藤川《ふじかわ》が彼女に気を惹《ひ》かれたのは多分そういうところにあったのだろう。藤川は同じ町にある船会社の重役で、もとは船に乗っていたこともあるらしく、日に焼けた、逞《たくま》しい腕をもった、年齢《とし》は四十二三で、家には鈴代とはあまり年齢のちがわない娘もあるということである。

藤川は二三度、鈴代の勤めていたカフェーへあそびに来て、すぐ鈴代が好きになった。そして間もなく二人つれだって、この妾宅を見に来たのである。

「よさそうじゃないか。静かだし、人眼もなさそうだし、それに庭のひろいのが気持がいゝ」

藤川はすぐこの家が気に入ったらしかった。

「そうね、でも随分荒れはてた庭ね。まるで廃墟《はいきょ》みたい」

実際、そう言った鈴代の言葉には少しも誇張の意味はふくまれていなかったのである。かなり長い間空家になっていたらしいその庭は、随分ひどいものになっていた。ちょうど六月はじめのことで、名も知らぬ雑草がいっぱい繁っていて、足の踏場もないくらいだった。

「なあに、庭の荒れているのは手を入れさえすればすぐよくなるさ。どうだ、気に入らないかね」

「あたしはどうでもいゝの。あなたさえよければ」

「そんなことを言って君の家じゃないか。後でいやになってもはじまらないから、今のうちによく心を極《き》めておかなきゃ」

「だからさ、あたし結構だと思うわ」

「よしよし、じゃ万事僕にまかせておきたまえ。今度来るまでにはびっくりするほど綺麗に手を入れといてやるから」

藤川はそう言いながら、目測するように荒れ果てた庭をあちこちと眺めていた。

「えゝ、お願いするわ。これじゃ、なんぼなんでも、化物《ばけもの》屋敷みたいですものね」

鈴代は折からの西陽《にしび》をまぶしそうに避けながら、しばらくあちこちと歩き廻っていたが、やがて、雑草の向うから、

「あなた、あなた」

と、呼んだ。

「なんだい」

藤川が近附いていくと、

「あれ、なんでしょうね。ほら、向うの洋館の屋根についているもの」

　鈴代はまぶしそうに小手をかざしながら、庭の向うに建っている異人館の屋根を、ちょっと顎《あご》をしゃくって指さした。

「あゝ、あれ？　あれはウェザー・コック」

「なに？　そのウェザーなんとやらいうのは」

「日本語に翻訳すると、風見鶏《かざみどり》というんだね。つまり、あれで風の方向を見るのさ」

「そうお、妙なものね」

　鈴代は面白そうに笑ったが、しかし、それから間もなく、その風見鶏《ウェザー・コック》が、自分の身のうえにどのような関係をもって来るか、むろん彼女はその時、気がつく筈《はず》もなかった。

二

　鈴代がなんとなく気のない様子を示していたからといって、この家が気に入らなかったのだろうと思ってはいけない。実はその時、彼女はもっと根本的な躊躇《ちゅうちょ》を感じていたのである。

　彼女はその年になるまで女給生活をしながら、実は男というものを知ったのは藤川がはじめてだった。彼女ははじめて男の汗ばんだ顔をすぐ鼻先に見た。そして男の荒々しい息使いをきいた。それだけでも、彼女にとっては大きな驚異だったのに、すぐその後から藤川が一軒家を持たせてやろうと言い出したので、なんとなく怖いような気臆《きおく》れを感じていたのである。

（あたしのようなものでも、家を持っていけるかしら）

　そういう点で彼女は外見に似合わず、細心なところを持っていたのである。しかし、彼女は決して藤川が嫌いだったわけではない。

　年齢はかなり違っていたけれど、それだけに頼もしいような気もした。

　あけすけな笑い声や、てきぱきとした物の言いようにも好感が持てた。我武者羅《がむしゃら》で何か言い出すと、それを押し通さねばおかぬようなやんちゃなところも悪くなかった。眉が太くて、頰擦《ほおず》りをすると痛いほど鬚《ひげ》が濃くて、抱きしめられると声が出なくなるほど逞しい腕を持っていた。

結局彼女は店を退《しりぞ》いて、あの異人館の隣りに、あまり気の利かない婆《ばあ》やと二人で住むようになったのである。

彼女がはじめてこの家へ引越して来たのは、あれからひと月ほど後のことだったが、なるほど家の周囲は見違えるほど小ざっぱりとしていた。雑草を刈りとってちょっとした花壇を作ったり、気の利いた庭樹を植えこんだ庭は、最初思ったよりまた一層ひろびろとしていたし、日当りもよく風通しも悪くなかった。彼女はすっかりこの家が気に入ってしまった。それに、そのひと月ほどの間に、彼女はすっかり肚《はら》を極めてしまってもいたのだ。

藤川は着物や帯といっしょに、ラジオや蓄音器や電話などを彼女のために買ってやった。

そして毎日一度は必ずこの家へ鈴代の顔を見に来た。会社の帰りに寄ることもあれば、一旦本宅のほうへ帰って、飯をすましてから、ぶらりと浴衣《ゆかた》がけでやって来ることもあった。どうかすると朝から電話をかけて来て、昼飯の休みの時間に自動車で乗りつけて来ることもあった。

しかし、泊まっていくようなことは決してない。どんなに酒に酔っていても、十二時がなるとすぐ起きあがって、さっさと着物を着かえて帰っていくのである。

「あなた、やっぱりお帰りになるの」

「ふむ、帰る」

「…………」

「どうかしたのかい?」

「だって、たまには泊っていらっしゃればいゝのに」

「馬鹿だなあ。どうせ明日来るんじゃないか」

「だって」

「いゝ娘《こ》だからおとなしく寝ておいで。明日は少し早く来ることにするから」

鈴代がどんなに鼻を鳴らして甘えても、藤川はとりあわないで、さっさと着物を着てしまうと、いくらか汗ばんだ鈴代の額《ひたい》に接吻《せっぷん》をひとつして帰ってしまう。鈴代は怨《うら》めしいような、自烈《じれ》ったいような気がしながら、こうして、だんだんと藤川に心を惹《ひ》かれていくのだった。ある晩鈴代は、少しでも長く藤川を引きとめようとして、こんな話をはじめた。

「あたし、この頃、気味が悪くてしようのないことがあるのよ」

「どうかしたのかい」

藤川はけだるそうな欠伸《あくび》をひとつすると、それから例の太い眉をくしゃくしゃさせて彼女の顔を見た。

「別にどうってわけはないのだけど、あたしこの頃始終、誰かにつけ廻されているような気がしてならないのよ」

「神経だよ、そんなこと」

「あら、そうじゃないわよ。現にあたし、何度となくその人の姿を見たんですもの。あたしが外へ出ると、いつでも、その人がどこからかひょいと出て来るのよ。あたし気味が悪くて、気味が悪くて。……」

「男かい、女かい、それは」

「男よ、むろん」

「ふふん」

と、藤川は鼻を鳴らせて、

「大方、不良だろうよ。君があまり美しいものだから」

と、あまり気にも止めない風で言った。

鈴代は物足りなさそうに、

「でも、あたし気味が悪いわ。この間なんか向うの丘のうえに立って、じっとこの家を見ているんですもの。あたし、なんだかぞっとするくらい恐ろしかったわ」

「いったい、どんな男なのだね」

「それがね、あたし混血児《あいのこ》じゃないかしらと思うの。とても色が白いのよ。えゝ、まだ若い人、——そう二十七八かしら、黒眼鏡をかけていて、いつも黒い洋服を着ているわ。とても背が高くて、歩くのにもこう、足音も立てないで歩くというようなところがあるのよ。あたし、その人と擦《す》れちがう時には、いつもぞっと冷い風に吹かれるような気がするの。だからあたし、今日もまたあの人に会うのじゃないかと思うと、それだけでもう、散歩に出る時には胸がドキドキするんだけど」

藤川は黙って鈴代の顔を見ていたが、急に眉をひそめると、

「君、あれじゃないかい」

と、訊《たず》ねた。

「あれって、何よ」

「赤ん坊が出来るのたあ違うかい」

鈴代はそれを聞くと、一瞬ポカーンとして藤川の顔を見詰めていたが、急に涙をポロリと枕のうえに落した。藤川はびっくりしたように、

「やっぱりそうなのかい」

と、いくらか声を落すようにして訊《き》いた。

「あなた、赤ちゃんが出来たら困る?」

「困る?　さあね。しかし、ほんとうにそうなのかい、それならそうと、今のうちに何《な》んとかしなきゃ」

「あら、そんなことはないわ。赤ちゃんが出来るなんて、そんな、そんな。……」

「馬鹿だなあ」

藤川は白い歯を出して笑いながら、

「こうしていや、赤ん坊が出来るのに何んの不思議もないじゃないか。しかし、それならそうと」

「うゝん、そんなことはないの。そんな心配をしないで。誰が赤ちゃんなんか、あたし、いやいや」

そう言うと、鈴代はふいに藤川の胸に取り縋《すが》って泣きだした。

三

そんなことがあってからも、藤川は相変らず機嫌よく通って来たが、鈴代はそれ以来なんとなく気分がすぐれなかった。

彼女はふいと藤川と自分のあいだにある、大きな溝に気がついたのである。

相手にはれっきとした細君もあれば、女学校へいっている娘さえある。どんなことをしたところで、一緒になんかなれっこないのだ。――分りきったこ

とが今更のように考え直されて来る。鈴代は悩んだ。子供を産んで相手を困らしてやろうかと考えたり、いやいやそんなことすれば、困るのは相手よりむしろ自分のほうなのだと考えて見たりする。結局、彼女は自烈体《じれったい》ような、歯痒《はがゆ》いような思いでいらいらするのだった。

ある日、鈴代はあまりくさくさするので、婆やに手伝わせて、虫干しをはじめた。藤川にこしらえて貰《もら》った着物を、ありったけ座敷にブラ下げて、さてその下に坐っていると、さすがに女だけあって、嬉《うれ》しいような、懐しいような思いがこみあげて来て久しぶりにはしゃいだ気持ちになった。

「婆やさん、着物を出したついでに、あたし押入《おしいれ》のなかの掃除をしてみるわ」

「おやまあ、奥さま、お止《よ》しあそばせよ。押入の掃除なら、この婆やが致しますから」

「いゝのよ、あたしがするわ。今日はとても気分がいゝのだから」

そう言いながら、彼女は早くも甲斐々々《かいがい》しく、手《て》拭《ぬぐい》を姉さんかぶりにして奥の茶の間の押入へ這《は》いこんだ。

この家は甚《はなは》だ使い勝手が悪く出来ていて、奥の六畳というのは、ぽつんと他のどの座敷からも孤立しているので、鈴代が化粧室にしているほかは、殆《ほと》んど使ったこともないような部屋だった。

その押入へ這いこんだ時、鈴代はふと妙なものを見つけたのである。その押入というのは、普通どの家にでもあるように、真中に棚《たな》があって、上下二段に分れている。ところがその上の段の少しうえのほうのところに、小さい窓が取りつけてあるのに気がついたのである。その窓というのは普通商家の表戸などについているような切戸になっていて、二枚のガラス戸がはめてある。そしてガラス戸の外《ほか》に、もう一つ板の戸がついているのである。

「まあ」

鈴代はびっくりしたように、はたきを持っていた手をとめた。押入に窓があるなんて、今迄《まで》、見たことも聞いたこともなかったからである。

「まあ、妙ね、どうしてこんなところへ窓をつけたのかしら」

念のために、ガラス戸をひらいて、外の板戸を繰《さわ》ってみると、ちょうどその向うに隣家の異人館についている風見鶏《ウェザー・コック》がくるくると廻っているのが見えた。

「ほんとにおかしいわ。押入に窓をつけるなんて」

そう言いながら、擦硝子《すりガラス》のはまっているガラス戸をぴっしゃり締めると、ふと押入のなかを見廻《みま》わしたが、その時、傍《そば》の壁のうえに奇妙な楽書《らくがき》がいっぱいしてあるのに気がついたのである。

もし、外の板戸をひらかなかったら、むろん、暗い押入のなかのことだから、そんな楽書のあることなどに気はつかなかったであろう。だが、今は擦硝子をとおして入って来る鈍い光のなかに、その奇妙な楽書がくっきりと浮きあがっているのだ。

多分、マッチの軸か何かで書いたのであろう。それはみんな「蘭子《らんこ》」という文字だった。蘭子、蘭子、蘭子、――と、殆んど壁のうえにあますところなく書いてあるのだ。いやいや、よく見ていると、その合間々々にところどころ、ジュアンという字も見える。そして二三ケ所には、

と、合相傘《あいあいがさ》のなかに書いてあるのもあった。

鈴代は急に気味が悪くなった。

誰がこんなところへ、こんな悪戯書《いたずらがき》をしたのだろう。こんな押入の中なんぞへ。――押入なんて滅多《めった》に人がはいるところではないが、ひょっとすると、誰かこの押入のなかに住んでいた者があるのじゃないかしら。

そういえば、こんなところに窓のついている理由もわかるし、それにふと気がついてみれば、壁の楽書なども、ちょうどこの棚の上に寝そべったまゝ手をのばして書いたとすると、いゝ加減の高さのところに多く書いてあるのである。

鈴代はゾッとするような気味悪さを感じた。彼女

はもう掃除をする気などはてんでなくなった。そこであわてゝ外へ這い出そうとする拍子に、彼女はもう一つ変なものを見たのである。今迄気がつかなかったけれど、例の擦硝子の窓のうえに、消えかゝった鉛筆でなんだか奇妙な絵が書いてあるのだった。

よく見るとそれは人間の髑髏《しゃりこうべ》のような恰好《かっこう》をしているのだ。髑髏にしては少し形が変だったけれど、しかしそれよりほかに考えようがない。しかも、その絵の下に次ぎのような文句が書きつけてあるのが朧《おぼろ》げに読みとられる。

(ウェザー・コックには移り気という意味ありなん、あゝ、移り気なる蘭子よ)

鈴代はもうそれ以上、この押入の中にいる気はしなくなった。彼女は怯《おび》えたような眼のいろをして、あわてゝその押入から這い出したのである。

四

その晩、鈴代は藤川が来るとさっそくその話を持ち出した。

「ねえ、あなた。この家には前にどんな人が住んでいたか御存知ない?」

藤川は洋服を小ざっぱりとした浴衣に着更《きが》えると、赤銅《しゃくどう》色の厚い胸をはだけて、ぱたぱたと団扇《うちわ》の風を入れながら、

「そうさね。何んでも前に住んでいた人は、急に行方がわからなくなったんだそうだ。もう二三年もまえのことらしいがね。それ以来、この家は空家になっていたんだというぜ」

「まあ、そして、その人どんな人? 男のかた? 女のかた?」

「それがね、やっぱり君みたいな若い女なんだね。この家はほら、妙に外界と切り離されている感じだろ。だから、ちょうど君みたいな人が住むのに恰好に出来ているんだね。一番最初に、この家を建てたというのも、やっぱり伊勢崎町へんの旦那《だんな》に世話になっていた女だというがね。しかし、そんなことどうでもいゝじゃないか」

藤川は濃い胸毛をふさふさとさせながら、例によ

ってこだわらない調子でいった。

「どうでもよかぁないわ。だってあたし気味が悪いんですもの。それじゃきっと何んだわ。前に住んでいた人が蘭子さんというのに違いないわ。そして、その人、急に行方がわからなくなったと仰有《おっしゃ》ったわね」

鈴代がなんとなく浮かぬ顔をしているので、藤川は所在なさそうに、籐《とう》椅子によったまゝ団扇を使っていた。いつの間にか月が登って、海にちかいそのへんは、夜になるともうすっかり秋らしく色づいて冷々《ひえびえ》としていた。

「何を考えているんだね」

暫《しばら》くして藤川が振りかえると、鈴代はぼんやりと涙ぐんだ眼をあげて微《わら》笑った。

「なにって、その蘭子さんのこと」

「馬鹿だな。そんなこと一々気にしちゃ際限《きり》がないじゃないか。どうせ都会のこういう家へ入れば、そりゃいろいろなことがあるさ」

「だって、あんまり妙ですもの」

「よしよし、それじゃ俺がひとつ検分してやろう。いったいどこの押入だね」

「あら、あなた見て下さる。こちらよ、奥の六畳よ」

鈴代は急に活々《いきいき》とした眼つきになって、自ら先に立って藤川を案内したが、がらりと押入の襖《ふすま》をひらいた瞬間、

「あれ」

と、叫んで藤川のひろい胸に縋りついてしまった。

「ど、どうしたのだ」

「だって、……だって……あれ!」

藤川も押入の中を覗《のぞ》いてみてちょっと驚いた。鈴代はさきほどガラス戸をしめたゞけで、外の板戸をしめておかなかったものだから、擦ガラスの窓に、蒼《あお》い月光が映って、その中に奇妙な影がくるくると躍っているのが見えたのである。それはさきほど、鈴代が擦ガラスの上に発見した、あの髑髏《しゃりこうべ》とそっくり同じような恰好をしていた。それがかすかにくるくると廻っているのである。

藤川はすぐ鈴代の手をはなして、中仕切《じきり》のうえへ

上がると、がらりと擦ガラスの戸を開いて外を覗いたが、すぐ、うしろを振返《ふりかえ》って、

「なあんだ、馬鹿々々しい。向うの風見鶏《ウェザー・コック》が映っているんじゃないか」

と、吐き出すようにいった。

「あら、そうお」

藤川はぴっしゃりと戸をしめると、

「楽書というのはどれだね。あ、これかい、なるほど」

藤川はしばらく壁の上や、擦ガラスの上を眺めていたが、やがてもぞもぞと押入から這い出すと、無言のまゝ鈴代の手をとった。

「さあ、向うへいこう。こんなとこにいちゃいけない」

もとの座敷へかえって来ても、藤川はしばらく何んとも言わなかった。無言のまゝスパスパと煙草《タバコ》を喫《くゆ》らしていたが、やがてわざとらしい生欠伸をすると、

「おい、もう寝ようか」

鈴代が黙っているので、

「どうしたんだ。まだあのことを考えているのか、馬鹿だね。ありゃなんでもありゃーしないのさ」

藤川は鈴代の手をとって、真正面からその眼のなかを覗きこみながら、

「前に住んでいた女が多分、あの押入の中に誰かをかくまっていたんだね。おそらく恋人かなんかだろう。その色男が退屈のあまり、あんな楽書を書きつけておいたんだよ。ガラス窓に書いてあるあの奇妙な形だって、外から映った風見鶏《ウェザー・コック》の影を、そのまゝ丹念にうつしとっただけのことさ。しかし、あの様子で見ると、奴《やっこ》さん、よっぽど無聊《ぶりょう》に苦《くるし》んでいたと見えるね。はゝゝゝは」

藤川は笑ったが鈴代は笑わなかった。やっぱり無言のまゝ考えこんでいる。

「おい、おい、どうしたんだ。いやに湿っぽい顔をしてるじゃないか」

「その人きっとジュアンという名前なんだわ。そしてこの家に住んでいた人蘭子さんというのね」

「そうかも知れない。しかし、そんなことどうでもいゝじゃないか」

藤川はぐっと鈴代を引寄《ひきよ》せると、冷い額に接吻してやりながら、

「それより、君はそんな不埒《ふらち》なことを考えちゃいけないぜ。押入へ色男をかくしておくなんて、旦那こそ、いゝ面《つら》の皮だ」

「わからないわ、あたしだって」

「わからない?」

「あたしだって、そんないゝ人があればどんなにいゝかしらと思うわ」

「こいつめ、こいつめ」

「だってあたしほんとうに詰《つま》らないわ。あたし赤ちゃんが欲しいわ。赤ちゃんを産んであなたを困らしてやりたいわ。だって、あなたはお家《うち》へ帰っても、奥さんやお嬢さんがいらっしゃるからいゝけど、あたしあなたが帰ったら、ほんとにひとりぽっちなんだもの。詰まらなくって、淋《さび》しくって、やるせなくって……」

と、言いながら、鈴代は男の胸のうえへほろほろと涙をこぼした。

五

ところが真に驚くべきことには、鈴代のそういう自棄《やけ》の言葉は、間もなく真実となって現れたのである。

それから二三日のち、鈴代はうしろの丘を散歩していて、ふと例の青年に出会った。それはいつかの夜、彼女が藤川に話したあのぞっとするような気味の悪い青年だった。

青年はきょうも黒っぽい洋服に長身をつゝんで、黒い眼鏡をかけていた。そして丘の尖端《せんたん》にあるベンチに腰をおろして、ステッキの上に顎《あご》をのせるようにして、じっとそこから見える鈴代のうちの庭を見下ろしていた。

丘のうえはもうすっかり秋だった。そしてさやさやと吹渡《ふきわた》る風のなかに、青年のうしろ姿が黒い炎陽《かげろう》のようにゆさゆさとゆれているのが見えた。

鈴代はそのうしろ姿を見ると、ちょっと呼吸《いき》をのむような恰好をしたが、すぐさりげない様子でその側《そば》へ近附いていった。青年はその足音につと顔をあげて鈴代を見た。透きとおるような青白い顔だった。

「ジュアンさん。あなた、ジュアンというのでしょう」

鈴代は思わず声をかけてしまって、すぐそのあとではっと後悔したような表情《いろ》を見せた。

青年は別に驚いたふうもなく、却《かえ》って黒眼鏡の奥でにっと微笑《わら》って見せたらしかったが、その微笑《わらい》は決して相手を楽しませるようなものではなく、反対にぞっと全身を凍らせるような冷さだった。

「あたし、あなたを知っていてよ。あなたのお書きになった楽書を見たの。あなた、まえにあの家にいらしたことがあるのでしょう」

青年は黙っていたが、明《あきら》かにそれは肯定を意味していた。鈴代は黒い帽子の下から房々《ふさふさ》とはみ出している栗《くり》色の毛を見て、やっぱりこの人は混血児なんだわと思った。

「あなた、いつもこの辺をうろついていらっしゃるわね。何をしていらっしゃるの」

鈴代はジュアンのそばに並んで坐った。ジュアンはそおっと鈴代のほうを見たが、すぐまたその眼をあの庭に落して、

「私は待っているんです」

と、ひくい声で言った。深い、巾《はば》のある、沈んだ声だった。

「何を待っていらっしゃるの」

「陰暦の八月十三日の晩の来るのを待っているんです」

「まあ、その晩に何かありますの」

「その晩の二時になると、私は蘭子に遭《あ》うことが出来るのです」

「蘭子さんといえば、まえにあの家に住んでいた方なのね。そうでしょう。その方いまどこにいらっしゃるの」

「蘭子はいまでもあの家にいます」

鈴代はぞっと血が凍るような寒さをかんじた。

「まあ、あの家にって、いったいどこにいらっしゃるのでしょう」

「蘭子は誰にも気附かれないところにいます。私だけがそれを知っています。しかし、八月十三日の夜の二時にならなければ、私はあの女に会うことが出来ないのです」

ジュアンは悲しげに眼を伏せて言った。鈴代はちょっとの間、この人は気がどうかしているのではないかしらと思った。

「それで、あなた毎日こうして、家の周囲を見張っていらっしゃるのね」

「そうです。私はあの家へ入ることが出来ませんから」

「どうして?」

鈴代は急に眼を輝かせて、

「いらっしゃいな、あたしの家へ。陰暦の八月十三日といえばもうすぐでしょう。ね、それまであたしの家で待っていらっしゃいな。あの押入は今もあのまゝになっているの」

「そう、長いこと押入の中で住んでいました」

「だからさ、いらっしゃいよ。誰にもわかりゃしないわよ。それにあたしもう、退屈で退屈で気が狂いそうなのよ。ね、来て頂戴《ちょうだい》、後生《ごしょう》だからあの押入の中へ来て頂戴よ」

そう言いながら彼女は、ジュアンの冷い手を握ってゆすぶるようにした。

後から思えば、鈴代はこの時からして既に、いくらか気が妙になりかけていたのかも知れない。彼女は何者かに憑《つ》かれたような、怯えた眼のいろをしながら、それでも抵抗することの出来ない力に引きずられるように、ジュアンをともなって自分の家へ帰って来た。

彼女は藤川に対して一つの秘密を持つ身になった。だがそれ以来、彼女の藤川に対する愛情は恐ろしいほど昂《たか》まっていった。実際それは、あの逞ましい、何ものにも打ちまかされないほど強い精力を持っている藤川をさえ、どうかすると驚かせるほどであった。

彼女は片時ももう、藤川を側から離したがらなかった。十二時になって藤川がいつものように着物を着かえはじめると、鈴代はヒステリーのように泣いたり喚《わめ》いたりした。結局藤川は彼女をなだめるために、泊りこんで徹夜で介抱しなければならなかった。

一度こういう先例がつくられると、あとは堰《せき》を破った滝津瀬《たきつせ》のように止《とど》まるところを知らなかった。藤川はだんだん、この家に泊る夜が多くなった。しまいには、会社さえ鈴代のために休む日が多くなった。

六

「さあ、今夜は陰暦の八月十三日よ。あなたの恋人はどこからいらっしゃるの」

鈴代はジュアンの手をとって押入から引出《ひきだ》した。

「有難《ありがと》う」ジュアンは相変らず沈んだ声で、

「今夜は、旦那さまはお泊りじゃないのですか」

「えゝ、泊るといったけれど無理にかえしたわ。あなたがたの邪魔になるといけないと思ったから」

ジュアンは押入から出て外を見た。

「いゝ月ですね。あの晩も、ちょうどこんな月でした」

ジュアンは黒い影を曳《ひ》いて庭へおりた。しっとりとした静けさの中で、さらさらと露の散る音がした。ジュアンの顔は蒼《あお》い隈取《くまどり》をしたお面のように蒼い。

「今、何時でしょう」

「そうね、もうかれこれ、あなたの仰有る二時ですわ」

庭には蒼い月光が隈なく照り渡って、様々な木や草の影が、くっきりと地上に濃い模様を画《えが》いている。その中で一番奇怪なのはジュアンの影だった。

ジュアンは夜露に濡《ぬ》れた髪の毛をかきあげながら、庭の向うにある異人館を振りかえった。そして、わずかな微風《そよかぜ》に動いている黒い風見鶏《ウェザー・コック》を指さした。

「二時になると、あの風見鶏《ウェザー・コック》がこの庭の中に影を落します。そうすれば、蘭子の居《い》どころがはっきり分るのです」

ジュアンは疲れたように庭にある石のうえに腰を

おろした。そして側に立っている鈴代の顔を仰ぎながら、

「話しましょうか。二時が来るまで」

「どうぞ」

鈴代は少し寒いと思ったが、そんなことはどうでもよかった。それよりも月光の下で、この男の口から話をきくのはどんなに楽しいことだろうと思っていた。

「蘭子は私を愛していました。そして私を愛するのあまり、旦那にかくして私をあの押入の中にかくまっていたのです。しかし蘭子は移り気な女でしたから、旦那や私だけで満足出来なくて、更に何人もの情夫《おとこ》をこしらえては、この家にひっぱり込んだのです。私には耐《こら》えがたいことでした。そこで私は蘭子を自分ひとりのものにしておくために、殺してしまったのです」

ジュアンはあたりを見廻《みま》わした。月光はしんと澄みきって、あの風見鶏《ウェザー・コック》の影がしだいに彼の足下に這い寄って来た。

「ちょうど今夜のように、月の綺麗な晩でした。私はこの庭で蘭子を殺して土の中に埋めました。そしてその埋めた場所をよく覚えておくために、あの風見鶏《ウェザー・コック》が二時になったら影を落す場所を選んでおいたのです。そうです、三年まえの陰暦八月十三日の晩でした。それから私はこの家を出て、神戸へいきました。それから長崎へ行きました。更に上海《シャンハイ》まで渡りました。しかし私はどうしても蘭子のことが忘れられませんでした。私はもう一度蘭子に会いたくなってこゝへ舞いもどって来たのです。しかし、この庭は、その当時とはあまり様子がちがっています。私は蘭子を埋めた場所を探し出すことが出来なかった。そこで今夜まで待たなければならなかったのです。あ」

と、ジュアンはふと顔をあげると、家の中から聞えて来る時計の音に耳をすました。「あれは二時ですね」

ジュアンは立上《たちあが》って、庭の中を見廻した。風見鶏《ウェザー・コック》の影はちょうどその時、鈴代が丹精《たんせい》こめて作った花

壇の中央に落ちていたのである。

「あそこです。あの土の下に蘭子はいるのです」

ジュアンはそういうと、黒い旋風のようによろよろと石のうえから立ちあがったのである。……

鈴代の姿はその夜以来見えなくなった。

もし誰かゞ、つぎの八月十三日の晩の二時に、あの風見鶏《ウェザー・コック》が影を落すところを掘ってみたら、そこに二つの女の白骨が抱きあっているのを発見したことだろうが、藤川はむろんそんなことを知る筈がなかった。

鈴代がいなくなってから二三日のち、藤川はふと気がついて、あの押入をひらいてみた。その壁のうえには、蘭子、蘭子という文字のあいだに、新らしく、鈴代という字がいっぱいに書きつけてあるのを発見した。

藤川は太い眉をピクリと動かすと、

「鈴代は馬鹿だ」

と、吐き出すように言った。そしてそれきり自分から逃げた女のことを忘れてしまった。ほんとうは鈴代は、藤川から逃げたのではなくて、藤川の恋しさに、ひとつになれぬもどかしさに、自らジュアンに頼んで首を絞めて貰ったのだけれど。

ジュアンの行方はわからない。ひょっとすると、次ぎの八月十三日の晩、またどこからかやって来て、ほかの女を殺して、そこへ埋めるのではなかろうか。何しろこの家は、藤川もいったとおり、鈴代や蘭子のような境遇の女の住むのに恰好なところだから。

風見鶏《ウェザー・コック》は相変らずくるくると風に廻っている。ウェザー・コックには、移り気という意味があるのだそうな。

音頭流行《おんどばやり》

一

今から考えると、どうしてあんなものが、あゝ無闇矢鱈《やたら》と流行《はや》ったものか、あたし可笑《おか》しくってたまらない。

何がって、ほらあの音頭《おんど》レコードよ。やれ『みやこ音頭』だの、やれ『あやめ音頭』だの、やれ『道中音頭』だのって、そういう一夜漬けの怪しげな音頭レコードが、じゃんじゃんレコード会社から売り出されて、そのたびに日本中の人が誰も彼も、まるで熱にでも浮かされたように踊り出したじゃないの。全く気狂《まったきちが》いの沙汰《さた》だったわね。

考えて見れば、あの時分、日本中の人はほんとうに、一人残らず一種の熱病に取り憑《つ》かれていたのかも知れない。陰鬱《いんうつ》な社会情勢の中で、誰も彼もが、吹っきれない、もやもやとしたものを胸の中に持っていて、それがあの流行音頭にむかって、爆発するようなはけ口を求めていったのかも知れない。生意気なことをいうようだけれど。

ところで、あたしがこゝにお話しようというのは、その音頭流行《ばやり》の裏面に秘められた、世にも悲しい一挿話《そうわ》なのよ。あたしこう思うの、こんな冗《くだ》らないお話でも、ひょっとすると後になって、昭和風俗研究家にとって、いくらか参考になりはしないかって。なあんてね。そんなことどうでもいゝけど。じゃそろそろお話するから、まあお聞きなさいよ。

あれはたしか、昭和×年の八月のことだったわね。その日あたし、本郷にあるアパートの一室で、朝からぼんやりとしてたの。西日がカアーッと真正面から照《てり》つける、風通しの悪い部屋だったわ。部屋代が十五円で、しかもそれがもう三月《つき》も溜っているという悲しい状態。あたしもう何《な》んともいえない、惨《みじ》めな、やるせない気持ちで、何度溜息《ためいき》をついたか知れないわ。

それというのが、ひとつき程まえ迄《まで》働いてた昭和ダンシング・チームというのが、突然解散になって、それからこっち、あたしすっかり仕事にあぶれてしまったのよ。そう、その時分あたし踊子《おどりこ》だった。それも決して、ソロ・ダンサアかなんかじゃなくて、みんなと一緒に脚をあげたり首を振ったり、ほんに悲しい無名の踊子。

まあ考えて見ても頂戴《ちょうだい》。そういう貧しい踊子が、仕事から離れて、ひとつきも居喰《いぐ》いしてるといったい、どんな悲惨な状態に陥るか。——およそお金になりそうなものは、あたしすっかりお金にかえてしまった。そしてその日、あたしはいよ〳〵、最後の土壇場《どたんば》まで来てた。あたしの身の周囲《まわり》には、もう金目のものって、何一つ残ってやしない。明日からはいよいよ餓死するか、それとも——それとも思いきって、女の最後のものを切り売りするか。——あゝ、厭《いや》なこった。思い出してもゾッとするわ。厭！厭！　そんなことするくらいなら、あたしいっそ、餓死した方がどのくらいましか知れやしない。

で、あたし、とつおいつ思案に暮れてたの。全く途方に暮れるって、あんな時の気持ちね。

ところが、そういう状態のあたしの部屋へ、その時、のっそりとおどり込んで来たのが、諸井栄三《もろいえいぞう》。——あたしのお話というのは、こゝから始まるのよ。

「やあ、百合《ゆり》っぺ、いやに深刻な表情《かお》をしてるじゃないか」

諸井の奴、いきなりそう吐《ぬ》かした。

そりゃあね、深刻な表情《かお》にもなるわよ。その時のあたしみたいな立場になって見れば。あたし腹が立ったけれど、それでも溺《おぼ》れる者藁《わら》でもつかむというあの惨めな心理で、ほんの、ちょっぴりお世辞笑いをして見せた。もっと陽気に微笑《わら》いたかったけれど、その時のあたしの気持ち、義理にもそれ以上微笑えなかったのよ。

「まあ、なんてサムしい面《つら》アしてるんだ。しっかりしろい、百合っぺ、手前らしくもねえぞ」

言い忘れたが、その時分あたし、深山《みやま》百合子って名乗ってたの。

「そりゃ栄ちゃん、淋《さび》しくもなるわよ。この部屋ン中を見て頂戴」

あたしがいうと、栄三の奴、さも仔細《しさい》らしく部屋の中を見廻していたが、やがて、感に耐えたように言ったもんです。

「おやおや、これゃどうしたんじゃい。まるで空家みたいじゃねえか。何一つありゃしねえ」

「そりゃその筈《はず》よ、みんなサバサバと売り払っちまったんだもの」

「フーム、そうかい、おめえ昭和ダンシング・チームを馘《くび》になってから、だいぶ悄気《しょげ》てるてえ話ア聞いたが、これほどひどいたア夢にも思わなかった。そいで、百合っぺ、おめえこれから先、いったいどうするつもりじゃい」

「どうもこうもありゃしない。栄ちゃん、あんた何かいゝ智慧《ちえ》があったら貸してよ」

ほんとうならあたし、首が千切《ちぎ》れたって、この男に向ってこんな弱音は吐きたくなかったの。何故《なぜ》といって、諸井栄三というこの男の、およそインチキなことを、誰よりもよく承知してるあたしだったから。

誰かゞ言ったっけ。都会の残滓《おり》を喰物にしてる男だって。全く適評と思うわ。あちらの会社、こちらの劇場と、あらゆる方面へ首をつっ込んで、相手の弱身につけ込んで、そいつを飯の種にしてる男。

——諸井栄三とはそんな男なのよ。

ふだんならあたし、蜻蛉《とんぼ》のようにピカピカ油で固めたその男の頭や、悪《あく》どい宝石をギラギラ光らせてるその指や、それから、いやに悪党がったその言葉つきを、見たり聞いたりしたゞけでも胸が悪くなるくらいなんだけど、いまはほら、まえにも言ったような状態でしょう、それこそ藁《わら》でもつかむような気持ちでそう相談をかけて見たのよ。

するとと栄三の奴、いやに真面目《まじめ》くさった表情《かおいろ》でじろじろとあたしの顔を見てたっけが、

「百合っぺ、おめえ、それ本気かい」

「本気も本気でないも栄ちゃん、見られる通りなんだから、ほんとうに頼んでよ」

「だって、百合っぺ、おめえいつだって、僕のことを悪党だの、インチキだのって言ってるじゃねえか」

「それは」

と、さすがにあたしも困ったが、

「そんなこと、昔の話じゃないの。あんたも男らしくないのね。譬《たとえ》にもほら、窮鳥《きゅうちょう》懐《ふところ》中に入《い》れば猟師もなんとやらって言うじゃないの、後生《ごしょう》だから助けてよ」

「よしよし、おめえがそれほど言うなら、一つ俠気《おとこぎ》を出さないでもないがね、百合っぺ」

栄公の奴、急にニヤニヤ微笑ったかと思うと、

「実いえば、こゝに一つ仕事があるんだが、おめえ片棒かつぐ気はないかい。そりゃ、どうせ僕が持って来る仕事じゃから、真面目《まとも》な仕事じゃないが、その代り金にゃなるぜ。どうだ、一晩で百円。話に乗らんかね」

と、お出《い》でなすった。それでも始めからインチキと断るところがまだしも御愛嬌《ごあいきょう》というもの。あたしは何しろ咽喉《のど》から手が出そうな有様だったから、

「えゝ、それはあたしだってこの通りの状態《ざま》だから、あまり贅沢《ぜいたく》は言わないけど、いったい、その仕事ってどんな事なの」

「それがさ。他へ洩《も》れるとちっと困ることなんだが」

「大丈夫よ、あたし誰にも喋舌《しゃべ》りゃしないわよ。言って見てよ」

「よし、それじゃ話すが、おめえ近頃ヴィーナス・レコード会社から売り出してる『みやこ音頭』というレコード、知ってるだろ」

「えゝ、知ってるわ。あのチョイナチョイナ、スッチョイナって奴でしょう」

「あゝ、それそれ、そのスッチョイナを大いに売り出そうてんで、こういう計画があるんだがね」

と、そこで栄公が膝《ひざ》を乗り出してあたしに打開《うちあ》けたのは、凡《およ》そ次《つ》ぎのような話。

いったい、このヴィーナス・レコード会社というのは、どうせ諸井栄三を抱き込もうというくらいの会社だから、のっけからインチキなのは分りきってるが、この会社から近頃売り出した『みやこ音頭』というレコードが案外成績がいゝ。そこでこいつを一つ大々的に売り出して見ようと、考えついたのが、みやこ音頭踊り競技会というやつ。『みやこ音頭』というレコードには、花柳《はなやぎ》なにがしとかいう、踊りのお師匠さんが振附《ふりつ》けした、みやこ踊りの踊り方がカードになって附けてあるのだが、ひと晩、その踊りの競技会を催して、一等になった人には、金一千円也《なり》の賞金を進呈しようというわけ。

「但《ただ》し、その競技会へ出席するには、入場券が必要なんだが、その入場券は『みやこ音頭』のレコードに附けてあるんだ。つまりね、そのレコードを買わなけりゃ、競技会へ出られないんだが、その代りあわよくいけば、一円のレコードで、一千円の賞金が貰《もら》える。――とこういう寸法になってるんだが、どうだこの宣伝法は」

「まあ、素敵ね。何しろ慾の世の中だから、その宣伝法きっと当ってよ」

あたしが煽《おだ》てゝやると、栄公の奴、相好《そうごう》を崩して喜びながら、

「そうだろ、こいつは僕が考えたんだからね」

「しかし、それで千円も賞金を出して合うの。いったい、レコードってどのくらい儲《もう》かるものか知れないけれど」

「さあ、そこなんだよ。これがね、最初から五十万も六十万も売れると極《き》まってりゃ、千円ぐらい何んでもありゃしないのだが、万一売れなかった日にゃ、千円丸損てことになる。ところが、あのヴィーナス・レコード会社と来たら、それこそ見かけ倒しのボロッ会社でね、千円はおろか五百円も出すのは困るってんだ」

「それじゃ、栄ちゃん、折角《せっかく》の名案もお話にならないじゃないの」

「さあ、そこだて、百合っぺ」

栄公の奴、急に声を落すと、

「おめえに、ひと働きして貰いてえというのは、そんところだ。つまりね、おめえに一つその競技会へ出て貰って、一等の賞金を取って貰いてえんだよ。なあに、わけゃありゃしねえ。審査員てえのがみんな共謀《ぐる》なんだから、なんでもかんでも、おめえを一等にしちまあな。だから、おめえは唯《ただ》、出てくれさえすればいゝのさ。但し、千円の賞金はそっくりおめえに呉《く》れてやるわけにゃいかねえよ。九百円だけは、あとでこっそり会社の方へ返して貰わねばならぬが、百円だけはくれてやる。どうだ、ぼろい話じゃねえか。ひとつやって見る気はないか」

「というと、つまり一種のさくらね」

「まあ、そうだね」

「あたしというさくらを使って、民衆を欺瞞《ぎまん》するのね」

「まあ、早く言やあそうさ。おめえ厭かい。これだけの秘密を打明けさせといて、今更、厭といやあ──」

たゞじゃおかねえぞ、と栄公の奴、突然物凄《ものすご》い眼でジロリとあたしを睨《にら》んだものである。

二

というようなわけで、あたしは到頭《とうとう》、栄公の仕事の片棒かつぐことになった。

あたしだって、そんな悪いことしたくはなかったけれど、譬《たとえ》にもいうとおり、背に腹はかえられない。それに今更いやだといえば、どんなひどい目に遭《あ》わされるか分らないんですもの、結局ウンと承知してしまったわけ。

だけど、一旦引受けたものゝ、あたしだんだん心細くなって来たの。というのが、それから間もなく、このみやこ音頭踊り競技会という計画が新聞へ現れると、これが俄然《がぜん》すばらしいヒット。東京中どこへ行っても、寄ると触るとこの噂《うわさ》で持ち切りなんですもの。

何しろ慾と二人づれ。レコードは飛ぶような売れ行きで、われこそは賞金一千円をせしめんものとばかりに、慾の深い連中が、チョイナ、チョイナ、スッチョイナといたるところで踊りのお稽古《けいこ》をはじめるという騒ぎ。

これだけの連中を欺《あざむ》かねばならんのかと思うと、あたし大いに良心の苛責《かしゃく》を感じたけれど、今更約束を反古《ほご》にするわけにいかない。第一あたしちゃんと手附けの金をとって、しかもそのお金を費《つか》っちまったんですもの。

やがて、競技会は八月十五日の夜八時、盆踊りをかねて、日比谷公園で行われることになった。

さあ、大変。

あたし、あの晩の騒ぎをとても忘れることは出来ないわ。何しろ、あの広い日比谷公園が人で埋まってしまったんだから、まるで震災の時の被服廠跡《ひふくしょう》みたいな大混雑、誰かがこのまん中へ焼夷弾《しょういだん》でも落したら、さぞ愉快だろうなんて言ってたけれど、全くそんな気持ちよ。人間もあゝ沢山集まると、まるで虫みたいな気持ちがするものね。おまけにどの顔を見ても、慾の皮のつっ張った連中ばかり、あたし浅《あさ》間《ま》しいやら、果敢《はか》ないやら、しまいには泣き出したくなっちゃった。

そういう連中が、たゞもう、ワーッ、ワーッと、わけの分らぬ喚声を挙げてひしめき合っている。場内、いたるところで、騒々《そうぞう》しい電気蓄音機が、

チョイナ

チョイナ

スッチョイナ

とやっている。

空には花火、地には団子つなぎの紅提灯《べにぢょうちん》、いやもう、気狂い病院が焼打《やきう》ちにあったような騒ぎなのよ。

そのうちにいよいよ、定刻の八時になって、競技会がはじまった。

こゝで、この競技方法というのをお話しておこう。何しろ人数があまり多いものだから、最初全部を、イからヌまでの十組《とくみ》に分けて予選を行う。そして予選をパスしたのが、最後にいよいよ決勝を争うということになったのだが、こゝで審査の公平を期する

ために、みんな一様に頬冠《ほおかむ》りをして、顔をかくすことになったの。というのは、どうしても美人は美人ならざる者より、審査員の注目を惹《ひ》き易いという不公平があるので、それを除くために、みんな顔を隠して下さいということになったの。

何しろ計画がインチキなんだから、出来るだけうまく世間を誤魔化《ごまか》さなければいけないでしょう、だから、いろいろと苦心がいるのよ。

あたしは最初、ハ組に入ってたが、むろん予選は異議なくパスした。顔はかくしていても、ぱっと眼につく撫子《なでしこ》の浴衣《ゆかた》が目印になっていて、それを目当《めあて》に審査員はあたしを選ぶことになってるの。

あたしほっとして、競技場の周囲《まわり》にある模擬店へ入っていった。何しろあまり咽喉《のど》が乾いて耐《た》まらないものだから、冷いものでも飲もうと思ったのよ。

「あの、済みませんが、あたしにソーダ水一つ下さいな」

模擬店の小母《おば》さんに、あたしがそう声をかけ終るか終らないうちに、とつぜん、素晴らしい胴間声《どうまごえ》で、

「やあ、お目出度《めでと》う。お目出度う。見事予選をパスしましたね。お目出度う」

そう声をかけたものがある。

あたし、はじめは誰かほかの人に話しているのだろうと思って、知らぬ顔をしていると、誰かゞいきなり、ドシンとあたしの肩を叩いて、

「素晴らしいですな。僕、さっきからあなたの踊りばかり見てましたよ。実に素晴らしい。素敵だ。あなた一等疑いなしですよ」

と、無遠慮にいうのよ。

あたしドキリとして振返《ふりかえ》って見ると、一瞥《ひとめ》見て、田舎《いなか》の青年団の団員とでも言いたそうな兄《あん》ちゃんが、きっといくらか酒に酔ってるんでしょう、円《まる》い健康そうな頬《ほ》っぺたをてらてらと光らせて、いかにも人の好《い》い微笑《わらい》をうかべているの。そのとたん、あたしプーンと懐しい肥料《こやし》の匂いを嗅《か》いだわ。

あたし思わずドギマギとして、

「あら、あの――失礼ですが、あなたどなたでした

っけ。ついお見外《みそ》れしまして」

といふと、

「僕ですか。僕ですか、僕は遠藤耕作ですよ。長野県何何郡何何村の青年団の団長ですよ。ほら、御存知でしょう、長野県何何郡何何村。僕はその何何郡何何村の青年団の団長の遠藤耕作。いやどうも」

何がいやどうもなのかさっぱり分らない。だけどこれだから田舎の人って可愛《かわい》いんだわ。長野県何何郡何何村だって。ほゝゝゝほ、そういえば日本全国どこへ行っても通用すると思ってるのよ。

「ねえ、お嬢さん、いや奥さん」

言いながら、青年団長はあたしのテーブルの向うでふらふらしてる。

「あらいやですわ。あたしまだ娘よ」

「おっと、失礼。ところでお嬢さん、僕、こゝへ掛けてもいゝですか」

「えゝ、どうぞ御随意に」

「有難《ありがと》う、有難う。僕、実に嬉《うれ》しいです。あなたのような綺麗な方と、お話が出来るなんて、東京は実に素晴らしいですな」

「まあ、お世辞がいゝわね」

「いや、全くのところ。僕、驚きましたよ。僕の故《く》国《に》にだって、あなたみたいに綺麗な女は一人もいない。いや、あなたみたいに踊りの上手な娘《こ》、一人だっていやしませんよ」

可哀《かわい》そうに、これでもあたし職業的ステージ・ダンサアよ。田舎の娘さんと一緒にされちゃたまりゃしないわ。

でも、あたし別に腹は立たなかった。飾り気のない青年の言葉に好意を感じた。それであたし、ちょっと聞いてみたの。

「あなたのお故郷《くに》でも、やっぱりこんな踊り、踊りますの」

「踊りますとも!」

青年は俄《にわ》かに得意になって、

「この踊り、僕の村で踊る盆踊りにそっくりですよ。ちょっとも違っちゃいない。これはきっと、僕の村から流行《はや》って来たものに違いない」

ほゝゝほ、とんだところで花柳師匠、馬脚を現わしたもんだわ。振附けの花柳先生、きっと長野県何何郡何何村の盆踊りを、そっくりそのまゝ焼直《やきなお》したものに違いない。

「まあ、それじゃあなたも競技に参加されるといゝわ」

「むろんです。僕も踊りますよ。僕はチ組ですから、この次《つ》ぎです。一つ、僕の踊り方をよく見ていて下さい」

青年団長は昂然《こうぜん》としていうの。

「まあ、素敵ね。あたし、それじゃこゝからしみじみ拝見させて戴《いただ》きますわ。ところであなた、わざわざ、この踊りに参加するために、東京へいらしたの」

「いや、そうじゃないです。実はね、女房を連れて東京見物に来たんですよ。つまり新婚旅行というわけですな。へへへ」

青年団長はいくらか極《きま》り悪げに首をすくめる。

「まあ、そうなの。それじゃあなた、花嫁さんを宿へおっぽり出していらっしたのね。お可哀《かわ》いそうに、悪い方ね」

あたしがちょっと睨んでやると、長野県何何郡何何村の青年団長は、あわてゝ手を振りながら、

「いや、そ、そんなことないです。女房の奴もあそこへ来ていますよ。一緒に来たんです」

そう言われて振り返って見ると、なるほど、二つ三つ、向うのテーブルに、花嫁さん、一人しょんぼりと悲しげに坐ってる。さほど美人とは思えないけれど、いかにも血色のいゝ肌のいろが都会生活に疲れたあたしの眼には、羨《うらや》ましいほど新鮮だった。

「あら、お人が悪いのね。じゃお二人で踊って、大いにあたしたちに見せつけようというわけなのね」

そういってやると花婿《むこ》さん、嬉しがるかと思いのほか、頸筋《くびすじ》までまっかになって、

「そ、そんなことないです。なあに、あんな奴、誰が一緒に踊るもんですか」

「まあ、ひどいことを仰有《おっしゃ》る。お可哀そうに、綺麗な方じゃありませんか」

「何が綺麗なもんですか。尤《もっと》もあれでも故郷《くに》を出る

時には、もっとましな女かと思ってたんですよ。ところが東京へ来てみると、どうして、どうして、東京の女の人って、実にみんな綺麗ですな」

花婿さんはそういうと、必死の眼差《まなざ》しでじっとあたしの顔を見るの。こゝで若《も》しあたしが、悪い女で、甘い言葉の一つもかけてやれば、この青年団長はころりと参ってしまうのに極《き》まっている。あたしは急に恐ろしくなった。この青年は、今やすっかり都会の毒気に当てられてしまったのだ。平和な農村から、ネオンとジャズの都会へとび出して来た若者の、誰しもが陥る混迷状態へ、この田舎の花婿さんも落てしまったのだ。無理もないわ。あたしにだって経験のないことじゃなし。——これを思うと、新婚旅行に東京へなど出て来るものじゃない。

「あなたチ組と仰有ったわね。そろそろ用意をなさらなくちゃいけませんわ」

あたしは急にこの花婿が憎らしくなって来たので、出来るだけ冷淡にそういってやった。

三

花婿さんが意気揚々と競技場の方へ出ていったあとで、あたしはそっと花嫁さんの方を振返って見た。花嫁さん、わざと知らぬ顔をして向うの方を向いてるが、あたしにはちゃんと分ってる。花嫁さん、さっきから、心配そうにあたしたちの方を見てたんだけど、急にあたしが振り返ったもんだから、わざと澄《すま》してるのよ。でも、内心の動揺はかくすべくもないの。テーブルの下で、しきりにハンケチを開いたり、揉《も》みくちゃにしてるんですもの、あたし、すっかり同情しちゃった。

そのうちに、二人の視線がふとカチ合った。この機逸せずとばかり、あたし、出来るだけ優しい笑顔をすると、

「こっちへいらっしゃいません?」

そう言ってやると、花嫁さん、林檎《りんご》みたいな頬っぺたを、いよいよ真紅《まっか》にして、どぎまぎしてるその可愛《かわ》いさ! あたし断然、憤慨しちゃったわ。こん

な可愛いお嫁さんを置いてけぼりにするなんて、なんて憎らしいお婿さんでしょう。

「ねえ、こっちへいらっしゃいよ」

「えゝ」

花嫁さん、相変らず頼りなげな笑いをうかべている。

「いゝわ、あなたがいらっしゃらないなら、あたしの方から、行ってよ」

あたし、そういうと、さっさと向うのテーブルの方へ行ってやった。花嫁さん、それを見ると、びっくりして、穴があれば入りたいって恰好《かっこう》をするのよ。あたし、それを見ると、いよいよ、この人が好きで好きで耐《たま》らなくなっちゃったの。だって、あたしにだって、昔はこんな時代があったんですもの。

「あなた、どうしてお踊りにならないの?」

「えゝ」

花嫁さん、うつむいたまゝ淋しげに微笑ってる。テーブルの上には、すっかり気の抜けたソーダ水が、まだ口もつけずにとろんと澱《よど》んでいるの。

「ねえ、踊りなさいよ。旦那様《だんな》、向うで踊ってらっしゃるじゃないの」

向うを見ると青年団長、しきりに手振り、脚振り、チョイナ、チョイナ、スッチョイナと踊ってる。なるほど、自慢するだけあって、相当なもんだけれど、どんなに上手に踊ったって始まらない。一等賞はちゃんとあたしのものと極ってるんだもの。

「駄目ですのよ、あたしなんか」

花嫁さんが、溜息を吐《つ》くように言う。

「あら、どうして? この踊り、あなたのお故郷《くに》の盆踊りと同じだというじゃないの。あなた、盆踊りの時、踊るんでしょう」

「えゝ」

花嫁さん、ちょっと頰をそめて溜息をついた。分ったわ。きっとこの人、御主人と結婚する前、鎮守の森かなんかで、一緒に踊った思い出を持ってるのよ。

「なら、お踊りになればいゝじゃありませんの」

「だって、だって、あの人が踊っちゃいけないっていうんですもの」

「あら、どうして？」

「どうしてって、——あの人、あたしみたいな者と、夫婦だと思われるのが恥しいんですわ。皆さん、あんまりお綺麗だもんですから」

言ったかと思ったら、花嫁さん、ポトリとテーブルの上に涙を落した。さっきから、よっぽど心細くなってたと見えるの。

「まあ、そんなこと。——あの方、そんな不実な方？　ちっともそんな風に見えないじゃありませんの」

「えゝ、故郷《くに》にいる時はそうでもなかったのよ。とても親切だったわ。だけど、東京へ出て来たら、すっかり変ってしまいましたの」

「変ったって、どう変ったの」

「あの人、東京が面白くてたまらないのよ。もう有頂天になってしまっているんですわ。そして、そして、あたしに一人で、田舎へかえってしまえなんていいますの」

「まあ、ひどい。あなた一人かえして、御自分はどうするつもりなんでしょう」

「東京の人間になってしまうんですって。あんな土くさい田舎や、土くさいあたしがすっかり厭になってしまったんですって」

「まあ、ひどい、憎らしいわね、そんなこと仰有ったの」

テーブルの上に又ポトリと涙が落ちた。

「えゝ、だからあたし、はじめから東京なんかへ来るの厭だったんですわ。こうなる事ちゃんと分ってたんですもの。江崎《えざき》のお千代《ちよ》さんだってそうですもの」

「なあに？　その江崎のお千代さんというのは？」

「あら、あなた、江崎のお千代さん、御存知ありませんの？」

「知りませんわ、そういう方」

「まあ、御免なさい、あたし、あなたがうちの人となれなれしくお話していらしたもんだから、お故郷《くに》の方だとばかり思って」

「そんなこと、どうでもいゝのよ。それより、その江崎のお千代さんという方、どうかなすったの」

あたしが急に膝を乗り出すと、花嫁さん、びっくりしたように、眼をパチクリさせていたが、急に雄弁になると、

「あたしもその方に、お目にかゝったことはありませんのよ。その方とは村がちがうもんですから。でもその方、隣村の江崎俊一《しゅんいち》さんのところへお嫁にいらしたの。とても綺麗な方だったという話ですわ。ところが五年ほどまえ、東京から、あたしたちの方へ活動写真を撮《と》りに来たことがありますの。とても綺麗な女優さんや、男優さんが大勢いらして、ひとつきほど、それはそれは賑《にぎ》やかでしたわ。その時、ある場面で女優さんの数が足りなかったもんだから、俊一さんの奥さんのお千代さんが頼まれて、ほんのちょっと顔を出したんですの。その時分、村中大騒ぎでしたわ。お千代さんが活動写真になったって。――ところがその一行が東京へ引揚《ひきあ》げてから間もなく、突然お千代さん、家出をしてしまったんですわ」

「まあ！」

「後で聞くと、その一行が村にいる間、お千代さんはつききりで、それに活動に出して貰ったり、あなたは天分があるなんて言われたものだから、急に田舎にいるのが厭になって、女優さんになるつもりで東京へ行ってしまったんですって。御主人を置き去りにして」

「よくある話ね。そして、そのお千代さんて方、その後どうなすって」

「それが、まるきり分りませんのよ。その当座、今にお千代さんはスターになるだろうと、みんな噂《うわさ》をしてましたけれど、五年たってもなんの音沙汰《さた》もありませんの」

「結局、駄目だったのね。それでその置き去りにされた御主人どうなすって。さぞ、今頃は新らしいお嫁さんを貰って、お千代さんのことなんか、すっかり忘れちまってるでしょう」

「俊一さん？　まあ、そんなことが。――」

花嫁さん、急に躍起《やっき》となって、

「あの方そんな薄情な方じゃありませんわ。今でも江崎さんの家は、お千代さんがいらした時のまゝになっていて、いつお千代さんが帰って来てもいゝようになってますわ」

「まあ！　それじゃ、その人まだ一人でいるのね」

「えゝ、えゝ、そうですわ。そしていつお目にかゝっても、お千代はきっとそのうちに帰って来ますよと言って、そして、汽車が着く度に駅まで見にいらっしゃるの」

「あら、いやだ、随分古風ね。あたしなら、そんな不都合な女、断然忘れちまうわ」

「まあ、そんなひどいこと！　あたしだって、あたしだって。——」

「あなたならどうなさいますの」

「あたし、もしあの人に捨てられたら、やっぱり江崎の俊一さんみたいに、汽車の着く度に駅まで見にいきますわ」

言ったかと思うと、花嫁さん、急にわっと泣き出したのよ。

四

その泣声を聞いた刹那《せつな》、さっとあたしの頭に妙案がうかんだ。あたし、どうしたってこの可憐《いじ》らしい花嫁を見殺しに出来やしないわ。このまゝ放ってけば、御亭主は東京の魔力に取り憑《つ》かれてしまって、この可愛い花嫁さんは、江崎の俊一さんとやらと同じ破目になってしまう事は分りきってるんですもの。

「あなた、いゝことがあるわ。こちらへいらっしゃい。いゝから、あたしのいう通りにするのよ」

そういうと、あたしはいきなり花嫁さんの手をひっぱって、ぐいぐいと暗い木蔭《こかげ》へつれていった。

「よくお聞きなさいよ。あなたの御主人はいま、江崎のお千代さんの二の舞いをしようとしてるのよ。これを救うのはあなたの心一つよ、分って？」

「えゝ？　えゝ」

花嫁さん、びっくりして眼をパチクリさせている。

「それにはね、あなたもやっぱり踊らなければいけませんよ。さあ、こゝにあたしの予選パスの証明書がありますからね、あなたこれを持って、決勝の競技会へ参加するのよ」

「だって、それじゃあなたは？」

「いゝのよ、あたしのことなんか心配しなくてもいいのよ。だけど、あなたその服装《みなり》じゃいけないわ。あ、ちょうどいゝ、あたしのこの撫子の浴衣、これをあなたに貸してあげるわ。丁度、身体《からだ》つきもよく似てるし、それからこの頬冠りで顔を隠して踊るのよ、分って」

「でも、でも」

花嫁さんが尚《なお》も躊躇《ちゅうちょ》しているのを、あたしは叱《しか》りつけるように、

「駄目よ、そんなことじゃ、大事な大事なお婿さんに逃げられるか逃げられないかの境目じゃないの、しっかりなさいよ」

「えゝ、あたし、どんなことでもするわ」

というようなわけで、暗闇の中で衣裳を取りかえた花嫁さん、それから間もなく、あたしの代りに決勝に参加したのだけれど、その結果はお分りでしょう。

策戦図に当って、花嫁さん、見事一等、一千円の賞金を射落したのよ。だけど、断っとくけど、花嫁さんには断然その価値があったのよ。指す手引く手の巧まないうまさ、あどけなさ、誰の眼にも際立《きわだ》って上手に見えてたわ。だから、彼女が一等と極った時には誰一人不服をいう者はなかった。

しかし、その時の青年団長の表情《かおいろ》というのを、みなさんにお眼にかけたかったわね。

いよいよ、撫子の浴衣を着た娘さんが一等と決定して、さて、頬冠りを取ったその顔を見た時、予選で既に篩《ふる》い落されて、ガッカリしてテーブルについていた花婿さん、急に天地がひっくり返るようにびっくりしちゃった。

「お目出度う、長野県何何郡何何村の遠藤耕作さん、素敵ね、あなたの奥さん、断然一等よ、素晴らしいわ。素敵だわ」

そう言ってやると、花婿さん、狐憑《きつねつ》きが狐の落ちた時みたいに、ブルブルと身顫《みぶる》いをして、

「わ、わ、わ！　俺《わし》の女房が、俺《わし》の女房が一等だって。そんな、そんな」

「しっかりなさいよ。どうなすったの。あれ、あなたの奥さんに違いないじゃありませんか。ほらほら、嬉しそうな顔をして、今、一千円の賞金を貰ってるわ。そら、新聞記者に取りまかれてさ、断然、今夜の人気者よ」

「あゝ、あゝ！　俺《わし》の女房——俺《わし》の女房はいったいどうなるんじゃ」

花婿さん、心細い声を出した。

「どうもこうもありゃしないわ。明日の新聞を見て御覧なさい。奥さんの姿が大々的に載ってるわよ。そして、奥さん引っ張り凧《だこ》になってよ、だって、この人気を御覧なさい。ほうら、みんな素晴らしい喚声をあげてるじゃないの」

あたしの言葉は嘘《うそ》じゃなかった。可憐《かれん》な花嫁さんが、方々のレコード商店から送られた数々の副賞を受ける度に、数万の観衆がワーッ、ワーッと凄《すさま》じい拍手を送るの。

「ねえ、この人気だからたゞじゃおかないわよ。今にきっと映画会社から、あなたの奥さんを買いに来てよ。そしたら奥さん、江崎のお千代さんみたいになってしまうわ」

「え？　江崎のお千代さん？　あなたどうして、そんなことを知ってんです？」

「今、奥さんから聞いたの。奥さん、とてもお千代さんを羨《うらや》ましがってたわ」

「チ、畜生《ちくしょう》！　そんなことをされて耐まるもんか。僕は断然、明日——いや、今夜これから、彼女《あれ》を連れて故郷《くに》へ帰ります」

「さあ、奥さん、承知するかしら」

「承知するもせんも、畜生ッ！　彼女《あれ》は僕の女房です。可愛い、可愛い女房です」

言ったかと思うと、花婿さん、猛然と群集をつき切って、新聞記者に包囲されてきょときょとしている花嫁さんの方へ突進していった。

さあ、これでこの方は片《かた》がついた。あの花婿さん、これで生涯、お嫁さんの前に頭が上らないのに極まってるわ。何しろ、東京で、一等賞をとった花嫁さんなんですもの。

しかし、おさまらないのはあたしと諸井栄三の間。その翌日、あたしがアパートで荷作りをしてると、そこへ栄公の奴、風のようにとんで来た。

「おい、百百っぺ、貴様ゆうべのあれ、いったい、どうしたというんだ。あの田舎娘はいったい、何者だい」

栄公凄じい権幕《けんまく》なの。

「誰でもいゝじゃないの。あゝして審査員のお鑑識《めがね》に叶《かな》って一等になったんだから」

「畜生ッ、キ、貴様、審査員が貴様の顔を知らないのをいゝことにして、あの娘と共謀《ぐる》になって一千円詐取《さしゅ》するつもりだな」

「ちょいと栄ちゃん、あなた気をつけて物を言ってよ。詐欺《さぎ》ってのはあなたの方のことでしょ。レコードが売れてないならともかく、こんなに大した売行《うれゆ》きだもの。千円ぐらい捨てたっていいじゃないの。それにあの娘さん、ほんとに踊りが上手だったわよ。誰が眼にも断然一等よ。あたしが重役さんに代って、公平にやってあげたんだから、お礼を言って貰いたいくらいよ」

「畜生！　のめのめと言ったな。よし、訴えて──」

「訴える？　ほゝゝゝほ、御冗談でしょ。訴えるなら訴えてごらん、あんた会社のインチキを暴露《ばくろ》してもいゝの」

「ウウ、ウーム」

栄公の奴、眼を白黒させて赤くなったり青くなったりしてる、態《ざま》ア見ろだわ。

「さあ、邪魔になるからそこを退《ど》いてよ」

「貴様、荷物を纏《まと》めて逃げ出すつもりだな」

あたしはその時、出来るだけの侮蔑《ぶべつ》を目にうかべて、決然としてこう言ってやったの。

「逃げやしないわよ。あたし、つくぐ〵東京が厭になったから故郷《くに》へかえるの。あたしの故郷？　長野県何何郡何何村よ。そこには憚《はばか》りながらあたしの良人《おっと》が、あたしの帰るのを待ってゝくれてるの。だから、何か文句があるなら、そこへ手紙を頂戴。あたしの名前？　あたしの名前は江崎千代子というのよ。分って？」

ある戦死

一

目黒から有楽町までの、混みあった電車の中で、新聞を読んでいた鳥羽《とば》は、ふいにおやと頓狂《とんきょう》な声をあげて、周囲《まわり》にいる人々をおどろかせた。

ちかごろ一番気になる事変記事、その事変記事の最後に附加《つけくわ》えられた、○○方面に於《お》ける戦死者氏名というのを何気なく読んでいくうちに、宗像信也《むねかたしんや》（長崎県）という名を発見したからである。

宗像信也。ひょっとするとあの男ではないかしら。——鳥羽は新聞を膝《ひざ》のあいだにはさんだまゝ、ぼんやりと考える。——そうだ、お延《のぶ》さんはたしか長崎の生れだったから、その遠縁に当るという、あの男もやっぱり長崎県人だったにちがいない。

鳥羽はいつか、お延の見せてくれたアルバムの中にあった、この男の軍服姿を思い出した。その時分、幹部候補生とやらだったから、今はもう相当の地位に進んでいるのだろう。煩《わずら》わしい世間のなかにあがき廻っている自分たちとちがって、生一本《きいっぽん》の目的のために生命を捧げているだけあって、微塵《みじん》も思案のかげのない、その男の自信に充《み》ちた、逞《たくま》しい表情を羨《うらや》ましいと思って眺めたのを覚えている。

もしこゝに出ている宗像信也が、ほんとうにあの男だとしたら——万が一にも間違いはないと思われるが——お延さんはいったいどうしているだろう。

そこまで考えて来た鳥羽の頭脳《あたま》には、思考の当然の順序として、内海龍介《うつみりゅうすけ》のことが浮んで来た。

すると彼の胸は俄《にわ》かにズキズキと痛み出して来た

のである。

内海もこの記事を読んだろうか。若《も》し、読んだとしたら、内海にとってこれはかなり大きな衝撃《ショック》だったにちがいない。表面、あの当時のことは忘れきったような顔つきをしているものゝ、他に精神活動の消費対象を持たないあゝいう病人のことだ。ひと知れず反芻《はんすう》動物のように、あの苦い経験を繰りかえし繰りかえし、頭脳《あたま》のなかで弄《もてあそ》んでいて、それが未だに埋火《うずめび》のようにブスブスと燻《くす》ぼっては、病人を苦しめていることを鳥羽はよく知っていた。

現にいつか見舞いにいった時も、有名なその高原の病院の院長は、ひそかに彼を呼んでこういったものである。

「何かしら気になることがあって、それが大きな錘《おも》石《し》になって精神的な安静を妨げているんですな。つまりそれがはかばかしく恢復《かいふく》しない第一の原因なんです」

暗にたった一人の友人である鳥羽にむかって、その錘石を取除いてやるよう、努力したらどうかという口吻《くちぶり》だったが、しかしそれは鳥羽の力でも、どうすることも出来ない問題だった。

内海はこの記事を読んだろうか。鳥羽はもう一度同じことを考えてみる。

たといこの記事を読んだとしても、まさか小さい活字でギッシリと埋められている、この名前を発見するようなことはあるまい、鳥羽はそうあるように祈ったが、しかしそれは可能性が薄そうに思われる。

何のすることもなく、時間の推移のまのろさを持てあましているあゝいう病人のことだ。いつか内海が、新聞の発行所から、編輯《へんしゅう》責任者の名前まで読んでいて自分を笑わせたことを鳥羽は苦しく思い出した。

もし内海がこの記事を読んだら。――鳥羽はなんともいえぬ悲痛なものを感じる。そうでなくても、今年の桁《けた》外れの暑さは、すっかり内海の体内から、僅《わず》かばかり残っていた精力をもぎ取ってしまっているのだ。たとい万一のことがあるにしても、あの苦い思い出の中に死なせたくない。

電車が有楽町に着くまで、鳥羽の頭脳《あたま》には疲れはてた内海の顔と、あんな大胆な振舞《ふるま》いをしようとは、夢にも思わなかったお延のあどけない表情と、それから逞《たく》ましい宗像の軍服姿が走馬燈のように躍り狂って、それが鳥羽を苦しめるのだった。

二

五時過ぎ同じ電車を逆に、目黒にある家に帰って来ると、出迎えた妻の澄子《すみこ》が、鳥羽の顔を見ると、いきなりこういった。

「あなた、内海さんから電報よ」

「電報？」

と、聞いて鳥羽はすぐギクリとした顔色になった。

「えゝ、さっき来たばかりなの。会社へ電話をかけたんですけれど、お退《ひ》けになった後だったものですから」

言いながら、澄子は帯のあいだに挟んだ電報を出して見せた。

ハナシアリ　スグ　キテクレ」ウツミ

読んでいくうちに鳥羽の表情が変っていくのを、澄子は一生懸命な眼つきで眺めながら、

「あなたいらっしゃる」

「うん、行かねばなるまいね」

「そうなさるといゝわ。会社の方へは明日あたしから電話をかけておきますから」

「あゝ、そうしてくれ。ひょっとすると二三日泊って来るようなことになるかも知れないよ」

「いゝわ。久美《くみ》ちゃんにでも来て貰《もら》うから、いつもの汽車でいらっしゃるでしょう。あたしちゃんとお支度をしておいたのよ」

「そう、それは手廻しがよかったね」

内海のいうことなら、どんな我儘《わがまま》でもきいてやらねば気がすまぬ二人だった。

鳥羽と内海は中学時代の同窓だった。中学を出てからはおのおの志す方向がちがっていたので、離れ離れになるべき筈《はず》だったが、どういうものか二人はいつもしっかりと結びついていた。内海はお金持ちの坊っちゃんで、しかも両親に早く死別したので、

若い時分から自分の自由になる金をかなり沢山持っていた。内海はその中から月々かなり多額の金を裂《さ》いて、苦しい勉学をつゞけている鳥羽を助けるのを少しも惜《おし》まなかった。

そればかりか、折角《せっかく》そうした友人の好意で学校を出た鳥羽が、急にぐれ出して、内海の好意を滅茶滅茶《めちゃめちゃ》に踏みにじるような行為に出た時も、内海は誰にも洩《も》らさずに尻拭《ぬぐ》いをしてくれるほどの寛大さを持っていた。

以前、映画女優をしていた澄子とすったもんだの問題を起した揚句、それでも目出度《めでた》く一緒になることの出来たのも、内海の尽力と金のおかげだった。

例の問題が内海に起ったのもちょうどその頃だった。お延に逃げられて、一人になった内海はしばらく鳥羽夫婦のもとに身を寄せていたことがある。その時分からすでに今の病気を病んでいた内海は、自分の療養に都合のいゝ家《うち》を建てるのだといって、自分で家を設計して、そこに鳥羽夫婦と一緒に移り住んでいた。その家は今鳥羽の名儀になっていて、鳥羽が月給に不似合な立派な家を持っていて同僚から羨ましがられるのも、こういういきさつからだったのだ。

「内海さん、お悪いのでしょうか」

「さあ」

「今年はほんとうに暑かったんですものね。話ってどんなことかしら」

鳥羽は今朝新聞で見たことを話そうかと思ったが、よけいな心配をさせるでもないと思ったから黙っていた。

「お気の毒な方ね。あの病気でよくなった方はいくらでもあるのに、やっぱりあの事件がいけなかったのね」

夫婦のあいだに小さいこじれがある時でも、事《こと》内海に関すると忽《たちま》ち一体になる澄子を鳥羽はこの時ほど嬉《うれ》しく、頼《たの》母しく感じたことはなかった。

「ナーニ、なんでもありゃしないのさ、彼奴《あいつ》例の我儘で、話相手が欲しくなったのだよ」

わざと元気よくそういって、翌日の早朝、信州の高原にあるその療養所へ着くように、遅い汽車に乗った鳥羽だった。

三

慣れているので、相手の睡眠を邪魔しないように、汽車を降りてからしばらくその辺を散歩した揚句、適当な頃合いを見計《みはから》って病院を訪れると、内海はちょうどバルコニーに籐《とう》椅子を持ち出して、半裸体で空気浴をしているところだった。

「やあ」

鳥羽の顔を見ると、内海は心持ち首を捩《ね》じまげただけで、無感動な声でいった。思ったより元気らしいのが、この場合、鳥羽には何よりも嬉しかった。

「すっかり御無沙汰《ごぶさた》をした。久し振りに来て見るとやっぱりこゝはいゝね。このまえ来た時より大分《だいぶ》顔色がいゝじゃないか。やっぱり涼しくなったせいかな」

鳥羽は無造作に上衣《うわぎ》を脱いで、椅子のうえに投げ出しながら、ふと気がついて部屋の中を見廻《みま》わした。

新聞は傍《そば》のテーブルのうえに、堆高《うずたか》く積んであったが、読んだ風もなく、みんなキチンと折目を持ったまゝ重ねてあった。

「そうそう、今朝はまだ新聞を読まないのだが」

鳥羽は一番上にあったのを取りあげながら、

「どうだ、ちかごろ新聞を読むかね」

と、いってから、少し拙《まず》かったかなと思った。しかし、内海は気がついたふうもなく、

「うゝん、殆《ほと》んど読まない、大分、騒がしいようだね」

「東京は大変だよ、非常時風景という奴でね。俺もこういう静かなところで、しばらく休息がしたいよ」

そんな事をいいながらも、相手が新聞を見たのでないとすれば、話というのは何だろうと、また別な不安が湧《わ》き起って来る。

「おいおい、そんなに長く空気浴をしていていゝのかい」

「うん、もう止《よ》すことにしよう。君すまないが、その襯衣《シャツ》をとってくれたまえ」

「よし来た」

襯衣に腕を通す相手の浅黒い、艶《つや》のない上半身がいかにも脾弱《ひよわ》そうで、さっき思ったより元気がいゝなと思ったのは、やっぱり思いちがいだったことに気がついた。

「失敬するよ」

内海はいかにも大儀そうに、白いシーツを敷いたベッドのうえに身を横《よこた》えると、ごろごろと咽喉《のど》を鳴らして含漱《うがい》をしていたが、それがすむと、

「君、十時頃にこゝを出る上り列車があったね」

「どうしたんだい。僕は二三日泊ってくつもりで来たんだが」

内海はそれに答えないで、仰臥《ぎょうが》したまゝ、細い腕を胸のうえに組み合せて、しばらく白い天井を眺めていたが、

「君、その新聞のうえに映画雑誌が載っかっているだろう。それを取ってくれたまえ」

「うん、これか」

「あゝ、その口絵に、緒方早苗《おがたさなえ》の写真が載っているからね、そこを開いて見てくれたまえ」

鳥羽は見覚えのある緒方早苗の横顔を、膝《ひざ》のうえでひろげると、いくらか怪しむように内海の顔を偸《ぬす》み視《み》た。緒方早苗というのはちかごろ売出《うりだ》して来た、新進スターなのだ。

内海はしばらくまた無言だったが、やがて急に別の話をしだした。「君お澄《すみ》さんは元気かね」

「有難《ありがと》う、そうそう、君によろしくって言ってたぜ」

「うん」かすかに頷《うなず》きながら、「お澄さんはたしか緒方と心易かったね」

「あゝ、心易いかどうか知らないが、同じスタジオに働いていたんだから、知っていることは知っている筈だ。しかし、緒方がどうしたのかね」

「うん、少しお澄さんに頼みたいことがあるんだ。君、その緒方の写真をよく見てくれたまえ。左手に大きな指輪を嵌《は》めているだろう」

「あゝ」

「その指輪をどこから手に入れたか、お澄さんに聞いてもらいたいんだよ」

「この指輪を――」

鳥羽は驚いたように写真のうえに眼を落したが、

「そうなんだ。そうすればひょっとするとお延の行方が分るかも知れないと思うんだ。何故《なぜ》ってその指輪は、いつか僕がお延のために拵《こしら》えてやった代物《しろもの》だからね」

そういうと、内海の眦《めじり》から見る見るうちに玉のような泪《なみだ》が溢《あふ》れ出して来たのである。

四

指輪の出所《でどころ》はすぐ分った。

緒方早苗は装身具の出所など、隠したがるような女ではなかったので、早苗のもとから帰って来ると澄子はすぐ、

「わかったわ。麻布のS堂といって、そういった中《ちゅう》古品《ぶるひん》ばかりあつかっている店があるでしょう、あそこで買ったんですって。さあ、この後はあなたのお役目よ」

と、鳥羽に言った。

S堂の番頭から更にその指輪の出所を聞出《ききだ》すことは、かなり骨が折れたが、それでも鳥羽はやっと、それがほかの二三の貴金属類と共に、宮崎という男から買いとったのであることを知ることが出来た。ついでに宮崎の住所を調べて貰《もら》うと、渋谷のD町にあるDアパートだということまで分った。

とにかく宮崎を訪ねて見なければならない。いったい、内海の昔の細君の指輪を持っていたということの男は、どういう人物だろう。ひょっとすると、この男とお延との間には、まだいくつかの鎖の環《わ》があるのじゃなかろうか、そう考えると些《いささ》かうんざりせざるを得なかったが、しかし、鳥羽は一刻も早くこの仕事を片附けてしまいたかったので、すぐその足でアパートへ出かけた。

出かけて見て、鳥羽はちょっと妙な気がした。というのはお延がまだ内海と一緒にいた頃――それはもう七八年も昔のことだが――彼らはすぐこの近所に家を持っていたのである。そして当時淋《さび》しい空地だったあたりがすっかり町になってしまって、その

中にアパートの大きな建物が建っていたのだ。

鳥羽はいくらか気臆《きおく》れのする自分を励ましながら、宮崎なる人物に面会を求めた。幸い宮崎は在宿中だった。

宮崎の部屋へ通されて、鳥羽が意外に感じたことには、相手はまだ学生だった。金ボタンの学生服に、度の強い眼鏡をかけた、見るからに神経質らしい風貌を持った宮崎は、鳥羽がはいっていった時、すでに隠しきれない不安を眼にいっぱいうかべていたが、鳥羽が用件を切り出すに至って、極度の恐怖をその蒼白《あおじろ》んだ頬《ほほ》にうかべた。その驚きがあまり異常だったので、却《かえ》って鳥羽の方が面喰《めんくら》ったくらいである。

しかし、一度はげしい衝撃《ショック》を味わってしまうと、あとは却って度胸が出来たものか、間もなく宮崎は割に冷静な調子で話しだした。尤《もっと》もその声はまだときどき、途切れたり、嗄《かす》れたりしたけれど。

「分りました。僕はすでにとうからこういう場合のことを覚悟していなければならなかった筈なんですねえ」

宮崎は慨歎するように言って、

「時に、あなたは警察関係の人なんですか」

それに対して鳥羽は、自分の立場を簡単に話すと、自分はたゞ、その指輪の最初の持主について聞きたいだけだということを、かなり骨を折って相手にのみこませた。

黙って聞いていた宮崎は、相手の話が終るのを待って、いきなり、

「その持主というのは、お延さんといやしませんか」

といった。

「あ、それじゃ君はやっぱり、お延さんを知っているんですね。そのお延さんはいまどこにいるのですか」

勢いこんで訊《たず》ねかける鳥羽の様子を、宮崎は冷やかに眺めていたが、やがて思い切ったように、

「話しましょう。話してしまった方がいゝのです。この話をきいて、あなたが警察へ届けなければならぬとお思いになったら届けて下さい。播《ま》いた種は苅らねばならない。その方がぼくもどんなにかサバサ

バするでしょう」

宮崎は蒼白《あおじろ》い額《ひたい》に垂れかゝる多い髪の毛を、ピアニストのような細い指で搔《か》きあげながら、沈痛な頰に出来るだけ冷やかな笑いを刻んで、さて次ぎのような驚くべき話を始めたのである。

「あれは今から六年まえのことでしたね。そう、ちょうど僕が中学を出た年で、高等学校の受験に失敗して、一年ブラブラしていた時のことです。その時分僕はこの丘のすぐ向うにある叔母《おば》の家《うち》に寄寓《きぐう》していたのですが、過度の勉強のためにかなりひどい神経衰弱にかゝっていました。夜、どうしてもうまく眠れないのです。それで殆んど毎晩のように、ずっと遅くなってから近所にある原っぱを歩き廻るくせがついてしまいました。

ある晩、僕はやっぱりそうして原っぱを歩きに出かけました。時刻はすでに十二時を廻っていましたろう。空にはチラホラ星が見えていましたが、原っぱの中は暗かったのを覚えています。ところがその時、僕は急に妙な気になったのです。というのはその原っぱの端に、一本大きな欅《けやき》の木があるのですが、その欅の幹の下のほうに一つの巨《でか》い瘤《こぶ》がある。つまり非常に登りやすく出来ているわけで、僕は急にこの樹に登りたくなったのです。

何故そんなことをしたのか、自分でも妙な気がするのですが、なんとなくその樹の上で冷い風に吹かれたら、熱した頭も鎮まるだろう、少しは眠れるようになるだろう、多分そういった馬鹿々々しい気紛《きまぐ》れだったにちがいありませんが、さて、僕がその樹に登ったかと思うとすぐ、向うのほうから足音が聞えて、ひとりの女がぼくの真下に来て立止《たちど》まりました。

どうやら、誰かを待っているらしいんです。僕は拙《まず》いことになったと思いました。どうせこんな時刻に女が人を待合《まちあわ》せているといえば、それから後に来ることは分りきっています。どうしよう、声をかけようか、それともさりげなく、人間が一人樹のうえにいる事を覚《さと》らせるような方法をとろうか——そんな風にとつおいつ思案しているうちに、又、ひとつ跫音《あしおと》が聞えて来たのです。

『お延さんかい』

後から来たのが言いました。低い男の声だったのです。暗いので姿は見えませんでした。

『信《しん》さん』

と、女の方がいって側《そば》へ駆け寄りました。

『待ってたわ――』……」

「一寸《ちょっと》待って下さい」

鳥羽が非常に昂奮《こうふん》のいろを浮べて遮《さえぎ》った。

「その時、女は『信さん』といったのですね」

「そうです。が、どうか話の腰を折らないで下さい。ひょっとすると僕の話す勇気が挫《くじ》けてしまうかも知れませんから」

宮崎は刮《かっ》と眼をひらいて、

「『待ってたわ』――しかし、そういった女の声は喜んでいるよりむしろ当惑しているようでした。聞きようによっては、憤《いきどおり》に顫《ふる》えていると思えなくもありませんでした。少くとも女にとって、信さんなるその男は、あまり好もしい相手ではなかったらしいのです。

『昨夜《ゆうべ》もあんなに言っておいたのに』

なじるような調子でそう言いながら、女は男のそばへ寄ったのですが、そのとたん、妙なことが起ったのです。丁度それは、僕のいた枝の繁《しげ》みのすぐ下で行われたので、よく見えませんでしたが、突如二人のあいだに短い格闘が行われました。あっという女の叫びが聞えました。それからバタバタと土を蹴る跫音が聞えました。が、すぐにそれは終ってしまったのです。

間もなく女の体らしい物をズルズルと引摺《ひきず》っていく、男の黒い影が、樹の下を離れて、僕の眼界に現われました。男の姿はすぐ暗闇の中に消えてしまいましたが、やがて又、今度は自分ひとりだけ引きかえして来ると、その辺の格闘の跡を掻《か》き消しておいて、そのまゝ、姿を隠してしまったのです。

僕が樹の枝からおりて来たのは、それから随分後のことです。僕はすぐに男が女の体を引き摺っていった方へ行って見ました。僕はもうそのまえから男がどうして女の屍体《したい》を仕末したかちゃんと知っていたのです。というのは、その原っぱの隅《すみ》に、どうして出来たのか深い、井戸のような孔《あな》のあることを僕はよく知っていたからです。僕はその穴を覗《のぞ》いてみましたが、何も見えませんでした。僕はこの事を誰にも話しませんでした。それはたしかによくないことです。しかし、それから間もなく行った僕の卑劣な行為にくらべれば、まだまだそれは罪の軽い方だったのです。

それから後、ぼくは毎日のようにその井戸の周囲《まわり》を歩きまわりました。誰一人、そこにそんな恐ろしい秘密があろうと気附く者はありません。たとい誰かゞ偶然その井戸を覗いたとしても、おそらくその秘密は看破されなかったでしょう。何故といって井戸の底には草だの土だの、石ころだのが投げこまれて、その屍体をかくしていたのですから。

ある日、僕はとうとう思いきって非常な冒険を試みました。綱をつたってその井戸の底へ下りていったのです。果して屍体はそこにありました。僕はそれを見届けると、すぐ帰って来るべきだったのです。ところがその時、妙なものが僕の眼に触れました。小さい袱紗《ふくさ》包《づつ》みなのです。開いて見ると中には指輪だの頸飾《くびかざり》だの、そういった装身具がいっぱいはいっていました。その中の二三が、最近どうなったかそれは僕のお話するまでもなく、あなたもよく御承知の通りですが、ほかのものはまだ保管してありますから、後でお目にかけましょう。

さて、この装身具の類が、とつぜん僕を悪魔にしてしまいました。そいつをポケットに捩《ね》じこむと、今迄《まで》大して恐ろしいとも思わなかったその屍体が急に恐ろしくなりました。そこで、大急ぎで孔の底から出ようとするひょうしに、僕はまた妙なことに気がついたのです。女の口が少しひらいて、綺麗な歯のあいだに何やらはさまっているのが、妙に僕は気になったのです。そこで僕は腰をかゞめてその女の口を覗き込みました。はさまっているのは、黝《くろず》んだ男の指でした」

しいんとした沈黙がふたりのあいだに落ちこんで

来た。宮崎のはめている腕時計の音が、妙に心をいらだたせるようにカチカチと鳴り響く。宮崎はその腕時計をはめた手で、長い髪を婆娑《ばさ》と掻きあげながら、

「さあ、私の話はこれでおしまいです。私をどうするか、それは万事あなたの御自由なのです。もしあなたがお延さんという婦人の親戚《みより》の方で、犯人を捕えたいとお思いになるなら信さんという名前で、手の指が一本欠けている人物をお探しになればいゝでしょう」

「屍体はまだそこにあるでしょうか」

しばらくして、やっと鳥羽がそう訊ねた。

「ある筈です。誰も見附けはしませんでしたから」

「取り出すわけにはいかんでしょうかね」

「とても駄目です。井戸は埋められてしまいましたから」

「掘り出せばいゝでしょう」

「駄目です。井戸は埋められました。その上を地均《じなら》しがされました。そしてそこにアパートが建ったのです。僕が何故、叔母の家を出てこのアパートに住んでいると思いますか。屍体は多分、骨になって、この真下に横たわっていることでしょう」宮崎はそういうと、気狂《きちが》いじみた眼で、自分の立っている床を指さしたのである。

五

鳥羽はこの恐ろしい発見を、内海にどう伝えたものだろうかと、彼はほとほと、その才覚に苦しんでしまった。

お延は宗像信也と一緒に逃げたのではなかった。お延はむしろ信也の邪《よこしま》な恋に反抗して、そして反抗したゝめに殺されたのだ。この事実はきっと内海を喜ばせるだろうが、しかし一方必ず、彼を悲歎の淵《ふち》に投げ込むだろう。どちらにしても、こういうショッキングな話を、病人の耳に入れてよくないことは分りきっていた。

鳥羽はなんとかして、この事実を自分ひとりの頭脳《あたま》で揉《も》み消してしまいたいと思った。

宗像はすでに死んでいるのだ。しかもその最期《さいご》はふつうの最期ではない。人間として立派な死にかたなのだ。最も光輝ある最期なのだ。鳥羽は今更、昔のことを蒸しかえして、宗像の身に傷をつけたくないという心持ちもした。

こういう鳥羽のジレンマを、しかし非常に突然な出来事が解決してくれたのである。

鳥羽があの恐ろしい事実を発見したその翌日、山の病院から電報がやって来た。電報は内海の急変を報《し》らせて来たのである。そして鳥羽夫婦が取るものも取りあえず駆け着けた時には、内海はすでに息を引きとっていた。

鳥羽夫婦がその枕頭《ちんとう》にかけつけた時、彼らの間に合わなかったのを慰《なぐさ》めるように、

「たいへん安らかな御臨終でしたよ」

と、係の医者がいった。

「あなた方へよろしくとのことでした。それから死というものは私のような人間には嬉しいものだと仰有《おっしゃ》いました」

「息をお引取りになる間際に、私は馬鹿だったと、低い声で仰有いましたわ。そして、お延、お延とそう仰有ったようでした」

看護婦が泪をおさえながらいった。

「あ、それから、これをあなたに渡して下さいと仰有いました」

渡された物を見て、鳥羽は思わず呼吸《いき》をのんだ。それは二通の封書で、方々符箋《ふせん》がついてこの山の病院へ廻って来たものだが、二通とも、宛名は内海延子様となっていた。

開いて見ると、一通は宗像の戦死を知らせて来たものだった。そしてもう一通は宗像が戦死の直前に延子に書いたものだった。

宗像が延子あてに手紙を書く。こんな不思議なことがあるだろうか、――鳥羽は非常に奇異な感じに打たれながら、あわてゝその中味を引き出したが、読んでいくうちに、彼の顔色は見る見るうちに変って来た。

宗像は先《ま》ず先年の非礼を謝罪したのち、自分があ

あいう行動に出たのは、おろかにもあなたが大変不幸な境遇にあると思い違いをしたからだ。しかし、あの時、あなたの高潔な言葉と、不幸な御主人に対する貞淑な態度を見て、たゞたゞ恥入るばかりであった。もしあなたが今以《も》って、自分の浅墓《あさはか》な態度に対して、不快を感じていられるなら、どうか今こそそれを一掃して戴《いただ》きたい。何故なら自分は次《つ》ぎの戦闘に於《おい》て、戦死するつもりだが、あなたの心に不快な滓《かす》が残っていると思えば、死んでも死に切れぬであろうから。終りにあなたとあなたの御主人の多幸ならんことを祈る。——そういった意味のことが、いかにも軍人らしい、率直な調子で書いてあった。

鳥羽は読んでいくうちに、思わず胸を打たれた。そこには嘘《うそ》も偽《いつわり》もない宗像信也なる人物の善良さと高潔さが、切々として読む人の胸に迫るのだ。

鳥羽は呆然《ぼうぜん》としてその手紙を握りしめた。

これはたしかに辻褄《つじつま》のあわない発見だったにちがいなかった。宗像は延子が死んでいることを知っていなければならぬ筈だ。何故といって彼こそ、延子を殺した犯人なのだから。

しかし、この手紙に嘘や誤魔化《ごまか》しがあろうとは思えない。勇士が戦死を覚悟の軍《いくさ》の首途《かどで》にそんな小細工を弄《ろう》するとは思えないのだ。

そうすると、延子を殺したのはいったい誰なのだろう。

鳥羽はふと気がついて、その封筒についている最後の符箋の日附を調べて見た。すると、内海がこの手紙を受取《うけと》ったのは、鳥羽が新聞で宗像の戦死を知ったのと同じ日であることが分った。そうすると内海がこのまえ電報で自分を呼び寄せたのは、これ等《ら》の発見をした直後のことであろうと思われるにも拘《かかわ》らず、内海は何故その話をしなかったのだろう。そして、反対に何故自分をしてあのような恐ろしい発見をせしめるような、奇異な用件を託したのだろう。

その時、とつぜん、ある恐ろしい考えが、さっと鳥羽のあたまにひらめいた。と、それと殆んど同時に澄子が叫んだのである。

「あらまあ、内海さんいつも左の手を隠していると思ったら、小指がほら半分なかったのだわ！」

鳥羽はしかし驚かなかった。

彼は側へよって、ちょっとその小指を見ると、両手を静かに胸のうえに組んでやった。

それから澄子に言った。

「お澄、内海の涙を拭《ふ》いておやり。臨終の時泣いたんだね、ほら、まだ泪が残っている」

誘蛾燈

「あゝ、今夜もまた、誘蛾燈《ゆうがとう》に灯《ひ》がはいった」

みずから嘲《あざけ》るような、ひくい、陰々たる呟《つぶや》きだった。

さっきから熱心に、新聞を読んでいた青年が、その声にふと新聞をおいて、窓ぎわに坐っているその男を見た。

「え？　いま何かおっしゃいましたか？」

窓ぎわの男はびっくりしてこちらを振向《ふりむ》くと、トロリとした眼で、しばらく、青年の顔を凝視《みつ》めていたが、やがてあわてゝ顔を横に振ると、いくらか照れたように卓上のウイスキーを舐《な》め、それからまた、喰い入るような視線を窓の外に投げるのだった。

年恰好《かっこう》は四十二三であろう。ネクタイもしめない、垢《あか》じんだワイシャツのうえに、肘《ひじ》の光るアルパカの洋服を着ていて、ずんぐりとした骨太い体つき、太い頸筋《くびすじ》、厚い胸、日に焦《や》けたあから顔、荒々しいその全身のどこやらに、海洋の匂いが強くしみ透っているのである。

台湾航路の水夫長。——まずそういったところであろうと青年は心のうちで値踏みをしていたが、それにしても、いかにも落莫《らくばく》たる感じが、このうらぶれた山の手の酒場《バー》にふさわしくて、いっそ侘《わ》びしいのだ。

男はいかにも惜しそうに、ちびりちびりとウイスキーを舐めながら、やがて青年のことを忘れ果てたように、窓外の闇を凝視しつゞけている。青年はふたゝび新聞のうえに眼を落した。折から客としてはこの二人よりほかになかった。壁に貼った美人画のポスターの下に、女給がひとり、こくりこくりと、居眠りをしている。

時刻は夜の十時すぎ。

窓の外には乳色の霧がしっとりとおりて、酒場の灯ばかりがいやに明るいのも、却《かえ》って侘びしさを誘うような晩だった。

「はゝゝは、来た、来た、蛾が舞いこんで来やがったぞ。誘蛾燈に誘われて、可哀《かわい》そうな蛾が舞い込んで来やがった。畜生《ちくしょう》ッ、あいつもいずれ、翅《はね》を焼かれて死んでしまやがるんだろう」

ごろごろと咽喉《のど》を鳴らすような声だった。歯ぎしりをして、手を叩いているような調子だった。

青年はぎょっとしたように、再び新聞から眼を離すと、その男のほうを見た。男は窓ガラスに額《ひたい》をこすりつけるようにして、霧のかなたを凝視しているのである。泥酔《でいすい》したその横顔には、どこやらに気狂《きちが》いじみたところがあった。

青年も誘われたように窓の外を見る。

しかし、そこには濃い乳色の霧が渦巻いているばかり、誘蛾燈もなければ、むろん蛾も舞っていなかった。だいいち、霧のつめたいこの十一月の夜は、蛾の出るにふさわしい季節ではなかったのである。

青年は立って男のそばに寄ると、そっとその肘に手をおいた。

「どうかしたのですか」

いいながら男のまえに腰をおろした。

「どこにも誘蛾燈なんか見えないじゃありませんか」

男はまるで針に刺されたように、ピクリと振返《ふりかえ》ったが、青年の顔を見ると、いくらか安心したように、

「あゝ、俺の独語《ひとりごと》がきこえたのかな」

「いったい、どこに誘蛾燈があるんです。どこに蛾が舞っているんですか」

男は思い出したようにウイスキーの盃《さかずき》を取りあげると、改めて、しげしげと青年の顔を眺めながら、

「誘蛾燈かね。ほら、向うに見えるあの灯がそれだよ」

青年は相手が顎《あご》をしゃくって見せた方へ眼をやった。霧の向うに、ほんのりと暈《ぼか》したように見える薔《ば》

薇《ら》色の灯は、このうらぶれた酒場《バー》と、アカシヤの道をひとつ隔てた坂上にある、瀟洒《しょうしゃ》たるバンガロー風の建物の窓であることを、青年はよく知っていた。

　青年は何故《なぜ》か、ドキッとした様子で、

「あれが、――あの窓の灯が誘蛾燈だとおっしゃるのですか」

「そうよ、あの窓の灯が薔薇色に輝いた晩にゃ気をつけなくちゃいけねえ。愚かな蛾どもが翅を焼かれるのも知らねえで、ついうかうかと舞いこむやつさ。お若《わけ》えの、お前《めえ》も用心しなくちゃいけねえぜ。お前みてえな、若い、いゝ男は、いつ何時《なんどき》、あの薔薇色の灯に魅入《みい》られるかも知れねえからな」

　男は咽喉の奥でかすかな笑い声を立てると、グラスの底にかすかに溜《たま》っているウイスキーを、残り惜しそうに口のなかにたらし込んだ。

　青年はそれを見ると、指でコツコツとテーブルを叩いて、居眠りをしていた女給をたゝき起した。

「君、ウイスキーを持って来てくれたまえ。あゝ、いゝから瓶《びん》ごとくれたまえ」

　女給がウイスキーの瓶を抱えてくると、青年は手ずから相手のグラスに波々と注いでやり、それから瓶を相手のほうに押しやりながら、

「僕は飲めないのです。よかったらいくらでも飲んで下さい。その代り話してくれませんか。あの薔薇色の灯の由来《いわれ》を」

　青年は白い額に、非常に熱心ないろをうかべて、いくらか早口に、

「僕もこの間から不思議に思っていたんですよ。あの窓の灯は毎晩、色が変っていますね。この間は琥《こ》珀色《はくいろ》だった。そして昨日はたしか紫色だった。ところで今夜の薔薇色にはいったい、どういう因縁があるんです」

　男は飢えたような眼で、ウイスキーのグラスと青年の顔を等分に眺めていたが、

「お若えの、これ、ほんとうに御馳走《ごちそう》になってもいいのかい」

「え、いくらでも飲んで下さい。足りなきゃもっと取り寄せますよ」

「済まねえな。俺ゃ船に乗っている時分からやけに咽喉が乾く性分でな。それじゃ遠慮なく御馳走になろうか」

男は見事に咽喉を鳴らしてひと息にウイスキーを吸うと、トロリとした眼で青年の顔を見据えながら、

「はゝゝは、勘弁しておくんなせえ、これが俺の病いでな。酒と女のために身を滅ぼそうという奴よ。お若えの、お前も気をつけなくちゃいけねえぜ」

「そんなことはどうでもいいのです」

青年は自烈体《じれった》そうに、

「それより、あの誘蛾燈がどうしたというのですか」

「ほい、しまった。お前のきゝてえのはその話だったな。よしよし、それじゃ話してやろうよ」

男は危げな手つきで自ら、ウイスキーを注ぎながら、

「お前はあのバンガローに住んでいる女を知っているか。素敵滅法《すてきめっぽう》もない別嬪《べっぴん》さ」

「知っていますとも。この辺に住んでいてあの女を知らない者はないでしょうよ」

「そうだ、その別嬪があの誘蛾燈に網を張っている女郎蜘蛛《ぐも》さ。分ったかい。あの薔薇色の灯に誘われて、うかうかと舞い込む愚かな蛾どもの生血を吸う、恐ろしい蜘蛛さ。よし、俺の知っていることをみんな話してやろう。あの別嬪の御亭主というのは、もとどこか大きな会社の専務かなんかだという話だ。ずっしりと腹の出た恰幅《かっぷく》のいゝ、そうそう仁丹《じんたん》の広告みてえないゝ男だったよ。あの女にゃ、その時分から妙なくせがあってな、毎晩、寝室の灯のいろを変えなけりゃ寝られねえというのさ。赤、紫、琥珀いろ、橙《オレンジ》色という風にな。だが、ほかの色の晩にゃ何事もねえ。たゞ、気をつけなくちゃいけねえのは、薔薇色の灯がついた晩だ。その晩にゃきまって御亭主が留守なんだ。そして馬鹿な蛾どもが、人知れず裏木戸から忍び込んで来ようという寸法よ。あの薔薇色の灯に誘われて、ついうかうかと忍び込んで来ようという寸法よ」

男は咽喉のたゞれるような強い酒を、再びぐいぐいと呷《あお》ると、熱心に利耳《ききみみ》を立てゝいる青年の顔を見

て、にやりと意味ありげな微笑を洩《も》らした。

「つまりよ、あの薔薇色の灯てえなあ、亭主が留守だてえ、発火信号みてえなものよ。毎晩、寝室の灯の色をかえなきゃ寝られねえなんて、糞《くそ》面白くもねえ、そいつを誤魔《ごま》化《か》す手に過ぎねえのよ。つまり一種のカモフラージだあね。

　ところで御亭主てえのは、まえにも言った通り仁丹の広告みてえないゝ男でよ、年だってそう老《ふ》けちやいねえ、その時分、四十二三だったかな、つまり脂《あぶら》の乗り切った若手の実業家と来てらあ。これじゃ世間が面白くて、真直《まっす》ぐに家へ帰れねえのも無理じゃねえやな。

　だから、薔薇色の灯が窓に輝く晩がだんだん多くなって来たてえのも分るだろう。どうかすると、二晩も、三晩も薔薇色の灯がつけっ放しになっていたものよ。ところが、そういうある晩、たいへんなことが起った。なあ、お若えの、たいへんなことが起ったんだぜ」

　男は酔漢《よっぱらい》特有の大袈裟《おおげさ》な身振りでそういうと、ふいにふうっと声を落して、青年の顔を覗《のぞ》きこんだ。青年の顔は何故か真蒼《まっさお》だった。

「その晩、舞いこんでたてえのは、何《な》んでも拳闘家《ボクサー》くずれかなんかの、まだ若え、初心《うぶ》な男だった。ところがそこへ、帰らねえ筈《はず》の御亭主というのが、とつぜん帰って来たからひと騒動だろうじゃねえか。

　御亭主はひと眼その場のありさまを見ると、すぐ事情を察してしまった。こりゃ誰にだって分らあな。夜よなか若え男と女とがしどけねえ恰好で差向《さしむか》いになってりゃな。ところでこの時、御亭主はどうしたと思う。しばらく入口のところに立ったまゝ、例の仁丹の広告みてえな綺麗な顔に、嘲るような微笑をうかべて二人を見ていたが、やがてつかつかと中へはいって来ると、いきなり拳闘家《ボクサー》くずれの耳に手をかけて、ぐいぐいと入口の方へ引摺《ひきず》って行ったものだ。

　女が化粧台の抽斗《ひきだし》からずらりと短刀を引き抜いたのはこの時だった。いゝかえ、いきなり短刀の鞘《さや》を払ったんだぜ。あっという間もない、まるで蛇のように亭主の背後に這《は》い寄ると、ぐさっとひと突き、貝殻骨《かいがらぼね》の下のあたりだ、それからもうひと突き。

——それで万事おしまいよ、亭主は声も立てずに床のうえに倒れちまった。

凄《すご》い女だ。その間、顔の筋ひとつ動かさねえ。却って情人《おとこ》のほうが歯をガタガタ鳴らせながら立っている。女はいきなりその腕をつかむと、

『——逃げて、逃げて頂戴《ちょうだい》！　あとは何んとかあたしが鳧《けり》をつけます』

情人《おとこ》が廊下のほうへ出ようとすると、女は、

『——そっちじゃない。そっちは危い、窓から、窓からとび下りて！』

情人《おとこ》がいわれるまゝに窓をひらくと、そのうしろにすり寄った女は、いきなり化粧台の抽斗から摑《つか》み出した、指輪だの首飾《くびかざり》だのを相手のポケットに捻《ね》じ込んで、

『——これを、これを当座の小遣いにして。また、また、いつかね』

二人は抱きあった。そして接吻《キス》した。だが、その次の瞬間、情人が窓の下の花壇のうえにとび下りた時、女は矢庭《やにわ》に腕を伸ばしてダン！　ダン！

情人《おとこ》は花壇のうえに一度膝《ひざ》をついて、窓のほうを振りかえった。そして、女の握っているピストルと、殺気にみちた女の顔を見ると、何もかも分ったに違いねえ。何やら大声に叫びながら、向うのほうへ走りかけたが、その時またもや、ダン、ダン！　情人《おとこ》はバッタリ倒れた。それでも必死の力を振りしぼって、裏木戸まで這《は》っていったが、そこで力が尽きたのか、そのまゝ、ガックリ動かなくなってしまったのだ。その時、女ははじめて大声で叫んだものよ。

『——泥棒！　人殺し！　誰か来てえ』

男はそこまでひと息に話して来ると、ほっとしたように肩を落してテーブルの上のグラスに眼をやった。だからその時青年の身体《からだ》が、微《かす》かに顫《ふる》えているのに気附かなかったのも無理はない。

「それから後のことは話すまでもなかろう。可哀そうに、情人《おとこ》の奴、あられもない強盗殺人の罪を被《き》せられて、それなり鳧よ。女か、女がどうなるものか。

あっぱれ亭主の敵《かたき》を討った貞女の鑑《かがみ》てえわけよ。なんでも、その情人《おとこ》てえのは、一ケ月ほどまえ、リングの上で大怪我《けが》をして、二度と拳闘家《けんとうか》として立つことが出来なくなり、すっかり自棄《やけ》っぱちになっていて、強盗もしかねまじき有様だったていう、人々が駈けつけて来たときにゃ、すでに呼吸もなかったのだから、ほら、譬《たと》えにもいう死人に口なし、女はぬくぬくと亭主の遺産を抱いて、今でもあの通り栄えているのさ」

　青年はふいにぶるぶると体を顫わせると、手の甲でべっとりと額に滲《にじ》み出ている汗を拭《ぬぐ》った。それから乾いた唇を舐めながら、

「あの女《ひと》が――、あの女《ひと》が――、信じられない。そ、そんな馬鹿なことが！」

「おい、お若えの、それじゃ俺が作り話でもしているというのかい」

「そ、そうです。第一、あなたは誰にそんな話をきいたのです。亭主も情人《おとこ》も死んでいる。まさか、女がそんな話をしようとは思われませんからねえ」

「俺ゃ誰にも聞きやしねえ。俺はこの眼でちゃんと見たのだ。今だからいうがな」

　男はふいと声をおとして、

「俺もあの晩、薔薇色の灯に魅入られて、ふらふらと迷いこんだ蛾のひとりだったのさ。だが、迷いこんでみると、そこにゃ俺より若い先客があるじゃねえか。俺だって面白くねえやな。だから押入《おしいれ》のなかに隠れていて、彼奴《あいつ》らのさゞめきを聞いていたのよ」

「あなたが、あなたが――？」

「そうよ。おかしいかい。俺があの女と知ったのはなあ、女が上海《シャンハイ》からの帰りだった。俺ゃその時分、水夫長をしていたんだが、今みてえじゃねえ、いくらかりゅうともしていたし、それに、俺のこの太い首や、厚い胸や、荒々しい振舞いがあの女のお気に召したってわけさ。おそらく、薔薇色の部屋の客で、一番長続きがしたのは、この俺だったろうぜ」

「あなたが――？　あなたが――？」

　青年は再び、執拗《しつよう》に反抗した。

「信じられない。そのあなたが。――いかに物好き

だろうとも、あの女《ひと》の恋人だなんて、はゝゝゝは、あなたはきっと、僕をからかっていらっしゃるのでしょう」

「よし！」

ふいに男が憤然《むっ》としたように言った。

「お前がそういうなら、ひとつ証拠を見せてやらあ。これはな、あの部屋の客になった者だけが知っている女の秘密なんだ」

男はそういうと、左の袖《そで》をまくしあげると、

「あいつは豹《ひょう》なんだ。いゝか、荒々しい雌《め》豹なんだぜ。悪ふざけが度を越して来ると、相手かまわず嚙《か》みつきやがるのだ。女はこれを恋の記念《かたみ》だと言いやがった。見ねえ、俺の腕にのこっているこの歯の痕を」

逞《たく》ましい男の腕に、ありありとのこっている可愛《かわい》い歯型を、青年は何故か、恐ろしい程の熱心さで眺めていたが、ふいに、激しく呼吸《いき》をうちへ引くと、

「分りました」

と、放心したように言った。

「もう、あなたの話を疑いません。何故といって、僕はまえにも一度、これと同じ歯型を見たことがあるからです」

「なに、お前が？」

男はびっくりして、ふいに体を乗り出すと、

「どこで、——どこで見なすった？」

「あの女に殺された、弟の体に。——そうなんです。今お話になった可哀そうな拳闘家《ボクサー》くずれというのは僕の弟なのです。弟はなるほど、僕とは反対に荒々しい男でした。しかし、僕にはどうしても、弟がそんな恐ろしい、強盗などしようとは考えられなかったのです。だから、こうして毎日、あのバンガローの附近をうろついて、何かしら反証をあげたいと思っていたのです。有難《ありがと》うございました。これで何も彼《か》も分りました。さようなら」

「ちょ、ちょっと待ちねえ」

男はあわてて青年の袖を引きとめると、

「お前血相かえて、これからどこへいくつもりだ」

「あの家へいくのです。そして弟の敵《かたき》を討つのです」

「よしねえ、よしねえ。あの薔薇色の灯はさっきも言ったとおり誘蛾燈なんだ。お前みてえな若い男が迷いこんだら碌《ろく》なことはありゃしねえぜ」

「大丈夫です。ぼくの胸には今、あの女に対する憎しみと怨《うら》みが燃えさかっているのです。あの女に何が出来るものですか」

　青年は蒼白《あおじろ》んだ頬《ほお》に、凄いような微笑をうかべると、勘定を払って、さっと深い夜霧のなかに出ていった。誘蛾燈に誘われていく蛾のように、外套《がいとう》の襟《えり》をバタバタはためかせながら。――

　その晩、あの薔薇色の灯のおくで、どんなことがあったか誰も知らない。

　たゞ分っているのは、それから二三日後、附近の濠《ほり》の中に溺死《できし》体《たい》となって発見されたのが、どうやらその青年らしいということだけである。そして、その青年の白い肩には、紫色の歯型がなまなましくついていたということである。

　女はその後いよいよ美しさを増したという評判だ。そして今でも時々、あの坂の上のバンガローからは艶《なまめ》かしい薔薇色の灯が洩れることがある。哀れな、蛾を誘うように。

広告面の女

発端

最初は顔の輪郭だけだった。細いペンでていねいに書いた輪郭だけだったけれど、それでもまだうら若い女の顔であることは十分うなずけた。ところが、その翌日になると、その輪郭の中に双《ふた》つの耳が書き入れられ、そしてその耳にブラ下っている奇妙な耳輪が書き加えられた。その耳輪というのはかなり特色のあるもので、細い鎖の環《わ》のさきに、小さな魚の形をした飾《かざり》がブラ下っているのである。ところがその翌日になると、更に眉と眼がその顔のなかに附加《つけくわ》えられた。日本人ばなれのした細い眉と、切れのながい美しい眼なのである。

こういう広告が毎日のように、新聞の広告面に現われはじめたのだから、さあ、これが評判にならずにいなかった。不思議なことには、その広告には説明文はおろか、広告主の名前さえ明記してないのだから、何を目的としているのか、さっぱり分らないのである。

かなり広いスペースに、そう、それはきまって夕刊の、どの新聞でも小説欄を設けてある、あの第三面のちょうど小説欄の下なのだが、そこへ毎日のように、目的不明のこの奇妙な顔だけが、少しずつ筆を加えられていくのだから、人々がはげしい好奇心のとりこになったのも無理はない。

「君、あの広告を見たかい」

「あゝ、見た見た、何《な》んだか変だね。いったいなんだろうね、あれは？」

「僕はおそらく映画会社の宣伝じゃないかと思うんだがね、鶴亀《つるかめ》キネマと来たら、ずいぶん思いきった宣伝をやるからね。これもあそこの悪戯《いたずら》じゃないかと思うんだ」

「ところがさにあらずさ。あそこの企画部には僕の友人がいるんだが、全然、心あたりがないそうだよ。それにあの顔だね、あゝいう日本人ばなれのした輪郭をもった女優は、あそこにはいないからね」

「そういえばそうだね、すると東活《とうかつ》のほうかな。あそこにもしかし、こういう女優は心当りがないなあ」

「いや、僕は思うんだが、テキはデパートだぜ。冬帽子か肩掛《ショール》の宣伝になるんだ、きっと。角丸《かくまる》デパートあたりが怪しいんじゃないかな」

「いや、僕はやっぱり映画の方だと思う。きっとわれわれのまだ知らない、新人の売出しなんだぜ」

「いや、僕はデパートだ」

「いや、僕は映画だ」

「よし、それじゃ賭《かけ》をしよう。君は映画のほうに賭けたまえ。僕はデパートの方に賭ける」


と、いうようなわけで、あらゆる方面、あらゆる階級にわたって、以上のような騒ぎが持ちあがったことを、当時の人々は記憶していることだろう。もしこの広告が、何らかの宣伝を目的としたものなら、それは申分《もうしぶん》なく効果を発揮したというべきだった。凡《およ》そ東京附近の住民で、今やその広告に多大の注意を払わないものはなかったし、また、その広告を話題にしない人間はなかったからである。

こういうデマやゴシップをよそに、しかし、その奇妙な顔は、毎日、ほんの少しずつしか筆を加えられていかなかった。

第四日には、すんなりとしたギリシヤ風の鼻が、第五日目には恰好《かっこう》のいゝ唇が、最後の日には、房々《ふさふさ》と波打った断髪が書加《かきくわ》えられ、そしてこの問題の女の顔は完成したのである。さて完成したところを見ると、それは明《あきら》かに、普通の日本の女ではなかった。鼻の高さ、眼の窪《くぼ》みかた、全体の輪郭のきびしさなど、どう見ても、眼のいろのちがった紅毛人《こうもうじん》の血がまじっているとしか思えないのである。

「おやおや、すると外国映画のスターかな」

あくまでも映画会社の宣伝だと信じている男も、最後にいたって、匙《さじ》をなげるように溜息《ためいき》をついたことだが、しかし、それは結局、映画の宣伝でもなければ、デパートの戦術でもなかったことが間もなく判明したのだ。

一週間目にいたって、ついに正体を暴露《ばくろ》したその広告の目的というのは、凡《およ》そ次《つ》ぎの如《ごと》きものであった。

賞金一万円
姓名　サラ・アンシバル（日仏混血児）
年齢　二十三歳
右ノ住所ヲ左記ノ所ヘ御通知アリタル方ニ謝礼トシテ一万円呈上ス
丸ビル七階　熊谷《くまがい》法律事務所

この暴露された広告の真の目的は、世間に対して二様の反響を投げかけたということが出来る。なアんだ、つまらない、単なる探《たず》ね人かと、それきり興味を失《な》くしてしまった人と、賞金の莫大さと、手段の異様さに、更にあらたなる亢奮《こうふん》をかき立てられた人と。――それはさておき筆者がこゝにお話しようとするのは、この広告がはからずも捲《ま》きおこした、世にも怪奇な一場の冒険談なのである。

死仮面《デス・マスク》に彩色する男

蜂谷《はちや》三四《さんし》郎《ろう》というのは、二三年まえさる私立大学を卒業して、現在ある商事会社に勤務している、いたって平凡な一サラリーマンに過ぎない、どの点から見ても、この青年が現代のふつうの青年にくらべて、際立った特色をもっているということは出来なかったであろう。容姿は際立って端麗というのでもなければ、それかといって人前に出て恥を掻《か》くというほどでもなかった。才能も中くらいであったし、趣味にも異状な点はなかった。郷里にはちょっとした恒産を持った兄が質屋を営んでいて、学生時代そこから送って貰《もら》っていた、月々八十円の金は、彼にとっては多すぎもしなかったし、少なすぎもしなかった。特別に派手ずきというでもなく、そうかといって吝嗇《けち》でもなく、学生時代あれほど風靡《ふうび》した左翼思想に感染《かぶ》れるでもなく、無事に学校を出ると、さる先輩の斡旋《あっせん》で、現在の商事会社に入社することになり、爾来《じらい》、特別に才腕を認められるというのでもなかったが、さりとて過失もなく、年々きまった額だけは欠かさず昇給もしていた。

さて、あの奇妙な新聞広告が現れはじめた頃、彼は渋谷にある渋谷アパートから、丸の内の商事会社まで毎日勤務していたのだが、そういうある日、ふとした用事があって、彼はアパートの隣人なる石上《いしがみ》栗丸《くりまる》という人物の部屋へ無断ではいっていった。というところからこの物語は始まるのである。

いったい、この渋谷アパートというのは、いかにも蜂谷三四郎の住居《すまい》にふさわしい無味乾燥なアパートで、外部は洋風だったけれど、内部へはいって見ると畳敷きで、部屋の入口が襖《ふすま》の代りにドアになっているのと、縁側のかわりに窓がついているのとの他は、普通の下宿となんら選ぶところはなかったが、蜂谷三四郎はすでにこのアパートに六年あまりも住んでいて、別に侘《わ》びしいとも淋《さび》しいとも感じたことはなかった。生活をかえないということが彼の特色の一つだといえばまあ言えないこともないのだ。

さてその隣人の石上栗丸というのは、いったいどういう人物であるかというと、蜂谷三四郎もあまり詳しいことは知らなかった。但《ただ》し、それは彼が特別に無関心であるからでなく、何しろ相手は二週間ほどまえに、その隣室へ引越《ひっこ》して来たばかりだから、蜂谷三四郎にとっても、あまり観察の足しになる材料がなかったからである。たゞ分っているのは、四十二三という年輩と、ひどく茶目っけなところがあるかと思うと、どこか奥底の知れないところがあり、妙に狎々《なれなれ》しいかと思うと、また何かしら他人《ひと》をよせつけないといった風な、ひと口にいってあまり気味のいゝ人物ではなかった。

いったい、蜂谷三四郎はまえにもいったもろもろの性格が示すように、特別に友達を作るという方でもなければ、人懐《ひとな》つこい性質でもなかったが、それがこの薄気味の悪い隣人と、まだ二週間になるやならずで、狎々しく往来《ゆきき》するというのは、次ぎのようなきっかけがあったからなのだ。

引越して来たその翌日の朝のこと、石上氏は蜂谷三四郎のところへ挨拶《あいさつ》に来ると、早速安全剃刀《かみそり》の刃をいちまい無心した。蜂谷三四郎はどこか蟹《かに》を思わせるような、平たい相手の顔に、もじゃもじゃと無《ぶ》精髭《しょうひげ》が生えているのを見ると、これはむろん剃った方がいいと思ったので、快《こころよ》く持ち合せの刃を呈上したのである。するとその晩、お礼心にか相手からお茶の招待が来、それ以来、ちょくちょく向うから話にやって来るようになった。石上氏は見たところ、別にどこへも勤めているふうも見えなかったし、そうかといって、自宅にいて出来る種類の仕事を持っているようでもなかったが、由来、アパートの居住者は、その隣人に対してあまり関心を持たないものなのである。

さて、この章のはじめの方で書いた日のことだ。社から持って帰った仕事——それはかなり頭を悩ます計算の仕事だったが——に専念していた蜂谷三四郎は、俄《にわ》かに吸取紙の必要に迫《せ》まられた。探して見たけれど生憎《あいにく》、自分の机の周囲には見当らない。ひょっとすると石上氏が持っているかも知れないと思って、急いで隣室へはいっていったのだが、そこで彼はハタと当惑してしまったのだ。

というのは、ドアの外にはスリッパが脱いであったし、錠もおりていなかったので、てっきり、部屋にいるとばかり思った石上氏の姿がそこに見えないのだ。無断で他人の部屋へ闖入《ちんにゅう》するということは、蜂谷三四郎の趣味としてあまり好ましいところではなかったが、しかし、この場合、吸取紙の必要は彼の日頃のそういう習慣を破らせるほど、十分急を要したのである。蜂谷三四郎は、えゝい、まゝよとばかり部屋の中へ踏込《ふみこ》むと、机のうえにひろげてあった新聞紙を無雑作《むぞうさ》にとりのけたが、そのはずみに、思わずおやと眉をひそめたのである。

新聞のしたから、奇妙なものが出て来たからだ。それは石膏《せっこう》でこさえた黄ばんだ仮面なのである。蜂谷三四郎はまだデス・マスクというものを見たことがなかったが、一見して彼は即座にこの仮面をデス・マスクであろうと判断した。それもあまり上手でない、素人《しろうと》の手で作ったものらしく、ところどころひゞが入ったり、妙に輪郭が崩れたりしたところもあったが、明かにまだ年の若い婦人の仮面で、しかも驚いたことには、その白っぽいその仮面のうち、眉と眼だけが妙に生々《いきいき》と彩色してあった。それはブルーネット型ともいうべき顔なのであろう、長く曳《ひ》いた眉は碧味《あおみ》をおびた栗色をしていて、眼のいろも深い碧さを湛《たた》えているのである。全体が真白《まっしろ》なのにも拘《かか》わらず、そこだけが、生々と彩色してあるのが、妙に気味の悪い感じで、蜂谷三四郎は暫《しばら》く茫然《ぼうぜん》として仮面を眺めていたが、その次ぎに彼の眼についたのは、その仮面の双つの耳にブラ下っている奇妙な耳飾であった。それもおそらく石上氏が素人細工にこさえ上げたものであろう、真鍮《しんちゅう》でこさえた怪しげな細工であったが、明かにそれは小魚の形をしていた。そしてこの事が蜂谷三四郎にはっとある聯想《れんそう》を呼び起させたのである。

彼はあわててさっきとりのけた新聞をもう一度ひっくり返してみた。すると予期していたとおり、そこに載っているのは、ちかごろ噂《うわさ》の高い、あの奇妙な広告で、しかも、その広告の、のっぺらぼうの顔には、その日、眉と眼だけが書き入れられたところであった。

蜂谷三四郎はそこまで分ると、あわてゝ新聞をもとどおり、仮面のうえにかぶせ、そっとドアを締めると、抜足《ぬきあし》、差足《さしあし》、自分の部屋へかえって来たのである。

蜂谷三四郎壁に孔をうがつ

さて、典型的なサラリーマンの蜂谷三四郎にも、ひとつの大きな弱点があった。それは人並み外れて好奇心が強いということである。今迄、この欠点が外部に現われなかったのは、彼の好奇心を煽動《せんどう》するに足るほどの事件がなかったからに過ぎないのだが、今や千載一遇《せんざいいちぐう》ともいうべきその時節が到来したのである。

東京中はいまやあの奇妙な広告のために、沸《わ》き返るような騒ぎを演じているのだ。そしてその広告と、なんらかの意味で関聯《かんれん》を持った人物が、はからずも自分の隣室に居をかまえているのだ。彼は何人《なんぴと》も知らんと欲して、いまだ知ることの出来ない秘密を、まんまと摑《つか》んだ時の得意さを想像して見た。すると、矢も楯《たて》もたまらなくなった蜂谷三四郎は、次ぎのような奇妙な方法で、その好奇心のはけ口を見出《みいだ》したのである。

蜂谷三四郎の部屋のいっぽうには、一間《けん》の床の間と一間の押入《おしいれ》があったが、その押入の壁は即《すなわ》ち石上氏の部屋の、押入のないがわの壁になっているのである。だから、その壁に隙間を見出せば、ひそかにこの奇妙な隣人の挙動を探ることが出来るということに、彼は気がついたのだ。蜂谷三四郎の好奇心は最早《もはや》少しの躊躇《ちゅうちょ》をゆるさなかったので、早速彼は押入にもぐり込むと、壁に小さい孔《あな》をあけた。だいたい、このアパートは見掛《みかけ》に似合わず、大変ヤワに出来ていたし、石上氏の部屋の装飾を熟知していた彼には、それが何んの困難も危険も伴わない仕事だった。石上氏が壁にかけている拙《まず》い油絵の額の、すぐその上側に、向うでは気附かない程の孔をあける事に、蜂谷三四郎はまんまと成功したのである。

この奇妙な窓があいてから二三日のあいだに、蜂谷三四郎はずいぶんいろいろなことを発見した。しかもそれは、ますます彼の好奇心を煽動するほど、十分奇怪な事柄であった。先《ま》ず石上氏が、新聞に現われるあの怪広告をお手本にして、毎日死仮面《デス・マスク》に少しずつ彩色をほどこしていることは、最早疑う余地がなかった。次ぎに奇妙なことには、石上氏もしばしば、自室の押入の中にもぐり込むという習慣を持っていることである。ドアの外にスリッパがありながら、しかも、しばしば石上氏の姿が部屋の中に見えないというのは、こういう秘密の隠遁所《いんとん》をひそかに設けているからなのである。

「おやおや、して見ると石上氏もひそかに隣人を注視しているのかな」

そう考えた蜂谷三四郎が、しかし、すぐその考えを改めなければならなかったというのは、石上氏の向うの部屋は、長いこと空部屋になっているのである。おまけに石上氏がその押入に潜り込む時は、いつも極《きま》って素手ではなかった。いつでも彼は手に長い、黒い筒のようなものを携《たずさ》えているのであるが、それが望遠鏡であることに気がついた時、蜂谷三四郎の好奇心は、遂にその絶頂に達したかの感があった。

いったい、蜂谷三四郎の住んでいるこのアパートは、ちょっとした崖《がけ》のうえに建っているのだが、その崖のすぐ下には、有名な望月《もちづき》子爵の宏荘《こうそう》な邸宅が、昔からあるのである。したがって子爵邸の庭は、アパートの窓から一望のもとに俯瞰《ふかん》されるという不利な位置に立っていた。だから、このアパートが竣成《しゅんせい》した時、子爵家から槍《やり》が出て、さてこそ二つの建物の間には、殺風景な高い目隠し塀《べい》がこしらえられてあり、普通、アパートの部屋に立っている分には、向うの庭は見えないようになっていたが、これが押入のうえの段へはいのぼると、問題はおのずから別になって来る。眼の位置が高くなるにしたがって、目隠し塀のうえから子爵邸の庭を覗《のぞ》くということは決して困難なことではなかった。

石上氏はつまり望遠鏡でひそかに、子爵邸を監視しているのである。

こう気がつくと蜂谷三四郎は、もはや救いがたい好奇心のとりこになってしまった。彼が早速その晩、街へ出向いて一挺《ちょう》の望遠鏡を購入《かいい》れて来たことはこゝにいうまでもあるまい。押入のうえの方の、子爵邸に面した壁に新らしくまた一つの孔があけられた。そして、そこから望遠鏡で向うの庭を注視しはじめた蜂谷三四郎は、そのうち、何んともいえない奇怪な事実に気がついたのである。

それは恰《あたか》も一方では、あの奇妙な新聞の肖像画がいよいよ完成して、人々を沸き立たせた広告の目的が、漸《ようや》く世間のまえに暴露《ばくろ》された頃のことだった。

それは一万円の賞金附きの探ね人で、探される人物というのは、サラ・アンシバルという日仏の混血児、当年とって二十三歳で、肖像画に示されたような容貌を持ち、耳には魚の形をした耳飾をはめているという事を、蜂谷三四郎もよく知っていた。

そのサラ・アンシバルを子爵邸に発見したといったら、蜂谷三四郎がどれほど驚いたか、こゝにお話するまでもないであろう。

その少女はいつも薄桃色のドレスを着ていた。そして頭髪は光沢のあるブルーネットで、眼の色は碧かった。だが、何よりも間違いのないことは、彼女が首を動かすたびに、きらきらと双つの耳の下にきらめく黄金の耳飾である。それは明かに魚の形をしているのだ。彼女はいつも、木の間《こま》がくれに見える洋館の窓に、頰杖《ほおづえ》をついて、ぼんやりこちらの方へ顔を向けて庭を眺めていた。ときどき悲しげな表情《かお》をして、歌を歌っていることもあったし、そうかと思うと、気狂《きちが》いのように地団駄《じだんだ》を踏んで、部屋のなかにいる誰かに怒鳴っていることもあった。但し、蜂谷三四郎の部屋から、そこまではかなり遠いので、言葉までは聞えなかったし、よし聞えたとしても、亢奮した時、彼女が口から出まかせに喋舌《しゃべ》るのは、いつも仏蘭西語《フランス》らしかったので、蜂谷三四郎にはその意味を了解することは困難であったろう。

しかし、たゞ次ぎのひとつの事だけは明かだった。彼女はあきらかに、自分の意志に反して、そこに檻《かん》禁《きん》されているのである!

蜂谷三四郎は、この思いがけない発見にすっかり気が動顚《どうてん》してしまった。一方では一万円の賞金をかけて、この少女を探している人物がある。そして、一方では彼女は、あの有名な望月子爵の手によって人知れず檻禁されているのだ。いったいこれは何んということだろう。

もちろん、蜂谷三四郎もはっきりこの少女をサラ・アンシバルであると断言する勇気はなかった。彼女はあの肖像画の女と非常によく似ているようでもあるし、また、そうでないようにも思えた。何しろ、線で書いた絵のことだから、はっきりと特徴をつかむことは困難だったのだ。しかし、あの耳飾だけはもう間違いはない。あんな奇妙な耳飾をしている人間が、この日本にそう沢山あろうとは思えない。それから、もう一つ彼の確信を裏附けるのは、隣人石上栗丸氏の行動なのだ。石上氏が、あの広告面の女と何等《なんら》かの関聯を持っているらしいことは、最早疑う余地がないのだから、その石上氏がひそかに監視している人物が、サラ・アンシバルであろうことも、これまた想像に難くないのだ。

蜂谷三四郎はこゝに至って、俄かに望月子爵なる人物に対して興味をおぼえ始めたものだが、近頃の青年の常として、いたって世情にうとい彼は、子爵に対しても、遺憾ながらあまり豊富な智識を持っていなかった。たゞ分っているのは、子爵というのが年頃、四十八九の、背の高い、色の浅黒い、美髯《びぜん》をたくわえた紳士であるということ、それから政府の仕事をしているということ、あまり新聞には現われなかったが、所謂《いわゆる》黒幕として、政界には隠然たる勢力を持っているらしいこと、旧幕時代の小藩の血筋であること、だいたいこのくらいのものである。しかし、その翌日、社においてはからずも同僚から聞《き》き込《こ》んだ、次ぎのような事実は、俄然《がぜん》彼の興味を掻き立てた。

「そうだね、僕もよく知らないが、なんでも若い頃、そういまから二十年もまえになるかな、巴里《パリー》に留学していて、風流貴公子として、向うでずいぶん持囃《もてはや》されたもんだって噂があるぜ」

このゴシップが、蜂谷三四郎の確信を決定的なものとした。どういう事情があるにせよ、現在、望月子爵に檻禁されているのが、混血児のサラ・アンシバルであることは、最早、疑う余地がなかった。

そこで、その日蜂谷三四郎は、社の近所の公衆電話から、お探ねのサラの居所《いどころ》を知っている者だが、今日夕刻、お訪ねしてもいゝかと熊谷法律事務所へ電話をかけておいて、さて、約束の時間になると、一万円の幻をえがきながら、勢いこんで丸ビルの七階へのぼっていったのである。

塀の上から飛び下りた女

だが、煌々《こうこう》と電燈のきらめく七階の廊下へ、昇降機から吐き出される頃には、言いがいもなく、あれほど勢い込んでいた彼の勇気も、シャボンの泡のように萎《しぼ》んでしまっていたからといって、あながち、蜂谷三四郎を軽蔑《けいべつ》することは出来ないであろう。目指す熊谷法律事務所というのはすぐ分った。大きな模様入り硝子《ガラス》のドアに、いかめしいゴチックの金文字で、熊谷法律事務所と刷りこんであるその部屋のまえまで来た時、俄かに蜂谷三四郎の脚はガタガタと顫《ふる》え出したのだ。彼はソワソワとあたりを見廻すと、ピカピカと光っているドアの把手《ハンドル》に手をかける代りに、大急ぎでその部屋のまえを通りすぎ、廊下の突当《つきあた》りにあるトイレットに飛込《とびこ》んだ。そこで用を足しながら、漸《ようや》く気を落着《おちつ》けた彼は、今度こそ勇気を出して、あの事務所のドアをひらこうと歩き出したのだが、そのとたん、彼はハッとして立止《たちど》まってしまった。

蜂谷三四郎がドアの二三歩手まえまで来た時だ、ガラガラと音をさせて昇降機がとまると、中からあたふたと駆け出して来たひとりの紳士がある。蜂谷三四郎はその人をよく知っていた。それは間違いもなく、望月子爵その人なのである。蜂谷三四郎はまるで悪事を企んでいる男が、警官の姿を見たように、あわてゝ熊谷法律事務所のまえを通りすぎ、階段のほうへ歩いていった。子爵はむろん、彼に眼もくれなかった。たとい眼をくれたとしたところで、そこにいる男が、自分の邸宅のすぐうしろにあるアパートの住人であろうなどとは知るよしもなかったのだが。

子爵は大股《おおまた》に蜂谷三四郎のそばを通りすぎると、問題のドアをぐいと開いた。そして、せっかちな人と見えて、またドアをよく締めもしないで、畳みかけるようにして放った子爵の第一声が、蜂谷三四郎を混乱の淵《ふち》に叩きこんでしまったのである。

「サラの居所が分ったというのは、本当の事かね」

蜂谷三四郎は次ぎの瞬間、蝗《いなご》のようにそのドアの側《そば》へ飛んでいった。

「ほゝう、サラの居所を知っているって電話をかけて来たものがあるんだって？　そして、なるほど、そいつが間もなくやって来ることになっているんだね」

　蜂谷三四郎は逃げるようにドアのまえを離れると、昇降機の存在も無視して、階段づたいに、一息に地階まで駆けおりた。彼の心臓はあまりの驚きのために、今にも鼓動を停止するかと思われた。実際、これは何んといって説明していゝか分らないほど、意外千万な発見だった。あの不思議な広告の主は、実に望月子爵その人だったのだ。しかも子爵こそ、その探ね人の居所を一番よく知っている筈《はず》なのである。何故《なぜ》といって、その探ね人を監禁しているのは、実に子爵自身なのだから。

　蜂谷三四郎はさしあたり、この何んとも名状することの出来ないほど、混乱した頭脳《あたま》を整理する必要があった。彼は地階から、更に地下室へおりていって、そこにある食堂へ入っていったが、するといきなり、

「おや〱、蜂谷さん、妙なところでお眼にかゝりましたな。どうしたんです。何をそんなにきょろきょろしているんです。まるで警官におっかけられた掏摸《すり》のような表情《かおいろ》をしているじゃありませんか」

　と、傍若無人に呼びかけられて、彼はいよ〱狼《ろう》狽《ばい》してしまったのである。声をかけたのは、いう迄《まで》もなくアパートの隣人、石上栗丸だった。

「あっ、石上さん」

　蜂谷三四郎は殆《ほと》んど恐怖にちかい表情を示した。

「まあ、こちらへいらっしゃい。私はあなたが何んのためにこゝにいらっしゃるのか、よく知っていますよ。あなたはあそこへ行ったのでしょう、そして、あのことを話しましたか。いやいや、分った、あなたは子爵に会ったんですね。それでそんなに泡を食って逃げて来たんですね」

　石上氏は面白そうに笑いながら、

「いや、それはよかった。もしあなたがあそこへいってあの事を話したとしたら、とんでもない恥を掻

いていたところですからね。ところで、蜂谷さん、あなたは私がいま、何んの話をしているかよく御存知でしょうね」

蜂谷三四郎は知っているともいないとも答えないで、たゞ惘《あき》れたような眼で、蟹のように平たい、相手のいが栗《ぐり》頭を眺めていた。

「蜂谷さん、私がこんなにあなたの問題に首を突込んでお話するからといって、決して気を悪くしないで下さいよ。人間にはそれぞれ秘密があるものです。私もそれを責めようとは思いませんよ。もしこの世の中から秘密というものがなくなったら、世の中はどんなにつまらないことでしょう。現に私にも秘密はあります。そして、あなたもいくらかそれを御存知の筈でしたね」

蜂谷三四郎は思わずさっと頬《ほお》を紅《あか》らめた。石上氏はとっくの昔から、彼のあの不謹慎な覗き見を承知していたのである。

「若い時には誰でも好奇心を抑制する事が出来ないものです。私はそれを決して悪い事だとは思いませんよ。好奇心こそこの文明の推進力の大きな要素《ファクター》なんですからね、私などもやっぱりあなた時分の年頃にはそうだったものです。しかしね、蜂谷さん、あなた方の年頃ではとかく好奇心の方が先《さ》き走りをして、分別の方があとに残され勝ちなものです。いけないのはつまりその点なのです。あなたも私ぐらいの年頃になればお分りになりますよ。あなたは何も御存知ないのです。そしてとんでもない思い違いをしているのです。さようなら、私の言葉で気を悪くなさらないように祈ります」

その晩、蜂谷三四郎はこの青年としては、珍らしく外で飯を食べた。そして一人でおでん屋へ首をつっ込んで酒を飲んだということが分ったら、彼の同僚たちはどんなにびっくりすることだろう。

しかし、その日は畢竟《ひっきょう》、蜂谷三四郎には魔日だったのだ。貪慾《どんよく》な運命の神はそれだけではまだ満足せず、最後にもっとも驚くべき事件を、この哀れなサラリーマンのために用意しておいたのである。

九時少しすぎのことだ。はじめて飲んだ酒の酔いに、ふらつく足を踏みしめて、蜂谷三四郎が渋谷アパートへのだらだら坂をのぼっている時である。そこは左が窪地《くぼち》になり、右側には長い塀があって、その塀の向うには、あの忌々《いまいま》しい望月子爵邸のひろい庭が、いちだん低いところにある筈なのだが、今しも、蜂谷三四郎が薄暗いその塀の下を歩いている時、ふいにドサリとひどい物音を立てて、彼の眼前一間《けん》ばかりのところへ落ちて来たものがある。蜂谷三四郎の酔いはその瞬間いっぺんに頭のてっぺんから揮発してしまった。彼は棒を呑んだように、地上にうずくまっている、そのものに眼を注いでいたが、次ぎの瞬間、あわてて側へかけよると、ぐったりとしている柔い肉塊を抱きあげた。それはもう疑いもなく、あのサラ・アンシバル、もしくはサラ・アンシバルと思惟《しい》されるところのあの女であった。

「フィリップ――？　フィリップ――？」

抱き起された途端、その女は喘《あえ》ぐような声でそういった。それから、いかにも切なげな、切々《せつせつ》な声で、何やら言ったが、どうやらそれは仏蘭西語らしく蜂谷三四郎にはよく意味がのみこめなかった。

「どうしたんです。サラさん、あなたはサラ・アンシバルさんでしょう？」

それを聞くと女はハッとして顔をあげると、怯《おび》えたような眼で蜂谷三四郎の顔をみた。それから左の手でしっかりと胸をおさえたまゝ、

「あなた、助けて。あたしをどこかへ隠して、悪者があたしを追ってくるのです。あたしをかくまって。誰にも見附からないようにあたしを隠して」

それはいくらかアクセントが違っていたが、立派な日本語だった。

「悪者って誰です。望月子爵のことですか」

「えゝ、そう、子爵は恐ろしい人です。悪人です。あたしを苛《いじ》めます。あたしを殺そうとします。あなた、お願い、あたしを助けて」

「よし」

子爵に対する理由のない反抗が、咄嗟《とっさ》の間に彼の行動を確定した。彼はいきなりサラの体を抱くと、自分のアパートへ走り出したのである。その時彼は、

相手が動けないのは足を挫《くじ》いたせいだとばかり思っていたので、もし、左の手でおさえた胸に、あんな大きな怪我《けが》をしていると知ったら、いかに子爵に対する憤懣《ふんまん》が大きかったとしても、きっとこんな無謀な真似《まね》はしなかったに違いないのだけれど。

蜂谷三四郎長崎へ赴く

幸い渋谷アパートというのは、蜂谷三四郎のように無趣味な、そして生活を変えることを蛇蝎《だかつ》のように忌《い》み嫌う男か、あるいは石上栗丸のように特殊な目的をもった人間以外には、あまり魅惑的なアパートではなかったので、蜂谷三四郎の住んでいる二階には、彼と石上氏のほかには誰一人住んでいるものはなかった。おまけにその石上氏もいゝ具合に留守だったので、蜂谷三四郎のこの無分別な秘密は申し分なく完全に運ばれた。

しかし、蜂谷三四郎は忽《たちま》ちこの無分別な冒険の償《つぐな》いをしなければならなかったのだ。何故というに、彼がそっとサラの体を、すでに敷いてあった自分の寝床のうえに寝かせたとたん、今まで必死となっておさえていた彼女の掌《てのひら》の下から、どっとばかりに血が溢《あふ》れて来たからだ。彼女は貫通銃創を左の胸にうけているのであった。そして今や刻々として生命の灯が消えつゝあることが、蜂谷三四郎のような素人の眼にもはっきり分ったのである。

「や、や、これは大変だ。医者を――医者を――」

蜂谷三四郎は唇のいろまで真蒼《まっさお》になって立ちあがったが、すると、女は必死の力を振り絞ってそれをとめると、

「いゝえ、いゝえ、誰にも知らさないで、誰にもいわないで」

と、喘ぎ喘ぎいった。

「しかし、それじゃあなたは死んでしまう」

「死んでもいゝの、あたし誰にも知られずに死にたいの。だから、あなた子爵にも知らさないで」

「待っていらっしゃい」

蜂谷三四郎は大急ぎで部屋を出ると、洗面器に水を汲《く》んで来たが、すると女は彼の机から便箋《びんせん》と紙を

出して、何か書いているところだった。女はその手紙を書きおわると、それを封筒におさめ上書きをすると、

「あなた、お願い」

「なんですか？」

「あたしが死んだら、誰にも知らさずこの上書のところへ、手紙と一緒にあたしの体を送って戴《いただ》きたいの、あなた約束して下すって？」

「しかし……」

「いゝえ、何も訊《き》かないで約束して頂戴《ちょうだい》。お願いよ、ねえ、お願いよ」

碧く澄んだ女の眼の美しさに、蜂谷は思わず身顫いをした。何しろあの女の眼の美しさには、磁力のような魔力があったからねえとは、その後、蜂谷三四郎がこの冒険談を人に話す度に、洩《も》らす述懐である。

「え、えゝ、約束します」

蜂谷三四郎はわれにもなく、キッパリとそう断言してしまったのである。すると、女は意味深い微笑を口辺にうかべると、

「そして、誰にも知らさないことも」

「えゝ、誰にも知らさないことも」

「子爵にも」

「えゝ、子爵にも」

と、鸚鵡《おうむ》のように繰返してから、蜂谷三四郎は思い出したように、

「しかし、あなたは子爵といったい、どういう関係なのですか」

と、訊《たず》ねた。それに対して彼女が答えたのは、だいたい次ぎのような言葉である。

「子爵はあたしの父なのです。子爵が巴里に留学中、ある婦人との間にうまれたのがあたしなのです。母は死にました。そしてあたしは瞼《まぶた》にうかぶ父の面影《おもかげ》を慕って、はるばる巴里からこの国へ渡って来たのですが、父は冷酷な人でした。自分の地位や、外聞や、体裁ばかりを考えている人でした。父はあたしを檻禁しました。そしてあたしを苦しめました」

「しかし、子爵は新聞であなたの行方を探していま

すよ」

「知っています。子爵は悪賢い人なのです。あたしを檻禁していることを人に覚《さと》られないために、わざとあんな広告をするのです」

むろん、これらの問答は、こういう風に整然と語られたのではない。何故というのに、彼女の血はだんだん少くなり、彼女は刻々として死のほうへ歩みを運ばせていたから。しかしどちらにしても、この女は恐ろしく意志の強い女なのだ。遂に一言も苦痛らしい言葉を洩らさなかったのみか、最後には再び、あの意味ありげな微笑を唇のはしにたゝえながら、何度も何度も念を押して、あの約束を守ることを誓わせたのち、とうとう、明方《あけがた》ごろ息を引きとってしまったのである。

さて蜂谷三四郎が経験した冒険のうちで、最も戦《せん》慄《りつ》的な仕事が、そのあとからやって来たのだ。今や柄《がら》にもなくヒロイックな気持ちになった、この善良なサラリーマンは、女との約束を一言も違《たが》えず守ろうと決心したのである。彼は女がどうしてあのような恐ろしい傷をうけたのか、望月子爵邸にどのような事件がその晩起ったのか、それさえ調べて見ようとはしなかった。実際、その晩から翌日へかけて、子爵邸はなんとなく物騒がしいようすであったが、しかし、秘密は堅く保たれたので、蜂谷三四郎が調べて見たところで、何も分りはしなかったであろう。

彼はいくらか得意でもあった。子爵に対する理由のない復讐《ふくしゅう》心に燃えていた彼は、皮肉な快感さえも味わいながら、その翌日、街へ出て一番の大トランクを買って来ると、その中に女の屍体《したい》を詰め込んだ。これ等《ら》のことは完全に秘密のうちに遂行されたのだ。というのは、女はよほど力強く傷口をおさえていたと見えて、あの塀の外からアパートの彼の部屋のあいだまで、一滴も血は落ちていなかったし、また都合のいいことには、唯《ただ》一人の隣人なる石上氏もとうとうその晩かえって来なかったからである。

蜂谷三四郎は女との約束に対して、あくまでも忠実になろうと思って、その恐ろしいトランクと手紙とを、鉄道便に托すかわりに、自らそれを携えて、手紙の上書《うわがき》のところへ出向いていった。しかも、なんと、女が書残《かきのこ》したその宛名というのは、実に長崎だったのである！

　彼はとんでもない犯罪の手助けをしているのかも知れなかった。或《ある》いはまた、世にも恐ろしい陰謀の片棒をかつがされているのかも知れなかった。しかし、そんな事はどうでもよかったのだ。子爵と石上氏に対する忌々しさが、この平凡な平和の愛好者をかって、一生に一度というこの冒険へ、喜んで走らせたのである。

　その翌晩、東京駅から汽車に乗った蜂谷三四郎は、まる一昼夜と何時間かかゝって、やっと長崎に辿《たど》りついたのは、それから三日目の午前九時ごろのことであった。むろんその町をはじめて踏む蜂谷三四郎は、すぐ駅から自動車をやとって、あの恐ろしい荷物と一緒に目的のところへ出かけていった。自動車は物珍らしい長崎の町をくねくねと幾度か曲りつゝ進んでいった。そして彼は次第に、自分が陰惨な、不潔な町の一角にむかって進みつゝあることを知った。彼は奇妙な南京《ナンキン》寺を見、不潔極まる支那《シナ》町を窓から見学した。そして、とうとう自動車が彼をおろしたのは、昔の居留地の跡ともおぼしい、潮の匂いのする、じめじめとした迷路のような路地の奥にある、一軒の怪しげな酒場のまえであった。

　蜂谷三四郎は運転手に手伝わせてあの大トランクを下すと、つかつかと道を横切って、自ら、ペンキの剝《は》げかゝったドアをひらいた。そして、

「フィリップ・ラングラールさんはいらっしゃいますか」

　と、手紙の表に書かれた名前をいったが、そのとたん、彼はくらくらと眩暈《めまい》をかんじて、そこに倒れかけたのである。疲労のためではない。その時、薄暗い土間の中から、いっせいにこちらを振り向いた数名の人物の中に、彼ははっきりと難しい顔をした望月子爵と、あの不思議な隣人石上栗丸氏の顔を認めたからである。

結末

厳密にいうと、蜂谷三四郎の奇妙な冒険はこゝに終ったのである。しかし、これらの冒険の対象となった秘密について、私はこれから諸君にお話しなければならぬ義務を持つ。

それは次ぎのようにして闡明《せんめい》されたのである。

蜂谷三四郎の姿を見たとき、石上栗丸氏はまるで世にも信じられぬものをそこに見たように、眼を丸くして驚いた。おそらく、その時、大地震と大空襲が同時にあったとしてもこれほど驚かなかったゞろう。だが、すぐ次ぎの瞬間、彼はすぐ持ちまえの茶目っけな、人懐つこい微笑を取り返した。

「これはこれは、地獄で君にあおうとも、これほど私は驚きはしなかったでしょうよ。何故といって、あなたほど完全に極楽往生をされる方はないと信じていたのですからね。しかし、蜂谷さん、あなたはどういう用件でこゝへやって来たのです。そして、その御大層なトランクには何が入っているのです」

この愛すべき冒険家は、もはや完全に謀反気《むほんぎ》をけし飛ばし、もとの善良な小羊に立ちかえっていたので、その返答はしどろもどろだった。

「とにかく蜂谷さん、そのトランクの中を見せて戴きましょうか。いや、あなたにはその勇気がおありにならないらしいから、警官、ひとつ、その錠をぶち毀《こわ》して下さい」

子爵と石上氏を取り巻いていた警官が、忽ちよってかゝってその錠を叩き毀した。そしてその次ぎの瞬間には、ひどい驚きの声と、鋭い叱責《しっせき》が、恐縮しきっている蜂谷三四郎の頭上から霰《あられ》のように降って来たことはいうまでもない。警官はこれを恐ろしい違法行為だから、拘引するとまでいきまいたのだ。

それを漸くなだめたのは石上氏であった。

「蜂谷さん、さあ話して下さい。あなたはどうしてこんな馬鹿げた冒険の中に首をつっ込むのです。あなたのような善良なサラリーマンが……」

今やすっかり傷心しきっている蜂谷三四郎はしどろもどろになって、この間からの経験をあますとこ

ろなく打ち明けたが、すると、それを聞いていた石上氏はほっとしたように溜息をつくと、

「子爵、事件が妙な方面に展開して来たようですね。そして、この分だと、まだ我々は希望を持っていてもいゝかも知れませんよ」

そして石上氏は蜂谷三四郎の方を振りむくと、次ぎのような話を諄々《じゅんじゅん》として説聞《ときき》かせたのである。

「蜂谷さん、あなたはひどい誤解をしているのです。こゝにいるのはサラ・アンシバルじゃないのですよ。こいつは恐ろしい騙《かた》りなのです。つまり一種の女天一坊《てんいちぼう》なのです。さあ、お話しましょう。子爵にはサラ・アンシバルという令嬢があったことは本当なのです。そして、その娘さんが最近、子爵を尋《たず》ねて、日本へやって来たことも確かなのです。ところが、子爵の面前へ現れたのは、ほんとうのサラではなくてそこにいるその娘だった。子爵はすぐこいつを贋者《にせもの》と看破されたのですが、外聞をおそれて、自宅へ檻禁しておくと、一方、ひそかに新聞広告によって真実のサラ・アンシバルの行方を求められたのです。念のために言っておきますが、子爵のような御身分の方には、これは実に由々《ゆゆ》しい体面問題だし、外聞にかゝわるところなので、醜聞《しゅうぶん》をおそれて、出来るだけ秘密に捜索する必要があったのです。むろん、子爵はサラの顔を知っていられるわけではなかったが、風聞によると、その娘が亡くなった母に生写《いきうつ》しだし、それにいつも母の遺品《かたみ》の耳輪をはめているというので、さてこそ、母なる婦人の若い時分の写真を手本にして、あゝいう奇妙な肖像が書《えが》かれたのです。分りましたか、さあ、それで子爵の方はすんだが、今度は、私自身の話です。残念ながら、私は自分の身分をはっきりと打ちあけるわけには参りませんが、まあ、一種の冒険家とでも思っていて下さい。さてその私はひと月ほどまえ、ある必要のために、この酒場の中に入《い》りこんでいたのです。蜂谷さん、あなたはこゝを何んだと思いますか。こゝは世にも恐ろしい阿片窟《アヘンくつ》でもあり、賭博宿《とばく》であり、それから淫売窟《いんばい》でもあるのです。ところで、ある晩私が、この酒場の一室でうとうとしていると、地下室のほう

で妙な音がするじゃありませんか。それはどうやら女の呻《うめ》き声らしいのです。私は暫くしてから、そっと人知れずその地下室へおりていったのです。すると案の定そこには一人の若い女がうつ向きに倒れていました。首にはベルトが巻きついていて、鼻と口から血を出して死んでいるのです。こんなことは、こゝでは珍らしくありませんし、それに当時、私はそういう小さな事件——その時はそう思ったのですね——よりも、もっと大きな獲物を追いかけていた時なので、なるべく係り合いになりたくなかった。ところが、その時私がたいへん妙な気がしたのは、当時、地下室の床が半分塗りかえられたばかりで、まだセメントがよく乾ききっていなかったのですが、女の屍体は、そのセメントの中に顔を突込《つっこ》んで死んでいたのです。だから、私がそれを抱きあげた時には、ポッカリとそこに女の顔のあとが残ったのです。この事が私にあるヒントをあたえました。その翌日私は新らしい石膏を買って来ると、後日の証拠にもと、ひそかにその型をとっておいたのですが、それがいつかあなたの御覧になったあの死仮面《デス・マスク》です。さて、再び私の仕事に立戻《たちもど》りますが、その時分私の追っかけていた獲物というのが俄かに上京したので、私もそのあとについて参りましたが、意外にもその獲物というのが望月子爵邸へ雲隠れしてしまったじゃありませんか。さあ、私はとほうに暮れてしまった。子爵とその女とどういう関係があるのか、まさか子爵が、私の睨《にら》んでいるような犯罪に関係があろうとは思えないが、これは由々しい一大事なのです。そこで私はひそかに渋谷アパートに居を構えて、その獲物——つまりそれが、そこに死んでいる女なのですが——そいつを監視しはじめた。そうしているうちに、新聞に出はじめたのが、あの奇妙な広告なのです。私はあれがこの地下室で死んだ哀れな娘の肖像であることはすぐ覚ったのです。というのは、その娘もあゝいう魚の形をした耳輪をはめていたからですよ。私は毎日、その肖像と比較して、死仮面《デス・マスク》に彩色をほどこし、そして、最早、二つのものが完全に同じ人間から来ていることは分ったのですが、さて奇妙な広告の目的が分らないのです。蜂谷さん、その時分の私はあなたと同じ程度に無智だったのですよ。私がやっと、その広告主を知り、そして子爵の求めている者を知ったのは、実に、あなたと丸ビルであったあの日なのです。今や、すべての事が明かになった。子爵の求めている真実のサラ・アンシバルはこの地下室で絞殺され、私の追っかけている女がその替玉となって、子爵邸に住込《すみこ》んでいるのです。しかも私にはその目的がはっきり分るのです。これは一刻も忽《ゆるが》せに出来ぬ由々しき一大事です。そこですぐ子爵にあって、万事を打明け、その晩子爵と同道してお邸《やしき》へうかがったのですが、時すでに遅し、子爵邸ではたいへんな事が起っていたのです。あなたはまだ御存知ないでしょうが、子爵の秘書が殺され、あの女は逃亡したのです。しかも、非常に貴重なもの、それは子爵にとってよりも、国家としても、それが外部へ洩れる事を最も警戒しなければならぬ、ある書類が盗まれたのです。分りましたか、だから私たちはすぐその女を追っかけて、この隠家《かくれが》へやって来たのですが、こゝで計らずもあなたと、その女の死骸《しがい》に対面したというわけです」

そこまで殆んどひと息に語り終ると、石上氏は急にきっと形を改めた。

「こういえば、あなたの関係した事件がどんな重大なことかお分りになるでしょう。分ったらはっきり言って下さい。その女が塀から飛びおりた時、何か、そう、大きな折鞄《おりかばん》のようなものを持っていませんでしたか」

「いゝえ、持っていませんでした」

蜂谷三四郎は恐怖と心配のために、消え入りそうな声で答えたのだ。

「そして、他に仲間のような者が待っていませんでしたか」

「えゝ、いませんでした」

と、言ったが急に思い出したように、

「そうそう、あの女は私が駆け寄った時にフィリップ、フィリップと答えましたから、あるいはフィリップという男が待ち合せる筈になっていたのかも知れませんが、もしそうだとすると、私のために、その会見は遮《さまた》げられたのでしょう」

「そして、女は生前遂にフィリップに会うことが出来なかったのですね」

「そうですとも、だから私がこうしてフィリップ・ラングラール宛てに手紙をことづかって来たのです」

子爵はいきなりその手紙にとびつくと、顫える手附きでその封を破いたが、すぐ激しい絶望のうめき声をもらしたのである。

「暗号だ。我々はこれを読むことは出来ない」

「子爵」

石上栗丸氏が、しかしその時、急に威儀をたゞすと、きっぱりとこういったのである。

「大丈夫です。あの女は傷の痛みにたえかねて、あの重い折鞄を塀の外へ持ち出すことが出来なかったのです。あいつはきっと鞄を庭のどこかに埋めておいたに違いありません。しかも、蜂谷君のおかげでそれを取返しにいくことも、仲間にその事を報らせることも出来なかったのです。子爵、すぐ東京へ電話をおかけなさい。そして庭を探《さ》がさせなさい。鞄はきっとまだ安全に、その隠し場所にあるにちがいありません」

それから数時間の後、東京から返事の電話がかゝって来た時、蜂谷三四郎が子爵と、それから石上氏とに、どんなに感謝されたか、こゝに述べるまでもあるまい。

蜂谷三四郎は今では結婚して二人の子供の父親となっている。あの当時のことを追想すればおそらく夢のような気がするだろう。

その時彼は一万円の賞金は手にすることは出来なかったけれど、その代り、それ以上に莫大な謝礼を子爵から贈られた。しかもその後、彼がしきりに昇進するのは、どうやら彼の勤めている商事会社の有力な株主である、子爵の推挽《すいばん》によるらしいという、同僚の噂だが、あながちそうとばかりではないであろう。何故といってこの事件のために、物を観察する眼が深くなり、そしてそれが仕事の上に現われない筈はなかったから。

それはともかく、蜂谷三四郎は今でも、一本の晩酌《ばんしゃく》に蕩然《とうぜん》とすると、あの壁の孔と、彩色された死仮面《デス・マスク》と恐ろしいトランクの話を妻と子供のまえに繰返すのである。すると、愛すべき彼の妻は、

「あら、またお父さんがあの話をはじめたわよ」

と、微笑《わら》いながらも、程よく合槌《あいづち》を打ったり、驚いたり、感歎したりして、おそらくは良人《おっと》にとって、一世《いっせ》一代《いちだい》の出来事であろう、その冒険への懐しい追想を女らしく劬《いた》わることを忘れないのです。

一週間

一

――特種《とくだね》という奴は道端《みちばた》にころがってやしないぜ。犬ころじゃあるまいし、君達は道端のごみ溜《ため》をあさって事件を探し廻っているからいけないんだ。事件は作るもんだ。創作するもんなんだ。それが特種という奴だ。いゝかい、分ったかい。よし、分ったら話はそれだけだ。ひとつ呼び売りが売切れになるような特種を創作したまえ。――

(何をいやがる、あの赤鼻め)

宇佐美慎介《うさみしんすけ》は面白くなかった。

(紙代《かみ》はあがるし、収入広告は減るし、部数は落ちる一方だ！　編輯部《へんしゅうぶ》も営業部もみんなヒステリックになっていやがるんだ。特種を創作しろ？　へん、面白くもない。なるほど事件は道端に転がってやしないかも知れないが、創作するたってロハじゃ出来ねえ、資本《もとで》がかゝらあ。近頃みたいに外勤の足代にまで、けち〱文句をつけやがって、創作がきいてあきれらあ)

「おい、宇佐公、どうしたい、いやに不景気な面《つら》あしてるじゃないか」

青いシェードを額《ひたい》にあてゝ、鉛筆を耳にはさんだ同僚の鎌田《かまた》が、慰《なぐさ》めるように慎介の肩を叩いた。

「部長の言葉なんかに、あんまり捉われるなよ。奴《やっこ》さん、さきほど営業部から槍《やり》が出たんでいさゝかお冠《かんむ》りというわけさ。その飛ばっちりが一寸《ちょっと》とんで来たんだ。あんまり気にしなさんな」

「しかしなあ鎌さん」

慎介は熱っぽい眼をあげて同僚の顔を見た。

「うちもこの調子じゃ先が知れてるな」

「うん、まあね。なんしろ大東《だいとう》がジャン〳〵のして来たからね、うちなんか食われる一方さ。併《しか》しまあ安心しろ。何たって、暖簾《のれん》が古いやな。ボシャるたってそう急にいきゃしないやな。我々の食扶持《くいぶち》ぐらい、まだまだどうにかならあね」

「おや〳〵、心細いしだいだ。とにかくおれはくさくさするから、一寸外へ出て来るぜ。警視庁へでも廻って見らあ。またごみ溜をあさるって笑われるかも知れないが」

慎介は帽子を頭へ叩きつけると外へとび出していた。

江東《こうとう》新聞——そう彫りこんだ漆喰《しっくい》の剝《は》げかゝっているのも社運の衰亡を想わせる。玄関を出入する社員たちの顔色にも生気がなかった。輪転機の音も、ほかの新聞社みたいに景気がよくない。なんでも、昨日植字職工から、待遇改善の要求が幹部につきつけられたという話だ。


「ちぇっ、何から何までしめっぽく出来ていやがる」

警視庁の記者溜り《なまっちろ》へ入っていくと、東報《とうほう》の五百崎《いおざき》という、色の生白い男が、

「どうです、江東さん、なにか面白いニュースはありませんか」

と、にや〳〵しながら声をかけた。天下の色男はおれ一人だというような、気障《きざ》な面をした男だ。いつも女給の噂《うわさ》ばかりしているところから、カフェー細見《さいけん》という綽名《あだな》がある。

その向うでは代書人みたいな男が、鉛筆をなめながら、しきりに手帳に何か書いている。のろ松という綽名のある毎公《まいこう》の記者だ。電話に向って悪口雑言《あっこうぞうごん》のありったけを吐き散らしている男があるかと思うと、汗臭《くさ》い帽子を顔にのっけて昼寝をしている奴がある。将棋をさしているのがある。安っぽい暴露《ばくろ》雑誌を読みながら、しきりににや〳〵している男がある。大方、小遣稼ぎに書いた、自分の暴露小説でも読み直しているのだろう。食いあらされた丼《どんぶり》の上には蠅《はえ》が五六匹ブンブン舞って、一つしかない鉄火鉢《ひばち》

の上には、煙草《タバコ》の吸殻《すいがら》が盛りあがるように林立している。

いつも見慣れた風景だが、その殺風景さのひとつ一つが今日は癪《しゃく》にさわる。

「そうだな。××官邸に爆弾が投込《なげこ》まれたというニュースはどうだね」

「何？」

受話器を握っていた男がビクッとこちらを振返《ふりかえ》った。のろ松は鉛筆の手をとめた。将棋さしは将棋をやめた。昼寝をしていた奴までどきんと飛び起きたのは滑稽《こっけい》だった。

「そりゃ事実かい」

「なあに、そんな事件でも起らないかというのさ」

「なあんだ、馬鹿々々しい」

一同は憤《おこ》ったように吐き出すと、またそれ〴〵の仕事に熱中しはじめた。この際、昼寝も仕事の一つである。

「何も馬鹿々々しいことはありゃしねえ。俺はそういう記事でも捏造《ねつぞう》してやろうかと思っているんだ。うちの部長が言やがったぜ、お前《めえ》たち、事件々々ってまるで塵介溜《ごみ》をあさっているようなものだってさ。つまりたまに有りついたところで、ひとの食いあらした後だっていう意味さ。創作をしろ、事件をでっち上げろといやがったぜ」

「それはね、江東さん」

カフェー細見が眼鏡の玉を拭《ふ》きながら、いやに優しい声でいった。

「こういっちゃ失礼だが、そろ〳〵おたくの経営が左前《ひだりまえ》になって来たって証拠ですぜ」

「何《な》んだと？」

「いや、憤《おこ》っちゃいけません、憤っちゃ。――実は僕にも経験があるんですよ。ほら、先年潰《つぶ》れた××新聞、僕は暫《しばら》くあそこにいたんですが、ボシャるまえにはやっぱりそんなことを言ってましたぜ。それで我々、その意見を尊重してやったんでさ。ほら、A、A銀行危しってあれでさ。別にありゃ捏造したわけじゃないが、早耳《はやみみ》をよくも調査せずにやったところが、あの騒ぎでしょう。おまけにこの早耳という奴が、根も葉もない噂話《うわさ》だったものだから耐《たま》りません。それやこれやで死期を早めちまったってわけですが、だから江東さん、君も気をつけなきゃいけませんぜ、気を――」

「勝手にしやがれ」

慎介は誰にともない欝憤《うっぷん》を吐き散らしながら、再び記者溜りから外へとび出していた。

「おやく、あいつどうしやがったのかな。気でも狂やあしめえ!」

「気も狂うでしょうよ。そろく首が細くなって来たんですからね」

カフェー細見のいやににちゃくした言葉に、ほかの連中はみんな笑ったが、笑いながら冗談じゃない、いつまでも他人事《ひとごと》じゃないんだという顔附きをした。

二

記者溜りを飛出《とびだ》した慎介は、そのまゝ銀座のほうへぶらりと足を向けたが、そこで悄然《しょんぼり》と飾窓の中を覗《のぞ》きこんでいる一人の男を見附けた。つかくと側《そば》へ近寄っていって、

「おい、史郎《しろ》ちゃん」

と肩を叩くと、

「あ!」

と、飛び上るようにうしろを振返って、

「なあんだ。宇佐美さんですか。しばらく」

と、ベソを掻《か》くような微笑をうかべたのは、混血児《あいのこ》のように色の白い、眼もとの綺麗な、美貌の青年だったが、どこか面窶《おもやつ》れがして、妙におどおどしていた。

「どうした史郎ちゃん、いやに憔悴《しょうすい》しているじゃないか」

「えゝ」

と、青年はあとさきに眼をやりながら、

「何んだか体具合が悪くて。それに、人に顔を見られるような気がするので困ります。銀座なんても僕なんかの出て来る場所じゃないんですね」

なるほどそういえば、雨外套《レインコート》の襟《えり》を立てゝ、帽子

を眉深《まぶ》かにかぶった姿が、人眼をしのぶ落人《おちうど》のようで妙に哀れだった。

「なんだ、いやに意気地がないんだね。まあいゝや。久しぶりだ。どっかへ行ってお茶でも飲もう」

「えゝ」

青年はもじ〳〵としながら、

「お茶は有難《ありがた》いんですが、この辺じゃどこへ行っても顔を知られているんで」

「いゝよ。俺にまかせとけ。君を知らないところへ連れていこう」

それから間もなく慎介が、その青年を連れこんだのは、築地の裏側にある一軒のおでん屋だった。昼間だから客とては一人もなく十五六の女の子が、襷《たすき》がけのまゝ眠そうな顔で新聞を読んでいた。こういう場所というものは夜よりも却《かえ》って昼間のほうが、薄暗くもあり陰気でもあった。

「お主婦《かみ》さんは?」

「風呂へ行ってます」

「お君《きみ》さんは?」

「まだ来ません」

「そうかい、何んでもいゝ。料理はいゝから酒をつけてくれたまえ。史郎ちゃん、酒を飲むだろう」

「えゝ」

入って来るなり家《うち》の中を見廻《みま》わした青年は、いくらか安心したように、それでも気をつけて、一番薄暗い隅《すみ》っこを撰《よ》って、もぞりと腰を下ろしていた。

少女はお銚子《ちょうし》と二三品の突出《つきだ》しを持って来ると、無器用な手つきでそこへ並べておいて、そのまゝ暗い奥のほうへ引っ込んでしまった。

「どうだ、こゝならいゝだろう」

「えゝ」

青年は注がれた盃《さかずき》を手にも取らずに、大儀そうに唇を持っていってチューッと吸った。その様子がいかにも不貞腐《ふてくさ》れていた。

「どうだね、その後は?」

「どうもこうもありません。何処《どこ》へいっても相手にしてくれないし、仕方がないから、もいちどあれをやっつけようかと思っているんです」

「馬鹿だな。そう自暴自棄《やけくそ》になっちゃ仕方がない」

慎介はその青年の生気のない横顔を憐《あわ》れに思った。もとはこんなではなかった。もっと色艶《いろつや》もよかった。不良ではあったが不良なりに可愛《かわい》げもあった。今はそれが全《まった》くない。

日比野史郎《ひびのしろう》というその男は、活動写真へ首をつっこんだり、活弁の見習いみたいなことをやったり、つまらない雑誌にかゝりあったり、しかし、そのどれもが物にならないで、それよりも彼奴《あいつ》は女をしぼるのが本職だなんて仲間から擯斥《ひんせき》されているうちに、レビューガールと心中を企んだ。女は死んだ。しかし彼は死なゝかった。天国へ行く代りに生きて刑務所へ行った。日頃の行状からその心中には純粋なものが感じられなかった。売名的な匂いが多分にうけとられた。女が死んで、彼だけ助かったのにも、助かった後の言動にも、どこか計画的な色彩があった。

新聞は彼を叩きつけた。日比野史郎は一時に悪名を天下に流した。もし彼の目的が売名にあったとしたら、それは十二分に成功したようなものだが、しかし、今時世間はそんなに甘く出来てはいなかった。刑務所から出て来た彼は、すっかり世間に背を向けられていた。どこでも彼を相手にしなかった。彼はその日その日の糊口《ここう》にも窮した。おまけに彼は悪性の病気に悩んでいるのである。

「自暴自棄《やけくそ》にもなります。世間は一度蹟《つまず》いた人間は、もうまともにゃ扱ってはくれないんですからね。僕のような人間のいきつく可《べ》きところは、もう一度あれをやるよりほかに仕様がありませんね」

妙に反抗するような態度だった。からみついて来るような、毒々しい言い方だった。慎介は死ぬ死ぬというその言い方に腹が立った。

「やるったって、もう一度死ぬ勇気があるかい」

「自分ではあるつもりです」

「しかし、今度は一人だろうな。まさかもう君の手に乗る奴はあるまい」

態《ざま》ア見ろという気持ちだった。慎介はすっかり依《い》怙地《こじ》になっていた。しかし相手は動じなかった。

「それがあるんですよ」

史郎はにやりと微笑《わら》った。

「ふうん、世の中にゃ物好きな女もあるもんだね、どこの淫売《いんばい》だい」

「いや、それが相当有名な女なんだから驚くでしょう。有名たって famous じゃありません。僕同様 notorious の方ですがね。あなたも多分、御存知の婦人です」

「誰だい、その馬鹿女は？」

「白鳥《はくちょう》のマダムです」

「あ、なるほど」

その瞬間、慎介は反感もなにも忘れて思わず感嘆した。白鳥というバーのマダム、緒方弥生《おがたやよい》と来たら、なるほど notorious の点に於《おい》ては、日比野史郎と甲乙つけがたい程の存在だ。

緒方弥生はもと映画スターだった。Aという映画監督に見出《みいだ》されて、大部屋女優からめきめきと売出《うりだ》した女で、間もなくそのAと結婚したが、人気の絶頂にある時分に、Aを毒殺して他の男と逃げようとした。毒殺は未遂に終って彼女は即座に逮捕されたが、取調べの時、男の圧制に対して反抗したのだと、大見得を切ったという強か者《したたもの》だ。刑務所から出て来た当座、しばらくは懺悔《ざんげ》の生活とかなんとか、殊勝らしいことを婦人雑誌かなんかに寄稿していたが、結局、鉛は鉛、悪女は悪女だ。間もなく大森附近で白鳥というバーをはじめたが、世間には物好きの種はつきなかったし、女にすたりはなかった。そういう悪い経歴が却って人気の種となって、大いに繁盛しているという事を、慎介自身は行ってみたことはないが、そこの常連らしい、例のカフェー細見から聞いたことがある。

「ふふん、緒方弥生か、なるほどあの女なら君とは似合いの好一対《いっつい》だ。どちらがどちらともいえないからね」

「そうです。破《わ》れ鍋《なべ》にとじ蓋《ぶた》っていいますからね」

日比野史郎は苦っぽい微笑をうかべた。

「それにしてもあんな強か者が、よく君の手に乗ったね」

「僕の手に乗るって何んですか」

「むろん、君のほうから言い出したんだろう」

「ところが大違い、向うから誘いかけて来たんです。でも、別に不思議なことはありませんね。あの女も寄る年波でだんだん世間から相手にされなくなる。一時は相当客もあったらしいが、近頃はさびれる一方だし、借金は嵩《かさ》むし、おまけに少し胸のほうが悪いんですね。以前から死にたい死にたいと言ってましたが、独りじゃいやだというんです。この間も言ってましたよ。そりゃ世間には馬鹿が多いから、何とか憐《あわ》れっぽく持ちかけりゃ、一緒に死んでくれるような男もないではないが、普通の相手じゃいやだ。史郎ちゃん、今お前さんと心中すりゃ、世間では随分騒ぐだろうねって、——つまりあの女は、折角《せっかく》心中しても、世間から問題にされないのが何より怖いのですね。ちょっと不思議な心理だけど」

「何も不思議なことはあるまい。史郎ちゃん、君だって同じじゃないか」

史郎はさすがに憤《むっ》然としたらしかった。黙ってこのわたかなんかつゝいていた。しかし再び顔をあげた時には、少しも感動の表情《いろ》はうかんでいなかった。

「そうです。僕だってあんな婆《ばあ》さんじゃ、些《いささ》か役不足だから、鼻であしらっておいたんですが、考えて見るとこう不景気じゃやりきれない。宇佐美さん、僕がいまあの女と心中したら、うんと新聞に書いてくれますか」

「そうさ、そりゃ特種にならんこともないが」

と、言いかけて、慎介はハッとした。

こいつだ。こいつは塵介溜めの中からあさった材料じゃない。まだ、誰にも食いあらされていない、ピチピチとした新鮮な事件だ。亭主殺しの緒方弥生と、心中未遂の日比野史郎と、——この組合せはたしかにセンセーションになる。しかし、まてよ。これだけじゃ少し物足らんな。近頃こんな材料を特種にあつかったのじゃ、他社の物笑いにならんでもない。出し抜かれた負けおしみから、黙殺されてしまわないでもない。遅れながら、口惜《くや》しがりながら、ついて来ざるを得ないような事件、そういう事件じゃないと、特種とはいい難い。しかし、人物は揃っているのだ、役者に不足はない。もうひとひねりすれば――そうだ、創作だ。そこが創作なのだ。

慎介はきっと史郎の顔を見すえた。少し可哀《かわい》そうだが、なに構うことはあるもんか。どうせこいつは半端《はんぱ》物なんだ。

「史郎ちゃん、お前ほんとにそいつを決行する勇気があるかい。あるなら、うんと新聞に書いてやるぜ」

「書いてくれますか」

史郎は気のない返事をした。

「うん、書いてやる。しかし、唯《ただ》の心中じゃはじまらん。世間でまたかと思うだけで、誰も相手にしやしない。しかしここに工夫がある」

「どんな工夫ですか」

「君があの女を殺すのだ。殺しておいて逃げるんだ」

「なんですって？」

史郎もさすがに蒼白《あおじろ》んだ。

「はゝゝゝは、何も驚かなくてもいゝ。ほんとに殺すんじゃないんだ。殺したようなふりをして姿をかくすんだ。あの女もまた殺されたようなふうをして暫くどこかへ隠れているんだ。こうして散々世間をひっかき廻しておいて、いゝ頃おい、俺が君たちを見附け出すということにするんだ。これなら、死ぬまでもなく十分世間を騒がせることが出来るぜ」

「しかし、そんなことをしておいて、罪にゃならんでしょうかね」

史郎は懸念の色をうかべながら、しかし、その眼の中にはしだいに生気が加わって来た。

「何、大丈夫だ。騒いだのは世間の勝手で、自分たちはちょっと喧嘩《けんか》をしたが――その喧嘩の跡をいかにも殺人現場らしく拵《こしら》えておくんだね――すぐ仲直りをして、温泉かどこかへいっていた。その間、新聞を一度も見なかったから、そういう騒ぎは全く何も知らなかったといえばいゝんだ。なに、あとは万事俺が引受《ひきう》ける。うまくいったら少しぐらい報酬を出してもいゝぜ」

「金になるんですね、そして、罪にはならないんですね」

史郎は俄《にわ》かに熱心になって来た。

「大丈夫――大丈夫だが――」

と、言ったが、慎介は急に意気込みを挫《くじ》かれた態《てい》で、

「しかし、君だけ承知したところではじまらないね。弥生の奴がうんと言わなきゃ」

「大丈夫、そりゃ僕が引きうけます。あの女と来ちゃ、そういう悪戯《いたずら》が何より好きな女です。自分が殺されたら、世間がどんなに騒ぐか、それが見られるだけでもあの女としちゃ嬉《うれ》しいに違いありません。ひとつ何処かへ呼び出して相談しましょうか」

急に史郎のほうが熱心になり出した。

三

輪転機がブンブン唸《うな》っていた。鉛筆を耳にはさんだ記者達が独楽鼠《こまねずみ》のように右往左往していた。誰も彼も殺気立っていた。汗ばんで真紅《まっか》な顔をしていた。原稿紙がとぶ。電話の鈴《ベル》が鳴る。給仕が編輯室と工場のあいだをくたくたになって飛び廻る。

たかゞ酒場《バー》のマダムの殺害事件だった。しかし完全に他社を出し抜いているという意識が、江東新聞社の編輯室を沸騰《ふっとう》させているのだ。

赤鼻の樫村《かしむら》部長は、鼻の頭をいよいよ赤くしながら、さっきから受話器にしがみついている。

「――それで犯行のあったのは正午頃のことらしいって？　白昼の惨劇っていうわけだな。なに、酒屋の小僧が悲鳴らしいものを聞きつけたって？　おいおい、その小僧、喋舌《しゃべ》りゃしないだろうな。よし、夕刊が出るまで喋舌らせるな。それで現場《げんじょう》の模様は――おい、おい、おい、お話中だ。現場の模様――え、血のついた短刀が見つかったって？　なに？　指紋がある？　よし、いゝからそいつは暫く隠しておけ。なに構うもんか。俺が引受けた。そいつを夕ネに明日の朝刊でまた出し抜くんだ。それから――？　え？　肉片のこびりついた女の髪の毛がひと摑《つか》み？　そいつは素晴らしい。それじゃ屍骸《しがい》はなくてもあったも同様だ。なに？　屍骸のありかも分りそうだって？　え？　一寸待った！　給仕！　給仕！　夕刊の原稿がもひとつ行くから待ってろと工《こう》

場《ば》へ言っておけ。宇佐美君、宇佐美君――それから――？　一時頃に大トランクを運び出して自動車で立ち去った者がある？　二十七八の色白の青年、黒眼鏡をかけ、外套《がいとう》の襟を立て、人眼をしのぶが如《ごと》しか。誰がいったんだ、だれがそんな事――なに、角の八百屋の娘――よし、そいつにも金轡《かねぐつわ》を嵌《は》めとけ。そして、その自動車を探すんだ。いゝかね、分ったな。あゝ、それから白鳥の見取図を大至急、いま写真班をやったからね、そいつと一緒に帰してくれたまえ。まだ何処の社も知らないだろうな。なに、警察もまだ知らない？　よし、それじゃね、もう一時間もたってから、その女給に――何んていったけな、発見者の名は？　通子《みちこ》？――通子こと清水《しみず》よしゑ、年は二十七歳、よし、もう一時間もたってからその女給に警察へとゞけさせるんだ。一時間――一時間だよ、それより一分も早くちゃいけないぜ。何、構うもんか、おれが引受けた。よし、それだけでいゝ」

ガチャンと受話器をかけた赤鼻部長は、なかなかじっとしてはいなかった。

汗を拭きながら、

「鎌田君、鎌田君」

と大声で呼んで、

「いまの原稿の続きだ。いゝかい、屍骸はトランク詰めか。――黒眼鏡の怪青年――そいつが標題《みだし》だ。畜生《ちくしょう》！　犬も歩けば棒にあたる。宇佐美の奴、素晴らしいネタを掘り出しやがった」

「部長さん、部長さん」

小僧がとんで来た。

「あとの原稿をすぐ欲しいと言っていますよ」

「うん、今直《す》ぐだ。それからも一度工場《こうば》へ行って、見取図が来る筈《はず》だから、それだけのスペースを空けとけと言って来い」

輪転機はブンブンと唸《うな》っている。赤鼻部長は眼を真赤《まっか》に充血させて記事を口述している。鎌田の手から原稿紙が一枚一枚給仕の手にとんだ。編輯室には埃《ほこり》がいっぱい舞っている。

こうして、その日の夕刊は、完全に江東新聞が他社を出し抜いた。

――白昼の惨劇、良人《おっと》殺しの元女優緒方弥生殺害さる?――血染めの白鳥――肉片のついた髪の毛――屍体はトランク詰めか――黒眼鏡の怪青年――

そんな仰々《ぎょうぎょう》しい活字の羅列《られつ》が、他の新聞社の連中を寝耳に水と驚かせた。しかもその翌日、ほかの新聞がやっと惨劇の発見を伝えている頃には江東新聞はまたもや一歩先んじていた。

――黒眼鏡の怪青年の正体暴露さる。――犯人は心中未遂の日比野史郎か。――

更にその日の夕刊では、

――白鳥の惨劇について、いち速く報道した本社は、その後またまた奇怪なる事実を発見した。犯行の直後、大トランクを運び出した怪青年が、心中未遂の日比野史郎なることは朝刊既報の通りだが、その後苦心してその足どりを調査するに、ついに問題の大トランクを発見したのである。トランクは××駅に一時預けにされていた。トランクの中は一面の血だった。しかも、またもや肉片の附着した女の頭髪が発見された。死体はいまだ発見されないが、ここに至っては緒方弥生の殺害された事実は疑うべくもない。――

「おいおい、いやだぜ宇佐美君、君は狐《きつね》でもついているんじゃないのかい」

事件があってから三日目に、はじめて警視庁の記者溜り へ顔を出した慎介は、散々ほかの連中から油をしぼられていた。

「捜査課の連中も不思議がっているぜ。昨夜やっと指紋のついた短刀を発見したそうだ。指紋は間違いなく日比野史郎のものだが、江東新聞じゃちゃんと朝刊でそれを素《す》っ破《ぱ》抜いているんだからね。おまけにだ。刑事が不審がっているのは、まえに捜した時にはたしかにそんな短刀はなかったのに、夜になると、ちゃんと床下から、そいつが出て来たという作《さく》だ。お蔭《かげ》で大目玉だったそうだ」

「大目玉は奴《やっこ》さんばかりじゃない。こちとらだって随分しぼられたぜ」

「何しろ神がかりに会っちゃ敵《かな》わないよ」

蜂《はち》の巣をつゝいたように、ガヤガヤ言っている中

から、

「江東さん、まさか創作じゃないでしょうね」

横のほうから、いやに静かな声でいったのはカフエー細見の五百崎で眼鏡の奥でにやにや笑っている。

「創作――？　創作って何んです？」

「この間、言ってたじゃありませんか。事件がなけりゃ拵えろって。いゝ加減世間を騒がせた揚句、ひょっこり弥生史郎の御両人が、どっかゝら出て来るんじゃありませんか」

「こん畜生！」

パチッと素晴らしい音がした。眼鏡がとんで、五百崎の白い頬《ほお》がみるみるうちに充血して来た。慎介は失敗《しま》ったと思った。

「何んだ、何んだ」

腕《うで》っ節《ぷし》の強そうなのが、二三人バラバラと二人の間に割って入った。

「まあまあ御両所、いかなる恋の怨《うら》みか知らぬが、腕力沙汰《ざた》は大人げなし、こゝは殿中《でんちゅう》、しずまり給え判官殿」

五百崎は冷やかに慎介の顔を見ながら、眼鏡を拾いあげた。それから、折からかゝって来た電話へ出た。慎介はすっかり悄気《しょげ》てしまった。五百崎を殴ったのも大きな失敗だったが、彼にとって致命傷なのは、五百崎がどうやら真相を嗅《か》ぎつけているらしいことだった。

事実の真相は部長にすら打明けていない。すっかり事件が片附いてから折を見て告白するつもりだった。それだけに五百崎に感附かれたというのは大きな痛手だった。

「え？　何んですって？」

電話に出ていた五百崎がふいに大きな声を出した。慎介は思わずその方を見た。五百崎はすぐ持前《もちまえ》の冷やかな態度にかえった。

「何んだ詰まらない」

誰に聞かせるともなく受話器をかけると、そう呟《つぶや》いて落ちていた古雑誌をひろいあげた。バラバラと五六頁《ページ》をめくっていた。それから時計を出して見ると、

「おや、もう三時か」

呟きながら、帽子をとって出ていった。ひどく落着き払った態度だった。

「おい、今のカフェー細見の様子を見たか」

手帳をしまって立上《たちあが》ったのは毎日公論《まいにちこうろん》ののろ松《まつ》である。この男はいつでも手帳に何か書いているのだ。

「どうも臭《くさ》いぜ。いやに澄ましやがって」

「よし」

腕節《うでっぷし》の強いのがいきなり受話器を外した。

「もしもし、東報ですか。あゝ、部長さんですね。僕、五百崎です」

五百崎のにちゃにちゃした調子を真似《まね》て、

「いまのところをもう一度言って下さい。手帳にひかえますから、――あ、蒲田《かまた》のB町、B町の五番地、分りました有難《ありがと》う」

ガチャリと受話器をかけると、

「おい、蒲田のB町だとさ。行って見ろ、何か事件らしいぜ」

蒲田のB町へ駆けつけて見ると果して大事件だった。空家の中から女の惨殺屍体《したい》が発見されたのだった。屍体は緒方弥生だった。慎介は気が遠くなりそうだった。

「宇佐美君、失敬しました。弥生はやっぱり殺されていましたね」

五百崎の冷やかな声が、慎介を恐怖のどん底に叩きこんだ。

「どうしたんです。何故《なぜ》そんな怖い顔をしてるんです。まだ怒ってるんですか」

四

「宇佐美さんですか。宇佐美さんですね。――僕――僕、日比野です」

屍体発見の記事が、他社に比較して著《いちじる》しく生彩をかいていると、いまさんざん、部長から油をしぼられた慎介だった。

「君、これはうちの特種だぜ。折角君が掘り出したネタなんだ。それを肝腎《かんじん》のところでこうダレちまっちゃ仕様がないじゃないか」

部長の言葉ももっともだった。慎介自身、己れの書いた記事の無気力さをつとに承知していた。しかし、それはどうにもならないじゃないか。慎介は今あまりに大きな混乱の中にいる。部長に反抗する勇気すらなかった。慎介は自分の事務机《デスク》にかえると、頭をかゝえて唸《うな》りつゞけていた。そこへ史郎から電話がかゝって来た。史郎も今朝の記事を読んだのにちがいなかった。泣き出しそうな声だった。

「今朝の記事――あれは本当ですか」

「一寸待ちたまえ、今電話をかえるから」

人のいない応接室へ電話を繋《つな》がせて、

「君はいまどこにいるんだ」

「どこでもいゝです。僕、約束の場所であの人を待っていたんです。しかし、いつまで待っても来ないものだから、今いるところへ来たんです。ところが今朝の新聞を見ると――」

と、史郎は電話の向うで息をのんで、

「宇佐美さん、あれは本当なんですか、本当なら、僕困ります、ほんとうに困ります。宇佐美さん、僕はどうしたらいゝんです」

今にも泣き出しそうな声だった。それも無理はなかった。何も彼《か》も揃っていた。証拠も彼自身の経歴も――、もし、今捕えられたら、きっと有罪になるにちがいなかった。裁判――刑務所――死刑――史郎が狼狽《ろうばい》しているのも無理はなかった。

「宇佐美さん、宇佐美さん。何か言って下さい。僕、怖くて、怖くて。――」

「君、君はほんとうに何も知らないのだね。まさか、君がほんとうに――」

「バ、馬鹿な、ソ、そんな事を仰有《おっしゃ》るなら、僕、これからすぐに警察へ出頭します。そして、何も彼もぶちまけてしまいます」

「ま、待ってくれたまえ」

慎介は必死だった。脇の下から冷汗がタラタラと流れた。いま、史郎に事実を打明けられたら何も彼も、おしまいだった。何んとかして、史郎を釘着《くぎづ》けにしておかなければならない。

「僕に考えがある。もう少し待ってくれ給え」

「考えがあるって、いったいどうしようというのです」

「真犯人を探すのだ。真犯人を探し出して、君の冤《えん》罪《ざい》を晴らして見せる。それまで待っていてくれ給え」

史郎は黙っていた。受話器を握った慎介の掌《て》が汗でべとべとになった。

「ね、お願いだからそれまで待っていてくれたまえ。きっと、きっと、きっと、僕が……」

「そんな事が出来ますか」

「出来る、出来るとも。そうしなければ僕自身破滅だ。きっと、きっと探し出して見せる」

史郎はまた黙りこんだ。慎介は全身の神経を耳に集中して、一心に相手の返事を待った。

「いったい、それにはどのくらいの時間がかゝるのです」

暫くしてからもぞりと史郎が言った。

「一週間――一週間だけ待ってくれたまえ」

「一週間――一週間ですね」

史郎は考え込んでいる風だったが、

「よろしい。それでは待ちましょう」

「有難い、待ってくれるか」

「待ちましょう。僕だってなるべく出ていきたくはないのです。世間の評判になるなんて、もう真平《まっぴら》だ。今日は金曜日ですね。じゃ来週の金曜日の午後十二時まで待ちます。その時また電話をかけます。そしてその時までに……」

「よし、分った。大丈夫だ。しかし、君はいまどこにいるのだ」

「僕ですか――僕は――」

と言いかけて史郎はハッとしたらしく言葉を切ると、

「御冗談でしょう。僕の居所《いどころ》は滅多《めった》にあかされませんぜ」

「な、何故だい」

「何故って、考えてごらんなさい。この事件を一番うまく片附ける方法は、僕を殺してしまうことですからね。僕を黙らせてさえしまえば、それで万事目《め》出《で》度《た》し目出度しでさ。へへへへ、しかし宇佐美さん、そうは問屋で卸《おろ》しませんぜ。僕は万一のために手紙を書いて、信用の出来る友人に預けておきます。そして来週の金曜日の十二時半までに僕から音信がなかったら、その手紙を公開して貰《もら》うようにしておきます。分りましたね。じゃ左様《さよう》なら」

ガチャンと受話器をかける音が、痛いほど慎介の耳に響いて来た。それでも慎介はまだ受話器をはなさなかった。彼はそのまゝ石になってしまったようにそこに立ちつくしていた。額には汗がいっぱい浮んで、大きく見張った眼は、何物をも見ていなかった。ふいにくらくらとしたかと思うと、ツルリと円筒型の受話器が汗ばんだ彼の掌から滑り落ちた。

五

約束の一週間はすでにもう三日経《た》ってしまった。しかも慎介は一歩も前進していなかった。史郎から電話がかゝって来た時のまゝだった。全く五里霧中だった。幾度か彼はB町の、あの死体の発見された空家を訪問して見た。しかし、まだ駆け出しの、彼のような若輩記者に発見出来るような証拠は何一つ残っていなかった。もし、そんな物が存在したとしたら、とっくの昔に、警官連によって押収された筈だった。

彼はうめいた。もがいた。あせった。頭の毛を掻きむしりながら、今日も亦《また》、空家の中を歩き廻っている。雨戸を閉《とざ》した空家の中は昼間でも薄暗くて、この間、屍体の横《よこた》わっていたあたりには、黝《くろず》んだ血の跡が雲のように、薄くこびりついている。弥生の血なのだ。もし、この血が口を利いてくれたら――実際慎介は、畳に耳をこすりつけて、その神秘な声を聞こうとさえ勤めたくらいである。慎介はしかし、すぐその馬鹿らしさに気がついた。

こんな真似《まね》をするなんて、俺は気が狂いかけているのではなかろうかとさえ思った。彼は両手で顔を覆うて、おいおいと泣き出したくらいである。

しかし、彼はすぐ自分で自分が恥かしくなった。涙を拭《ぬぐ》って彼は立ち上った。いや立ち上りそうにした時、ギラリと光る物を畳の目に発見して、彼は思わずｓ腰をかゞめたのである。それは小さなガラスの破片だった。手にとって見ると、かすかな窪《くぼ》みを持っているところから、時計ガラスのようなものにちがいないと思われた。彼はもう一度、畳の上に額をすりつけて見た。すると、あちらにもこちらにも、ギラギラ光る小さな破片が散乱していた。彼は一つ一つ、それらの物を拾いあげて見た。そして、それが腕時計のガラスにちがいないことを確かめた。そう言えば、弥生の屍体は、小型の腕時計を嵌めていた。そして、そのガラスが毀《こわ》れていたのを、慎介ははっきりと思い出した。

しかし――？　慎介はそれ以上、そのガラスの破片を役立てる方法を知らなかった。これがシャーロック・ホームズのような名探偵なら、この腕時計のガラスから、何か素晴らしい推理に到達したにちがいない。しかし、慎介にはガラスはただガラスに過ぎなかった。

慎介はフラフラとその空家を出ると、近所の人々を片端《かたっぱし》からつかまえて、それまで幾度となく繰り返した質問を、今日もまた繰り返した。しかし、その結果は悉《ことごと》く失敗だった。誰もあの晩、あの空家へ入る人間を見た者はなかったし、また出るところを目撃した人物もなかった。怪しい声を聞いた者もなかったし、足音を耳にした人間もいなかった。

慎介にとって、全くB町の人間ほど天下に愚かな人物の集《あつま》りはいないように思われた。いやいや、ひょっとすると、彼等は揃いも揃って、犯人を故意に隠蔽《いんぺい》しているのではないかとさえ思われた。

それにしても彼は、史郎があの時自分の居所を明かしてくれなかったことをつくぐ〵と感謝した。全くその時の彼の心理状態では、居所さえ分っていれば、これからすぐにも出向いていって、史郎を絞め殺したかも知れなかった。

彼はいま、自分で自分の神経が信用出来ない状態なのだ。相手があれば誰でも殺したかも知れないし、またひょっとしたはずみで自殺したかも知れなかった。彼は全く恥辱《ちじょく》と悔恨《かいこん》のために、自分の体をズタズタに引き裂いてしまいたかった。

慎介はふと思いついて、その足で大森の白鳥へ行ってみた。いゝ具合に白鳥には、事件の当の発見者――それは最初、慎介がそうなるように企んでおいたことなのだが――その通子がたゞひとり、途方に暮れた面持ちで、テーブルの上に片肱《かたひじ》をついていた。

「どうなすったの、お顔の色が悪いわね」

「言ってくれたまえ、通子君、マダムはいったいどんな男と関係していたのだ。客の中で一番熱心だったのは一体誰なんだね」

「また、同じことをお訊《たず》ねになるのね。幾度言ったって同じことでですわ。Yさん、Kさん、Mさん、それから東報の五百崎さんなども、まあ御熱心な方でしたわね」

慎介はまた呻《うめ》き声をあげる。YもKもMもみんな立派なアリバイを持っている。そして五百崎だが、慎介はあの男が嫌いだったが、しかしまさか犯人と極《き》めてしまう程の勇気はなかった。慎介はあの男を軽蔑《けいべつ》していた。あの男に、そんな大それた真似など出来る筈はないと極めていた。

慎介は力なくそこを出ると、それから行きどころのないままに、警視庁の記者溜りへ帰って来た。何んとなく妙な空気だった。カフェー細見も、のろ松も、代書人も、腕っ節の強いのも、みんなそこにいたが、何んとなく白《しら》けた顔をしていた。妙にシーンとして口を利かなかった。慎介は急にいらいらして来た。

「何故みんな黙っているんだ」

誰も口を利かなかった。慎介はかっとした。

「何故、俺の顔ばかりじろじろ見るんだ」

それでもみんな黙っていた。食いあらした丼の蓋に、飯つぶがひとかたまりこびりついていて、その上に蠅がブンブン舞っていた。

慎介は自暴自棄《やけくそ》な不快さを覚えて、再びそこを出ていこうとした。その時ふいに、

「宇佐美さん」

優しい声で呼びとめたのはカフェー細見だった。

「何？」

慎介は喧嘩腰で振りかえった。

「みんなはね、君のような敏腕家が何故今日の重大発見を見逃したのか、それを不思議に思っているんですよ。君はもう少しで大失敗をするところだったんですよ。もし僕が――」

「叱《しっ》！」

代書人がそばから制した。しかし、カフェー細見は平然として眼鏡のガラスを拭きながら、

「もし、僕が報《し》らせてあげなければね。まだ夕刊の締切には間に合います、大至急で僕のいう通り報告なすったらいゝでしょう。日比野史郎が発見されたのです」

「え？」

慎介はふいに髪の毛が逆立つのを覚えた。顔面筋肉が硬張《こわば》って、舌がつーとしびれた。

「駄目だよ、君、こいつにそんな事を報らせちゃ。――こいつには今迄、散々出しぬかれているんだ」

のろ松が苦情を言った。しかしカフェー細見は耳にも入れず、まるで記事を口述するように言った。

「問題の日比野史郎死体となって現わる」

「え、で、死んだのですか」

「そうです。まあ、お聞きなさい。今暁六時頃、霊《れい》岸島《がんじま》沖合に一個の水死人の死体が漂着したが、意外にもその死体は問題の日比野史郎なる事が確かめられた。あまり水を飲んでいないところより察するに、入水《じゅすい》するまえに服毒したものと思惟《しい》され、おそらくは官憲の追究急なるにおそれをなし、覚悟の自殺を遂げたものならんか。――さあ、これだけ材料があれば記事になるでしょう。これがこの間殴られたお礼ですよ」

慎介は蹌踉《そうろう》として記者溜りから出ていった。

六

日比野史郎が死体となって発見された。それは事実だった。しかし、その事は少しも慎介を解放してはくれなかった。

史郎は死んでも、あとには遺書が残っている筈だった。しかもその遺書の発表を食いとめることの出来る唯一の人物、日比野史郎は死んでしまったのだ。

おそらく、土曜日の朝までにはその遺書は発表されるだろう。そしてすべてのカラクリが暴露するのだ。あゝ、何んという恐ろしい事。

しかし、その時、慎介の頭にはもっともっと恐ろしい疑惑があった。史郎はほんとうに自殺したのだろうか。いやいや、そんな筈はあり得なかった。彼は犯人ではないのである。一週間たてば、たとい真犯人は現れずとも、自分の冤罪を証明することの出来る立場だった。それにこの間の電話の模様から考えても、とうてい自殺するなどとは考えられない。

――とすると？

慎介は恐ろしさのあまり思わず身顫《みぶる》いした。彼はなるべくこれ以上恐ろしい事を考えまいと勤めた。しかし努力すれば努力するほど、その恐ろしい考えは頭をむく〳〵と擡《もた》げて来る。

弥生を殺した犯人、――そいつが自分に振りかゝって来るかも知れない疑惑の種を刈り取るには史郎を殺すのが最も完全な方法だった。あらゆる証拠、あらゆる空気は史郎に対して不利に出来上っている。今、史郎が死ねば、必ず絶望のために自殺したのだと世間では思うだろう。しかも、そういう一切は、すべて慎介がでっちあげたのだ。とりも直さず、彼自身が犯人のためにお膳《ぜん》立《だ》てを拵えてやったのも同様なのだ。

慎介は再び顫えあがった。顫えながらもそういう思考の方向から頭を反《そ》らすことが出来なかった。

それにしても、何んという手際のいゝ奴だ、そいつはまるで、最初から自分たちの今度の計画を知っていたようなものだ。――と、そこまで考えてから、慎介はふいにぎょっとしたようにとび上った。

そうだ。誰かゞ最初からこの計画を知っていたのではなかろうか。そして巧みに我々の計画を、彼自身の計画に書きかえたのではなかろうか。しかし、どうしてそれを知ったろう。この計画は彼自身と史郎と弥生のほかには、誰一人知る者はない筈だった。史郎か弥生が喋舌《しゃべ》ったのだろうか。いやいや、そんな筈はあり得ない。

――とすると？

「あ、そうだ！」

慎介はいきなり帽子をつかんで社をとび出した。

そして、最初その計画を樹《た》てたおでん屋へやって来た。幸いおでん屋にはこの間の娘がいた。

「君、君、この間——そうだ一週間ほどまえに僕がこゝへ来たのを覚えているね」

「えゝ、覚えています」

慎介の意気込《いきごみ》があまり激しかったので、娘はびっくりしたような顔をした。

「あの時、ほかに誰もいなかった筈だね」

「えゝ、いらっしゃいませんでした。あなたとお連れさんだけでした」

「君はもしや、あの時の僕等の話を聞きはしなかったかね」

「いゝえ」

娘は不思議そうな顔をした。

慎介はだん〳〵気が重くなったが、それでも勇気をふるい起した。

「それで、我々が出た後で誰か客はなかったかね」

「えゝ、ありましたわ。東報の五百崎さん」

「何？」

「そうそう、五百崎さんはその時、宇佐美さんはどうしてあんな奴と一緒に歩いているんだろう。いったい、こゝで何んの話をしていたいと聞いていらっしゃいましたわ」

慎介はふいにぐるぐると、あたりの壁が廻るような気がした。五百崎——どこへいっても五百崎だ。あいつは弥生に懸想《けそう》していた。そして、この事件を創作ではないかと、最初に指摘したのも五百崎だった。

「有難う！」

彼はそこを飛出すと、まっしぐらに警視庁の記者溜りへとんで行った。五百崎はいなかった。彼は再びそこをとび出すと、東報社へかけつけた。五百崎は留守だった。慎介はその下宿を聞いて訪ねていった。そこでもやっぱり五百崎をつかまえる事は出来なかった。

それから三日間、彼は犬のように五百崎を探して町中を歩き廻った。しかし、どこへ潜ったのか、五百崎の姿はどこにも発見することは出来なかった。

彼は綿のように疲れて社へ戻って来た。そしてどっかりと自分の椅子に腰を下ろすと、最後の審判でも待つように、じっと歯を喰いしばって、眼をつむっていた。何故なら、丁度それは金曜日の十二時少しまえだったから。

「宇佐美さん、今日は夜勤ですか」

給仕が不思議そうに顔を覗きに来た。しかし、慎介は答えなかった。給仕は仕方なしに一つ〳〵電気を消して立去《たちさ》った。慎介の頭の上の電気が唯一つ取り残されて、蒼白《そうはく》な彼の面を照らしていた。

十二時が鳴った。慎介は思わず身顫いをした。

——と、その時である。ふいにこの部屋へ入って来て、黙って彼の側《そば》に腰を下ろした者があった。

五百崎だった。

慎介は凡《およ》そ信じられない物を見たように、全く息が詰まりそうだった。五百崎は無言のまゝ、片脚あげて膝《ひざ》を組み合せた。慎介はそういう動作を、まるで幽霊をでも見るような目附きで眺めていたが、その時、ふいに脇の下からさっと、冷たい汗が迸《ほとばし》り出た。

組合せた五百崎の靴《くつ》の裏にキラ〳〵と光るものが二つ三つさゝっていた。ガラスの破片《かけら》だった。ひょっとすると、弥生の腕時計のガラスでは——?

慎介の視線から、五百崎もそれに気がついた。しかし彼は平然としていた。

「君の靴の裏を見せたまえ」

五百崎は命令するように言った。いつもの五百崎とは全く違っていた。慎介は抵抗することの出来ない圧迫を感じて自分の靴の裏をあげて見た。ガラスの破片《かけら》はそこにもさゝっていた。

「我々は何度もあの空家を訪問したのだから、こんなものは証拠にならない」

五百崎は慎介の考えをすっかり見抜いたように言った。

「しかし、あそこを訪問した事のない筈の、人間の靴の裏に、これがあって見給え。それこそ重大な証拠だ。そしてそういう靴があるのだ」

「誰の靴だ」

「日比野史郎の靴！」

シーンとした静寂さが、暗い編輯室に落ちて来た。慎介の眼からふいにポロ〳〵涙が落ちて来た。彼は机に頭を伏せて泣き出した。

「僕は最初から――いや、君が弥生の失踪《しっそう》を素っ破抜き、犯人は史郎だと思った。狂言を利用して、彼はそれを実行したのだ。何んの理由もなくあいつはそうして見たかったのだそうだ。僕は彼の仲間を通してあいつの隠れ家を突止《つきと》めて訪問した。丁度、君に電話をかけた後で、仲間へ送る手紙を書き終ったところだった。僕はすぐあいつに自白させた。あいつは靴の裏にあれがあったから、のっぴきならなくなったのだ。僕はあいつを警察へ連れて行くことが出来たんだが、そうしなかった。あいつに自殺のチャンスを与えたかったからだ。さあこゝにあいつの遺書がある。君の心配していた遺書だ。僕はもっと早くこれを君に渡したかったのだが、史郎がせめて一週間、君を悩ませてくれとぼくに歎願したのだ。それがあの男の復讐《ふくしゅう》だそうだ」

五百崎は白い角封筒をそこへ置くと立上った。そして黙って出ていこうとした。

「一寸、待ってくれたまえ」

慎介がふいに、むっくりと頭を擡《もた》げた。それから燃ゆるような眼で相手を見た。

「君は何故僕にこんなに親切にするのだ。僕を嘲《ちょう》弄《ろう》するためかい。それとも真実《ほんとう》の好意からかい」

五百崎は憐《あわ》れむように慎介を見た。

「好意からだ」

「何故――、何故僕に好意を持つのだ」

五百崎は黙って彼の側をはなれた。扉《ドア》のとってに手をかけた。それからくるりとこちらを振返って言った。

「君が僕と同じ、新聞記者だから」

五百崎は出ていった。

慎介は黙然とうなだれた。

薔《ば》薇《ら》王《おう》

消える花婿

たいへんなことが起った。花婿《むこ》がはれの結婚披露宴の席上から、突然、けむりのように消えてしまったのである。しかも、その花婿というのが、世にもまれな、美貌の青年子爵なのだ。

——と、こう書いただけでも、わっと世間がわきそうな事件が、その晩、赤坂のKホテルで起ったのである。

だいたい、その披露宴というのは、さいしょから、ちょっと妙であった。——と、のちにいたってホテルのボーイたちは考えるのだった。

唐木子爵様
日　疋　様　御両家御婚礼御披露宴会場

そういう立看板が、れいれいしくホテルの玄関わきに立っている。

日疋《ひびき》様というのは、この二三年、麻雀《マージャン》の飜《ファン》の勘定みたいないきおいで、めきめきと屋台骨をふとらせた、日疋製鎖《せいさ》会社の社長、日疋万蔵《まんぞう》のことなのである。そして、いっぽう唐木《からき》子爵《ししゃく》というのは、これはあるいは、はてな、そういう子爵があったかしら、と、首をかしげるむきもあるかもしれないが、子爵はやっぱり子爵なのだ。

こういう両家の、めでたい婚礼披露宴とあってみればさぞや、知名の人々もおおぜい集《あつま》って、はなやかなことであろうと想像するに、案に相違して、その晩披露宴にのぞんだ客というのは、両家あわせて、わずかに二十にみたぬ数だった。

もっとも、これは時局がら、なにごとも内輪《うちわ》にという、結構な趣旨だったかもしれないが、それにしても合点のいかぬのは、二十にみたぬ客たちの人品《じんぴん》骨柄《こつがら》、どうかんがえても、かりそめにもこれが、子爵家の結婚披露宴に列席しようという人柄ではない。

「これだから、政略結婚というやつはいやになる。見ろよ、日疋家の一族のものどもを。だいいち、こういうホテルへ顔を出すがらじゃないね」

「しかし、花嫁はなかなかどうして、たいした美人だぜ。ありゃ、親爺《おやじ》にちっとも似ていないね」

「似ていなくてしあわせさ。親爺に似ていた日にゃ、たいへんなしろものが出来あがっちまう」

ボーイたちとて、めいめいの意見を抱懐するぐらいの自由はもっている。かれらがかげで、こんな悪《あっ》口《こう》をたゝいていたとて、必ずしも、責めるわけにはいかないだろう。

まったく、俗にいう成りあがり者のみじめさは、こういう席へだしてみるとはっきりわかる。主の日疋万蔵は、さすがに一代でこんにちの財をきずきあげただけあって、どうにか恰好《かっこう》はついていたが、かれにすがって、芋蔓《いもづる》式にうかびあがった親類縁者の下劣さ、はしたなさは、はたの見るめも気の毒なくらいだった。

しかし、日疋家のほうは、もともと、素性《すじょう》が素性だから、これで無理もないとしても、子爵家のほうはいったいどうしたのだろう。かりにも子爵家の縁につながるからには、たとい尾羽《おは》打ち枯らしたとしても、もっと毅然《きぜん》たる風格こそ望ましいではないか。ところが、そのばん、子爵家がわから出席した客というのが、これまた、日疋家の親戚におとらぬ、いやいや、それに輪をかけるほどの、さもしげな連中なのである。

で、けっきょく、新郎新婦のふたりだけが、そのばん、はたとは不調和なほど照りかがやくことになった。

新婦の美樹子《みきこ》というのは、日疋万蔵の長女なのだが、これはボーイたちの評判にものぼったとおり、親爺の万蔵には少しも似たところのない美人だった。まず第一に背がすらりとたかく、額《ひたい》がひろく、瞳《ひとみ》は理智的にかゞやいて、唇がよくひきしまっている。もっとも、こういう顔だちからうける冷さは、いなむわけにはいかなかったが、まずは非のうちどころのない、現代式な美人ということができよう。

さて、新郎の唐木子爵だが——そうだ、この子爵というのが問題なのだ。そして、その問題がそろそろあたまをもちあげはじめたのは、夜の八時ごろのことだった。

大神宮で式をあげたふたりは、それからすぐにこのホテルへ来ていた。こゝで披露の宴《うたげ》をおえると、新郎新婦のふたりは、すぐ新婚旅行にでる予定で、だから着更《きが》えをしたり、化粧なおしをしたり、そういうことに手間どって、ふたりが披露宴のテーブルにつくのは、八時ごろになっていた。

ところが、花嫁をはじめ客たちがみんな席についてしまったのに、どうしたのか、肝腎《かんじん》の花婿がなかなか姿を現わさない。花嫁だけがうつむきがちにひかえているのに、その隣の席がいつまでもふさがらぬというのは、妙に空虚なかんじがするものだ。

一座はなんとなく、しらけきった気持ちで、花婿のあらわれるのを、いまかいまかと待っている。間もなく、テーブルのあちこちで、ひそひそと不安な囁《ささや》きがおこる。ボーイたちも手持ちぶさたな面《おも》持ちで、隅《すみ》っこのほうでしゃちこばっている。

やがてたまりかねた万蔵氏が、ボーイをよんでなにやら囁いた。ボーイはかしこまってすぐ出ていったが、間もなく、当惑したようなかおいろでかえってくると、なにやらひそひそと万蔵氏に耳打ちをする。

「なんだ、どこにも姿が見えないって？」

万蔵氏がびっくりしたように訊《き》きかえした声が、耳にはいったので、一同は思わずはっと顔を見あわせた。

「そ、そんな馬鹿なことがあるものか。もっとよく探してくれたまえ。体ぐあいでもわるくて、どこかで休養しているんじゃないか」

嚙《か》みつくようにいわれて、ボーイはあたふたと出ていったが、しばらくすると、今度はべつのボーイをひとりつれて来た。

「どうしたのだ。やっぱり見えないのか」

「はい、この男のいうのに、なんでもさきほど、どこからか、子爵様にお電話がかかって参りましたそうで。それをお聞きになると、急にかおいろをかえて、どこかへいってしまわれたという話なんで」

それをきくと、ふいに花嫁がすっくとたちあがったので、万蔵氏はおどろいて振りかえった。

「美樹子や、おまえ、どこへいくのだ」

「いゝえ、向うへいって休んでいますわ。だってこんなところにいてもはじまりませんもの」

まったく、それは驚くべき自制心だった。すでに容易ならぬ混乱が、一座の人々を圧倒しているのに、彼女はいくらか蒼《あお》ざめてはいたものゝ、眉ひとすじ動かすのではない。かえって、父をなぐさめるような口調でそういうのだ。

「そう、それもよかろう。なに、心配することはありゃせん、すぐ戻ってくるさ」

娘を附添《つきそ》いの婦人にまかせると、万蔵氏はすぐボーイのほうへふりかえった。

「どこかへいったって？　じゃ、ホテルから出ていったのか」

「いえ、誰も外へおでになるところを見たものはいないのですが」

「じゃ、やっぱりどこかにいるんだ。花婿が消えてなくなるなんて、そ、そんな馬鹿なことがあってたまるもんか。いゝから、支配人を呼んでくれたまえ、そしてホテルの中を、隅から隅までさがしてみるんだ」

こういう騒ぎは、かくそうとすればするほど、かえって人眼につきやすいものである。結婚披露の席上から花婿がいなくなった。——こういう噂《うわさ》が、たちまち、ぱっとひろがったものだから、ホテルのなかは大騒ぎになった。

ボーイたちが手分けをして、ホテルのなかを隈《くま》なく捜索する。招かれた客たちも、こうなるとじっとしてはいられない。ボーイといっしょになって、ひろいホテルを探し廻る。もっとも、かれらの大半は、子爵を探すことよりも、むしろ、こういう機会に、贅沢《ぜいたく》なホテルの内部を参観することに、より多くの興味をもっていたのだが。

捜索の結果はまったくむだだった。子爵のすがたはどこにも見あたらないのである。こうなると、花婿はまったく誰にも気附かれぬうちに、そっと、ホテルを出ていったとかんがえるよりほかにしようがない。

「いったい、こ、これはどうしたことじゃい」

昂奮《こうふん》すると、昔の下積職工時代のくせがでるのである。万蔵氏は、いよいよ花婿の姿が見えないときまると、拳《こぶし》をかためて、あのさもしげな子爵家の縁者どもを睨《ね》めまわす。そのひとたちは、子爵のすがたが見えないと聞いたときから、すでに、妙におどおどとした態度をみせていたが、いま、この一喝《いっかつ》にあうと、おもわずちゞみあがって、ひとかたまりになってしまった。

だが、その時分にはまだ、一同の胸にも一縷《いちる》ののぞみがのこっていた。花婿はなにかの都合でほんの一時、場をはずしただけのことなのだ。間もなく、恐縮しながらかえって来るにちがいない。だって、こんな結構な縁組をむざむざ棒にふるはずがないではないか。

だが、そういう希望が、あまりにも無残にうちくじかれるのは、そう長くはかゝらなかった。

探しあぐねて、虎《とら》のようにたけり狂っている万蔵氏のところへ、ボーイがあたふたと一枚の名刺をとりついだのは、それから間もなくのことである。

名刺は警視庁から、警部が出張して来たことを知らせているのだ。

警部だって？　いったい、ぜんたい、この目出度《めでた》い披露宴と、警視庁とどういう関係があるというのだ。

「よし、どこか人のいないところへ通しておいてくれ。いま、すぐいって会う」

万蔵氏には、なにかもっとよくないことが起りつつあることがよくわかった。しかもそれは、子爵の失踪《しっそう》となにか関係のあることにちがいない。

ボーイの案内にしたがって、別室へはいっていくと、金筋のはいった制服を着た警部が、いかめしい顔をして立っている。廊下には私服らしいのがうろうろとしていて、何かしら容易ならぬ雰囲気をばらまいている。

「私が日疋万蔵ですが、何か御用ですか」

警部は鋭い、しかし、落着《おちつ》いた眼で、じっと万蔵氏の顔をみていたが、やがて、穏《おだや》かな口調でこういう。

「花婿がいなくなられたそうですね」

「いや、それは、実はまだ、そうときまったわけじゃありませんが、しかし、誰かそんなことを報告したものがあるのですか」

警部はあわれむように、万蔵氏の顔をみながら、

「いや、子爵の失踪したことは知らなかったのです。むしろわれわれは、子爵にあうためにやって来たので、実はさきほど、妙な電話が警視庁へかかって来たのですよ」

「妙な電話というと？」

「日疋さん、つかぬことをお伺《うかが》いしますが、あなたは唐木子爵なる人物について、よく身許《みもと》調査をしましたか」

「それはもちろんです。出来るだけのことはしましたよ。可愛《かわい》い娘の生涯の問題ですからね。唐木子爵というのは、いまでこそ、つまり、財政的にはなはだ不如意《ふにょい》におちいっていられるが、中国へんの小大名の出で、れっきとした家柄だということはよくわかっています」

「そう、その通りです。しかし、先代が陋巷《ろうこう》で窮死されてからというものは――」

「いや、その話なら、子爵からもよくうかゞっています」

「まあ、待って下さい。日疋さん、私のいおうとするのはこうです。先代――というより、この人が子

爵家の最後のひとだったのですが、それが陋巷で窮死してからというもの、後継者がなかったので、唐木という家は、そのまゝ絶えてしまっているのですよ。したがって、今のところ、唐木子爵と名乗る資格をもっている人間は、ひとりもないのです」

ふいに万蔵氏の頬《ほお》がびくびくと痙攣《けいれん》して、固いカラーのうえで、いまにも咽喉《のど》がつまりそうになった。

「すると、すると、あの唐木子爵となのる男は贋物《にせもの》だとおっしゃるのですか」

「お気の毒ですが、そうかんがえるよりほかにしようがありませんね。いったい、あなたはどうして、今夜の花婿とおちかづきになったのですか」

「そ、それはつまり、娘がスキー場かなにかで懇意になって、――しかし、あの男、贋子爵だとすると、いったい、な、何者なんです」

「残念ながら、いまのところ、そこまではわかりません。しかし、何か容易ならぬ前科をもっている奴らしいですよ」

万蔵氏は四方の壁がどっと倒れてきて、このまゝ自分たちを埋めてくれゝばいゝと思った。

「でも、でも、今晩、子爵の親類だといって、この披露宴へ出席しているあいつらは何者なんです。まさか――」

「そう、実は、あなたに御異存がなかったら、その人たちを少し取り調べたいのですがね」

だが、その取り調べは、万蔵氏に決定的な打撃をあたえてしまった。警部の訊問《じんもん》にあうと、かれらは一も二もなく泥をはいてしまったのである。

「へえ、わたしら、別に悪気《わるぎ》があったわけじゃないんで。ただ黙って坐ってりゃ、たんまりうまいものが食えるうえに、十円の日当になるというんで。子爵の親類ですって？　めっそうもない。わたしら、自分の口から一度もそんなことを言ったおぼえはありませんがねえ」

事実かれらのいう通りだった。木賃宿《きちんやど》からかり出されたかれらは、借衣裳をきて、ただおどおどとこの席につらなっていたばかりなのである。

こゝに至って万蔵氏は、あやうく狭心症の発作をおこすところだった。

神秘な男

「ボーイさん、ちょっと」

デザートを運んできたボーイをつかまえて、朱実《あけみ》はけげんそうにたずねる。

「どうしたのよ、妙にホテルのなかが騒がしいじゃないの」

「へへ、いえなに」

年のわかい、可愛いボーイは、いくらかあわてた調子でそういうと、妙にちぐはぐな笑いかたをする。

「いえなにじゃないわよ。さっきから変な人間が、なんどもこゝを覗《のぞ》いていくじゃないの。いったい、あの人たち何よ？」

「さあ、なんだか取りこみがあったらしいんですけれど、私よく存知ません」

「まあ、いやに白《しら》ばくれてるのね、憎らしい」

あわてゝ皿を片附けていくボーイのうしろ姿を、朱実は眼鏡ごしに睨《にら》みながらわらった。

甲野《こうの》朱実はこゝのグリルの常連である。友達をつれて来ることもあるし、今夜のようにひとりでやって来ることもある。だから、ボーイさんとはたいてい顔馴染《なじ》みになっていたし、だから、ボーイのほうでも、彼女が、ちかごろめきめきと売り出した女流作家だということをよく知っている。

人気作家だし、とくべつに美人というほうではないが、ふんわりとした明るい顔だちの朱実は、男のようにこだわりのない、てきぱきとした気性と、きればなれのいゝ金のつかいぶりで、こゝのボーイたちのあいだには、なかなか人気をもっている。

朱実はゆっくりデザートをかたづけながら、しきりに、大きな緑色のふちなし眼鏡の奥から、グリルのなかを見廻していた。

どうも様子がへんなのだ。

時刻が少しおそいので、グリルのなかには、ほんの二組か三組の客しかいなかったが、その人たちも同じ気持ちと見えて、やっぱり同じように、不安そうに、あたりを見廻している。向うのほうでは、ボーイがひとかたまりになって、何かひそひそ囁きかわしている。

「よう、潔《いさぎよ》く白状なさいよ。いったい、どうしたというのよ、かくし立てをすると、これからもう可愛がってあげないわよ」

ボーイがコーヒーをはこんで来たとき、朱実はからみつくような笑い方をした。こういう笑いかたをされると、ここのボーイで誰ひとり抵抗できる者はない。

「実は」

と、ボーイは朱実が煙草《タバコ》をとり出したので、あわてゝ灰皿をもってくると、マッチをすりながら朱実の耳もとで囁いた。

「花婿がみえなくなったのです。今夜ここで結婚披露宴があったのですが、その席上から花婿が消えてしまったのです」

「まあ」

「それで、いま刑事が来てしらべているんですよ。花婿というのは子爵となのっていたんですがね、これがどうやら贋華族で、おまけに前科者らしいんですよ」

「そいで、子爵がどこから出ていったのかわからないの」

「ええ、わからないのです。誰も出ていくところを見たものがないんです。ええと、それで、何か持参いたしましょうか」

「いゝわ、もうなにもいらないわ。伝票をもってきて頂戴《ちょうだい》」

ボーイ頭《がしら》がやって来たので、急にしゃちこばって、テーブルのそばをはなれるボーイのうしろすがたを見ながら、朱実はおかしそうにくすくすと笑った。

花婿が失踪しようが、それが前科者の贋子爵であろうが、朱実はべつに大した感興もおぼえない。むしろ、なあんだ、そんなことかと思うと、自分のつまらない好奇心が恥かしくなって来たくらいだ。

そこで朱実は勘定をはらうと、ほかの客を尻眼にかけて、さっさとグリルから出ていく。グリルのまえの庭には、朱実がさっき乗りすてた自動車が待っている。朱実は自分で運転ができるので、運転手はいない。といって、朱実はまさか自動車をもてるほどの身分ではないので、この自動車はきんじょのガレージから借りてきたものなのである。

ボーイにおくられて、この自動車の運転台にとびのった時分には、朱実はすっかり、あの贋子爵のことは忘れていた。ところが、自動車がホテルの裏側から出ようとする刹那《せつな》、

「あら」

と、叫んで、朱実は思わずハンドルを間違えるところだった。

バックミラアの中に、白い、うつくしい男の顔が、ぼんやりとうつっているのにはじめて気がついたからである。

「しっ！」

その顔が、あわてゝ口に指をやった。

「お願いです。このまゝ自動車をやってください。決して御迷惑はかけません」

男の歎願するような瞳が、鏡のなかから朱実の眼をみつめている。すこし髪はみだれているが、二十七八の、透きとおるようにきれいな男だった。

朱実はちょっとばかり胸がドキドキとした。しかし、なんとなく、こゝで自動車をとめるわけにはいかないような気がする。

(いいわ、構うものか、あとでとがめられたら、そんな男ののっていること、ちっともしらなかった、と、いえばいいんだわ)

朱実はそこで、ぐいとハンドルを廻すと、たちまち、ホテルからそとへとび出した。

晩春のあまずっぱい匂いが、街中にあふれて、すいすいと窓外をながれていく灯火のいろも、なんとなくロマンチックなかんじだ。朱実はいまじぶんが、異様な冒険のなかに身をひたしていることをかんじて、思わず胸をわくわくさせる。

「ねえ、どちらまでいけばいいんですの？」

前方にひとみをすえたまま、朱実はうしろの客席にいる男に声をかける。

「どちらでもいいんです。あなたのよいところまで

やってください」

「あたしのいいとこ？　ほほほ、そいじゃ警視庁へいくかも知れなくってよ」

朱実の冗談が身にこたえたものか、うしろの男はこたえない。バックミラアをのぞいてみたが、男の顔はみえなかった。たぶん、隅っこのほうに身をよせているのだろう。もぞもぞと動くくろい半身だけがうつっている。

「ねえ、ほんとにどこへいけばいいんですの。あたしあなたに脅迫《きょうはく》されているのよ、あなたのいうことをきかなかったら、うしろから咽喉をしめられるんでしょう。だからいく先をいって頂戴よ」

「そんなことしやしませんよ」

男はおちつきはらった、どこか、哀愁をおびたひくい声でそういった。

「しかし、よかったら代々木までやってください」

「代々木？　ええ、いいわ、代々木のどのへん？」

「幡《はた》ケ谷《や》です」

自動車はすぐ幡ケ谷のほうへ向けられる。朱実はいま、非常にわるいことをしているのかも知れなかった。うしろにのっている男がどういう人間か、その服装《みなり》をみればすぐわかる。黒いセミドレスを着て、胸に薔薇《ばら》の花をさして、――むろん、今宵《こよい》の花婿にちがいなかった。この男は贋子爵で、そして前科者かもしれないのだ。だが、それにもかかわらず、朱実はこの男を、こわいとも気味わるいともかんじなかった。さっきちらと見た、異様にうつくしい顔と、歎願するような瞳のいろがつよく印象にのこっている。朱実はこの男の正体を、どこまでもつきとめていかずにはいられない、つよい誘惑をかんじている。

自動車は山谷から、初台《はつだい》をぬけて、幡ケ谷へさしかゝっていた。

「そう、そこの角をまがればすぐです」

うしろから、さっきの男が声をかける。朱実はぐいとハンドルを廻して、角をまがったが、そのとたん、ばらばらと自動車のまえにたちふさがった影がある。しまった！　警官なのだ。

「ストップ！　ストップ！」

警官のこえに、あわてて自動車をとめた朱実は、そのとたん、すうっと全身から力がぬけていくのをかんじた。まあ、なんて馬鹿な男だろう、ここに交番のあるのを忘れているなんて。……

警官は自動車のうしろにまわって、車体番号をしらべると、

「うむ、やっぱり一八八四番だ。君、君」

と、警官は運転台のそばへよってきて、

「この自動車は、さっき赤坂のKホテルから出てきたものだね」

「ええ、でも、それがどうかしまして？」

「君の名は甲野朱実、職業は小説家、それにちがいないね」

「ええ、よく御存知ですこと」

「さっき、警視庁から手配があったのだ。ちょっと自動車のなかをしらべさせてもらうよ」

警官は客席のドアに手をかける。そこを開けられたらおしまいだ。あんな眼立つ服装《みなり》をしているのだもの、ひとめ見たらわかってしまう。警官をつきのけて、このまま自動車をつっぱしらせてしまおうか。——そんな捨鉢《すてばち》なかんがえが朱実のあたまをかすめた瞬間、

「ど、どうしたの、甲野さん、もう、ぼ、ぼくのうちへついたのかい」

酔っぱらいの大きな濁声《だみごえ》が、朱実のうしろからとつぜん降ってわいたと思うと、

「おや、君は那須《なす》君じゃないか」

と、いう警官の声が朱実の耳朶《じだ》をうった。

おどろいてあとを振り返った朱実は、そのとたん、雷にうたれたような大きな衝激をかんじた。違っているのである。さっきバックミラーのなかで、ちらと見た男とは、似ても似つかぬ男が、悠々《ゆうゆう》とクッションのうえに踏んぞりかえっているのだ。

「おや、警官」

男は生欠伸《なまあくび》をかみころしながら、きょろきょろと窓から外を見廻すと、

「ど、どうかしましたか」

いかにもいま、眼覚めたばかりのように、充血し

た眼をパチパチと瞬《また》いてみせる。横っちょにかぶったベレー帽の下から、もじゃもじゃな髪がはみ出して、寛《ゆる》いビロードの上衣に、大きなボヘミアンネクタイ、どう見たって画家か彫刻家としか見えない。

「那須君、君はどうしてこの自動車にのっているんだ」

警官はこの男を知っているとみえて、不思議そうに眼をみはっている。

「ど、どうしてって、そうそう、赤坂で甲野さんにひょっこり出会ったんですよ。そしたら甲野さん、そう酔っぱらってちゃ危いから、送ってやろうてんで、むりやりに自動車のなかへ引きずりこんで――いやはや、このほうがよっぽど危いくらいのもんだ。でもまあ、よくここまで来れたもんだな。ときに警官、なにか事件がありましたか」

「いや」

警官は客席からはなれると、朱実のそばへよって来る。

「さっき、警視庁から電話があったんですがね、君の自動車に、怪しい男がのっているかも知れぬという疑いがあるんだそうだ。何か気附きませんでしたか」

「あら」

朱実は緑色の眼鏡のしたで、大きく眼をみはった。

「いいえ、いっこう。ねえ、那須さん、あんたそこへのる時、誰もいやしなかったわね」

「さあてね、気がつかなかったね。もちろん、いたら気が附くはずだが。警官、怪しい男って、いったい何者ですか」

「ああ、わかった、あれじゃありません? Kホテルから消えたという、あの花婿――」

「いや、もうよろしい、気をつけていきたまえ」

警官にうながされて、朱実はぐっとスターターをいれた。なんとも名状することの出来ない、疑惑と混乱を、緑色の眼鏡のなかにつつみながら。――

洋服簞笥《だんす》の中

「いったい、あなたは誰ですの」

あたりを憚《はばか》るような低声《こごえ》で、朱実がそう訊《たず》ねたのは、自動車が交番から、よほどはなれてからだった。するど、とつぜんうしろから、爆発するような笑い声がきこえたと思うと、ヌーッとバックミラアの中に、画家の顔がおおきくうきあがって来た。

「僕がわかりませんか、ほら、この顔のふくらみと、ひろがった鼻を削りおとす、そして髪をきれいに撫《な》でつけて、赤い顔料をあらいおとしたとしたら、――」

朱実はじっと、そういう鏡のなかの顔をみつめているうちに、ふいに、こみあげてくるような驚きに圧倒されて、思わず、

「あら!」

と、叫んでしまう。

「おっと、危い、わかりましたね。わかったら、ついでに僕のアトリエまで送ってください。さっき警官にあいっておいたのだから」

「いったい、いったい、あなたは誰ですの?」

「那須薔薇《そうび》、――このへんではそういう名前でとおっていますがね。気のいい、酔っぱらいのへ、ぼ画家――さっきの警官にも、たびたび厄介《やっかい》をかけていますよ。おっと、そこを左へまがって、その家《うち》です」

朱実はいまや、自分がアラビアン・ナイトのような奇怪な物語中の人物であることを、つよく意識せずにはいられない。まぎれもなく、この陽気な自称へボ画家こそ、さっきホテルを騒がせた、あの贋子爵にちがいないのだ。しかし、誰がこのふたりを、同じ人間と思うものがあるだろう。さっきこの男に注意されてからでさえ、朱実はやっと、この男の面《おも》影《かげ》のなかに、贋子爵のかげをとらえることができたほどである。しかも、それは水にうつる鳥影《とりかげ》のように、ほんの瞬時の印象にすぎなかった。つぎの瞬間には、贋子爵のかげは拭《ぬぐ》われたようにかき消えて、そこにいるのは完全に陽気な、酔っぱらいの画家なのである。

「何をかんがえているのです。ちょっと寄っていきませんか。こんばんの冒険のお礼に、お茶でもさしあげますよ」

「ええ」

「こわいのですか。僕が暴行でもはたらくとおもっているのですか。可哀《かわい》そうに、これでもこの界隈《かいわい》じゃ、好人物でとおっている男ですよ。もっとも、酔っぱらって、ときどき居所をくらますのが欠点だけれど」

「ええ、寄せていただくわ。何か御馳走《ごちそう》してちょうだい」

朱実はこころをきめて、勢いよく運転台からとびおりた。

「そうそう、そう来なくちゃ嘘《うそ》だ。あなたと僕は一週間ほどまえに、あるところで懇意になった。そして、今夜、わざわざ酔っぱらいの僕を送ってくれるほど、あなたは僕に好意をもっている。お茶ぐらいのんで帰るのは当然ですよ」

男がベルをならすと、なかから上品な老婢《ろうひ》が戸をひらいた。こういう神秘な男のかくれ家に、召使いがいるということが、ちょっと朱実に意外なかんじをいだかせた。

「お客様をおつれしたけれど、おまえは遅いからもう寝てもいいよ」

「お部屋は――?」

「いや、アトリエのほうへ御案内するからいい。さあ、甲野さん、こちらへいらっしゃい」

さっきの警官の言葉から、この男はすでに、朱実のすべてを知りつくしているとみえる。警戒したり、逡巡《しゅんじゅん》したりするふうは少しも見えない。万事あけすけなその態度が、朱実には少からず気にいった。

「まあ、それじゃこれがあなたのかくれ家というわけなのね。神秘な――、なんといったらいいの、神秘な人?」

「神秘な人? どうしてどうして、僕はそんな人間じゃありませんよ。飲んだくれの、ただの画家《えかき》ですよ。少くともこの家《うち》ではね。那須と呼んでください」

「そう、それじゃ那須さん、ここにある絵はみんな、あなたがお書きになったの?」

「可哀そうに、画家《えかき》のアトリエへ来て、そんなむごいことを訊ねるもんじゃありませんよ」

「まあ、それじゃあなたが画家《えかき》と自称していても、まんざら嘘にはならないわね」

実際、そのひろいアトリエにちらかっている、いろんな絵は、どれも立派に一流の価値をもっている。朱実は小説家だから、絵のことだって、ほかの種類の人間より、よくわかるという自信をもっている。そして、この絵はみんなこの男が書いたのだ。なんという不思議な男だろう。

「いや、お褒《ほ》めにあずかって有難《ありがと》う。だが、絵のことなんてどうでもよろしい。さあ、ここへ来て、お茶でも飲みませんか」

那須薔薇と自称する男は、テーブルのうえに散らかった本だの、パレットだのを片附けはじめたが、ふいにおやと奇妙な声をあげたので、朱実は思わずふりかえった。みると、那須はいちまいの女持ちのハンケチをもったまま、呆然《ぼうぜん》たる眼つきをしている。その瞬間、朱実は、相手の表情のなかに、容易ならぬ混乱のいろを読みとって、思わず息をつめた。

那須は気がついたように、ハンケチを丸めてポケットへつっこむと、すぐ呼鈴《ベル》を鳴らして老婢をよんだ。

「婆《ばあ》や、こんやお客様があったのかい?」

「いゝえ、旦那《だんな》様、どなたもお見えになりません」

「そう」

那須はすばやくあたりを見廻したが、すぐさり気ない様子にもどって、

「いや、よろしい。遅くなるといけないから、おまえもう寝たらいゝだろ」

「はい、それではお先にやすませていたゞきます」

「まあ、どうかなすって。誰か今夜、このかくれ家へ闖入《ちんにゅう》したというわけなの? スパイ? それともお友達? どちらにしても女のかたなのね」

「いや、あなたの眼光のするどさには恐れ入る。だが、まあそんなことはどうでもいゝ。さあ、そこへ掛けてください。至急に作戦を練らなければならぬ必要がある」

「作戦?」

「そうですよ。あなたは今夜、お訊ね者の逃亡を助

けたのだから、それに対して口実をつくっておかなければならぬ」

「あら、あたし、お訊ね者のことなんかしらなくってよ。ただ、那須薔薇さんをお送りしただけじゃありませんか、そしてその那須さんとは一週間まえ、あるところで――」

「うまい、うまい、しかし、一週間まえだの、あるところでなどというのは、少し曖昧《あいまい》だよ」

「あ、そう、じゃ、――そうそう、あたし、四月二十三日に、上野のS展覧会へいったけど、そこでお懇意《ちかづき》になったことにしましょう」

「こいつは奇妙だ。僕もS展覧会へいきましたよ。日はちがっているが。それで、今夜、Kホテルを出たところで、僕が酔っ払ってあるいているのを見たので、自動車をとめてひろいあげた、ね、わかりましたか」

「えゝ、わかったわ、だけど、あたし警察から調べられるようなことがあるのでしょうか。誰だって、贋子爵と那須画伯を同じ人間だなんて、しってる人はないでしょうに」

「ところが、いまにわかるのですよ。なに、そうあわてなくてもよござんす。さあ、紅茶がはいりましたから、そこへお掛けなさい」

「えゝ有難う」

朱実はテーブルのそばの安楽椅子《アーム・チェアー》に腰をおろしたが、そのとたん、思わずあっとひくい叫びをあげた。

「どうかしましたか」

「いいえ、肘《ひじ》をぶッつけて。おゝ、痛かったこと」

朱実は顔をそむけながら、あわてゝ紅茶々碗《ぢゃわん》に口をもっていった。そうしながら、片方の手をお尻のしたに持っていって、さっき、ちくりとお尻をさしたものを探りあてる。それは女学生などが、胸や、袴《はかま》のひもにとめている、小さい徽章《バッジ》だった。朱実は思わず息をのむ。さっきの女持ちのハンケチとこの徽章《バッジ》、――誰か、こんやこのアトリエへ訪ねてきたものがあるのだ。そして、ひょっとしたら、この徽章《バッジ》から、その女の正体を探ることが出来るかもしれない。

「どうしたんです。何をかんがえているんです」

「いゝえ、この紅茶いやに苦いわね」

朱実はそっと、徽章《バッジ》をブラウスの裏側にとめながら、

「で、どうして、今宵の花婿と那須画伯が同じ人間だってことがわかりますの？　あなた何かへまをおやりになって？」

「いや、なんでもないのですよ。贋子爵——いや、贋子爵というのはいやだな。唐木子爵としておいてください。その唐木子爵が、こんや結婚したことは御存知でしょう」

「えゝ、そして途中から逃げ出したのね」

「そう、ところがね、子爵は婚約中に今夜の花嫁に那須画伯を紹介したことがあるんですよ。その女《ひと》の肖像を書かすためにね。で、花嫁は子爵のすすめにしたがって、ときどき、このアトリエへ訪ねてきて、那須画伯のモデルになっていたというわけです」

朱実はあまりの驚きに、思わず茶碗を取りおとしそうになった。

「おっと、危い、ついでに飲んでしまいなさい」

「えゝ」

「もひとつ入れましょうか」

「いえ、もうたくさん、で、その花嫁という方、ふたりが同じ人だということ、ちっとも気がつかなかったんですの」

「気附くもんですか。あなただって、まだ疑っているくらいじゃありませんか。しかし、子爵がいなくなったとしたら、当然、子爵の友人である那須画伯が問題になってくるでしょう。だから、僕は今夜限り、このアトリエをひきはらうつもりです」

「あゝ、すると、今度はあたしにお鉢《はち》がまわって来るばんね。あら、どうしましょう」

「大丈夫、あなたなら、うまく切り抜けられますよ。さっききめたとおり言えばいゝんですよ。それに、僕はいま、ちょっと細工をしておきましたから」

「細工？」

「そう、いま、あなたは紅茶が苦すぎるといいましたね。もう少したつと、あなたはぐっすり眠れます

よ。那須画伯は、甲野女史に痲酔《ますい》剤をのませて、その間に逃亡したというわけです」

「あら、素敵！」

朱実はふいにわらい出した。

「あなたって、なんて神秘な人でしょう。で、つまり甲野女史は那須画伯のぐるでなかったと、証明出来るわけね」

「そう、しかし、ひょっとするとあなたに対して、醜聞《スキャンダル》がつたわるかも知れませんよ。なにしろ那須画伯は、正体不明の曲者《くせもの》だから」

「いゝわ。あたし醜聞《スキャンダル》なんか気にしなくてもすむのよ。それに那須画伯は睡《ねむ》っている女に、指一本さすような人じゃありませんもの」

那須の眼には、ふいにふかい驚嘆のいろが現れた。しばらく彼は、孔《あな》のあくほど、朱実の顔をみつめていたが、やがて肩をおとして、ほっと深い溜息《ためいき》をもらす。

「あら、どうかなすって。いやあね。そんなにひとの顔をじろじろみて」

「いや僕は今夜、なんてえらい女《ひと》に救われたのだろうと、神に感謝しているところですよ。しかしねえ、明日の新聞をごらんになったら、きっとあなたは、僕を軽蔑《けいべつ》するようになりますよ」

「そうかしら、でも、そんなことどうでもいいわ。今度はいつお眼にかゝれて」

「さあ、多分もう二度とあえますまいよ。会ってもあなたには僕がわかりますまい。僕にはね、じぶんの顔というものがないのです。僕はいつでも誰か他人になっているんです。僕はいったい、誰なのだ。僕自身にさえわからなくなるくらいですよ。もしあなたが僕のことを思い出したら、自分の顔をもたぬ人間の、ふかい哀愁をついでに思いうかべてください。名前ですか。そうですね。僕は薔薇《ばら》が好きで、自ら薔薇《そうび》と名乗っているくらいですから、ひとつ薔薇の王様とでもしておいてください。あゝ、だいぶ薬がきいてきましたね。さあ、お寝《やす》み、あとで毛布をかけておいてあげますからね」

那須はその約束をわすれなかった。朱実の瞼《まぶた》がくっついてしまうと、そっと毛布をかけてやり、それからしばらく寝息をうかがったのち、アトリエをつかつかと横切って、大きな洋服簞笥《だんす》をそとからひらいた。

「ゆかり、出ておいで、おまえどうしてこんなところへ来たの、あれほどいっておいたのに」

「だって、お兄さま……」

と、あとはおし殺したような忍びなきの声。安楽椅子《アーム・チェアー》のなかで、朱実がどたりと寝返りをうつ音がする。……

黒衣の巫女《ウィッチ》

それから、一週間ほどのあいだ、新聞という新聞は、この奇妙な花婿失踪事件で、蜂《はち》の巣をつゝいたような騒ぎだった。まったく、こんな素晴らしい事件てあるものではない。贋子爵と人気作家と富豪令嬢と――役者は申しぶんなくそろっている。しかも、あとからあとからと、奇怪な事件が暴露《ばくろ》していくのだから、新聞という新聞が、この事件一色《ひといろ》に塗りつぶされたのも無理ではなかった。

さて、その後の経過を要約すると、だいたいこうなのである。

Kホテルにおいていよいよ子爵の姿がみえないときまると、ただちに、紀尾井町《きおいちょう》にある子爵の邸《やしき》へ、警官の一隊が急派された。いっぽう、花嫁の口から、那須薔薇なる画家が、贋子爵と友人だということを聞きだしたほかの一隊は、これまたすぐに、幡ケ谷のアトリエへかけつける。

さて、そこで何が発見されたかというと、痲酔薬をのまされて、昏々《こんこん》と眠りこけている甲野朱実の意外なすがた。これだけでも、新聞がわっと湧《わ》きそうな特種《とくだね》だのに、更にそれに輪をかけたような、世にも意外なかずかずの発見が、紀尾井町のほうでなされたのである。そして、その発見が、突如この事件に、なんともいえぬ神秘な色彩をなげかけた。

警視庁ではこの数年来、手がかりのない犯罪になやまされつゞけていた。某々大使館の盗難事件、某々ホテルの詐欺《さぎ》事件、何々銀行の拐帯《かいたい》事件等々と、およそかぞえきれないほどの犯罪事件が、未解決のまゝ残されている。

なかには容疑者の判然としているのもあったが、不思議に、どの容疑者もその後、泡のように消えてしまって、ついぞ尻尾《しっぽ》をつかまれたことがない。ところがいま、唐木贋子爵の邸宅を捜索するにおよんで、これらの事件が一挙にして氷解した。そこには、それら迷宮事件に関する歴然たる証拠が細大もらさずのこっているばかりか、犯罪日記とも称すべき世にも異様な覚え書さえ、ごていねいにおいてあった。

じつに、唐木贋子爵こそは、過去数ケ年にわたるあらゆる迷宮事件の犯人だったのだ。——と、ここまではよかったが、そこでまた当局ははたと難関につきあたってしまった。

というのは、まえにもいったとおり迷宮事件のなかには、容疑者の判然としているのも少くなかったが、それらの容疑者の容貌と唐木贋子爵の写真とでは、どれもあまりかけはなれすぎているのであった。

何々銀行から金を拐帯したのは、実直そうな若い男だった。某々宝石商から宝石を詐取《さしゅ》したのは、でっぷりと肥《こ》えた実業家ふうの紳士だった。さらに某々大使館の夜会へのりこんだ泥棒は、女のようなやさ男だったといわれる。それらの事件の関係者に、唐木贋子爵の写真を見せたところが、はじめのうちは、誰も一言《いちごん》のもとにこの男ではないと否定した。ところが、何度もなんども同じ取り調べを行っているうちに、こんどは一様に、ひょっとしたら、この男であったかもしれないと、首をかしげ出したのである。というのは、顔かたちは凡《およ》そちがっているけれど、その瞳のなかにたゝえられた、一種名状することの出来ない翳《かげ》、——それは哀感ともいうべきものであったが、その点だけが、どの容疑者のばあいにも共通した特徴だというのである。しかも、この特徴は、贋子爵のみならず、那須画伯にも著《いちじる》しくかんじられる。

そこで警視庁では、すべてこの人間を、唯一人に帰納《きのう》してかんがえることになった。拐帯犯人も、宝石詐取紳士も、大使館の強盗も、いやそれのみならず、那須画伯さえも、みんなみんな唯《ただ》ひとりの男、即《すなわ》ち唐木贋子爵にほかならぬと断定を下したものだ。あゝ、なんという奇怪なことだろう唐木子爵と自称する人こそは、カメレオンみたいに、自由自在に変色しうる、世にも神秘な神通力《じんつうりき》を心得ていることになるのだ……こゝにいたって、新聞という新聞が、わっと痙攣をおこしたのも無理はない。

芝二本榎《えのき》にある日疋万蔵氏の邸宅の、奥まった一室では、きょうも美樹子が、いまにも破裂しそうなこれらの記事をよみくらべている。

窓という窓に、黒いカーテンを張りつめた部屋のたたずまいが、どこか喪《も》をおもわせるように陰気である。おまけに、この部屋の唯一のあるじ、美樹子のすがたというのが、これまた喪中のような不吉なかんじをいだかせる。

襟《えり》のつまった黒繻子《くろじゅす》の支那《シナ》服を、ぴちっとからだに喰いこむように着こなしているので、たかい丈が、いっそう高くみえ、蒼褪《あおざ》めた顔いろがいっそう蒼くみえた。

美樹子はあれ以来、この一室にとじこもったまま、いっさいの訪客を断っている。それでいて、父の万蔵氏が心配して、旅行や転地をすすめるのを絶対に耳にいれない。彼女はだまっている。黙ってかんがえている。かんがえながら、なにかしら、強い意志で計画している。彼女のすがたはまるで、黒い炎みたいにもみえた。

誰かが軽くドアをノックした。

「どなた？」

「僕です。美樹子さん」

「あゝ、良三《りょうぞう》さん、おはいり」

ドアをひらいて、はいって来たのは、美樹子の遠縁にあたる青年で良三という。

「良三さん、なにか吉報があって？」

美樹子はテーブルのうえにある花たばを、指でむちゃくちゃにほごしながら、良三のほうにふりかえりもしないで訊ねる。冷い、気のめいるような声だ。

「さあ、吉報といっていいかどうか、あなたの判断をまたなければわかりませんがね」

「言って頂戴、どんなこと」

「はい――」

ハンケチで汗をふきながら、良三はよわよわしい愛想笑いをうかべた。そして、こゝろの中では、この女、だんだん、巫女《ウィッチ》みたいになってくると溜息《ためいき》をつく。

「いって頂戴、どうしたのよ」

美樹子がいらだたしさをおさえかねたように、むしりとった花を床にばらまいた。

「はい、へえ、いま申しますよ」

良三は、おど〳〵しながら、せめて一度ぐらいこちらを向いてくれればいゝのにと歎《なげ》いている。たしか年は美樹子より三つ四つうえなのだが、二人一緒にいると、全《まった》くその反対に見えるのである。

「実は甲野朱実のことですが」

「あの女がどうかして？」

美樹子の声がふいにとがった。

「あの女が活動をはじめたのです。もっとも、それが、あの――あの人と関係のあることかどうかわかりませんけれど」

「いちいち、註釈《ちゅうしゃく》をいれなくてもいゝのよ。いったい、どんな活動をはじめたの」

「女学校まわりをはじめたのですよ。毎日、毎日、東京中の女学校をあるき廻っているんです。何かしら、探ねるものがあるらしいのですよ」

「あっ！」

ふいに、美樹子がさっと椅子から立ちあがった。膝《ひざ》にこぼれていた花弁がばらばらと床におちる。美樹子はその花弁をふみにじりながら、はじめて、きっと良三のほうをふりかえった。

「それ、ほんとうのことなの？」

「ほんとうですとも、誰が嘘などいうものですか」

期待したような眼の、いろではなかったが、それでも、美樹子のかおをはじめて正面からみて、良三はわずかに自分を慰《なぐさ》めている。

「何か心あたりがありますか」

美樹子はすぐには答えない。きっと血が出るほど唇をかみしめたまゝ、高い背をいよ〳〵高くして、しばらく部屋のなかをあるきまわっていたが、ふいに立ちどまると、挑むような眼のいろをして良三を見た。

「良三さん、あの女《ひと》——甲野さんはやっぱり警察でしゃべったより、もっとたくさんのことを知っているのよ。女学校めぐり——えゝ、それにちがいないわ。きっとそうだわ」

美樹子はふいに、目的の糸のはしをつかんだよろこびに全身をふるわせた。

「良三さん、きいて頂戴。あの人には妹があるのよ。あたし、たゞいちどだけその写真を見たことがあるの。あの人、懐中時計の蓋《ふた》のうらに、だいじそうに貼っていたのよ。可愛い顔をした、まだほんの子供だったわ。あたしが誰？　と聞くと、妹だといってあわてゝかくしてしまったけれど、そう、きっとまだ女学校へいっている年頃よ。名前はわからない、でも、顔だけは知っている、いま会っても、きっと思い出すことが出来るわ」

美樹子はしだいに早口になった。

「甲野さんの探しているのも、きっとその妹よ。良三さん、あなた早くいって。そして片時も、甲野さんから眼をはなさないようにしてちょうだい。もし、あの女《ひと》が目的の女をさがしあてた様子があったら、すぐあたしのところへ来てしらせるのよ。分って？もし失敗したら、あたし生涯、あなたとは口をきかなくってよ」

美樹子のこえがしだいに癇走《かんばし》ってくるにつれて、良三はおどおどとドアのほうへあとじさりしていく。背のたかい美樹子は、相手を圧倒するように、とうとう廊下へ追いだしてしまった。

「えゝ、分りましたよ、美樹子さん、僕きっと成功して見せます。だけど、あなたはその女を見つけて、いったい、どうしようというのですか」

「どうする——？　その女を、あたしがどうするって？」

美樹子はしゃがれた、それこそ巫女《ウィッチ》みたいな声でつぶやいたが、そういう彼女の両手は、じぶんでも気がつかぬうちに、一輪の薔薇の花を、くしゃくしやに揉《も》みつぶしているのである。

ほゝえみ幼稚園

江東《こうとう》の貧民窟《ひんみんくつ》の一隅《ぐう》に、ほゝえみ幼稚園というのがある。

青いペンキを塗った、南京部《ナンキンじとみ》の粗末な木造建築で、せまい運動場には、それでもかたちばかりのブランコや木馬がならんでいる。アーチ型になった入口の門を見ると、中央に兎《うさぎ》のマークが彫ってあって、片方の門柱には、ほゝえみ幼稚園、もう一方の門柱には、ほゝえみ育児相談所だの、ほゝえみ授産所だのというような看板が二三枚ならんでいて、この建物が、たんに幼稚園ばかりではないことを示している。これがあの有名な、細川篤子《ほそかわあつこ》女史主宰するところの社会事業団体、ほゝえみ会の事業のいったんなのである。

赤坂のKホテルで、あの、花婿失踪騒ぎがあってから半月ほど後のこと、ある日、このほゝえみ幼稚園をたずねて来たひとりの若い、洋装の婦人があった。

雨催《あめもよ》いの昼すぎのことで、薄光りのする屋内運動場では、今しも園児たちが遊戯によねんなかった。いずれもこの近所の、貧民窟の子供ばかりだから、山の手のブルジョワ幼稚園みたいに綺麗ごとにはいかない。

垢《あか》じみた袷《あわせ》を着た男の子や、よれ〳〵のセーラー服を着た女の子が、毛虱《けじらみ》のいっぱいたかっていそうな頭をふりたてながら、たん〳〵狸《たぬき》の腹鼓《はらつづみ》の遊戯に一所懸命になっているのだが、憶えのいゝ子もあり、悪い子もあり、さっきから、およそ半時間あまりを同じことを繰りかえしているのだが、なかなかうまくいかない。

ひとりが間違えると、ほかの子もついひきこまれて間違ってしまう。それを罵《ののし》る子がある。負けずにやりかえす子がある。ひとりが手を出すと、相手も黙ってひっこんではいない。口汚い罵りあいから、はてはとっつかみあいが方々ではじまって、やっと蜂の巣をつゝいたような騒ぎがはじまろうというわけ、こういう園児を相手にしている保姆《ほぼ》たる者も、容易な仕事ではないと思われる。

それでもさっきから、子供たちをなだめたり、すかしたり根気よくオルガンにむかって、同じことを繰りかえしているのは、十九か二十の、肩あげもまだとれないような、ほんの子供々々した娘だった。

痩《や》せて、顔色がわるくて、額ばかりひろく、髪はちゞれているし、顎《あご》はとがってるし、けっして美人ではなかったが、でも、いつも唇のほとりにたやさぬ微笑といい、大きな円《つぶら》の眼といい、どこか、精神的な美しさをそなえた娘だった。

「駄目よ、定子《さだこ》さん、よそ見ばかりしていちゃあ。一郎さん、そんなにひとのことばかり構うのじゃありませんよ。さあ、みんな覚えたでしょう。今度は間違わないわね。もう一度はじめからやってみましょうねえ」

わかい撓《たゆ》まぬ先生は、どんな難局にたっても、こゝのモットーであるところの微笑を、その頬から消すようなことは決してない。そしてこの微笑がすべてを征服する。どんな悪戯《いたずら》っ児《こ》でも、この不撓不屈《ふとうふくつ》の先生のまえには、ついに兜《かぶと》をぬいでしまうのである。

やがてまた、たん〳〵狸がはじめられる。

園児たちもこんどは行儀よく輪になって踊りはじめた。

いま、門からはいって来た、わかい洋装の婦人訪問客は、屋内運動場の窓から、しばらくこの様子をながめていたが、やがて、何か心にうなずきながら、職員室のほうへ歩いていったが、ちょうどそこへとび出して来た、十四五の女の子を見つけると、

「あの、ちょっと、細川先生いらして?」

と、訊ねる。

訊ねられた女の子は、しばらくぽかんとした表情《かお》をして相手の様子をながめていたが、紙袋をかぶせられた猫のようにだん〳〵うしろへさがっていく。たぶん、この近所の子で、給仕がわりにでも働いているのだろう。服装《みなり》の貧しい、でも眼のくる〳〵とした悧巧《りこう》そうな子だ。

「いらしたらお眼にかゝりたいんだけど、そういって下さらない。あたし、甲野朱実というんですけど」

そこまできくと女の子は、無言のまゝ、くるっとうしろをふりむくと、バタ〳〵と廊下の奥へかけこんでしまった。朱実は立ったまゝ、緑色の眼鏡ごしに、狭い、汚い建物を見廻していたが、ふとその眼が、建物の正面に彫りこんである兎のマークにとまると、かすかな微笑《ほほえみ》を唇のはしに浮べた。それがこの幼稚園のマークにちがいない。

やがて、さっきの女の子がもどって来た。

「どうぞ、こちらへ。——先生、お眼にかゝりますって」

こんどはなか〳〵行儀がいゝ。下駄箱のなかを探して、スリッパをそろえてくれる。

「あら、有難う。お悧巧ねえ」

朱実はそのスリッパをひっかけると、女の子のあとについていった。がらんとした廊下の向うのほうで、子供たちの叫び声が、わん〳〵と建物に反響している。さっきの遊戯がおわったのにちがいない。

「おや、いらっしゃい。よくいらしたわねえ」

園長の部屋へはいっていくと、いま、外出するところだったと見えて、身支度《みじたく》をしていた細川女史が、にこやかな微笑でむかえた。年はとうに五十の坂を越えているのだろう、髪にはだいぶ白いものがまじっているが、顔の色艶《いろつや》といい、体の肉づきといい、年齢よりは遥かに若くみえる細川女史はいつ会っても元気で愛想がよかった。

「あら、お出掛けですの」

「えゝ、ちょっと。でもいゝのよ、まあお掛けなさいよ。いったい、どういう風の吹き廻しで？　でも、よく来て下すったわねえ。穢《きたな》いので驚いたでしょう」

「えゝ、でも、思ったより整頓《せいとん》してますのね」

「なか〳〵、とても大変よ。でも、まあ、皆さんが熱心にやって下さるので、どうにかやっていけるんですけど」

知識婦人の会合などでよく会うので、朱実はこの細川女史をよく識《し》っていた。年輩からいえば、親子ほどもちがう先輩だったが、よく弁じ、よく笑い、男のように物にこだわらない細川女史のまえへ出ると、年齢の相違など、どこかへけしとんでしまう。

「で、どういう御用？　なにかお書きになるの？」

「いゝえ。そういうわけじゃありませんけれど、いちど見せて戴《いただ》いておいたら、何かの参考になるかと思って」

「どうぞ、よく見ていって下さいよ。そしてどしく〳〵書いて下さい。わたしたちが百万言を費《ついや》して宣伝するより、あなたがたが、ほんの一筆《ふで》かいて下すったほうが、遥かに効果があるんですからねえ。でも、いらっしゃるんだったら、あらかじめお手紙でも下さればよかったんですのにねえ。きょうは、どうしても出かけたいところがありますから、そう長くは、お相手出来ないんですよ」

「相変らずお忙しそうね」

「えゝ、とても、きょうはこれから陳情に出かけるの。お偉い人のまえでひとくさり弁じるのよ。はゝゝゝは」

細川女史は男のように体をゆすって笑うと、窓をひらいて、

「久世《くぜ》さん、久世さん」

と、大声で呼んだ。

呼ばれたのはさっきの若い保姆である。遊戯がおわって、帰っていく子供たちを門のところで送っていた彼女は、細川女史に呼ばれて急ぎあしに廊下のほうへ廻って来る。

「ちょうどよかった。久世さんにお願いしよう。でも甲野さん、あなた、参観にいらっしゃるのなら、もっと時間を考えなきゃ駄目よ。今時分来たって、子供たち、みんな帰ってしまったあとじゃありませんか」

「そうでしたわねえ」

朱実はじぶんがこゝへ来たほんとうの目的を考えて、ちょっとうしろめたい心持ちになりながら、

「あの方、久世さんと仰有《おっしゃ》いますの。とても熱心な方ね、さっきちょっと拝見したんですけれど」

「えゝ、こゝでも一番熱心な人ですね。あゝして、朝は朝で子供たちの相手だし、夜になると、娘たち

にお裁縫や編物を教えなければならないのだから、弱い体でよく続くと思う。とても、普通の人じゃ出来ませんねえ。あゝ、久世さん、ちょっとこっちへ来て下さい」

若い保姆はなにげなくドアをひらいたが、そこにいる朱実の顔をみると、とたんに、すうっと血の気《け》がひいて、微笑が一瞬にして硬張《こわば》ってしまった。細川女史はそんな事には一向気もつかず、

「久世さん、こちら甲野朱実さん、御存じでしょう、小説をお書きになる方です。こゝをよく見たいと仰有るのですけれどあたし、出かけなければならないから、あなた、代って御案内してあげて下さい。甲野さん、こちら久世ゆかりさん、この方によくお願いしておきますから、どうぞごゆっくり、せいぜいあら探しをしていって下さい」

細川女史はひと息に紹介と用件を終ると、忙しそうに廊下のそとへ出ていった。あとにはゆかりが、取りつく島を失ったように、蒼褪めた顔をして、朱実の額を凝視している。いまにも泣き出しそうな表情だった。

「まあ、こちらへ来ておかけになりません」

「えゝ」

「お驚きになって？　御免なさいね」

「いゝえ」

「あなた、あたしの好奇心を軽蔑していらっしゃるでしょう。いゝのよ。あたし自身、自分をうんと軽蔑しているんですから。でも、作家って、誰でもこんなに賤《いや》しいものだとお思いにならないでね。さあ、お返ししましょう」

朱実はハンドバッグを開くと、中から小さい徽章《バッジ》をとり出して、自分でゆかりの胸にとめてやった。兎の恰好をした銀色の徽章《バッジ》だ。

「もう落さないようにね。あたし、ずいぶん探したのよ、どこか女学校の徽章《きしょう》じゃないかと思って、東京中の女学校を探し廻ったのよ。ほゝゝほ、御苦労なことね」

ゆかりはいよ〳〵蒼褪めて体を固くした。額にはうっすらと脂汗《あぶらあせ》がうかんでいる。朱実はいたわるよ

うな眼で、その様子を見ながら、

「何も心配なさることはないのよ。人間て、どうかすると、スパイみたいな仕事が面白くて耐《たま》らなくなることがあるものなのね。でもあたし、苦労のかいがあったわ。あなたみたいないゝ人を見つけ出したんですもの」

ゆかりの顔には複雑な表情がうかんでいる。いくらか血の気を取り戻した頬は、ぼっと紅《あか》さを加えて、大きな瞳が涙ぐんだようにきら〳〵光っている。強《し》いて微笑をうかべようとする唇が痙攣するようにふるえている。

朱実はその手を握ると、出来るだけ気安い微笑をうかべながら、

「ねえ、そんなにびく〳〵なすっちゃいやよ。あたしそんなにあなたをびっくりさせたかと思うと苦しくなるわ。あなたお体がお弱そうね。こういうお仕事が辛《つら》いんじゃなくって」

「いゝえ」

ゆかりははじめて、朱実の瞳をまともから見た。

「あたし、この仕事をしていることがとても幸福なんですの。これを止《よ》せば、あたしきっと病気になってしまいますわ」

「そう？　あなたお住居《すまい》は？　この御近所？」

「えゝ」

「おひとりで住んでいらっしゃるの？」

「いゝえ、友達と一緒に、石屋さんの離れを借りておりますの、すぐこの近くですわ」

「お兄さんには、あれからお会いになって？」

「いゝえ」

「お便りは？」

「ありません」

ゆかりはいくらか強い声で言い切ったが、すぐ顔を紅らめて、

「御免なさい。あたし……」

「あら、どうかなすって？」

「あたし、兄のしていることは全く知りませんの。あたしたち、いつも別々に住んでおりますの。兄はとき〴〵、あたしの様子を見に来てくれますけれど、

いつも居所《いどころ》は知らせてくれませんわ。でも、あたし、兄があんなことをしたなんて、とても信じられませんわ」

「お兄さまはいゝ方ね。あたしにもそれは分っていますわ」

「えゝ、兄はとても気質《きだて》の優しい人です。でも、あたしたち子供のじぶんからとても不幸だったものですから、兄はいくらか人並みでないところがございます。でも、兄があんな恐しいことを今迄《まで》していたなんて、あたし夢のような気がしますわ。いゝえ、ほんとうに夢ですわ。あんなことが現実にあり得る筈《はず》がございませんもの」

興奮して来たのだろう。頰の紅味はいよいよ増して、瞳が熱っぽく輝きはじめたのを見ると、朱実は急に不安な気になった。脾弱《ひよわ》そうなこの体で、こんなに興奮していゝのだろうか。——朱実はあわてゝ相手の手を握りしめると、

「いゝのよ、いゝのよ。あたし、そんなことを考えて来たんじゃないの。たゞ、あなたという人、どんな方かしらと思って、ついうかうか来てしまったのよ。御免なさいね。あら、誰か聴いているわ」

朱実はゆかりの側《そば》をはなれると、あわてゝ窓の側へ走りよった。さっき、細川女史の開けた窓の下から、その時、若い洋服の男がなに気ない様子でブラブラ離れていくのが見えた。

「あの方こちらに関係のおありの方？」

「いゝえ」

ゆかりは別に気にもとめない風だったが、朱実はなんとなく気になって、その男が門の外へ出ていくまで、無言でうしろ姿を見送っていた。

嵐の過去

「美樹子さん、美樹子さん、わかりましたよ」

芝二本榎《えのき》にある、日疋万蔵氏の邸宅、その邸宅の奥まった一室では、相変らず喪服のような支那服を着た美樹子が、ひとり所在なさそうにレコードを聴いていた。ルシエンヌ・ボワイエの細い、金属性の声がふるえるように胸に喰いいって来る。美樹子は

それを聴いているのか、いないのか、デスクの上に、拝むように両手を組んで、じっと虚空《こくう》のある一点を凝視しつゞけていたが、そこへ、手柄がおにとびこんで来たのは、いう迄もなく良三である。その意気込んだ声に、

「あら、びっくりした」

美樹子は真実、どきりとしたふうに胸をおさえてうしろを振りかえったが、相手の顔をみると、ひとめでその言葉の意味を了解した。

「わかったって、あの女のこと?」

「そうですよ、きょう、やっと突きとめたんですよ。いや、ずいぶん苦労しました。私もそうですが甲野朱実もね。でも、とうとう、朱実は成功しましたよ。あの女のいどころを発見したんです」

美樹子の瞳が一瞬燃えるように大きくひろがったが、すぐ猫の眼のように細くなった。なにかしら、妙にねっとりした気味のわるい眼附きだ。

「で、その女はどこにいたの」

「深川です。深川の幼稚園にいるんです」

「幼稚園?」

「そうです。その女は幼稚園の保姆なんですよ」

美樹子はだまって良三の顔を見ている。かすかな薄ら笑いが、唇の両端にうかんだ。

「間違いはなくって。まだほんの子供よ」

「そうです、十九か二十、それより上ではないでしょうね」

「で、その女《ひと》、美人?」

「さあ」

良三は不思議そうに美樹子の顔を見直したが、すぐその眼を反らしてしまう。

「美人――て、あなたはその女《ひと》の顔、知ってるんでしょう」

「忘れたわ。いちど写真で見たきりなんですもの、それも、小さい写真だったから。――でも、こんど会えばきっと思い出すわ。ねえ、良三さん、その女《ひと》、美しい女《ひと》?」

「美人じゃありませんね」

良三は吐きすてるようにいう。

「栄養不良みたいに瘠《や》せこけていてね、眼ばかりぎらぎらと大きくて、まるで病人みたいですよ」

「良三さん、ほんとに間違いはなくって、その女《ひと》――、もしその女《ひと》があたしの探している女《ひと》だとすると、きっと綺麗な女《ひと》にちがいないと思うんですけど」

「間違いありませんよ、僕は甲野朱実とその女の話をしているところを、ちょっと立聴《たちぎ》きしたんですけど、確かに、あなたの探している女にちがいないと思うんです」

良三は歓心を迎えるようなうすら笑いをうかべながら、窓下で立聴きをした会話の断片を語ってきかせた。

「それから、僕は、間もなくふたり連れ立って出て来たところを、尾行していったのですよ。ずいぶん、いやな仕事だと思いましたけれどね」

美樹子はぐいと眉をあげて、白眼《にら》むように良三の顔を見たが、べつになんともいわなかった。良三はしかしすぐ、自分の失策に気がついて、あわてゝ、

「いや、何しろ慣れない仕事ですから、ずいぶん困ったんですけど、でも、どうやら気づかれずに尾行をつゞけました。ふたりは幼稚園の近くの、石屋のまえで別れましたがね、朱実はそのまゝ帰ってしまって、その女だけ、石屋の裏木戸からはいっていきました。どうやら、そこに間借りをしているらしいんですよ」

「まあ、それじゃ、その女《ひと》の名前もわかったわけね」

「分りましたよ。近所できいて来ました」

「いったい、何という名前なの?」

「久世っていうんです。久世ゆかりというんですよ」

良三はごく自然にその名前をいったにすぎなかったが、そのとたん、美樹子の顔からいち時《どき》にスーッと血の気《け》がひいてしまった。

「な、なんですって?」

「久世というんです。久世ゆかり――御存じですか、そういう名を」

良三は怪訝《けげん》そうに訊きかえしたが、美樹子はその言葉が耳にはいったのかどうか、まるで嚙みつきそうな表情《かおいろ》で、じっと相手の顔を眺めている。なにか

しら、恐しい嵐に吹きまくられているような顔つきだった。久世ゆかり――、美樹子はたしかにその名前を知っているのにちがいなかった。しかも、その名が、決して彼女の心に快い《こころよ》印象をもたらすものでないことは、その時の美樹子の顔を見ればよく分る。額のひろい、蒼白んだ顔には、なんとも名状することの出来ない苦痛が――恐怖にさえ近い懊悩《おうのう》が、ぐるぐると旋回するように通りすぎる。

いまゝで張りつめていた気持ちが、そこでプッツリと切れたようなかんじだった。彼女はふいにぐったりと、デスクにもたれると、いっぺんに二つ三つ年をとったようにさえ見えた。

「久世ゆかり――久世ゆかりというのね」

「えゝ、そうですよ」

良三は相手の心持ちをはかりかねた気拙《きまず》さから、われ知らず言葉を早めて、

「なんでもその女は、友達と共同で、その石屋の離れを借りているんだそうです。親戚《みより》もなにもないらしく、いままで訪ねて来た人間はひとりもないそうですよ。念のために、兄弟があるか、どうかきいてみましたが、誰も知っている者はないらしいんです」

「いゝわ、有難う」

「え?」

「いゝのよ、わかったわ。それだけ分ればいいの。きょうはこれで帰って頂戴」

「じゃ、あなたの探している女というのは、その女にちがいありませんか」

「えゝ、ちがいありません」

良三はなにかもっと、優しい言葉がかけて貰《もら》いたかったのである。帽子を握ったまゝ、おどおどとした調子で立っていたが、美樹子はくるりと向うを向いたまゝ、それきり、こちらを振りかえろうともしない。

「それじゃ美樹子さん、もう帰ってもいゝですか」

「あら、まだいたの、うるさいわねえ」

思わず声がかん走ったが、すぐ思い直したように、

「えゝ。いゝのよ、有難う。何かまたお願いすることがあるかも知れませんけど、きょうはこのまゝ帰

ってね」

「じゃ、さようなら」

「さようなら」

良三が出ていって、ドアがしまると同時に、美樹子の眼から、ふいにポロポロと涙が溢《あふ》れて来た。美樹子が泣く？　もし、良三がこんなところを見たら、いったいなんと思うだろう。きっと気でも狂ったにちがいないと考えたにちがいない。

まったく美樹子は気が狂いそうな表情《かおいろ》だった。しばらく彼女は頰に溢れる涙を拭おうともせずに、じっと瞳をすえていたが、やがてその表情がしだいに固くなっていくと、何を思ったのか、ふいにつと立上って部屋を出ていった。

「静《しず》や、パパはいらして？」

日本座敷のほうへいくと、美樹子は女中を捉えて訊ねる。

「えゝ、お座敷にいらっしゃいます」

「そう」

美樹子がはいっていくと、万蔵は新聞の将棋欄を見ながらひとりで盤面にむかって、しきりに駒を動かしているところだった。そして、あの事件以来、万蔵も眼に見えて老いこんだ。そして、不愍《ふびん》な娘に対するいたわりもあったのだろうけれど、ちかごろでは毎日、早くかえって来て、べつに話相手になるというのではないが、それとなく美樹子に対する親心を見せているのだった。

「パパ」

「おや、美樹子かい、どうした。お入り」

「ええ」

美樹子は父がかたわらへよせてくれる将棋盤から、少し離れたところに坐ると、

「パパ、あたし、ちょっとパパに聴きたいことがありますの」

「なんだね、改まって」

「ママのことよ」

「ママのこと、え？」

「えゝ、ママのこと――」

美樹子はさすがに眼を伏せたが、すぐ勇敢にその

眼をあげると、真正面から父の顔を見て、

「一昨年《おととし》お亡くなりになったママのことよ」

「ふむ、京子《きょうこ》がどうかしたかね」

「ママがうちへいらっしったのは、あたしが四つか五つの時だったわねえ」

「ふむ、おまえが五つの時だった」

万蔵は、その話をするのをあまり好まないらしい。出来るなら、ほかの話題にかえたいという表情《いろ》がありありと見えていたが、しかし、何かしら思い入った美樹子のかおいろにひきこまれるように、

「どうしたのだ、だしぬけにそんなことを訊ねたりして」

「いゝえ、あたし、急にきゝたくなったのよ。ねえ、パパ、ママがうちへいらっしゃる時、ママは先《せん》の旦那さまと二人の子供を捨てゝいらっしゃったんですってね。あたしもっとまえに、誰からかそんな話を聴いたと思うんだけど」

「美樹子！」

万蔵はするどい声でいって美樹子の顔を見たが、すぐ弱々しい声で、

「おまえ、何だってそんなことを詮索《せんさく》するのだ」

と、哀願するように娘の顔を見る。美樹子はいまさら、父の古傷に刃《やいば》をあてる自分の残酷さを知っていた。しかし、それは聞かなければならないことなのだ。どうしても、知っておかねばならぬことなのだ。

「御免なさい、パパ。でもある理由から、あたし、どうしてもお聴きしなければならないの。ママの先《せん》の旦那様はたしか久世といったわね。そうじゃなかった？」

「…………」

「その方、どうなすったかパパは御存じない？」

「死んだそうだよ。北海道のほうで」

「で、ふたりの子供はどうしたでしょう。たしか上が男の子で下が女だってきいていたけど」

「知らない。ずっと後になって探してみたけれど行方がわからなかったのだ、京子もずいぶん、そのことで頭をいためていたが……」

万蔵にとっては、生涯、忘れてしまいたい出来事がそれだった。いまから十五六年まえにもなるだろう。当時、小さな工場の経営者だった万蔵は、まだ幼い美樹子を残して妻に先だたれた。さすが、後年大をなすだけあって、万蔵はその時分からいささか人とちがったところがあって、熱心なクリスチャンになっていたが、妻をうしなってから、その信仰はいっそう熱心さを加えた。

激しい禁欲生活の幾年かがつゞいた。日曜毎《ごと》に彼は教会の門をくゞって、妻を失ったあとの空虚を信仰によって充《み》たそうとしていたが、その教会の主任牧師が久世という男で、彼の細君というのが京子だった。久世と京子との間には二人の子供があったし、万蔵にも美樹子という、眼の中へいれても痛くないような可愛い娘があった。

どちらから考えても、間違いの起りそうな筈はなかったのに、それにも拘《かかわ》らず、激しい嵐が、突如この三人を押しころがしてしまったのである。

まったく、今から考えてもぞっとするような、恐しい争闘だった。三人とも、息もたえだえになって、不思議な運命と闘い、抵抗しようと試みた。しかし、そういう良識が眼覚めたときには、すでにおそかったのだ。京子は二人の子供をすてゝ万蔵のところへ来るよりほかはなくなっていた。久世はすてられた二人の子供をつれて、北海道へいった。そしてその事件が原因になったのだろう。数年ならずして死んだということを、万蔵夫婦は風のたよりに聞いた。

「パパはその子供の名前を知っていて？」

「ふむ、たしかうえのほうは謙介《けんすけ》といったな。おまえより七つぐらい上だろう。下のほうはゆかりと言ったと覚えている」

「パパはその謙介という人に、いま会ってもわかるかしら」

「さあ——とても分らないだろうね。ずいぶん昔の話だから。それに、あの時分まだほんの子供だったからね。しかし、美樹子、おまえは何だって、そんなことをいい出して、このお父さんを苦しめるのだ」

万蔵は苦汁《くじゅう》を飲むようにいった。

美樹子はそれに答えなかった。これ以上、話して、父をもっと大きな苦悶《くもん》の中へ投込《なげこ》むのはあまりに残酷なことだった。

うつむいた美樹子は、膝においた手がはげしくふるえるのを、やっと辛抱《しんぼう》していた。

誘拐

ゆかりはちかごろ、時々、わけの分らない微熱になやまされている。夜眠れなくて、眠るとびっしょり盗汗《ねあせ》をかく。幼稚園へ出入をする識合《しりあ》いの医者に診て貰うと、大したことはないが、過労のようだから、少し静養したがよかろうといってくれた。

しかし、何もしないで寝ていることは、ゆかりには微熱に悩まされながら働いているより、もっと切ないことだった。細川女史や同居している友達もいろいろ心配してくれたが、

「いゝえ、大丈夫よ、あたしやっぱり働かせて戴くわ。でもみなさまがそんなにいって下さるなら、夜の仕事だけ勘弁して戴こうかしら」

そういってゆかりは、相変らず昼のうちは、貧民窟の鼻たれ小僧を相手に暮している。

ある日、そのゆかりのもとへ、自動車の運転手が一通の手紙をもって来た。見ると、甲野朱実からで、至急お眼にかかって、お話したいことが出来たから、この自動車で来てくれという文面なのである。

「まあ！」

ゆかりは思わず眼を瞠《みは》って息をのみこむ。

朱実はあれからも二三度、ゆかりを訪ねて来たことがある。会うたびに、朱実のふんわりとした、物にこだわらない、それでいて隅々まで行きとゞいた思いやりが、ゆかりの心を温かくつゝんで、ちかごろではどうかすると、朱実の訪ねてくるのを心待ちにしている自分に気がつくことがあった。兄からは、相変らず便りはなかったし、可哀そうなゆかりは、いつかしら、誰かに縋《すが》りつかずにはいられない、はかないものを感じはじめていたのだ。

それにしても、そんな急な用事とはなにごとだろう。もしや、兄さんのことではないかしら——そう

考えると、ゆかりはふいにこみあげるような不安に、胸がぎゅっとしめつけられるように苦しくなった。

「で、甲野さん、どこにいらっしゃるの？」

「すぐ来て下さるようにってお話でした。へい。とてもお急ぎの模様で」

運転手は、ゆかりの問には答えないで、ほかのことをいう。ゆかりはいよいよ不安になって、前後《あとさき》の考えもなく自動車にのりこんだが、その自動車がゆかりをつれこんだのは、芝二本榎の、立派なお屋敷なのである。

「あの、甲野さん、このお屋敷にいらっしゃるの？」

「へい、そうなんです」

自動車の音をきゝつけたのだろう、玄関へ女中が出て来てゆかりの言葉を待たずに、

「さあ、どうぞ、お嬢さま、お待ちかねです」

ゆかりは何となく変な気がした。しかし、あまり人を疑うことを知らぬゆかりは、ちぐはぐな気持ちだったが、女中の案内にしたがって立派な式台のうえにあがった。

どこもかも、ピカピカと拭《ふ》きこまれた、立派なお屋敷で、ゆかりは今更、自分の見すぼらしさが恥しくなって来る。

女中は長い廊下を通って、奥まった一室にゆかりを通すと、

「少々お待ち下さいませ。お嬢さま、いますぐお見えになります」

と座蒲団《ざぶとん》をすゝめて退《さが》っていった。

お嬢さまというのは朱実のことだろうか。あの方、こんな立派なお屋敷に住んでいらしたのかしら。

――ゆかりは今更のように、物珍しげに座敷のなかを見廻していたが、何を見つけたのか、ふいに、さあーっと、血の色が頬からひいた。

机のうえに、額にはまった一枚の写真が立てゝある。ゆかりはその写真に見憶えがあった。それはたしかに、彼女の母の写真なのだ。

ゆかりは思わず腰をうかしかけたが、そこへ、

「お待たせいたしました」

と、いう声が聴えたので、あわてゝふりかえった

ゆかりはそのとたん、唇のいろまで真蒼《まっさお》になってしまった。

「びっくりなすって？」

美樹子は――むろんそれは美樹子だった――豹《ひょう》のような瞳をすぼめて、上からゆかりを見下したが、すぐ、

「やっぱりあなただったわ。あたし、お兄さんから、あなたのお写真見せていたゞいたことがありますの。あなたもあたしを御存じらしいわね」

と、いいながら机のまえに坐ると、額にはまった写真を、カタリと音をさせて机のうえに伏せてしまう。

「あの、甲野さんはこちらに――」

「嘘よ、ちょっとお名前を拝借したのよ。御免なさい、ひとの名前を騙《かた》ったりして悪い趣味ね」

どこか隙があったら、とびかゝりそうな美樹子の眼つきだった。ゆかりは心臓に冷いものでも当てられたような、かすかな身顫《みぶる》いをかんじながら、

「で、あたしに何か御用があったのでしょうか」

「えゝ、あったのよ、お兄さんはどこにいらして？」

美樹子はその言葉を、出来るだけ何気なくいうつもりだったけれど、それでも語尾がかすかにふるえた。

「存知ません」

「御存知ない？」

「えゝ、あたしたち、いつも別に暮しているもんですから、兄がどこで、どんなことをしているか、あたし少しも知りませんの」

「そう」

美樹子は机のうえにあったペーパー・ナイフで、美しくマニキュアした爪をこすりながら、独りごとのように、

「不思議ねえ。それじゃ甲野さん、どうしてあなたのことを御存知なのかしら」

と、いう。

「それは、――それは――」

ゆかりは一言でその間の事情を説明したいと思ったが、思うように言葉が出ずに、いまにも涙が溢れ

そうになる。

「あなたは、お兄さんがあたしにどんなことをなすったか御存知？」

「えゝ」

ゆかりは、肩を落して溜息をついた。

「どうして御存知なの。いま、お兄さんのしていること、少しも知らないと仰有ったくせに。新聞にも、お兄さんの名前は出ていなくってよ」

「それは、それは――」

ゆかりは必死だった。なんとかして、この無残に自尊心を傷つけられた女の疑いを解きたいとあせりながら、

「あたしたち、時々、二人の間だけにしか分らない方法で通信をしますの。何故《なぜ》そんなことしなければならないのか、あたしには少しも分りませんけれど、ある時、あたしその通信にしたがって、幡ケ谷にあった兄の寓居《ぐうきょ》を訪ねていったことがあります。その時、あなたの肖像を拝見しました。そしてその次の日、新聞であなたのお写真を見ましたんですわ。あたし、あなたのお名前は、ずっと子供のじぶんから、よく兄から聞かされていたもんですから。――」

「あゝ、あの絵――あの絵はどうしたでしょうね。あたし返していたゞきたいのですけれど」

「駄目ですわ」

あまりキッパリゆかりが答えたので、美樹子は、がっくりしたように相手の顔を見て、

「どうして。どうせ、お兄さんにも要らないものでしょう」

「いいえ、兄にはとてもあの絵が必要なのです。兄は――兄は――とても、あなたを――」

ゆかりの眼からは、ふいに大粒の涙が溢れて来た。

再会

流れるような銀座の人通りのなかを、朱実はなにかしら落着かない、追いたてられるような気持ちでせかせかと歩いている。おりおり顔見知りの人にあって、その人たちが、何か話しかけそうにして来たが、今夜に限って彼女は、挨拶《あいさつ》をするのも面倒な気

がして、逃げるようにすりぬけてしまう。

ある新聞社から、中支の戦線を見て来ないかという話があった。彼女も急にその気になったのは、つい今しがたの事だった。行くとすると彼女は、いろいろな用意がいるような気がする。考えてみると、戦線へ出かけるのに、何もいる筈はなかった。だが、沸騰《ふっとう》する心の中《うち》で、あれもこれもというふうに、とりとめのない雑念がひょいひょいとうかんで、それを整理するのにすっかり当惑してしまう。

(昂奮しているのかしら。やっぱり昂奮しているんだわ。駄目ね、いまからこんなことじゃ)

戦争という大きな出来事が、急に身近に迫ってきた感じで銀座の風景もいつものように楽しく彼女の眼にはうつらなかった。いくとすればこの土曜日——土曜日といえばあと三四日しかないわ。こんな時に、旅慣れない日本の女は困ってしまう。——そんなことを考えながら、彼女はある洋品店のまえにふと立ちどまって、飾窓《ウインド》のなかを覗きこんだ。べつに買いたいものがあったわけではなく、その飾窓の中に鏡があったので、こんな時、自分はいったいどんな顔をしているだろうか、それが見たかったのである。

案外、変った顔でもなかった。これなら大丈夫——朱実はいくらか満足した気持ちで、飾窓《ウインド》のまえを離れかけたが、その時、自分とならんで鏡のなかにうつっている顔がふと彼女の眼をとらえた。鏡の中で、相手の眼が、じっとじぶんの顔を見ている。細い、骨ばった顔だったが、日焦《ひや》けのした、逞《たくま》しい男の顔で、その男の眼が異様な熱っぽさで、鏡の中からじぶんを凝視しているのに気がついたのである。

(まあ、失礼な!)

朱実は腹立たしそうに、鏡の中の男の顔を睨みかえしたが、そのとたん、ふいに大きく呼吸をうちへ吸いこむと、思わず体をまえへ乗り出して相手の顔を見直した。うしろを振返って、直接その男の顔を見るのが恐しかったのである。

「お訊ねしたいことがある。僕のあとからついて来て下さい」

男はそれだけいうと、飾窓《ウインド》のまえを離れて、ゆっくりと人混みのなかを歩き出した。

(まあ！)

朱実は、もういちど大きく胸を波打たせた。

(あの人だわ。やっぱりあの人だったんだわ)

朱実は男の去っていく方向を見定めておいてから、これもゆっくり飾窓《ウインド》のまえから離れた。頬から血の気がなくなって心臓が躍るように鼓動している。その男の顔は、いつかの贋子爵でもなかったし、またあの陽気な画家《えかき》でもなかった。しかし、彼女はあの眼つきと口吻《くちぶり》から、仮面をとおして、直接その魂を射通すことが出来たのだ。

男は巾《はば》のひろい肩で、人混みをかきわけながら、ゆっくりと新橋のほうへ歩いていく。朱実もひきずられるようにそのあとへついていった。男はやがて、薄暗い銀座の横町へと曲る。朱実もそのあとからついていく。

人通りの少い銀座裏まで来ると男はつと立止《たちどま》って煙草に火をつけた。それが合図なのだ。朱実は足を早めて男のそばへ近よっていった。男はちらと、流し眼に朱実を見たが、それきり無言のまま、煙草を啣《くわ》えて歩き出す。朱実もそれに肩をならべて歩き出した。誰が見たって、親しい恋人同志としか見えない。

「甲野さん」

よっぽどしばらくしてから男がボツンと口をひらいた。

「…………？」

「あなた、あれをどこへやりました？」

「あれ？」

「ゆかりです。あなたはあの娘《こ》をどこへ隠したんです」

「まあ！」

朱実はふいに胸をおさえて立止ったが、すぐ足を早めて追いすがると、

「ゆかりさん、いらっしゃらないの？」

男は憤《いきどお》ったように眉をひそめて、朱実の顔をみたが、すぐそっぽを向くと、

「僕はあなたを見損《みそこな》ったようだ。そんな女《ひと》だとは思わなかった」

「あら、あたし存知ませんわ。ゆかりさん、ほんとにお見えにならないの。あたし、明日でもまたお伺いしようと思っていたんですけれど」

「この手紙はどうしたんです」

男のつきつけた手紙を、街燈の下ですかして読んだ朱実はみるみる真蒼になって、

「いゝえ、知りません。あたしの名前になっていますけれどあたしじゃありませんわ。誰かが名前を騙《かた》ったのですわ」

「きっとですね」

「えゝ、ほんとですとも。でも、ゆかりさん、いつ頃からいらっしゃらないのでしょう」

「一週間ほどまえに、自動車がそんな手紙を持って迎えに来たそうです。ゆかりはその自動車で出かけたまゝ、いまだ帰って来ません。僕はきょう幼稚園のほうへもききあわせてみましたが、細川女史のところへ、暫《しばら》く静養するからという手紙が一通来ているきりだということです。その手紙にも、所書きはかいてないといっていました」

「まあ！」

朱実はいよいよ驚いて、

「だって、あたしがそんなことをする筈はないじゃありませんか。そりゃ、あたしがゆかりさんを探し出したのはいけなかったかも知れないけれど……。でも、これ誰でしょう。あたしたちのことを、よく知っている人に違いありませんわね」

男の様子は眼に見えて不安そうになって来た。ひどく落着きなく、きょろきょろとあたりを見廻していたが、急に、この男にも似合わないほど、がっかりとした調子で、

「わかりました。あなたでないとすると、こんな悪戯をするのは、あの女《ひと》にちがいありません」

「あの女《ひと》と仰有ると？」

「僕が結婚式から逃げ出したあの女です。僕は復讐《ふくしゅう》されたのです」

「まあ！」

朱実はいよいよ真蒼になって、思わず口へ掌《て》をあてた。

「それじゃ、あの方がゆかりさんを――」

「甲野さん、僕は今夜、どんなことがあっても、ゆかりに会わなければならないのです。もし、今夜を外すと、われわれは生涯会うことが出来ないかも知れないのです。あゝ、ゆかり、ゆかり！」

男は急に、二つ三つも年をとったように思えた。この男を――この神秘な男を、これほどまでに動顛《どうてん》させる出来事とは、いったいどんなことだろう。

「待ってらっしゃい。もし、それならあたしに考えがありますわ」

朱実は何を考えたのか、急に男のそばを離れると、路傍の自動電話へとびこむと、しばらくヂリヂリ、呼鈴《ベル》を鳴らしていたが、やがて、息を弾《はず》ませて中からとび出して来た。

「やっぱりそうよ。ゆかりさんを連れだしたのは日疋さんのお嬢さんでした。でも、お二人ともいまはお屋敷にいらっしゃらないそうです。鎌倉の別邸のほうへ、二三日まえに出かけていかれたということですわ。で、あなたこれからいらっしゃる？」

「よし、いってみましょう」

一瞬、男の面《おもて》が、パッと明るくなった。

「なんなら、あたしもお供してもいゝのですけれど」

支那兵の弾丸

日疋万蔵氏の鎌倉の別邸は材木座にあった。

二人がその別邸へついたのはかれこれ、十一時すぎのことだった。二人とも、何かしら恐しい不安に、眩《くらめ》くような気がした。美樹子が、まさかゆかりをどうしようとは思えなかったけれど、それでも、こんな場合、想像はとかく悪いほうへそれていきがちなものだ。

「ねえ、大丈夫でしょうねえ」

朱実がみちみち、何度となく念を押したのは、ゆかりのこともあったけれど、それよりもっと心配なのは男のことだった。もし、美樹子が騒いだら、その時こそ、この男の破滅なのだ。あゝ、分った。美樹子さんがゆかりさんを連れ出したのは、この人を釣《つ》り寄せる手だったのだ。

「大丈夫です。僕のことなら心配しなくてもいゝのです」

その点については、男は不思議なほど自信を持っている。

鎌倉の別邸へついて男が玄関の呼鈴《ベル》をならすと、やがて奥のほうから女中が出て来た。

「ゆかりはいますか。久世ゆかりです。いたら、兄が来たといってくれませんか」

「はあ、少々お待ち下さいまし」

女中はいったん、奥へさがっていったが、すぐ引きかえしてくると、

「どうぞ」

と、二人を招じ入れる。広い廊下を通って奥へいくと、座敷に煌々《あかあか》と灯《ひ》がついているのが見えた。

「こちらでございます」

女中が襖《ふすま》をあけたとたん、電灯のしたに真白なシーツを敷いたベッドが見えた。そして青ざめたゆかりの顔が、白いくゝり枕のうえに、仰《あおむ》向けになっているのと、その側に、向うむきになって跪《ひざまず》いている女のうしろ姿が眼にうつった。

「ゆかり！」

男が叫ぶと、向うむきになった女が、そのまゝの姿勢で、しっ、というように片手をあげて制《と》めた。

「静かにして下さい。ゆかりさんはお体が悪いのです。あまり昂奮しちゃいけないのです」

立上ってこちらを向いたのは美樹子だった。

その様子にも、声音《こわね》にも微塵《みじん》も悪びれたところがないのが男にはむしろ意外なくらいだった。

「ゆかり」

「お兄さま」

ゆかりは弱々しい微笑で、兄を迎えると、

「美樹子さんにお礼をいって頂戴。あたし、とてもお世話になって」

「そう」

男は、何故かそわそわしながら、むしろそっけないような調子でそういうと、

「ゆかり、きょうはお別れに来たんだ。兄さんは明日《あした》の一番で出発しなければならないんだ」

「出発って？」

「これが来たんだよ」

男がポケットからつまみ出した封筒を見た刹那、三人の女の眼が、いちように、ドキリとしたように大きくみひらかれた。ゆかりは一瞬間、血の気のない頬を蠟《ろう》のように固くしたが、すぐ、世にも美しい微笑をうかべた。

「お目出度《めでと》う、お兄さま」

「うん、有難う。兄さんはいまゝでやくざな生活をしていたが、今度こそ、立派な兵隊になるよ」

「えゝ、嬉《うれ》しいわ。お兄さんなら立派な兵隊になれるわ。ねえ、お兄さん、新聞に書いてあったことはみんな嘘だわね」

一瞬間、シーンとした沈黙が座敷へおちて来た。朱実は男がどう答えるかと思うと、息詰《いきづま》りそうな気がした。

「僕が詐欺師で宝石泥棒だという一件かね。はゝゝは」

男は咽喉の奥でかすかにわらうと、

「むろん、あんなお伽噺《とぎばなし》みたいな話がありよう筈がないじゃないか。甲野さん」

「はい」

「あなたも、あの新聞に騙《だま》されていた一人でしょうねえ。むろん、僕はそんな悪党じゃありませんよ。見かけほど僕は神秘な男でもなんでもないのです。僕がやった悪事といえば、唐木子爵の名前をかたったぐらいのものでしょうね。しかし、それとても全然虚構の事実でもないのですよ。唐木子爵が亡くなられる時分、ふとしたことから、僕は最後までお世話をしてあげたんです。そして、そのお礼に、僕は一切のものを子爵から譲られたのですから、法律上はともかく、子爵の名をおかす権利はあると思っていたのです」

「しかし、警察で発見した、あのいろいろな証拠は？」

「甲野さん、あなたはまだ夢を見ていられるんですね。むろん、あれは僕が勝手にでっちあげておいた証拠ですよ。何故僕がそんなことをしたか、あなたには分らない。しかし、ここにいる美樹子さんなら分るんです。僕は実際、詐欺師で拐帯者で宝石泥棒であるより、もっと恐しい悪党だったかも知れません。何故なら、自分をそういう大それたペテン師であると見せかけることによって、美樹子さんの名誉を台なしにしようと企んだのですから。でも、その天罰はもう十分うけましたよ。僕は馬鹿でした。復讐をするだのされるだのとそんなことは、いまわれわれの眼のまえに切迫している、この大きな事実のまえに出してみると、まるで虫けらのような感情だった事に、いまごろやっと気がつきましたよ。美樹子さん、あなたの代りは、支那の兵隊がやってくれますよ。あいつらの撃つ弾丸《たま》が、われわれの忌《いま》わしい縺《もつ》れを清算してくれるでしょう」

「えゝ、いってらっしゃい。そして華々しく戦死していらっしゃい」

美樹子はちょっと咽喉につまったような声で、

「しかし、もし、万が一にも生きてお帰りの節は、こゝへ帰っていらっしゃらなければいけませんよ。何故って、ゆかりさんはお体がよくなるまで、あたしとこゝでお暮しになる約束ですから」

「有難う」

男は皺嗄《しゃが》れたような声でいった。それから、もう一度、

「有難う」

と、繰返した。

朱実はこの二人のあいだに、どんな因縁があるのか知らなかったけれど、それがどんな葛藤《かっとう》であったにしろ、この瞬間氷のようにさらりと解けていったのを感じる。

結局、これは神秘な男でもなんでもなかった。しかし、それでいゝのだ——朱実はそう考えて、俄《にわ》かに胸の中がすがすがしくなるのをおぼえた。

湖畔

一

　私がはじめてその男に会ったのは、S湖にそろそろ水鳥がおりはじめた、秋の終りごろのことだった。その時分私は、健康を害して、唯《ただ》一人そのS湖畔の素人《しろうと》下宿で、わびしい自炊生活をしていたのである。そういう私にとっては、そのへんの秋の空気はもっとも苦手だった。いや、雲母のように清澄で、しっとりと適度の湿度を保った高原の秋は、呼吸器を病むものにとっては、もっとも快適なものである筈《はず》なのだが、そのまえに私は精神的に参ってしまうのであった。

　全《まった》くなすこともなく、体温の上昇ばかり気にしながら、異郷の地に唯一人病気を養っている者にとっては、十月から十一月と、しだいに陽の色の褪《あ》せていくのを見ると、自分の残りすくない体力まで、磨《す》り減らされていくような気がするのである。枯蘆《かれあし》のうえを吹きわたる風にも、どこかくらい翳《かげ》があって、裸になった湖畔《こはん》の柳にも、私は露出した神経を感じるのである。

　その土地は、私にとってはいつまで経《た》っても馴染《なじ》めない異郷だった。しかも生来人ぎらいな私は、自分の健康をおもうて、友人をつくることを極力避けていたから、さびしい独居生活の幾日かを、ひとことも口を利かずに過すことも珍しくはなかった。私の神経はしだいにうちへ向って沈澱《ちんでん》していった。どうかすると私は、その沈澱した神経の重みにたえられなくなることがあった。

そうすると私は、卒然として、気が狂ったように宿をとび出し、湖畔を歩き廻るのである。私がもし、もう少し慎《つつし》みぶかい人間でなかったら、きっと湖水に向って大声でわめき叫んだことだろう。

私がその男に会ったのは、ちょうどそういうある日のことだった。秋の霖雨《りんう》に増水していた湖水の水が、日一日と減水していって、朝など、どうかすると湖畔の枯蘆のあいだに、薄い氷の破片《かけら》がういていることがある。私はそういう湖畔に佇《たたず》んで、鬱積《うっせき》している思いを外へ吐くかわりに、凝《じ》っと胸の中にたえがたくおさえて、煙草《タバコ》ばかり、無茶苦茶《むちゃくちゃ》にくゆらしていた。

その時とつぜん、その男が私にちかよって来て、声をかけたのである。

「あなたのような体で、そう無闇に煙草をすいつづけるのはよくありませんね」

私は驚いてその男のほうを振りかえった。そして、このあたりには見慣れぬ、異様なその風態《ふうてい》に驚いた。その男はきっと五十の坂をとくに越えていたのだろう。房々《ふさふさ》とした白髪が、銀のように綺麗だった。背がすらりとまっすぐに高くて、顔も手も脚も、針金のように細かった。それでいて、そうきびしい感じを起させない。皮膚の色艶《いろつや》は老人じみて褪せていたが、顔の表情には少年のような優しい懐味《なつかしみ》に溢《あふ》れていた。

だが、私を驚かしたのはその体を包んでいる、異様に古風な洋服なのである。私はそれと同じような洋服を、自分の父や、祖父の若い時分の写真に見ることが出来る。胸も胴も極端につまっていて、腕も洋袴《ズボン》も肉に食い入るかと思われるほど細かった。これと同じ洋服を、この男以外の者が着ていたら、きっと私は吹き出したことだろう。ところがこの人に限って、異様なまでに古風な洋服が甚《はなは》だよく似合っているのである。

「え？　何かおっしゃいましたか」

私はいま非難された煙草を、更にもう一本つけ直しながらその男に、こう訊《き》き返した。しかし、相手はそれに答えようともしないで、湖のうえを眺めて

いたが、

「だいぶ水鳥がおり出しましたね。もうすぐ氷が張りはじめる」

そういいながら、彼は細身のケーンをあげて、湖水のほうを指さしたが、その姿はなんとなく黒いかまきりを連想させた。

「あなたは胸が悪いのでしょう。いや、よくわかっています。あなたの歩きかたは、一度大きな喀血《かっけつ》をしたことのある人間の歩きかただから。胸のなかに、毀《こわ》れたセメントの洗い場を抱いている人間の歩きかたなのです。この湖畔の空気は、そういう病人にはは非常にいゝのですが、しかしこの風景はあまりわびしすぎる。なんだか神経をむしばまれそうだ。ねえ、あなたはそう思いませんか」

私は無言のまゝ、その老紳士の横顔を眺めていた。血管のすけてみえるような薄い右のこめかみに、十銭白銅ほどの痣《あざ》があって、その痣のしたに、青い静脈がヒクヒク動いているのが、何《な》んとなく無気味だった。

「私は向うの——」

と、紳士は私の無言を一向気にする風もなく言葉をつゞけて、

「K——館にいるのです。やっぱりね、あなたと同じ病気なのですよ。私はあなたが羨《うらや》ましい。あなたはまだ若いから恢復《かいふく》するでしょう。私は駄目です。五十をすぎると、眼に見えて抵抗力がなくなりますからね。折角《せっかく》こゝへ来てみたが、どうも結果ははかばかしくありません。私はめったに外へ出ません。いつも部屋のなかから外を見ているんです。あなたはよく散歩しますね。しかも、きっちり時間をきめていられるようだ。私は時計を持っていないのだが、あなたの散歩で、たいてい時間がわかるのですよ。さようなら。

私もこれから時々散歩することにしますから、また会いましょう」

老紳士はそしてすたすたと行ってしまった。

私はあっけにとられてしまった。鬱積した想いがいっぺんにほぐれてしまって、老紳士の後姿を見て

いるうちに、つい、にやにやと微笑が唇のうえに湧《わ》きあがって来るのを感じた。あの老紳士も、きっと無聊《ぶりょう》にとりつかれていたのに違いない。私と同じように、あるに効《かい》なき想いを抱いて、終日、沈澱していく神経を持てあましていたのだろう。私とてもきっといつかは、あの老紳士のように、見知らぬ男をつかまえて、あの寝語《ねごと》のような言葉で、物想いのはけ口を求めるかも知れない。

そう思うと、なんとなく私は、あの些《いささ》か気狂《きちが》いめいた老紳士が哀れに思えて来るのであった。

二

それから後、私は散歩の途中、よくこの白髪の老紳士と会うことがあった。この人は、私が最初に感じたよりも、もっともっと奇妙な人だった。最初の日のとおり、ひどく愛想のよい日があるかと思うと、そのつぎには、こちらから話しかけても、むっつりとして一言も答えないで、よそよそしく疑いぶかそうに、ヂロヂロと私の姿を見廻して、ひどく私を面《めん》喰《くら》わせることがあった。すると、その次《つ》ぎには、まえよりももっと愛想よく、前の日の無礼をあやまったりするのだった。

こういう病人の常として、気分にむらのあることは当然だったが、それにしてもこの老紳士のはそれがあまり極端なので、私はひどくそれに苦しめられた。ところがそのうちに、私は妙なことに気がついた。この老紳士の右のこめかみに、十銭白銅ほどの痣があるということはまえにも述べておいたが、その痣がどうかすると見えないことがある。そして、老紳士の気分の変化と、この痣の消長とに、大変ふかい関係のあることを私は発見した。

つまり、その痣のある日はひどく機嫌がよくて、最初の日のように饒舌《じょうぜつ》を弄《ろう》するのだが、そうでない日はいつも気難しく、眉根に皺《しわ》を寄せて黙りこんでいた。きっとあの痣は生理的に濃くなったり、薄くなったりするのだろう。そして、それがその日の気分のうえに著しい影響《いちじる》をあたえているのだろう。そう考えると、私はこの老紳士のお天気にも、なんとなく哀れさをかんじるのだった。

　私はいつの間にか、この男をよぶに、老紳士という言葉を使っている。だが、この男をよぶのには、こういう言いかたがいちばんふさわしいように思う。会う度が重なるごとに、そして、口を利く日を経《へ》るにしたがって、私は相手の物静かな、うちに沈んだ教養のふかさを認めないわけにはいかなかった。五十幾年かの月日を、この紳士が何をして過して来たのか私は知らない。そういう話題は、つとめて避けようとするのがこの紳士のくせだったが、どうかすると、外国の話などが出ることがあった。そういう折々の話の断片をあつめてみても、この老紳士がかなりの旅行家で、そしてその旅行も商用などではなく、単に見聞をひろめるためになされたものらしいことが頷《うなず》けた。

　私はいつの間にか、この老紳士に対して、ひとかたならぬ尊敬の念を抱きはじめていた。相手のほうでも、同病のせいもあるだろうけれど、私に対して特別の親愛を感じていたことはたしかである。おそらく、この土地で私がうちとけて話すのは、この老紳士ひとりであったと同様に、向うでも、極《ご》く断片的にではあったけれど、自分の過去をのぞかせてみせるのは、この私ひとりだったろう。

　だから、そういうこの老紳士が、あんな大胆不敵な所業をやってのけたということがわかった時、私は殆《ほと》んど自分の神経を信じることが出来なかったくらいである。

三

　この湖畔にはプロムナードをかねた小公園があった。もとこの公園は、湖の対岸にある製糸町の資本家が別荘に建てたものだが、のちにこれを町に寄附して、いまでは浴客たちの集まるこの湖畔の温泉町で、唯ひとつの名物になっていた。公園のなかには、クリーム色をした千人風呂が建っている。池があって噴水がいつも五色のピンポン・ボールをくるくると躍らせている。春から秋へかけて、楓《かえで》の繁《しげ》みが美しかった。

私は朝起きると、パンとコーヒーの簡単な食事のまえに、いつもこの公園のなかをひと廻りして来るのが習慣になっていた。おそらくこの公園へ足を踏みいれる最初の人間は、毎日この私だったろう。

その日も私は、刺すような寒気のなかを、ぶらぶらと公園のなかへ足を踏みいれた。掃《は》ききよめた砂利のしたでは、大地がかんかんに凍っていて、湖の表面からは湯気のように靄《もや》があがっていた。湖畔には五寸ほどの厚さに氷が張っていて、沖のほうでは水鳥の群がときどき水煙をあげて飛び立ったりした。

私はいつもの通り、湖畔のプロムナードから、公園のなかへ足をふみいれたが、池のそばまで来たときである。思わずおやと足をとゞめた。ベンチにあの老紳士が腰をおろしているのを見たからである。

その人と口を利きあうようになってから、こんなに朝早く、この老紳士が起きているのを見たことがない。それが先《ま》ず私に妙な感じを起させたのに、その服装《みなり》というのがまた変っているのである。極端に謹厳なこの老紳士は、いつだって、あの古風な洋服を、ネクタイの結び目ひとつ崩さずに着ているのに、今朝に限って、宿のものらしい褞袍姿《どてらすがた》なのである。無論、帽子もかぶっていなかった。それでいて、例のケーンの杖《ステッキ》だけは右手に握って、まるで銅像ででもあるかのように、きちんと真正面きって、眼動《まじろ》ぎもせずにベンチに腰をおろしていた。

その極端に謹厳な姿勢が、私にふと妙な感じを起させたが、それでも私は軽く手をふって挨拶《あいさつ》をした。紳士はしかしそれに応《こた》えようともしないで、依然として、銅像のように正面をきっている。ちかづいていくにしたがって、私はその紳士の服装《みなり》に、妙にそぐわぬものを感じた。それは見慣れぬ褞袍姿のせいだろうか。いや、それだけではないらしい。

なんだか妙だ。どこか間違っている。——と、考えているうちに、私は突然はっとした。それは実に、何んともいえない変梃《へんてこ》な、滑稽《こっけい》な間違いだった。

老紳士は左まえに着物を着ているのである。

そう分った瞬間、私はこれをどういって相手に注意したらよいか途方にくれてしまった。この人は長年の洋服生活に慣れて、着物の着方を忘れてしまったのだろうか。それとも、一種の放心状態におちいっているのだろうか。そうだ、こんなに朝早く、この寒気のなかを、素肌に褞袍だけであんなところに坐っているということだけでも、あまりいゝ徴候ではない。私は妙な不安をかんじて急歩調《いそぎあし》にベンチのほうへ近附いていって声をかけた。

　そして、私は思わずぎょっとして二足三足うしろにとびのいた。

　しばらくぢっと相手の様子を見ていたが、それから恐る恐るそばへ寄ると、そっとその肩に手をかけてみた。と、そのとたん相手は人形を倒すように、ごろりとベンチのうえに転がってしまったのである。

　老紳士は褞袍すがたのまゝ、このベンチのうえで死んでいたのである。

四

　その時の、私の変梃なかんじはいちいちここで述べるまでもあるまい。あの物静かな、ネクタイの結び目ひとつ歪《ゆが》んでいても気になるらしい謹厳な老紳士が素肌に褞袍を着たまゝ、しかもその褞袍も左まえに着て死んでいるのだから、私が面喰ったのも無理はないだろう。

　だが、私が真実一驚を喫したのは、そのことよりも、それから間もなく判明した、その老紳士の驚くべき所業なのである。

　この湖畔の町に、大黒屋という古着屋がある。店構えもあまり立派なほうではなく、雇人《やといにん》とてそう多くはないが、手堅いその商売のやりかたから、いつの間にか金を溜《た》めて、恐らく現金をもっている点では、この町でも大黒屋の右に出るものはなかろうといわれている。家族はしっかり者というより、むしろ因業婆《いんごうばば》といったほうがよさそうな後家《ごけ》と、後家のひとり娘と、それから番頭手代《てだい》女中などしめて七人。ところが、その大黒屋へ昨晩強盗がはいって、金庫のなかにあった三千円という現金をすっかり持っていってしまったというのだが、しかも、その強盗というのが変っていた。

その人は五十ぐらいの白髪の上品な老人で、古風な洋服を着ていて、ひどく物静かな調子で後家や番頭を脅迫《きょうはく》したそうだ。むろん、覆面だの、頬冠《ほおかぶ》りだのというような野暮《やぼ》なものはしていなかった。もし、その人が手に銀色のピストルを持っていて、ときどきそれを穏《おだや》かに振ってみせるのでなかったら、本当に相手が強盗にはいったのかどうか、それさえ疑いたくなるような調子だったそうである。

　その強盗というのが、私のいわゆる老紳士であったことはいう迄《まで》もない。狭い町のことだから、一ケ月もそこに逗留《とうりゅう》していると、町の人はたいてい知ってしまう。大黒屋の小僧もこの紳士を知っていた。K——館の客だということも知っていたし、日頃いたって物静かな、穏かな老人だということも聞いていたので、その人が、ピストル片手に、静かな声音《こわね》で脅迫した時には、夢かとばかり驚いたそうだ。

　この盗難を大黒屋から警察へとどけて出たのは、明方《あけがた》になってからである。というのは、老紳士は抜目なく、家族全部数珠《じゅず》つなぎにしていったので、その縛《いまし》めを解くのに、かなりの時間がかゝったのである。

　警察ではこの由をきくと、すぐにK——館へ踏みこんだが、私が老紳士の死を、大黒屋へ報告にいったのは、ちょうどそういう騒ぎの真最中《まっさいちゅう》だった。

　この湖畔の警察の記録には、いまでも大黒屋のこの盗難事件は迷宮として残っている筈だ。実際それは妙な事件だった。あの老紳士は大黒屋へ押し入ってから僅《わず》か一時間ほど後に、あの公園のベンチで最後の呼吸《いき》をひきとったらしい。だが、それにしても盗んでいった三千円という大金はどうしたのだろう。いや、それよりも、大黒屋へ押入《おしい》った時は洋服姿だったというのに、いつの間に褞袍に着更《きが》えたのだろう。それからまた、老紳士の洋服というのはいったいどこへ消えてしまったのか。

　K——館の老紳士の部屋にもそれは見つからなかったのである。いや、洋服ばかりではなく、靴《くつ》も帽子も。——

　そこで警察の見込みというのはこうだった。この老紳士にはきっと合棒《あいぼう》があったのだろう。そして、その合棒が老紳士の盗んで来た三千円という金を持って高跳《たかと》びしたのだろう。――と、そういう推察だったが、だが、それにしては、老紳士の身のまわりのものを一切持ち去ったのがおかしいし、第一、あの孤独な老紳士に合棒があったなどとはどうしても頷けないことだった。いやいや、老紳士が強盗にはいったということさえ、その人を知っている者なら、誰でも否定したくなるのだった。

結局金は出て来なかった。そして、老紳士の屍骸《しがい》は湖畔の無縁塚《むえんづか》へ葬られた。というのは、老紳士が宿帳に記してある名前は偽名だということがわかり、誰ひとりその人の身許《みもと》を知っている者がなかったので。

こうして、この事件はいまでも時々人の口にのぼることがあるが、誰ひとり真相を突きとめるものもなく、湖畔の町には一年という歳月が過ぎていった。

五

一年間の辛抱《しんぼう》づよい療養生活のおかげで、私はしだいに健康を恢復して来た。私は間もなくこの湖畔の町を去って、再び東京へかえることができるだろう。もう一度湖に氷が張りつめて、それが再びとけるころには、私は東京の土を踏むことが出来るのだ。

私はそれ迄の日を、一年間の習慣にしたがって散歩をつづける。湖畔の柿が裸になって、湖にはまた水鳥がおりはじめた。その水鳥を見ると、私はあの老紳士のことを思いうかべる。私はいまでもあの老紳士に対して悪い印象を持つことが出来ない。おそらくあの人の奇妙な出現と奇妙な退場がなかったら、私は去年の秋の憂鬱《ゆううつ》にとり殺されていたかも知れない。

私はあの古風な洋服と、ものしずかな微笑を思いうかべ、そういう穏かな声音で大黒屋の因業婆さんを脅迫している場面を想像すると、ひとりでにおかしさがこみあげて来る。

ある日、私はいつものようにまえの食事の前に散歩に出かけた。私の散歩の道順は去年といさゝかも変りはない。湖畔のプロムナードから公園のなかへ入っていく。

湯気のような靄が湖の表面からいちめんに立ちのぼっていて、時々水鳥がしぶきをあげて飛びあがるのも去年と同じだった。

私は公園の池の端《はた》へさしかゝった。そしてそこで突然、名状することの出来ない驚きにうたれて足をとめたのである。

去年、あの老紳士が奇妙な死を遂げた同じベンチに、老紳士が腰をおろしていた。それはまるで私の記憶の中から抜け出して、かりにそこへ姿を現したものゝように、去年と寸分ちがわぬ姿だった。いや、死んでいた時の姿ではない。生前私に深い印象をあたえた、あの古風な洋服姿なのだ。

私は自分の眼を疑った。ひょっとすると、頭がどうかしたのではあるまいかと迷った。私は非常な恐怖と危懼《おそれ》をかんじて、しばらく呼吸《いき》をすることすら困難なぐらいだった。

それは相手に対する恐怖ではなく、自分自身の神経組織に対する危懼《おそれ》なのである。

ふいに老紳士は私の方を振りかえった。そして見覚えのある、人懐つこい微笑をうかべると、手をあげて私を招いた。

私はそれによって、はじめて自分の神経が狂っているのでないことはわかったが、すると新しい恐怖がすうっと私の血管のなかを走っていった。

老紳士は再び手をあげて招いた。

「いらっしゃい。もう間もなく、あなたがいらっしゃる時分だと思ってお待ちしていました」

そういう声も、去年と同じである。私が相手に対して抱いていた恐怖も、それを聞くと同時に消えてしまった。

「やっぱりあなただったのですね。だが、これはどうしたのです。私には分らない。私は去年、同じこのベンチのうえにあなたを見たのです。あなたはそこで死んで……」

私はまたもや、自分の頭が狂っているのではないかと思った。私はあわてゝあたりを見廻した。この頃のくせとして朝靄が濃く立てこめていたが、別に空気に異変がありそうには思えなかった。

「まあ、おかけなさい。すぐあなたの疑いは晴れます。その疑いを晴らして戴《いただ》こうと、私はこうしてまたこの土地へかえって来たのです。私は幽霊ではありません。死なないものがどうして幽霊になれましょう」

老紳士は少しつかれたような頰《ほお》に、淡い微笑を刻んだ。

去年私を悩ました右のこめかみの痣は、依然としてそこにある。

私はそれを見ているうちに、卒然としてその痣の語る意味をさとった。去年死んでいた老紳士には、たしかにその痣はなかった！

「あゝ、それでは去年死んだのは……」

「そうです。私の兄弟です。双生児《ふたご》の兄弟ですよ。去年あなたに御懇意に願ったのは、私一人ではありません。われわれ兄弟ふたりだったのです。もっとも、兄弟のほうは、私ほどあなたに馴染《なじ》むことが出来なかったようですが」

「しかし、しかし、それにしても宿の者はどうしてそれを言わなかったのです」

「宿の者も知らなかったのです。私達はひとりとしてあの宿に投宿したのですよ。われわれは貧しくて、二人分の宿料を払うことが出来なかったものですから」

老紳士はそこでちょっと淋《さび》しげな微笑をうかべると、自分の服装に眼を落し、

「そう、この洋服も兄弟共通のものでした。われわれは代り番こにこれを着て散歩に出たのです。洋服ばかりではありません。靴も帽子も杖《つえ》も、われわれの間にはただ一人ぶんしかなかったのです。だから、ひとりが散歩に出たあとは、いつもひとりは宿の一室で内部《なか》から錠をおろして閉じこもっていたのですよ」

私はなんともいえない変梃な感じにうたれた。気

が狂っているのではないにしても、これは狂気にちかい話にちがいなかった。しかし、老紳士は平然としてその話をつゞけるのだ。

「私たちはまったく貧しかったのです。しかも兄弟は胸をやんでいて、どうしても転地する必要がありました。しかし、それかといって、そんな変梃なふうに二人が一人になるほどの必要もなかったのです。こういうやりかたを主張したのは兄弟でした。そして後になって私ははじめて、兄弟のその主張の意味を覚《さと》ったのです。あれは、こゝへ来るときから、あの恐ろしい強盗を計画していたのです。そして、それには絶対に、われわれが二人であることを人に知られてはならなかったのです」

老紳士はポッツリと言葉を切った。そして湖のうえに立ちのぼる濃い靄を吸いこむように、ふかい息をすった。

「お分りですか。あれは私のために犠牲になろうとしたのですよ。兄弟の病気はとても恢復がむつかしいほど進んでいました。しかも二人は片時も離れることが出来ない仲でした。兄弟はしだいに自分が、私の足手まといになりつゝあることを感じはじめたのです。それで、自殺を決心したのですが、そのまえに私に置き土産《みやげ》をしようというので、あゝいう恐ろしいことをやったのです。あの晩は、兄弟が散歩に出る番でした。それで私はひとり宿に残っていたのですが、そこに兄弟の置手紙があるのを発見したのです。私はそれによってはじめて兄弟の計画をしりました。その手紙にはまた、私にこの公園へ来るようにと書いてありました。私は驚いてこゝへやって来たのですが、兄弟はその時すでに冷たくなっていたのですよ。私がどんなに悲しんだか分って下さるでしょうね。それは私たちのような兄弟でないと分らない深い情愛なのです。私たちは五十年というこの年月を、一時間とはなれて暮したことはなかったのですよ。兄弟は私の肉体の一部分でした」

「そして、あなたはその御兄弟の洋服をはぎとり、金を持って逃げたのですね」

私が思わず非難をこめてそういうと、老紳士はまっすぐに頭をあげて私の顔を見た。

「何故《なぜ》それがいけないでしょう。私はあれの生命《いのち》がけの贈物をむだにしたくはなかったのです。私はあれの犠牲を受けてやるのが、せめてもの供養だと思ったのです。だが、私はまたここへかえって来ました。兄弟の終焉《しゅうえん》の地へ私の骨を埋めるためにかえって来ました。あなたはきっと、余計なおせっかいで、悲しみに溢れている、この私の計画を邪魔なさりはしないでしょうね」

そういうと老紳士は、謎《なぞ》のような眼で、じっと私の顔を覗《のぞ》きこんだのである。

それから一週間ほど後、老紳士の屍骸が、湖の蜆《しじみ》をとる網にかゝってあげられた。一週間水につかっていた老紳士の相好《そうごう》はすっかり変っていて、これが去年の大黒屋事件に関係のある人間とは、誰にも覚られずにすんだ。

老紳士の骨は、彼が望んだとおり兄弟と同じ無縁塚に葬られた。

湖には日一日と氷が厚くなっていく。この氷がとけた時、私は東京へかえるだろう。それまでは、あゝそうだ、今日もこれから散歩のついでに、あの無縁塚へ参ることにしよう。

幽霊騎手

幕間《まくあい》

帝都座の廊下は一杯だった。

呼物《よびもの》の探偵劇「幽霊騎手」の第二幕目が終ったところで、観客席から溢《あふ》れ出した男女たちが、見るみるうちに食堂だの喫茶室だのを埋めてしまった。

「随分、大した人気なのね」

と、今しも喫茶室の一隅に席を見附けた三人連れのモダン令嬢が、上気した目附きで辺《あたり》を見廻しながら感歎したように言った。

「あたし、風間辰之助《かざまたつのすけ》という役者、今夜初めて見たんだけど、仲なかいゝ役者じゃないの。一寸《ちょっと》、死んだ沢正《さわしょう》という感じね」

「沢正よりはモダンだわ。だけど、風間てえの、一体どうした役者なの。この頃突然出現した役者らしいのね」

「S大学の出身なんですって。とても頭のいゝ役者で、関西じゃ大した人気なんだそうだけど、東京へ来たのは今度が初めてゞすって」

「それにしちゃ素敵な人気ね」

「そうよ、だからこの新進劇団は今に大物になるだろうという評判なのよ」

と、玉虫色の唇にソーダ水のストローを含みながら、中の一人が頻《しき》りに通《つう》がっている、その隣りの卓子《テーブル》には、大学生らしいのが二人。

「そりゃ君、風間はうまいさ」と、お隣の令嬢に聞えよがしに、反《そ》り返って、「男振りはいゝし、頭はあるし、熱も充分だ。しかしこの興行が大入りだからって、それで己惚《うぬぼ》れちまっちゃおしまいだな」

「そうとも、僕も同感だな」と、連れの学生も相槌《あいづち》を打った。「今度の成功は、無論風間の芸にもよるが、それより第一、何《な》んといってもあの『幽霊騎手』が利いているんだからな」

「そうさ、『幽霊騎手』ときちゃ、今んところ宣伝価値百パーセントだからね。大衆の好奇心を煽《あお》るにゃ、これくらい恰好《かっこう》な題目はありゃしない。今日来てる連中だって、みんな芝居を見に来てるのかどうか分りゃしないさ。みんな幽霊騎手の模写を拝みに来てるようなもんさ」

「しかし、その点風間は頭がいゝね。何んしろ彼の扮装が幽霊騎手そっくりだなんてゴシップが飛んでるんだからね。素晴らしいジャーナリストさ。幽霊騎手に襲われた富豪連を一人一人訪問して、扮装並びに演出の研究をしたなんて宣伝が入っているのだから、こいつ只《ただ》の鼠《ねずみ》じゃないよ」

「しっ！」

ふいに一人の方が低声《こごえ》で注意を与えると、卓子《テーブル》のうえに顔を伏せた。

「見給え、今三人連れの女が入って来たろう」

「うん」

と、相手も入口の方へ眼をやりながら、首を縮めて、体を卓子《テーブル》の上に乗出《のりだ》して来る。

「あの真中にいる、背の高い、金縁眼鏡をかけた女ね、ほら、今カウンターの前に腰をおろした女さ、あれが君、問題の高木理学博士《たかぎ》の夫人さ」

「高木博士って？」

「君、知らないのか、半年程まえに幽霊騎手にやられたという女さ」

「あゝ、あの、――成程《なるほど》ね、あの女か、今夜のこの芝居にひどく力瘤《こぶ》を入れてるというのは。――」

「そうだよ、実に熱心なもんだってさ。幽霊騎手に襲われた連中のなかでも、あの女が殆《ほと》んど一人でお先棒に立って、この芝居の監督の役を買って出てるらしいんだ。あいつ、幽霊騎手にやられたのが、よっぽど自慢らしいって評判だぜ」

「ふふふふふ、世ン中にゃそんな女もあるもんさ、何か言ってるぜ。一つ聞いてゝやろうじゃないか」

と二人の学生が、首を縮めて耳をすましていると知ってか知らずにか、カウンターの前では問題の高木理学博士夫人が、度の強い近眼鏡を光らせながら、二人の有閑《ゆうかん》夫人を相手に、あたり憚《はばか》らぬ高話である。

「本当に私怖いくらいでございましたわ」と彼女は鷹揚《おうよう》にホット・レモンを掻《か》き廻しながら、「だってね、今の幕の、ほら、カーテンの蔭《かげ》からぬっと幽霊騎手が出てくるところがございましょう。彼処《あすこ》ンとこなんか、まるで本物そっくりなんでございますもの。私がやられました時もね、そうそう、あの晩私はダンスから帰って来て、お化粧室で着更《きが》えをしようとしていたのですわ。するとどうでしょう、ふいに背後《うしろ》のカーテンから、ぬっとあの男が出て来たかと思うと、いきなり私の頸飾《くびかざり》に手をかけて、『奥さん、これを戴《いただ》いて行きますよ』と、そういう含み声まで、今のあの風間の声とそっくりでございましたわ」

「まあ、さぞ怖かったでしょうね」

と、さも恐ろしそうに肩をすくめてみせたのは、顔も体も団子のように丸々とした夫人だ。今夜高木夫人の御馳走《ごちそう》になった義理からでも、相手の言葉に同感を示さねばならない。

「えゝ、そりゃもうとてもとても、……私あんな経験は初めてですわ。ですけれど、今から思えば、まあいゝ経験をしたとも言えますわね」

「ほんとうですわ。私奥さまがお羨《うらや》ましいくらいですわ。幽霊騎手というのは仲々好男子だという評判ですものね」

と、もう一人の、狐《きつね》のような顔をした女が、音をたてゝ紅茶を啜《すす》りながら言った。

「えゝ、まあね。言葉づかいにしろ態度にしろ、とても強盗とは思われませんわ。とても慇懃《いんぎん》なものよ。あんなのを多分、紳士強盗とでもいうのでしょうね」

「ほゝゝゝ、大した御贔屓《ひいき》ね、だけど本当にお芝居のようなスタイルをしていますの。黒のフェルト帽に二重廻《にじゅうまわ》し、それに細身の杖《ステッキ》を持ったりして、とてもロマンチックじゃないの」

「えゝ、えゝ、嘘《うそ》も掛値もない、あの通りよ。ありゃ私が特に風間に注意したのでございますものね。きちんと折目のついた黒ずくめの洋服に、裏が白と黒とのダンダラ縞《じま》になった二重廻し、それに紫《むらさき》色の覆面《マスク》でございましょう、まあこれだけでも普通の強盗とは違っておりますわ」

「素敵ね、私も一度襲われてみたいわ」

「馬鹿を仰有《おっしゃ》い。あなたなんかいざとなったら気絶しちまいますわよ。ほゝゝゝゝ、まあまあ、このお芝居で我慢しておくのが安全第一よ、風間の幽霊騎手ときたら、何から何まで本物そっくりなんでございますものね」

「ほゝゝゝゝ、それもこれもみんな奥さまの御丹精《たんせい》の結果ですってね、ほゝゝゝゝ」

「まあ、そういうわけでもありませんけれどね」と高木夫人もさすがに些《いささ》か照れながら、「やっぱり役者なんですわね。それにあの風間という人が、とても感じのいゝ男なんですもの……」

「おや、まあこれは御馳走さま、一体奥さまの御贔屓は幽霊騎手なの、それとも風間なの？　ほゝゝゝゝ」

「あら、厭《いや》だ。私どちらにも贔屓なんかありませんわ。だけどね、そういえば」と、高木夫人は急に声を落して、「あんた達、黒沢《くろさわ》さんとこの家内を御存知でしょう、ほら、家へちょくちょく遊びに来る……」

「えゝ、あの弓枝《ゆみえ》さんでございましょう」

と、話が急に意味ありげになってきたので、お団子夫人も狐夫人もぞくぞくとして体を乗出した。

「あの方、どうか遊ばしたのでございますか」

「いえね、彼女《あれ》がどうも風間と訝《おか》しいのよ」

「まあ！　訝しいって？」

「訝しいって、別にどうのこうのって事はありませんけれど、風間が私ンとこへ来る時には、きっと弓枝さんが遊びに来てるのよ。どうもそれが打合《うちあわ》せしてあるらしいんですわ。何んでも前に一度、温泉なんかで会った事があるって言ってましたけれど」

「まあ！　そりゃ大変、奥さま、しっかり遊ばせよ、気をつけなければいけませんわ」

「あら、私なんか何んでもありませんけれど、あの弓枝さんの父親というのが、良人《おっと》とは親友でございましたでしょう？　それで今でも親類みたいに面倒を見てあげているんですけれど、こゝでもし間違いでも起してくれると、彼女《あれ》の亭主の黒沢に対しても済まないと思いましてね」

「本当でございますわ。だけど奥さま、風間はそんなに度々お宅へうかゞいますの」

彼女たちにとっては、やはりその方が問題らしい。

「そりゃもう。……私これでも舞台監督でございますものね、何んなら、あとで御紹介申上げましょうか」

「まあ、ほんと？　そんな事してお宅の旦那様に叱《しか》られやしませんこと？」

「あら、良人《たく》はとても寛大なんですもの、大丈夫よ。ほゝゝゝゝ」

「だけど、そういえば御主人はまだお見えになりませんのね」

「ちぇッ！」

その時、ふいにガチャンと茶碗《ちゃわん》をぶっつける音がしたので、三人の有閑夫人がびっくりして振返《ふりかえ》ると、さっきの学生が二人、肩をいからして足音も荒々しく出て行くところだった。

「聞いちゃいられねえや」

モダン令嬢が三人、その後からくすくす笑いながら足早に出ていった。

「まあ、あの人たち妬《や》いているのよ」

「ほゝゝゝゝ、ほゝゝゝゝ」

飽迄《あくまで》も厚顔無恥な三人の不良マダムが、顔を見合せて朗《ほが》らかな笑声を立てゝいるところへ灰色の髪を長く伸《の》ばした、山羊鬚《やぎひげ》の老紳士が、度の強い近眼鏡の奥から、きょろきょろと辺を見廻しながらこの喫茶室へ入ってきた。痩《や》せぎすの、ひどい猫背の老人だ。

「あゝ、先生がいらした」

と、お団子夫人が立上《たちあが》ろうとするのを認めた老紳士は、にこにこ笑いながら側《そば》へ寄ってくる。

「少し遅れたかの。いや、そうでもあるまい、まだ八時半じゃからの。奈美《なみ》や、咽喉《のど》が乾いた。紅茶を言っておくれ」

老紳士はそう言いながら、太い杖《ステッキ》のうえに両手を重ねて、高木夫人の隣に腰をおろした。これが有名な理学博士、高木慎吾《しんご》だった。

風間と音丸

さてこゝで問題になった幽霊騎手について些か説明しておこう。

幽霊騎手！　それは最近に於《お》ける新聞の最も大きな話題だった。言ってみれば一種の紳士強盗とでもいうのだろうか。富豪連中を片っ端から襲いながら、未だ一度も尻尾《しっぽ》を押えられた事がないという神出鬼没の怪盗なのだ。

黒いフェルト帽に真黒《まっくろ》な洋服、それに裏が黒と白との横縞になった二重廻し、白い手袋、細身のステッキ、紫の覆面、――新聞記者が勝手につけた「幽霊騎手」という名に、いかにもふさわしいシックな扮装《いでたち》。しかもそのずば抜けて大胆な遣口《やりくち》、諧謔味《かいぎゃくみ》にとんだ犯行。それは今や、刺戟《しげき》に麻痺《まひ》した一般大衆の人気の焦点になっていた。

朝起ると、誰でも先《ま》ず第一番に社会面を開いて、幽霊騎手という活字を探そうとする。銀行会社の昼の食事時間、家庭における夜の団欒《だんらん》、そんな場合にこの名前が出ない事は近頃珍らしい。誰も彼もこの名前を恐れながら、どっか心の隅で同感を持っている。

警視庁では無論、躍起《やっき》となって怪盗捕縛に狂奔していた。しかし今に到るまで、この怪盗の正体の、片影だに摑《つか》むことは出来ない。洋行帰りの冒険家だろうという者もある。若手の社会学者だという説もある。有名な某貴族の次男坊だと、誠しやかに説を樹《た》てる者もあった。各人各説、意見は区々《まちまち》だったが、唯《ただ》一つ、一致している点は、相当教養ある、社会的にも高い地位を占めている人間に違いないという意見だった。ともかく、幽霊騎手というのは、こんな風な、現代に於ける、偉大なドン・キホーテなのだ。

これにうまく覘《ねら》いをつけたのが、今度の新進劇団の当り狂言、「幽霊騎手」だ。無論この芝居は、名前と扮装を、噂《うわさ》に高い幽霊騎手に借りただけで、事実とは何んの関係もない探偵劇だったが、それでも風間辰之助の扮装が一般の好奇心を煽って、連日連夜の大入満員。その点では、さっきの学生の言葉は当っていた。

「先生、お座敷ですぜ」

と、今夜もまた大喝采《かっさい》のうちに大詰《おおづめ》の幕を下ろした風間辰之助が、汗をふきふき楽屋へ帰って来ると、弟子の音丸新平《おとまるしんぺい》が股火鉢《またひばち》をしながらにやにやと迎えた。

「お座敷？　誰からだい？」

と眉をひそめた風間辰之助、いかさま高木夫人の言葉に嘘はなかった。くっきりと彫刻《ほり》の深い顔形、きびきびとした態度、黒く澄んだ瞳《ひとみ》、どこか人を惹《ひ》きつける魅力がある。年齢《とし》はさあ、三十四五か、男盛りという所だ。

「高木夫人からですよ。今夜閉場《はね》たら是非《ぜひ》会いたいという伝言《ことづけ》なんですがね」

「ちぇッ！」風間は持っていたステッキを矢庭《やにわ》に床に叩きつけると、「又かい、断っておくれよ。あの婆さんは俺にゃ苦手だ」

「そんなわけにゃいきませんなあ。何しろ大切な御贔屓だ。一寸でもいゝから顔を出してやんなさいよ。喜びますぜ」

「厭だ。俺《おり》ゃあやまるよ」

「まあそう仰有らずに、何も功徳《くどく》だ」

「馬鹿、張り倒すぜ」

「へヽヽヽ、いやに羞《はに》かみますね。柄《がら》にもない」

「こん畜生《ちくしょう》！」

風間は拳骨《げんこつ》を固めてとびかゝろうとするのを、ひらりとかわした音丸は、火鉢を楯《たて》にとってにやにやと笑っている。口の大きい、団子鼻の、眼尻の下った小男で、この一座にはなくてはならぬ三枚目だった。風間とは学生時代からの仲間だという噂で、今でも話を聞いていると、どちらが師匠だか、弟子だか分らない。

「おい、本当だぜ。断っておくれよ。俺ゃ今夜は疲れてるんだ」

風間が扮装を解きにかゝっているところへ、電話のベルがけたゝましく鳴出《なりだ》した。又かと眉をしかめながら、風間は振向くと、受話器を持った音丸が、にやにやと薄笑いをうかべながら、

「電話」

「おい、断れったら、今夜はとても……」

「へへへへへ、ようがすかい？　黒沢さんの奥さんですがね。よろしい、断っちまいましょう」

と電話の方へ向きかゝるのを、風間がとびかゝって、受話器を奪いとった。

「あゝ、弓枝さんですか、こちら風間――風間辰之助、先日はどうも、あゝ、もしもし、電話が遠いのですが、えゝ、何んです。はあ、芝居は終りましたよ。いゝえ、別に先約はありませんが、えゝ？　何んですか？　畜生！　混線しやがった。あゝ、もしもし、もしもし」

ジジジー、ジジーという雑音に混《まじ》って、低い、不明瞭な声が聞えてくる。

「あゝ、風間さんですね、電話が遠くて……聞えますか、はあ、弓枝ですの。すぐ来て下さい。佐賀町の家で待っています。すぐ……、大至急あゝ、大変な事が出来ましたの。救《たす》けて下さい。救けて頂戴《ちょうだい》……、自動車をお迎えにあげました。……その扮装のまゝで、一刻を争うのです。あゝ、来て下さいますね」

ふいに電話ががちゃりと切れた。

「あゝ、もしもし、もしもし、弓枝さん、もしもし……」

風間は必死となって電話にしがみついたが、相手は受話器をかけてしまったと見えて、うんともすんとも言わない。風間は諦《あきら》めたように電話から離れると、大急ぎで帽子を取上《とりあ》げた。眼が血走って、顔は不安に引き釣《つ》っている。

「お出掛けですか」

「うん、弓枝さんの身に何か間違いがあったらしい。おい、ステッキを取ってくれ。いゝか、行先は佐賀町の黒沢邸だ」

「お止《よ》しなさい」

音丸がいきなり風間の前に立ちはだかった。

「この夜更《よふ》けに……その扮装《いでたち》で、……お止しなさい。何んだか気になる。尋常《じんじょう》じゃない」

「馬鹿！　一刻を争うというのだ。そこをどけ。おい、音丸……大丈夫だ。退《ど》いておくれ。さあいゝ子だからどいてくれ。おい！　退かないか！」

風間はステッキを拾いあげると、いきなり音丸の体を突きとばして、風のように楽屋からとび出していった。

階段の怪人

舞台衣裳のまゝ来てくれというような招待は、誰が聞いても些か妙だ。音丸が気を揉《も》むのも無理ではなかった。それも尋常《ただ》の扮装ではない、近頃有名な紳士強盗の扮装だ。どこでどんな間違いが起らないとも限らない。

しかし、迎えの自動車に飛びのった風間はそれとは別の不安に心を掻き立てられていた。あのせっかちな、日頃に似合わない狼狽《ろうばい》した口調、不明瞭な早口、こちらの返事も聞かずに電話を切ってしまった彼女の態度、深夜のこの呼出し。何も彼《か》もが常軌を逸している。日頃の彼女らしくない。

何かあったのだ！　何か飛んでもないことが彼女の身に降って湧《わ》いたのだ！

風間は、ふと弓枝の大きな、憂《うれ》わしげな瞳を思い出した。

識合《しりあ》ってからまだ三月とはならない。最初、伊豆の温泉で心安くなって、さて今度の芝居のことから、高木夫人の宅へ屢々《しばしば》出入りをしているうちに、彼女と再会した。そしてだんだん親しくなっていった。友情はいつの間にやら、もっと深い突込《つっこ》んだ感情に変っていた。

彼女が人妻である事も間もなく分ったが、今はもうそんな事はどうでもよかった。そんな事で諦めるには、風間の感情はあまり深入《ふかい》りしすぎていた。それに彼女の結婚生活が、決して幸福でないらしいことも、風間にとっては自己弁解の種になっていた。

弓枝の良人の黒沢剛三《ごうぞう》という男とも、風間は二三度顔を合わしたことがある。弓枝とは親子ほど年齢《とし》の違う、色の黒い、胡麻塩《ごましお》の毛の硬《こわ》い、指の節《ふし》くれ立った、どうみても坑夫あがりといった恰好、弓枝を見る眼にも良人らしい愛情の閃《ひらめ》きはみられなかった。それかあらぬか、弓枝は始終物に怯《おび》えているような女で、じっとものを見詰めている眼に、ともすれば涙が浮んでいるような事があった。

自動車は間もなく清洲橋《きよすばし》を渡ると右へ曲った。暗い空に浅野セメントの煙突が林立しているのが見えた。黒沢の大きな邸宅はその工場地帯の中心にあって、裏は隅田川《すみだがわ》に面しているのだ。書斎の窓をふさぐように、時々帆前船が横切ってゆく風景を、二三度訪問したことのある風間はおぼえていた。

自動車は間もなく黒沢家の大きな鉄門の前に停った。

「御苦労さま」

幾《いく》らかのチップを握らせて、自動車から飛下《とびお》りてみると、黒沢家は真暗《まっくら》な夜のしゞまの中に沈んで、どの窓からも灯の色は見えなかった。風間の不安は愈々昂《いよいよこう》じて来る。

正門のわきの耳門《くぐり》をくゞると、磨《と》ぎすました花崗《みかげ》石の車道がゆるいスロープをつくって、玄関のポーチまで続いている。玄関の扉はひらいて、中は真暗だった。

風間は靴《くつ》のまゝ玄関へ上ると、正面の大階段を静かに登って行った。弓枝の居間と寝室が二階にある事を風間はよく知っていた。階段の途中まで来た時である。ふいに、どっかで低い女の歔欷《すすりなき》が聞えた。つゞいてことりと何か取落したような物音。――確かに二階の、黒沢の居間からだ。

風間はもう躊躇《ちゅうちょ》するところなく、真暗な階段を手探りで登っていったが、すると闇の中からふいに温い人の息がふっと頬《ほお》をかすめた。風間はどきりとした。

「誰?」

と、声をかけて、じっと待っていたが返事はない。しかし、確かに誰かゞ暗闇の中に蹲《うずくま》っているのが分る。荒い息使い、ドドドドと小刻みに打つ心臓の鼓動さえ聞える。

「誰だ！」

風間がステッキを握直《にぎりなお》した時、するりと黒い影が彼の側《そば》をすり抜けてうえへ上った。風間が手を伸して捕えようとすると、何かしらぬるぬるしたものがべっとりと掌に触れた。その途端、ふいに飛んできた拳固が風間の顎《あご》をいやという程突上《つきあ》げた。

このふいの襲撃に、はっとひるむその隙に、足音はどどどどと三階へ登っていったが、間もなく、ばたんとどこかで扉《ドア》のしまるような物音。それきりあとはもとの静けさだ。風間はすぐその後から追っかけてゆこうとしたが、それよりもさっき聞いた女の歔欷《すすりなき》が気になる。彼は一先《ひとまず》三階のほうは諦めて、階段を登ると左側にある部屋の扉《ドア》を開いた。その途端彼は、目《ま》のあたり奇怪な光景を見て、思わずはっとその場に立ちすくんでしまったのだった。

部屋は十二畳敷きくらいもあろうか、中央の装飾灯《シャンデリア》の灯《あかり》は消えて、右手の壁よりに、緑色のシェードをかぶった陶器の電気スタンドが唯一つ。侘《わび》しく光の輪を投げかけている。その光の輪の中に弓枝の顔が、まるで生人形《いきにんぎょう》のように浮出《うきだ》しているのだ。

派手な長襦袢《じゅばん》に黒絽《ろ》の羽織《はおり》。いま寝室から抜出してきたところに違いない。蠟《ろう》のように白い頸筋《くびすじ》に、おくれ毛が二三本乱れているのが、この場合異様に艶《なま》かしかった。何をしているのか、片手を椅子の背において、片手で長襦袢の襟《えり》をおさえた彼女は、大きく見開いた眼でじっと床のうえを見詰めている。その瞳の中には、限りなき憎悪と呪咀《じゅそ》が、炬火《きょか》を燃すように瞬《また》いていた。風間はぞっとするような冷気に襲われて、思わず声をかけた。

「奥さん」

弓枝はその声を聞くとぴくりと体を顫《ふる》わせて、怯えたような眼をあげたが、黒水晶のようなその瞳の中には、蛇の鱗《うろこ》のような光がさっと動いた。

「奥さん、僕です。風間ですよ」

弓枝にはそれが分らなかったのだろうか、逃げるように身を引くと、絶望的な眼差《まなざ》しでじっとこちらを見ていたが、ふいに額《ひたい》に手をやるとくらくらと倒れそうになった。風間はあわてゝ馳《か》け寄った。

「ド、どうしたのです。奥さん、お電話を戴いたので……」

と、そういいかけた風間は、何気なく床の上へ眼をやったが、その途端、思わずあっと叫んでうしろへ跳びのいた。

床のうえには、大きな男の体が蝦《えび》のように腰を曲げて倒れているのだ。俯伏《うつぶ》せになった顔の下には、大きな血溜りが出来て、厚い茶色の絨緞《じゅうたん》が、しずかにその血を吸っているのだった。

犯人製造

風間の介抱で間もなく正気づいた弓枝は、相手の姿を一眼見るとどうしたのか、あれと叫んでうしろへ身をひいた。

「ど、どうしたのですか」

「ゆ、幽霊騎手――」

「馬鹿な！　冗談じゃありませんよ、しっかりして下さい。奥さん、僕ですよ。風間ですよ」

「風間さん？」弓枝は空虚《うつろ》な眼で風間の顔を見直していたがやがて泣笑いのような表情をうかべると、

「本当だわ。風間さんだわ。しかし、その服装《なり》は――」

「え？　だってこりゃ奥さんの注文じゃありませんか。舞台姿のまゝで飛んで来たのですよ」

「あたしの注文――？」

「そうですよ。さっきの電話で――」

「いゝえ」弓枝はきっぱりと首をふった。「あたし電話なんかかけた覚えはありませんわ」

「何？　じゃ先刻《さっき》の電話は――」

「知りません、あたしじゃありませんわ」

弓枝はふいに風間の指をしっかりと握りしめた。

「分ったわ。誰かゞあたしたちを罠《わな》にかけたのだわ。あゝ、恐ろしい！　良人を殺しておいて、その後であなたを呼び寄せ、あたし達二人に罪をなすりつけようというのですわ」

「じゃ、こりゃ御主人ですか」

風間はとびのいて、床のうえに身を跼《かが》めると、何気なく死体の顔を覗《のぞ》き込んだが、ふいにうわッと叫んで背後《うしろ》へとびのいた。

「ど、どうしたのです。こ、この顔は――」

「煖炉《ストーブ》の中に顔をつっ込んで倒れていたのですわ。顔ばかりじゃありません。御覧なさい、その手足を――」


成程、手も足も原形を止めない程焼け爛《ただ》れていたが、その顔はもっとひどかった。まるで熟《う》れてくさった果物《くだもの》のように、一寸触ってもぬるぬると皮のはがれそうな、眼も鼻も口もあったものじゃない、粘土細工の悪戯《いたずら》にむちゃくちゃに血をこびりつけたような、異様に醜《みにく》い、異様に恐ろしい、相好というよりも一個の肉塊だった。

「随分、ひどいことをしたものですね」

「胸を見て頂戴。胸を――それからあの短刀、――主人は最初、胸を抉《えぐ》られたのですわ。あの短刀で、――それから、……あゝ恐ろしい」

弓枝は両手で顔を覆って、激しく身慄《みぶる》いをした。

風間は血溜りの中からズブ濡《ぬ》れになった短刀を拾いあげた。白木の柄のついた日本流の懐剣だった。

「奥さん、これに見覚えがありますか」

「あたしの短刀ですわ」

弓枝はきっぱりと言切《いいき》ると、ふいに両手で顳顬《こめかみ》を押えてヒステリックな早口でその後に附加《つけくわ》えた。

「いゝえ、でも、あたしじゃありませんわ。あたしが殺したのじゃありませんわ。あたしは何も知りません。あたしは今まで寝ていたのです。――あゝ、頭が痛い！――今夜は宵《よい》から頭が痛くて、ついさっきまでぐっすり眠っていたのです。眼が覚めたのはほんの十分ほど前――いゝえ、五分ほど前、……一体今何時なんですの。……ねえ、あたしじゃありませんよ。あたしが殺したのじゃありませんよ。――眼がさめて、此処《ここ》へ来てみると、こんな恐ろしい出来事――あゝ、でも、誰も信じちゃくれませんわ。日頃から良人と仲の悪かったことはみんな知っていますし、今日のお昼すぎ、良人とひどい喧嘩《けんか》をしたことも、召使はみんな知っていますわ。……えゝ、あたし本当に良人を殺してやりたいと思っていたのです。今日大声でそのことを言ってやりましたわ。

だけど、だけど、あたしじゃない、……あたしは何も知らないのです」

しどろもどろに喋《しゃべ》っている弓枝の眼からは、ふいに涙が泉のように溢れ出した。彼女は言うだけのことを言ってしまうと、ぐったりと肩を落して真正面から死体を眺めていた。その眼にはもう何んの感情も現れていなかった。

風間は途方にくれたように彼女の顔をじっと眺めていたが、言い知れぬ不安がむらむらとこみあげてくる。女の狭い心から、若《も》しや彼女が。……

「奥さん、今日あなたが御主人と喧嘩をなすったというの本当ですか」

風間は恐ろしそうに訊《たず》ねた。

「本当です」

「殺してやると仰有ったのですね」

「言いました。本当に殺してやりたいと思っていたのです」

「誰かそれを聞いていた者がありますか」

「召使いはみんな聞いておりますわ。随分ひどい喧嘩だったのですもの」

「この短刀はあなたのですね」

「えゝ」弓枝は力なく頷《うなず》く。

「そして、あなたは同じこの二階に寝ていながら、この兇行に少しも気がつかなかったと仰有る。──」

「えゝ、そうよ。あゝ、あゝ、誰がみたってあたしが犯人としか思えませんわね」

「奥さん」風間はふいに立上って彼女の肩に手をかけた。「まだ絶望することはありませんよ。僕に電話をかけた人物がある。そいつはきっとこの兇行を知っていたのに違いありません。そいつを探し出せば……」

「でも見附かるでしょうか。──それに警察の方で、電話の主があたしだと思ったら──」

風間はぎょっとして、怖い眼で弓枝の白い頸を眺めながら、低い声で言った。

「奥さん、まさかあなたが──」

「いゝえ、あたしじゃありません。だってあたしは今まで寝ていたのですもの、とても、電話なんか掛ける暇はありませんわ。あゝ、あゝ、あなたも疑っていらっしゃるのね。無理もありませんわ。誰がみてもそうとしか思えませんわね。あゝ、恐ろしい。良人殺しの大罪人……恐ろしい罠ですわ……」

弓枝は絶望したようにブルブルと肩を慄わせた。

成程、恐ろしい立場だった。日頃から憎み合っている夫婦、殺してやると極言したその夜の兇行、兇器は夫人のものだ。しかも、これだけの兇行が演じられた間、すぐ近所の部屋にいたにも拘《かかわ》らず、何も知らずに眠っていたという。――明《あき》らかに不自然だ。何も彼もが彼女にとって不利に出来上っている。馬鹿な！　この女《ひと》に限って――と、打消《うちけ》すことのできるのは自分だけで、警察官はそう思ってくれまい。自分だって彼等を納得させるだけの反証をあげることは出来ないのだ。

風間は腕をくんで、独楽《こま》のように部屋の中を歩き廻った。頭の中が嵐のように混乱して、名状すべからざる苦悶《くもん》のために、全身が火綱にかけられたように痛む。峻烈《しゅんれつ》な訊問《じんもん》、法廷、同情のない冷い判決、牢獄――そしてその先に見えるのは恐ろしい死の影だ。その幻の中に、のたうち廻っている弓枝の悲惨な姿が見える。風間の頭は火箭《ひや》のように渦巻いた。

「奥さん！」

ふいに風間が立止った。眼が雲母《きらら》のように輝いているのは、何か名案を考えついたと見える。

「今、このお邸《やしき》の中には何人いますか」

「小間使いのお君《きみ》をのぞいて召使いが三人、それから中風で身動きの出来ぬお祖父《じい》さま。でも、みんな遠くの方に寝ているのですから、気がつかないのも無理じゃありませんわ」

「しかし、今こゝで、わざと大声を立てれば皆に聞えるでしょうね」

「えゝ、そりゃ――」

弓枝は怪訝《けげん》そうな眼をあげて彼の顔を見た。

「うまい、素敵だ。奥さん大丈夫。誰もあなたを疑うものはありませんよ」

「どうしてゞすの」

「ほかに犯人を作るのです」

「誰を――、誰を犯人にしますの」

「この僕です。僕が犯人になる。そうすりゃ誰もあなたを疑うことは出来ますまい」

「あなたが」弓枝はぎょっとしたように激しく首を振った。「いいえ、それはいけません、そんな事は出来ません。そんな事をするくらいなら、いっそあたしが疑われた方がましですわ」

「まあ、お聞きなさい奥さん。僕だって真実犯人になりたかアありませんよ。だけど、こゝにいゝ方法がある。奥さん、僕の姿をごらんなさい」

　弓枝は言葉の意味を計りかねて、ぼんやりと不思議そうに相手の姿を見守っていた。

「ね、分りましたか、僕はいま、あの有名な幽霊騎手の扮装をしているでしょう。扮装ばかりじゃない。僕は幽霊騎手そっくりの声色《こわいろ》だって使うことが出来る」

「それで……」

「はゝゝゝ、ナーニ、気の毒だが幽霊騎手の先生に暫《しばら》く濡衣《ぬれぎぬ》を着て貰《もら》おうというのです」

「まあ、そんなことが――」

　弓枝の頬は恐怖のために真白《まっしろ》になった。

「まあ、黙ってみていて御覧なさい。細工は流々というところ。あゝ、こゝに御主人の机がある。何か重要書類が入っているらしいですね。鍵がかゝっているが、こんな錠前なんか毀《こわ》すのは朝飯前です。ほうら、抽斗《ひきだし》があきましたよ。中を掻廻《かきまわ》しておきましょう。こういう風に……、おっと、序《つい》でに、この手紙らしいのを二三通失敬しておきましょうかね。いゝですか、分りましたか、今夜こゝへ幽霊騎手が忍び込んだということにするのですよ。何んのために？――秘密の重要書類を盗みに――ね。ところが仕事の最中に御主人が入って来られた。そこで何が起ったか、即《すなわ》ち格闘、惨殺です。こうっと。この花瓶をこういう風に転がしておきますかな。もう一つおまけにこの椅子と、それからこのインキ・スタンド。――どうです、乱暴狼藉《ろうぜき》、いかにも格闘の後らしくなったじゃありませんか。それでと、そうだ、そこへあなたが妙な物音を聞いて何気なく入って来られた。そこで幽霊騎手はいきなり跳びかゝって、こういう風に――」

と、言いながら風間は、矢庭に弓枝の体をソファの上に捩《ね》じ伏せると、白い咽喉に手をかけた。

「さあ、声を立てなさい。助けを呼ぶのです。召使いの部屋に聞えるように――」

「いけません、いけません、そんな事をしてもしあなたが捕まったら……」

「大丈夫、捕まりっこありません。僕はそんなへまはやらない。奥さん、これより他にあなたの逃れる途《みち》はないのですぞ。さあ叫んだ、大声で……、誰か来てえ、……人殺しイ……と」

弓枝の白い咽喉を摑んだ風間は、思わず指先に力をこめて、ぐいぐいと絞めつけていった。

屋根裏の怪老人

小間使いのお君が帰って来たのは丁度その時だった。十二時までには必ず帰ってくるという約束のもとに、一晩の暇を貰った彼女は、約束の時間をすでに半時間もすぎているので、耳門《くぐり》をくゞると、走るように勝手口の方へ廻ろうとしていたが、その時ふいに彼女は恐ろしい叫声《さけびごえ》を聞いたのであった。

「人殺しイ……、誰か来てエ……」

お君は一瞬間、棒のように立ちすくんだが、根が気丈者の事とて、すぐ気を取り直すと、大急ぎで勝手口から家の中へとび込んだ。それと殆んど同時に、裏門の方から、巡回の警官が、佩剣《はいけん》をガチャガチャ言わせながら駆けつけてきた。

家の中では丁度、これも同じく弓枝の声を聞きつけたと見えて、若い自動車運転手の工藤《くどう》と、弥作爺《やさくじい》やと、下働きのお峰《みね》の三人が、めいめい部屋から飛出して来たまゝの恰好で、怯えたような眼を見合せていた。

「どうした、どうした。あの声は何んだ」

「奥さまの声です。二階で何かあるようです」

「よし、案内しろ!」

再び弓枝の声が邸内の静寂を破った。息も絶え絶えな、今にも絶入《たえい》りそうな声。——

お巡《まわ》りさんは佩剣を握りしめると、先頭に立って走り出した。他の四人も、それに勢いを得て、一《ひと》団《かたまり》となって二階へ上って行く。

「その部屋です」

「よし！」

警官が靴で、さっと扉《ドア》を開いた瞬間、お君が思わず大声で叫んだ。

「あっ！　幽霊騎手！」

その一言は、魔術のような恐怖を他の四人に植えつけた。一同は思わずはっとして扉《ドア》の側で立ちすくんでしまった。いかさま、今しもソファの上に弓枝夫人を捩じ伏せて、ぐいぐいと咽喉をしめつけている怪漢の姿。——擬《まご》うかたなき幽霊騎手ではないか。

黒いフェルト帽、黒と白とのだんだら縞《じま》の裏がついた二重廻し、紫の覆面、細身の杖《ステッキ》。——一同の眼にははっきりとそれが映った。風間の計画は見事に的中したのだ。

弓枝夫人は本当に絶息していた。然《しか》し、手当さえ早ければ間もなく息を吹返《ふきか》えす事を、風間はよく心得ているのだ。白い咽喉にははっきりと紫色の指跡が残っているし、それにこの五人の目撃者。——大丈夫、もう誰だって弓枝夫人を疑うことは出来ない。

風間は荒々しく夫人の体をソファの上に叩きつけると、つゝゝゝと窓の側へ走り寄った。

「待て！　畜生！」

お巡りさんはやっと我れに返えった。こいつを逃がしちゃ大失態だとばかりに、あわてて窓の側へかけよったが、その時既に、風間の体はするりと窓の外へ滑り出ていた。ところがこゝで彼は、思いがけない行動をとったのである。

窓から下へ飛び下りるのかと思ったら、反対に彼は雨樋《どい》に手をかけて、するすると三階の方へ上って行ったのだ。

「三階へ上った。三階だ！」

泡を食ったお巡りさんの声と共に、男三人がどっと部屋を飛出《とびだ》して行ったころ、三階の窓を毀して廊下へ飛下《とびお》りた風間は、素速くあたりを見廻すと、廊下を縦に走って、つと右側にある部屋に飛込んでいた。

読めた！

風間はさっき闇の階段で出会った奇怪な曲者《くせもの》の正体を突止《つきと》めようとしているのだ。あの時聞えた扉《ドア》の音はたしかにこの部屋の方向だった。

然し、何んという無謀な考えだろう。一歩を誤れば警官に捕えられなければならないではないか。現に風間がこの部屋に飛込むと、殆んど間一髪《かんいっぱつ》、警官たちは扉《ドア》の外へ駆けつけてきていた。

「この部屋へ飛び込んだぞ」

「開けろ！　開けんか、畜生！」

乱打、叫声。足踏みをする音。——風間はしかしそれを聞き流しながら、内部からガチャリと扉《ドア》に鍵をおろすと、素早く部屋の中を見廻わした。

その途端彼は何を見つけたのか、髪の毛まで白くなるような恐怖に打たれて、思わず二三歩うしろへよろめいたのである。窓より差込《さしこ》む月光の中に、猫のような二つの眼がじっとこちらを睨《にら》んでいるのだ。燃ゆるような憎悪の眼差し、荒い息使い。歪《ゆが》んだ唇。——しかも、この奇怪な人物は、寝台《ベッド》のうえに横になったまゝ身動きもしない。喰い入るような瞳でじっとこちらを睨んでいるばかりだ。次第に闇になれてくるに従って風間は、漸《ようや》く相手の全身をみることが出来た。耳の上まで伸び放題に伸びた雪白《せっぱく》の頭髪、もじゃ〳〵とした顎鬚《あごひげ》、口髭《くちひげ》、黄色いかさかさとした皮膚、アイヌのような面構《つら》えをしたよぼよぼの老人だ。

しかしそれにしてもこの老人、何故《なぜ》身動きをしないのだろう。何故叫ばないのだろう。恐怖のために舌が硬張《こわば》ってしまったのだろうか。風間はその視線の喰い入るような無気味さに思わず慄然《ぞっ》とした。

「こら、開けんか、畜生！　何をしてやがるのだろう」

「御隠居さまを——御隠居さまをどうかしているのではございますまいか」

風間はそれを聞くとはっとした。一時に何も彼も明瞭になった。

そうだ、これは弓枝のお祖父さんなのだ！　いつか弓枝から聞いたことがある。老人は中風《ちゅうぶう》で体を動かすことは勿論《もちろん》、口を利くことすら出来ないのだ。成程、この老人がそうか。それなら、身動きをしないのも口を利かないのも不思議ではない。しかし、それならさっきの曲者はどこへ行ったのだ？

風間は素早く部屋の中を見廻わしたが、別に変ったこともない様子だ。おそらく部屋を間違えたのだろう。——風間がそんな事をしている間に、一方扉《ドア》を乱打する音はますます激しくなってきた。怒声。叫声。どしん、どしんと体をぶっつける音。その度に部屋中がみりみりと震動する。もう一刻も猶予はならない。彼は大胆に部屋を横切ると窓を開いて露台へ出た。下を見れば遥か数十丈、隅田川の水がひたひたと黒いうねりを作りながら、石崖に打ちよせている。突然がらがらと扉《ドア》が破れる音とともに、三人の男がどっとばかりに部屋の中へなだれ込んできた。退路は断たれた。

遁道《にげみち》は唯一つ！

風間は大きく深呼吸をすると、さっとばかりに露台から飛んだ。二重廻しの羽根を拡げた姿が蝙蝠《こうもり》のように虚空《こくう》に弧を画《えが》いて落下する。

「畜生！、逃げた！」

警官が怒鳴りながら露台へかけつけた時には、さっと白い飛沫《ひまつ》をあげた真黒な川水が、ぶくぶくと泡を立てながら風間の体を飲込《のみこ》んで行くところだった。

幽霊騎手の手紙

「どうです。体の具合は？」

弟子の音丸が心配そうに顔を覗き込んだのは、翌日の正午《ひる》近くのことだった。風間は厚い毛布にくるまってうんうん唸《うな》っている。

「うん、大分《だいぶ》いゝよ、畜生、風邪《かぜ》をひいたらしい」

「フン、風邪もひきまさア。この寒空に水泳ぎもねえもんだ。だから俺《あっし》が言わねえこっちゃねえ。もしあの時俺《あっし》が舟を出していなかったら、一体どうなったと思いなさる」

「なあに、泳いで逃げるまでのことさ」

風間は事もなげに言って寝返りを打つと、

「しかし貴様が舟を出してくれていようとは思いがけなかったよ。てっきり捕まったと観念したね」

「ヘン、この音丸だってたまにゃ役に立つこともありまさあね。お前さんのように女に夢中になっちゃいねえから、ちゃんと目先きが読めるんでさあ」

「コン畜生！　しかし、何んと言われても今度だけは頭が上らないよ。謝る。実際貴様が後をつけて来てくれなかったら、今頃どうなっているか分ったもんじゃない。ブルブルだ。危い瀬戸際だったな」

風間は毛布にくるまったまゝ、不味《まず》そうに煙草《タバコ》をくゆらしながら、

「時に、音丸、衣裳のほうは大丈夫だろうな。今晩の芝居に間に合わなきゃ大変だ」

「へえ、ほかの物はちゃんと乾《ほ》して手入れをしておきましたが、手袋と二重廻しだけは駄目なんで。御覧なさい、この通りでさあ」

見れば成程、手袋にも二重廻しにもべっとりと血がついている。

「フウン、こいつは困ったな。何か代りはないのかい」

「それに抜かりはありませんや、ちゃんと手配はしときましたがね。しかし、一体こりゃどうしたというんです」

「おや、まだ新聞にゃ出ていないのかい。そうか。……なアに、飛んだ悪戯さ。今夜の夕刊は大騒ぎだぜ。一寸この俺が幽霊騎手の物真似《ものまね》をしてみたのさ。この俺がよ」

「へえ、お前さんが？　幽霊騎手の物真似をね？」

暫く二人は薄笑いを浮べてじっと顔を見合せていた。

「大丈夫ですかい、そんな事をして……」

「大丈夫さ。分るもんか。しっ！　誰か来たぜ。追払ってくれ。風邪を引いて何誰《どなた》にもお眼にかゝれませんて——」

音丸は二重廻しと手袋をくるくると一纏《まと》めにすると、ぽんと洋服箪笥《だんす》の中に放り込み、急ぎ足で次《つ》ぎ

の部屋へ出て行った。

駿台《すんだい》アパートの二部屋つゞきの貸間。——これが風間辰之助と音丸新平の住居《すまい》だった。音丸はこゝでは、女房兼女中兼厨夫《コック》兼執事、何んでも兼ねている。彼はまるで忠実な奴隷が主人に仕えるように、或《ある》いはまた心利いた細君が良人にかしずくが如く、掻《かゆ》い所へ手が届くまでに風間の身の廻りの世話を焼いている。だから、口では種《いろ》んな悪口を言いながらも、風間にとってはこの男は、一日もなくてはかなわぬ存在だった。

音丸が出て行くと間もなく、元気な男の声が隣室から聞えてきた。

「やあ、ちび、いやに難しい面《つら》をしてるじゃないか。どうしたい、大将は——」

「先生はまだお寝みです」

「なに、寝てる? おい、もうかれこれ十二時だぜ。役者になったと思ってそう怠《なま》けちゃいかんと貴様から申上《もうしあ》げろ。はゝゝゝ、それとも昨夜《ゆうべ》、お楽しみの筋でもあったのか」

「いえなに、少々風邪気味なんで」

「風邪だと? そいつはいかん。風間辰之助先生は当時人気役者だ。風邪なんか引かれると女の子が煩《うるさ》くて叶《かな》わん、どれひとつ見舞ってやろう」

「いけません。先生は今日誰にもお眼にかゝりません」

「いゝよ、いゝから貴様は引込《ひっこ》んどれよ、風間と俺の仲だ。誰に遠慮が要るもんか」

つかつかと絨緞を踏む足音がしたかと思うと、勢いよく間《あい》の扉を開いて三十二三の男が風のように飛び込んできた。

眉目秀麗《びもくしゅうれい》——と、この男を形容するわけにはいかぬ。その反対に、鬼瓦のように逞《たくま》しい面構え、赤銅《しゃくどう》色の肌、平べったい鼻。——と、どこに取柄もないが、それでいて此《こ》の男を見ているとそんなに醜いとという感じがしない。眉目秀麗というわけにはいかぬが、如何《いか》にも感じがいゝ。第一眼がいゝ。涼しい、よく動く眼、それに小作りながらも、健康にはち切れそうな肉体、精悍《せいかん》な眉宇《びう》。動作物言いがすべてきびきびとしていて小気味がいい。南条三郎《なんじょうさぶろう》といって東都新聞社きっての敏腕記者である。

「よう！　大将、不景気な面《つら》アしてるじゃないか。恋患《わずら》いというわけでもあるまいに」

これが先ず彼の最初の挨拶《あいさつ》だった。

風間辰之助と南条三郎、それに音丸新平の三人は、学生時代から三人組と仇名《あだな》された程、仲のいゝ相棒だった。今一人は劇団に、一人は新聞界に、押しも押されもせぬ地位を占めているが、会えば昔の悪童時代に立返《たちか》えると見える。

「貴様こそどうしたい？　今頃からぼやぼやさぼってると馘《くび》になるぜ」

「ヘン、大きにお世話だ。今日来たなア、これでも社用だ。新聞記者としてやって来たのさ」

風間は毛布にくるまったまゝ、大儀そうに起上りながら、素速く部屋の中を見廻した。幸い音丸が手早く始末したと見えて、昨夜の仕事の証拠になるような物はどこにも見当らぬ。風間はほっと安心した。

「ほゝう、俺みたいな者にでも、何か新聞社の御用がおありというのかい」

「大有りさ。風間先生ときちゃ、何んしろ当時日の出の人気役者、記事がなかったら先生の談話でゝも紙面を埋めることが出来る」

「ほゝう、君はいつ演芸記者に早変りをしたのだい」

「まあさ、話さ。然し今日の用件は又別だよ。時に風間、貴様、そのエスキモーの外套《がいとう》を脱いだらどうだね、汗をかいてるじゃないか」

「放っといてくれ。今こうやって汗を出している所だ。貴様こそ新聞記者らしくもっと神妙にしたらどうだね」

「はっ、これは失礼しました。風間大先生、まことに無作法千万、平《ひら》に――平に」

南条はわざと行儀よく坐り直しながら、序《ついで》に机のうえのウエストミンスターを五六本ちょろまかした。

「実はね、風間、今日は本当に真面目《まじめ》な用件で来たのだよ。実は昨夜ね、貴様の兄弟が又出現したんだ。ほら、例の幽霊騎手の先生さ」

南条は、そこで言葉を切ると、じっと相手の表情

を注視していたが、風間は眉毛一本動かさない。南条はすぐ視線を反らせると、

「隅田川ぶちの大きな邸宅へね、この幽霊騎手先生が御降《おくだ》りましましたというわけだが、先生、何を血迷ったのか、人殺しをして行きやがった。そこの主人を殺しやがったのさ。おまけに夫人まで危く絞め殺されるところだったという。幸いこの方は助かったが、なあおい、風間、貴様これをどう思う」

「そんな事、俺に聞いてどうするのさ」

「なにね、君ゃ幽霊騎手の研究家じゃないか。君の舞台姿は実際あいつにそっくりだというぜ。だからさ、君の意見もこの際大いに参考になろうというものさ」

「馬鹿にしてるじゃないか。俺ゃ役者だよ。役者とあらばどんな役でも舞台でやらねばならん。幽霊騎手であろうが、大臣であろうが、乞食《こじき》であろうが、それに扮する場合には、出来るだけうまくやろうというのが俺の苦心さ、何も不思議なことはあるまい」

「分った、分った、君の芸術論は分ったよ」

「分ったかい、分ったら俺にも一本煙草をつけてくれ」

「何んだ、貴様風邪をひいている癖《くせ》に煙草を吸うのか」

南条はそれでも煙草をつけてやりながら、

「ところがね、風間、君の意見を聞きに来たというのにゃもう一つ理由があるのさ。君ゃ被害者の細君と大変懇意だというじゃないか」

風間はどきりとして相手を見た。然し南条はそっぽを向いて煙の輪を吹いている。

「なに、懇意という程じゃないが、二三度会ったことはある。高木夫人――ほら君も知ってるだろう。今度の芝居の臨時舞台監督さ。あの女のところで会った事はあるが……」

「フフン、一体それは誰のことだね」

「弓枝さんの事さ。君の言ってるのはそれで……」

言いかけて風間ははっとした。銜《くわ》えていた煙草がぽろりと落ちた。かっと見開いた眼が、噛《か》みつきそうに相手を睨んでいる。南条はにやにや笑いながら

椅子から立上った。

「はゝゝゝ！　到頭《とうとう》吐き出しやがった。なあ、おい風間、俺ゃいま隅田川ぶちの家と言ったゞけだぜ。佐賀町とも黒沢とも言わなかった筈だ。それだのに貴様はちゃんとその被害者の名を知っている。新聞にゃまだ一行だってこの事件は出ていない筈だがなア」

風間は何か言おうとしたが舌が硬張って言葉が出ない。額からはじりじりと油のような汗が滲《にじ》み出してくる。南条はにやにや笑いながら、気になるように床を蹴っていたが、つと身を踞《かが》めて、

「おい、気をつけろよ。ラブレターが落ちてるぜ」

風間はその封筒を見ると再びぎょっとして、あわてゝ眼を反らしてしまった。昨夜、黒沢の居間で卓《テー》子《ブル》の抽斗を掻き廻したついでに、何んの気もなく二重廻しのポケットに入れてきた手紙だ。さっき音丸が二重廻しを拡げてみせた時、ポケットから滑り落ちたものに違いない。南条がその宛名を読んだら。――宛名の方が下になっているのと、水に濡れて文字が不明瞭になっているのが、せめてもの倖《しあわ》せだったが、もし南条が仔細《しさい》にそれを検《あらた》めたら。――

恐ろしい数秒間だ。額からじりじりと汗が浮んでくる。握りしめた拳がブルブルと慄える。風間は心臓の鼓動を一つ二つと数えていた。間もなく南条がブラブラと扉《ドア》の方へ歩いて行った。

「はゝゝ、いやに考え込みやがったな。なあおい風間。色事もいゝが火遊びはよせよ」

助かった。南条はそれだけ言うと、つと扉《ドア》を開いて、入って来た時と同様、風のように出て行った。風間は思わずほっと溜息《ためいき》をつくと、がっくりと肩を落した。

「先生！　おい、親方！」

野獣のように眼を光らせながら、音丸が忍び足で入ってきた。

「帰ったかい、彼奴《あいつ》ア」

「帰りましたよ」

「すばしっこい野郎さ。まんまとペテンにかけやがった」風間は毛布をはねのけると、うんと手足を伸

ばしながら、「ぞっとしたぜ。確かに三年位は寿命が縮まったね」

「野郎、後追っかけて……」

「止せ止せ。今更おそいよ。それよりこの手紙さ。こいつに気附かれなかったのがまだしも倖せさ」

風間は机の上から手紙を抓上《つまみあ》げた。

「何んです。その手紙は——？」

「昨夜黒沢の家から持って帰ったんだよ。どれ、ついでに中身を調べてやろうか」

まだ生乾きの封筒から破れぬように用心して、中身の手紙を抜取《ぬきと》った風間は、それを読んで行くうちに、ぎょっとして息をうちへ吸い込んだ。見るみるうちに顔色が変ってくる。

「おい、音丸、こいつは不思議だ。読んでみろ！」

音丸の渡された手紙の文面というのはこうであった。

黒沢剛三。——これが最後の警告だ。貴様が飽迄あれを独占しようというならこちらにも覚悟がある。貴様は我々に探し出せないと思ってたかを括《くく》っているのだろうが、それは大違いだ。弓枝の親爺《おやじ》が邸内に隠した事は明白な事実だ。我々はきっと探出《さがしだ》して見せる。三月十二日の晩、最後の談判に参上するからそれまでによく思案をしておけ。

幽霊騎手より

「幽霊騎手！」音丸が頓狂《とんきょう》な声をあげた。

あゝ、昨夜の風間のちょっとした思いつきは、偶然にも事実の一部分と一致したのだ。この奇怪な事件の裏には、思いがけなくも幽霊騎手が糸を引いているのだった。奇怪なる暗号、神秘なる一致。

「おい、三月十二日の晩といや昨夜だな」

「さようで」

「畜生！　幽霊騎手の奴め——」

音丸の腕をつかんだ風間は、激しく相手の体をゆすぶりながら、じっとその眼を見詰めていた。

俄然、怪盗幽霊騎手の出現だ。かくて事件は急角度に転廻したのである。

黒沢家の秘密

黒沢剛三殺害事件は果して囂々《ごうごう》たる世論を捲起《まきおこ》した。幽霊騎手の出現、しかも思いがけなくも、血塗られたる殺人鬼として姿を現わした幽霊騎手。——世人は暫《しば》し呆然《ぼうぜん》として自失した。しかし、間もなく驚愕《きょうがく》の夢から覚めると、今度は激しい非難と漫罵《まんば》を幽霊騎手に浴せかけた。彼の今迄の犯罪にはどこか愛嬌《あいきょう》があった。包み切れぬユーモアがあった。さればこそ世人は幽霊騎手に同情を持っていたのだ。

ところが今度の事件はどうだ。仮令《たとえ》いかなる理由があるにせよ、殺人ということは許さるべきではない。剰《あまつ》さえ彼は抵抗力なき、繊弱《かよわ》き女の咽喉を絞めようとさえしたではないか。世人は自分たちの期待に対して幻滅を感ずると同時に、囂々たる非難をこの裏切者に対して浴せかけた。新聞紙も筆を揃えて、いつになく峻烈な筆法をもって幽霊騎手のやり口をこきおろしていた。

するとそれから三日目の東都新聞の紙上に突如、次《つ》ぎの如《ごと》き幽霊騎手の声明書が発表されたのである。

親愛な紳士並びに淑女諸君よ。

余《よ》は余の関知せざる殺人事件の為に、嫁《か》されたる不当なる非難に対して敢《あえ》て抗議せざる可《べ》からず。三月十二日の夜黒沢剛三氏邸に行われたる惨劇は毫《ごう》も余の関知する所に非《あら》ず。惟《おも》うに是《これ》は余の名声を嫉妬せる不逞漢《ふていかん》の摸倣的行為か或《ある》いは又余に含む所ある鼠輩《そはい》の復讐的犯罪ならんか。遮莫《さもあらばあれ》、余は斯《か》くの如き破廉恥《はれんち》的犯罪に対して寸毫《すんごう》も仮借する事与《あた》わず。余は社会並びに人道の為に必ずや此の不逞漢を白日下に拉致《らち》し来り、大方諸君の期待に添わんと同時に、併せて余の無辜《むこ》を証明せんと欲す。乞う。余に仮するに数日の時日を以《もっ》てせよ。

幽 霊 騎 手 敬 白。

これを読んで世論は再び喧々囂々《けんけんごうごう》と湧《わ》き返った。ある者はこれを幽霊騎手の詐術《ぺてん》だといい、ある者はこれを彼の真情だろうと受入《うけい》れた。

警察では狼狽《ろうばい》して再び証人の訊問をやり直した。しかし五人の目撃者は一様に幽霊騎手の姿を見たと頑強に言張《いいは》って譲らない。若し幽霊騎手の声明書が真実なりとすれば、彼の指摘した如く、巧みに幽霊騎手を摸倣した犯人があるわけである。警察は極度に困迷した。捜査は根本からやり直された。然し得た結果はと言えば、徒《いたずら》に刑事達の疲労と困憊《こんぱい》のみだった。

かくして数日は経過した。漸く警察の活躍に希望を失った民衆は、幽霊騎手の積極的行動を翹望《ぎょうぼう》しはじめた。先に彼の声明書に疑いを挟んだ者までが、この事件の真相を究明し得る者は、幽霊騎手をおいて他にあるまいと思い出していた。

これが事件発生以来、一週間に於ける経過である。

さて一方風間辰之助はその間どうしていたかというと、帝都座を打上げると、話のあった次ぎの興行も断った彼は、病気と称してもっぱらアパートに引《ひき》籠《こも》っていた。彼は終日寝台《ベッド》にもぐり込んで、煙突のように煙草の煙を吐きながら、黙々として思案に耽《ふけ》っている。それに引替《ひきか》え弟子の音丸は、一日中独楽のように走り廻っては、時々帰って来て報告するのが仕事だった。

「どうだい、経過は――?」

今しも急《いそ》がしそうに外から帰ってきた音丸の姿を見ると、待ちかねていたように風間が報告を促した。音丸は忙しそうに額の汗を拭《ふ》きながら、

「頗《すこぶ》る良好です。もう誰一人弓枝さんを疑っている者はありません。体の方も追々快方に向っているらしく、今日から起き出しました」

「そうか、それで安心した」風間はほっとしたように、「少し咽喉を絞めすぎやしなかったかと思って心配したのだが。……弓枝さんのほうはそれで良しとして、何か目星がついたかい?」

「それです。お前さんの仰有るように家人の奴等を厳重に監視していますが、二三訝《おか》しいと思われる点があります。先ず第一に、庭番の弥作爺さんの甥《おい》と称して、芳蔵《よしぞう》という若い男が住込《すみこ》んだことです」

風間はそれを聞くと、眉根に皺《しわ》を寄せて、

「なに、新らしく住込んだ奴があるって？　一体どうしたんだ。何んだってまた今頃、新らしい召使いなんか雇入《やといい》れたんだろう」

「男手が少くて無用心だという口実だそうです。然しこいつは一つ洗ってみる必要がありますね。それからもう一人、小間使いのお君、これが少々臭《くさ》いのです」

「臭いというと――？」

「事件のあった夜、あの女は親戚へ行くと称して七時から十二時まで暇を貰っているのです。それにはちゃんと現場不在証明《アリバイ》もあります。ところがその現場不在証明《アリバイ》の立証者というのが誰だと思召《おぼしめ》す。高木博士邸の召使いなんですぜ。つまりお君の親戚というのは高木博士なんです」

これには風間も多少驚いた。小間使いのお君が博士の親戚とは頗る意外な報告である。

「フーム、するとありゃ博士の親戚《みうち》かい？」

「そうなんです。あの家へ住込んだのも高木夫人の口添えなんだそうですがね。あなたは白石信二《しらいししんじ》という男を御存知じゃありませんかね」

「白石信二？　知らないね。そいつがどうかしたのかい？」

「いや、高木博士の甥とか従弟とかに当る男なんだそうですがね。その白石信二という男とお君とは大分懇《ねんご》ろな仲らしい、ところがその白石が近頃急に姿を見せなくなったので、お君の奴ひどく気を揉んでいるという話です」

「一体その白石という男は何をしてる男だね」

「それがよく分りません。どこに住んでいるのか、それさえ分らないのです。時々高木博士のところへやって来るが、それもどうやら無心にくるらしい。あまり性質《たち》のよくない男らしいのですがそれ以上のことは、召使いも誰も知らないのです」

風間は呟《つぶや》くように、

「そいつが近頃、姿を見せないというのだね、こいつは一つよく調べて見なきゃならんが……ときにあの高木博士と黒沢家とは一体どんな関係があるのだね？」

「それがどうも訝しいのです。何んでも弓枝さんの亡父と親友だったというのですがね。然し、それが妙なんですよ。弓枝さんの一家にゃ余程《よほど》こみ入った事情があるらしいですね」

「ウン、俺も前に一寸そんな話を聞いたことがあるが、詳しい事は知らないんだ」

「何んでも弓枝さんの亡父田代倫造《たしろりんぞう》という人は、弓枝さんが子供の時分に家出をしてしまったのだそうです。爾来《じらい》弓枝さんは祖父の熊吉《くまきち》老人の手で育てられ、少し大きくなってから喫茶店の女給をしたり、百貨店の売子をしたりして、かなり苦労したらしいのですが、一昨年の秋ですか、突然父親の田代倫造が大金持ちになって帰ってきたのです。そして貧困のどん底にあった弓枝さんたち二人を探し出すと同時に、あの隅田川ぶちの邸宅を買入れたものだそうです」

「フウン、するとありゃ黒沢の邸宅じゃないのだね」

風間は初めて聞いた恋人一家の事情に、次第に興味を催《もよお》して来たらしく、寝台《ベッド》の上から乗出してくる。

「そうです。ありゃ立派に弓枝さんのものですよ。……さて、田代倫造はあの邸宅を買入れると、自分の気に入ったように雑作をし直し、十何年振りかで父親の熊吉老人、娘の弓枝さんとともに、親子水入らずで落着いたのですが、そこへ突然、去年の初めごろ舞込んで来たのが、あの黒沢剛三です。黒沢と弓枝さんの父親田代倫造とは、何んでも旧《ふる》い友達だそうで否応なしに同居することになったのですが、そのうちに黒沢の奴、あの美しい弓枝さんに眼をつけやがったのですね。そしてどう説き伏せたものか、田代倫造に二人の結婚を承諾させてしまった。この縁談にゃ弓枝さんは勿論のこと、祖父の熊吉老人も大反対だったのですが、肝心の田代倫造が何故か黒沢に対して頭が上らない。無理矢理に娘を説き伏せて、親娘ほど年齢《とし》の違う二人を結婚させてしまった。ところがどうです。それから三月目に田代倫造がポックリと死んでしまったのです」

「フーム、そいつは少々怪しいな。一体病名は何んだね」

「脳溢血《のういっけつ》というのですが怪しいもんです。怪しいのはそればかりじゃありません。田代倫造が亡くなると、それから間もなく、今度は熊吉老人が卒中とかで倒れた。幸いこの方は一命をとり止めましたが、以来あの通り中風で身動きも出来ません。今じゃ廃人も同様です。どうです、こいつ少々臭いとは思いませんか」

「少々どころじゃないぜ。どう考えても黒沢の奴が一服盛ったとしか思えないね」

「そうです。然し、二人とも医者は脳溢血と診断してるんです」

「無論、医者は買収されてるんだ」

「そうでしょう、ところがその主治医というのが誰だと思召す。あの高木博士なんですぜ」

こゝに至って風間は愕然《がくぜん》として色を失った。

「おい、それじゃ高木博士が……」

「そうです。俺《あっし》ゃ高木博士を理学博士ばかりかと思っていたら、医者の免状も持っているんですよ」

風間辰之助はふいに深い沈黙の底に落込《おちこ》んだ。渦巻く疑惑の中から何かしら漠然とした恐怖が頭を擡《もた》げてくる。その恐怖の中心には博士の人を喰ったようなとぼけた表情がはっきりと浮び上ってくる。風間は無茶苦茶《むちゃくちゃ》に煙の輪を吹きながら、そのとぼけた表情の裏に隠れている、得体の知れぬ秘密をつきとめようと焦っていた。

「それで何かい、博士はこのごろでも黒沢家に出入りをしている様子かい」

暫くしてから風間が訊ねた。

「えゝ、毎日のようにやって来ますよ。何しろ弓枝さんにゃ、他に相談相手が一人もないのですからね」

「ウム、危険な相談相手だ。まるで爆弾を抱いて、噴火口へ飛び込むようなものじゃないか。おい、音丸！」

風間は吸いかけの煙草を捨てると、きっと相手の顔を見据えた。

「もう一刻も猶予はならんぞ。何かしら、弓枝さんの身に恐ろしい危険が切迫しつゝある。それが何んだか俺にも分らん。分らんが俺にゃはっきりそんな気がするんだ。貴様は今迄通り弓枝さんの身辺を見張ってろ！　下男の芳蔵、小間使いのお君、それから何んとか言ったな、白石信二か——そいつらに関して何か分った事があったら、早速俺に報告するんだ」

「そして、お前さんは？」

「俺か？　俺は高木博士を洗ってみる。何んといってもこいつが一番大物さ。音丸、こりゃ仲々一筋縄じゃいかぬ大事件だぜ」

「大事件結構、じゃ愈々本舞台へかゝりますかね」

「本舞台——？　そうよ、幽霊騎手と一騎討ちさ。フフフ、大立廻《おおたちまわ》りがあるぜ」

「そして、最後はハッピー・エンド。ラブ・シーンで終りますか。こいつばかりは恐れるね」

音丸新平はおどけた眼をくりくりとさせて首を縮める。寝台《ベッド》を蹴って起上った風間は、早くも急がしそうに身支度《みじたく》にかゝっていた。彼等の行手は雨か風か。——

無気味な老博士

午後四時ごろだった。

黒沢家の表玄関へ高木老博士が、ことことと太いステッキをついてやって来た。相変らず度の強い眼鏡に、胡麻塩の長い山羊髯、服は羊羹《ようかん》色に色褪《あ》せて、垢《あか》じんだネクタイが横っちょに曲っている。どう見ても風采のあがらない、村役場の老書記といった恰好、いや今では田舎《いなか》でもこんな見すぼらしい書記は滅多《めった》に見当らぬ。呼鈴を押すと小間使いのお君が出て来た。

「奥さんはいるかの」

「はあ、いらっしゃいます。どうぞ……」

博士は中へ入ろうとしたが、何を思ったのか、もう一度玄関の外へ出て来た。

「あら、どうか遊ばしたのですか」

「いや、何んでもないが……」博士は庭の方を見ながら、「お君や、あすこで芝の手入れをしているのは誰だね」

「あれでございますか。あれは芳蔵さんといって、昨日新らしくやって来た下男でございますわ」

「芳蔵――フーム」

何を思ったのか博士は、ことことことステッキを突いて、芳蔵のほうへ近づいて行った。大きな鋏《はさみ》でスイスイ芝を刈っていた芳蔵は博士が近附いて行くと、くるりと背を向けた。脂《あぶら》じんだ帽子を眉深《まぶか》にかぶり、黒い陽避《ひよ》け眼鏡をかけた、赧顔《あからがお》の男で、頬にも顎にももじゃもじゃと無精鬚《ぶしょう》を生やしていた。

博士はステッキの上に両手を重ね、猫背の体を前につき出して、暫く芳蔵の仕事振りを眺めていたが、やがてにやりと意地悪そうに笑った。

「えろう精が出ますのう」

芳蔵はその言葉が耳に入らぬのか、相変らず鋏をガチャガチャ鳴らしている。博士は薄笑いを浮べながら、

「ほゝう、精が出るのはえゝがお前さん素人《しろうと》じゃの。そんな鋏の使い方じゃ芝は刈れんわ」

芳蔵は帽子の下からチラと相手を見たが、相変らず黙り込んでいる。

「それにお前さんのその手は何んじゃ。白い、滑々《すべすべ》とした手、労働者の手じゃないの。そんなことじゃ庭番は勤まらんわい。それにの、いかに庭番じゃとて、たまにゃ無精鬚を剃らんといかんぞな。ほゝゝゝゝ。それじゃまるで変装をしてるように見えるで」

俯伏《うつむ》いている芳蔵の額から、ポトリと汗が一滴落ちた。芳蔵はあわてゝ手の甲で額をこすった。

「はゝゝゝ、暑かろうの。そう精を出して働いたら汗も出る筈じゃ。ほら、この手巾《ハンケチ》を貸してあげようか。なに、要らん？　そうか、遠慮はいらんがのう。まあえゝ、精出して働きなされ」

高木博士はそう言い捨てると、くるりと向きを変えて、またことことと歩き出した。

弓枝は二階の居間の、大きなフランス窓の側に籐《とう》椅子を持ち出して、疲れた体を憩《やす》めていたが、博士の姿を見ると思わず顔を外向《そむ》けた。どういうわけか彼女は、博士の姿をみるといつも全身にぞっとするような冷気を感ずるのだ。別に博士が恐ろしいとい

うわけではない。博士はいつも親切で、まるで父親のように面倒を見てくれる。彼女は満腔《まんこう》の感謝を捧げなければならぬ筈だったが、事実は反対に、名状すべからざる恐怖と苦痛とを感ずるのだった。

「どうじゃの、体具合は？」

「えゝ、お蔭様《かげさま》で」

「おゝ、大分顔色も快《よ》うなったの。これなら大丈夫だ。これで二三ケ月転地をすれば、すっかり元の体になる」

博士は椅子に腰を下しもせずに、せかせかと部屋の中を歩き廻っていた。

「あの――先生」弓枝は言い難《にく》そうに、「そのお話でしたら、やっぱりこの間申上げた通り、お許し願いますわ」

「何んじゃ、転地は厭じゃというのか」

「えゝ、厭という程でもありませんけど、何んだか気が進みませんので……」

博士は呆《あき》れたように、

「まだそんなことを言うとるのか。この間も俺《わし》があんなに口を酸っぱくして言ったじゃないかの。あんたは疲れとる。ひどく神経が疲労しとるのじゃ。それを治療するには唯《ただ》一つしか方法はない。静かな、空気のえゝところへ転地する、それより他に療法はないという事を、あんなに説明してあげた筈じゃがの」

「えゝ、御親切はよく分っておりますわ。しかしあたしはやっぱりこのお邸にいたいんですの」

「フフン」博士は焦々《いらいら》したように鼻を鳴らした。

「あんたも分らん女《ひと》じゃな。何もあんたをこの家から追い立てるというわけじゃない。体さえ達者になったらいつでも帰って来られる。大切なのは体じゃ。のう弓枝さん、転地なされ、えゝ、転地が何よりじゃ」

弓枝は黙っていた。博士は焦切《じれき》ったように、肩に手をかけ顔を覗き込みながら、

「あんたももう子供じゃなし、これくらいの聞分《ききわ》けがないという事はあるまい。のう、それにあんた一人じゃなし、妻も一緒に行こうというとるのじゃ。

暫く保養のために旅行するのも、気晴らしになってよかろうと思うがの」

「奥さまの御好意はお忘れはいたしませんわ。しかし、あゝして体の不自由な老人もいることですし……」

「フム、それもある。しかし老人の方も俺《わし》の家でよく面倒を見ようというのじゃ。それでもいやかの」

「奥さまにはどうか、あなた様からよろしく仰有って下さいまし」

「そうか、止《や》むを得ん」

これ以上言っても無駄だと覚《さと》ると、博士は憤《おこ》ったようにゴトンとステッキで床を叩き、荒々しく部屋を出て行こうとしたが、また思い直したように、

「のう、弓枝さん、もう一度よく考えてみなされ。明日また来る。それ迄によく考えておいた方がえゝ。妻はいつでも旅に出られるようにちゃんと用意をして待っているからの」

「はあ、有難《ありがと》う存じます」

博士はそれ以上、快《こころよ》い返事を期待することが出来ないのを見てとると、不機嫌そうに部屋を出て庭へ下りて行った。

日当りのいゝ河ぶちの四阿《あずまや》で毛布にくるまった熊吉老人がこくりこくりと居眠りをしていた。その側でお君が所在なさそうに編物をしていたが、博士の足音を聞くと静かに顔をあげた。

「どうでございました。奥さまは御承諾なさいましたか」

「いや、どうもあの娘《こ》は頑固でいかん。何んと言っても承知しないには困りものだ」そこまで普通の声で言うと、急に声を低めて、「下男の芳蔵に気をつけろ！　えゝか、彼奴《きゃつ》は食わせものだぞ。ほゝゝ、御老体、よく眠っていられるの。風邪を引かぬように気をつけてあげにゃいかんぞ」

博士はくるりと向きを変えると、ことことと表門から出て行った。陽は漸くかげって来て、隅田川の上に冷い風が渡って、白い小波《さざなみ》が立っている。博士はステッキをつきながら清洲橋を渡って、橋の袂《たもと》を左へ折れた。ゴミゴミとした町続きの端《はず》れに、煉瓦

建ての大きな工場が見える。工場の黒い門の傍《わき》には、「東亜ガラス製造工場」という看板がかゝっていた。博士はその門の前まで来ると、何を思ったのか、くるりと向きを変えてスタスタと今来た道へとって返した。そして路傍の電柱に張ってある号外を、ぼんやりと眺めている労働者風の男の肩を叩いた。

「さあ、俺《わし》と一緒に来たがえゝ」

労働者風の男はびっくりして、低い声で何か言いわけをした。

「ほゝゝゝ、何もそう吃驚《びっくり》することはありゃせん。俺《わし》の眼は背後《うしろ》にもついてるでの。黒沢の邸を出た時からお前さんが尾《つ》けて来る事はちゃんと知っていたのじゃ。ははあ、お前は風間という役者じゃの」

図星をさゝれて風間はぎょっとした。

「ふゝゝゝ。驚いたな。まあえゝ、そんな下手《へた》な変装で俺《わし》の眼を誤魔化《ごまか》そうというのが土台無理じゃ。何か用かの。用事があるのなら俺《わし》と一緒に来たがえゝ」

博士は先に立ってすたすたと歩き出した。風間は暫く呆然として貧弱な猫背を見送っていたが、やがて度胸をきめたようにその後からついて行った。

「東亜ガラス製造工場」――という看板の掛《かか》っている門をくゞると、二人は奥の方にある事務所へ入って行った。事務所の前には子牛ほどもある獰猛《どうもう》な面構えをした犬が寝そべっていたが、風間の姿をみると俄かに四肢《にわ》をフン張って、ウウーと唸《うな》り出した。

「ネロ、ネロ、お客様に失礼なことをしちゃいかん」

博士が二三度頭を撫《な》でてやるとネロはすぐ柔順《おとな》しくなった。

「ほゝゝ、利巧《りこう》な犬じゃ。怪しい奴と見るとすぐ嚙みつきよる。さあさあ、こちらへお入り」

事務室は二つに分れていて、表の方には粗末な机《デスク》だの椅子だのがゴタゴタと置いてあった。

「さあお掛け。これはの、俺《わし》が技師長をしているガラス工場じゃ。生憎《あいにく》時間過ぎとみえて、職工も事務員もみんな帰ったらしいが、この方が却《かえ》って好都合じゃ。時に俺《わし》に用事というのは何かの」

風間はすっかり気を飲まれていた。一体この無気味な老博士は何者であろう。このとぼけたような仮面の裏に、どんな企みを秘めているのだろう。——

風間は用心深くおずおずと椅子に腰を下した。

「話という程のことでもありませんが、実は弓枝さんのことに関して……」

「ふゝゝ、大方そんな事じゃろうと思うた。いや、その話ならゆっくり聞きましょう。時にお前さんはジンがえゝかの、それともウイスキーになさるか。俺《わし》は御覧の通り喘息《ぜんそく》が悪うての、あまり強い酒は飲めんのじゃが、まあ一つお附合《つきあ》いに戴こうかの」

博士は棚の上にずらりと列《なら》んだ酒瓶《びん》の中から、赤いレッテルを貼った瓶を取ると、針金のような手で二つの盃《グラス》に波々と酒を注《つ》いだ。

「さあさあ、遠慮はいらん、お飲《あが》りお飲り。俺《わし》はこれでも昔は仲々の酒通での、随分苦心して吟味をしたものじゃが、喘息を患《わずろ》うてからというものはとんと駄目じゃ。どうじゃの、口当りが違うかの。ほゝゝゝゝ、お前さんにも酒の味が分ると見える。頼もしい、頼もしい。今時の若い者ときたら、何んでも外国のレッテルさえ貼ってあればえゝように思うとるようじゃが、酒の味というものはレッテルばかりで極《き》めるわけにはいかん。どうじゃの、美味《うま》かろうがの。えゝ、これ、どうしたもんじゃ、あっ、コップが落ちるがの。これさ、こんな所で眠ってくれると俺《わし》が困るというのに……ほゝゝゝ！」

博士はふいにギイと廻転椅子を鳴らして立上ると、度の強い老眼鏡の奥から鋭い眼をギロリと光らせた。風間は正体なく首を垂れて、スウスウと苦しそうな寝息を立てゝいる。だらりと垂れた手の先から、ウイスキー盃《グラス》がカタリと床の上に落ちた。

「ほら、盃《グラス》が落ちた。だから俺《わし》が言わん事じゃない。これ、起きなされ。起きなされというのに……」

細い骨張った指でいきなり風間の頭髪《かみ》を摑むと、ぐいと顔を上向けた。その顔は茹蛸《ゆでだこ》のように真赤《まっか》になって、額には玉のような汗が浮んでいる。風間は雷のような鼾《いびき》をかきながら正体もなく眠りこけているのだ。

「ほゝゝゝ！　案外脆《もろ》いわえ」

博士は気味の悪い笑みを洩《も》らすと、軽々《かるがる》と風間の体を抱きあげて、隣室へ運び込んだ。とても老人とは思えぬ力だ。隣室は宿直室と見えて粗末な寝台《ベッド》が備えつけてある。博士はよいしょと掛声もろとも風間の体を寝台《ベッド》の上に放り出した。

「さあ、此処で暫く寝ているがえゝ。そのうちによい所へ連れて行ってやる」

博士は間《あい》の扉を締めて出て行った後二三分、風間は大きな鼾をかいて寝ていたが、その鼾がだんだん低くなったかと思うと、ふいにパッチリと眼を開いた。とても今迄眠っていた者の眼とは思われない鋭さだ。じっと耳を澄《すま》すと、隣室からカチカチと低い金属製の音が聞えてくる。風間はむっくりと寝台《ベッド》から起上《おきあが》った。

幸い扉には鍵がかゝっていなかった。細目に開いて覗いてみると、博士は向う向きになって頻《しき》りに邦文タイプライターを叩いている。カチ、カチという音は、そのタイプライターを打つ音だった。

風間は扉の隙から滑り出すと、猫のような弾力のある歩き方で博士の背後《うしろ》に近附いて行った。タイプライターに夢中になっている博士は少しも気がつかない。猫背の背をいよいよ丸くして、不器用な手附きで、カチ、カチと文字を拾っては叩いている。一体何を打っているのだろう。――

博士の肩越しに覗きこんだ風間は、その文面を読んでいくうちに思わずあっと低い叫び声をあげた。

その文面というのはこうだ。

警視総監閣下。

余は先頃東都新聞紙上に於て、余の名前を騙《かた》りたる不逞漢《ふていかん》を一週間のうちに逮捕すべき事を宣言したる者なるが、余は遂にその約束を破らざりき。閣下の求めらるゝ黒沢事件の真犯人は、目下東亜ガラス工場の宿直室に幽閉しあれば、いつにても閣下の指揮によりて逮捕する事を得ん。茲《ここ》に此の不逞漢の正体を簡単に述べんに、彼《か》の者は有名なる新進劇団の主脳者風間辰之助と称する俳優なり。閣下よ思い出し給わずや。かの事件の起りたる当日、風間辰之助は舞台に於て、幽霊騎手の役を演じつゝありき。彼の夜、詳しく言えば三月十二日の夜、風間は舞台衣裳のまゝ黒沢家を訪れ、弓枝夫人と不義の快楽に耽《ふけ》りつゝありしが、折から帰り来れる黒沢氏は、この態《てい》を見るより烈火の如く憤り、茲にはしなくも恐るべき争闘起りぬ。されど黒沢氏は遂に風間の敵には非《あらざ》りし。憎むべき姦《かん》婦《ぷ》弓枝の助力を得たる風間は一撃の許《もと》に黒沢氏を斃《たお》し、剰《あまつ》さえその罪業を余に転嫁せんが為、折から着用せし幽霊騎手の扮装を勿怪《もっけ》の幸いとばかり、こゝに一芝居打ちてまんまと召使い共の眼を欺《あざむ》きたる也。乞う。警視総監閣下よ、試みに部下の二三を派して東亜ガラス製造工場の宿直室を探られよ。徒《いたずら》に遅疑して時期を失する事勿《ことなか》れ。

幽 霊 騎 手 敬 白。

「幽霊騎手！」

風間は思わず最後の一行を口に出して読んだ。その途端、高木博士はまるで毒虫に刺されたように椅子から跳上《とびあが》った。

袋詰め

暫く二人は傷ついた野獣のように睨み合っていた。憎悪に燃ゆる眼と眼が烈《はげ》しく絡み合った。

「はゝゝゝ！」

大分経ってから、風間が愉快そうに哄笑《こうしょう》した。

「実際こいつア素晴らしいナンセンスだ。なあ、おい大将、世間じゃ幽霊騎手といや、まだ若い素晴らしい好男《いいおとこ》だと思ってるんだぜ。そいつがこんなよぼよぼの爺さんだと聞いたら、嘸《さぞ》かし落胆《がっかり》する事だろうて。はゝゝ、大笑いだ。然しよく企んだもんだなア。なにさ、お前さんの女房さ。幽霊騎手をあんな若い好男子に仕立てゝ、世間の眼を誤魔化そうなんて。こいつ一筋縄じゃいかぬ代物《しろもの》よ。風間辰之助もこればかりはまんまと一杯食ったぜ」

高木博士はゼイゼイと肩で息をしながら、憎々しげに相手の顔を白眼《にら》んでいたが、やがて、がっくりと椅子に腰を落すと、素速くタイプライターの方へ手を伸した。

「おっと、可《い》けねえ、こいつは後日の証拠だ。大切に蔵《しま》っておく事にしようぜ」

　風間は素速く手紙を抜き取ると叮嚀《ていねい》に畳んでポケットにおさめた。博士は眼をパチパチさせながら黙って見ている。

「俺《わし》の負けだ。……まあ掛け給え」

　博士は滑稽《こっけい》な程落胆していた。跳上った拍子に眼鏡が滑落《すべりお》ちて、胡麻塩の山羊髯がだらしなく涎《よだれ》で濡れていた。

「お前さんが空眠りをしていようとは、さすがの俺《わし》も気がつかなんだ。いや、見事なお腕前じゃの」

「ナーニ、お褒めに預《あず》かっちゃ恐入《おそれい》る。古い手さ。こいつ一寸臭いと見て、飲んだと見せたウイスキーはポケットの中への流し飲み、古い手品の一くさりさ。後は毒に当って酔払って、前後不覚の高鼾……そこはこれでも役者だからね、うまく行きましたらお手拍子御喝采というところ。だがなあ先生、これから他人《ひと》に毒を盛る時にゃ、あまりブルブル手を顫わさねえように気を附けな。直《す》ぐ相手に感附かれっちまわア」

　高木博士は眼鏡を直しながら、がっかりとしたように肩をゆすった。

「まあ、そこへお掛け。それでお前さん、この俺《わし》をどうするつもりじゃな」

　風間は勝誇《かちほこ》った微笑を浮べながら、どっかと安楽椅子に腰を下した。

「秘密を打明けて貰いたい」

「秘密？　俺《わし》ゃ何も知らんが、秘密って何んのことじゃの」

「黒沢家の秘密だ、いや、田代倫造……知ってるだろう、弓枝さんの親爺だ、その田代倫造の秘密を打明けて貰いたい。田代倫造が家の中へ隠している物というのは何んだ。お前さん達は一体何を狙っているのだ」

「さあ、俺《わし》には何んの事かさっぱり分らんが――」

「黙れ！　貴様はその秘密を盗むために黒沢と共謀《ぐる》になって、田代倫造を殺し、熊吉老人に一服盛ったじゃないか」

高木博士はピクリと肩を慄わすと、今にも嚙みつきそうな眼で風間の顔を白眼《にら》んだ。

「飛んでもない。そんな言いがかりは御免蒙《こうむ》る。田代倫造を殺した覚えなんか毛頭ない」

「はゝゝゝ、白《しら》を切ろうというのだな」

「知らぬ事は知らぬというより仕方がないわ」

「言わぬな、言わなければ……」

「言わなければどうするというのじゃ?」

「この手紙を証拠に警察へ訴えてやる。貴様は自分でちゃんと幽霊騎手だという事を白状しているのだ」

「フム、それもよかろう」博士は憎々しげに、「然しの、そこには一体何と書いてある。その文句を読んだらお前さんもそう無闇な事は出来ん筈じゃ」

風間はどきりとした。成程博士の言葉は尤《もっと》もだった。この手紙を警察へ持って行くことは、取りも直さず自分たちを告発するのも同じ結果になるかも知れないのだ。折角《せっかく》仕組んだあの夜の芝居が露見して、しかもその芝居がうまく行っていればいる程、露見した暁《あかつき》には、自分たちに振りかゝってくる嫌疑の濃厚であろう事は覚悟していなければならぬ。風間は思わずウームと唸《うな》った。

「はゝゝ、分ったかの。分ったらあまり無分別な事はせん方がえゝ、それにの、第一お前さんにはその手紙を警察へ持って行く暇はないのじゃ」

「暇がない?」風間が訊返《ききかえ》した。

「そうとも、お前さんは今勝ったつもりで得意になっているが、俺《わし》がそんなに容易《たやす》く負ける男と思うとるかの。ほら、こうしたらどうする」

あわやと思う間もあらせず、博士の細い指が机《デスク》の上の釦《ボタン》を押した。風間ははっとして椅子から立上ろうとしたが既に遅かった。安楽椅子の中から跳出した鋼鉄の腕がかっきりと彼の体を羽交締《はがいじ》めに抱きしめてしまった。

「畜生! 卑怯者《ひきょう》!」

怒髪《どはつ》天を衝《つ》かんばかり。風間は地団駄《じだんだ》を踏んで口《く》惜《や》しがったが、電気仕掛けの鋼鉄の腕は千人力だ。蜘《く》蛛《も》の巣に引っかゝった蝿《はえ》も同様、藻《も》搔《が》けば藻搔く程鋭く肉に喰い込んでくる。

「ほゝゝゝ、卑怯者——？　成程俺は卑怯者じゃ。そんな事はさっきの眠り薬の一件でも分っとる筈じゃないか。不覚じゃったの。おゝ、お気の毒な。どれ、例の手紙を返して貰おうか」

博士は風間のポケットから例の告発状を取出すとズタズタに破り捨てた。

「もうこんな物に用はない。俺《わし》は考えを変えたよ。こんな生温《なまぬる》い手段はお互いの為に不為じゃ、気の毒じゃがお前さんは少し、余計な事を知り過ぎている。のう、神秘の宮殿を覗いた者には、それだけの酬《むく》いがあるという事をお前さん知っとるかの」

博士はウイスキー盃《グラス》に波々と酒を注ぐと、その中にさらさらと白い粉末を溶かした。

「さあ、これをお飲《や》り。何も恐ろしいことはありゃせん。ほんのちょっぴり胃が痛むだけじゃ。後はもう極楽往生《ごくらくおうじょう》疑いなし、さあ、お飲み、そう歯を食いしばってはいけんがの。えゝい、お前が厭じゃと言うても無理にでも飲まさにゃおかん。ほら、口を開いて、ほら、ほら、ほら……あっ痛ッ！　ツツツツッ！　畜生！」

ウイスキーがさっと風間の胸にこぼれた。盃《グラス》がころころと床の上を転がる、博士の指からはたらたらと血が垂れていた。博士はあわてゝ白い半巾《ハンケチ》で繃帯《ほうたい》をしながら憎々しげに風間の顔を白眼《にら》んだ。

「ほゝゝ、猿のような奴じゃな。俺《わし》の指に噛みつきおった。まあえゝわい。これで助かったと思うたら大間違いじゃ」

博士は机の抽斗を開いて、ごそごそと何か探し始めた。一体何を探しているのだろう。ぶつぶつと呟きながら抽斗の中を探している博士の姿を見ると、風間は心臓が真白になるような気がした。狂気の如く身を藻掻いたが鋼鉄の腕はかっきりと肉に喰い入っている。みじんの動きも出来ないのだ。

間もなく博士は満足そうに叫びをあげると、長さ一尺ばかりの竹筒を取出した。

「お前さん、これが何んだか知っているかの。こりゃな、吹矢筒じゃ。俺《わし》が台湾土産《みやげ》に持って帰ったものので、日本でこれを持っている者は、俺《わし》と黒沢の二人しかなかった。御覧、これが吹口じゃ、こゝをプッと吹くとこっちから矢が飛び出す。恐ろしい矢での、尖端《さき》に毒が塗ってある。こいつが体に刺さると立所《たちどころ》に生命がなくなるという仕掛けじゃ。どうじゃ感心したかの」

「畜生！　卑怯者！」

風間は必死となって怒鳴ったが、博士の眼は冷然と灰色に輝いて、薄笑いさえ浮べている。

「ほゝゝゝ、藻掻くのはお止し、藻掻けば藻掻くだけ苦痛が増すばかりじゃ。さあ、眼を射ようか、鼻を射ようか、それとも心臓を射ようか。眼をつむって南無阿弥陀仏《なむあみだぶつ》でも唱えたがえゝ」

博士は吹矢筒に口を当てた。その一息が風間の生命を奪うのだ。風間はもう藻掻くのを止めた。その代り全身の魂を凝《こ》らして、じっと博士の眼の中を見据えている。

「眼を閉じい、畜生！　その眼を閉じい」

博士がふいに焦立《いらだ》たしそうに叫んだ。風間は依然として嘲《あざけ》るような眼で相手を睨んでいる。恐ろしい睨めっこだ。一瞬、二瞬。――吹矢筒を口に当てた博士の額にはびっしょりと汗が浮んでくる。博士は焦々《いらいら》として幾度も幾度もその汗を拭いたが、到頭がっかりとしたように、竹筒をがらりと机の上に投げ出した。

「畜生！　恐ろしい眼じゃ。俺《わし》にゃこの吹矢を吹く事が出来ん……然しの、俺《わし》ゃどうしてもそなたを殺すことは諦めん。あれがいけなければこれと、責道具《せめどうぐ》はいくらでもある。そうじゃ、これがえゝ、これが一番簡単じゃ」

博士は指に巻いた手巾《ハンケチ》を解くと、それに色のない透明な液体を垂らした。プンと甘酸《あまずっ》ぱい匂いが室内に拡がった。

「エーテルじゃ、何故これに気がつかなんだのじゃろうな。さあ、今度こそはもう遁《のが》れる事は出来んぞ。覚悟はよいか」

猫のように様子を窺《うかが》っていた博士は、突然さっと身をひるがえすと風間に躍りかゝって来た。ビッショリと薬液の浸み込んだ手巾《ハンケチ》がさっと風間の顔の上に落ちた。

「ムーン」

風間は足をフン張って二三度激しく首を振ったが、恐ろしい薬液は見るみるうちに風間の意志を征服した。次第に意識がぼやけて来たかと思うと、間もなく昏々《こんこん》として深い眠りに落ち込んだ。

「えろう手間を取らせやがった。どりゃ後始末にとりかゝろうか」

隣室から大きな麻の袋を持って来た博士が、机《デスク》の上の釦《ボタン》を押すと、鋼鉄の腕はピンと椅子の中に畳みこまれて、風間の体は椅子を離れて床の上に転がった。博士はその体をえっちらおっちら袋の中に詰め込むと、太い綱で厳重に口を縛った。

「フフフ、これで一安心じゃ」

博士が背を伸ばして、曲った腰骨を叩いている時、思いがけなくも、

「叔父さん、叔父さん」

と呼ぶ女の声が聞えた。そしてトントンと軽く扉を叩く音がした。博士はぎょっとして息を殺した。

地獄の釜

「誰じゃ」

博士は床の上に踞《しゃが》んだまゝ押し殺したような声で訊ねた。

「私よ、お君よ、早く此処を開けて頂戴」

女の声がいった。博士はほっとしたように、

「お君か、待て待て、今すぐ開けてやる」

博士は麻袋を隣室へ放り込むと、用心深く間《あい》の扉をしめてそれから表の扉を開いた。お君が黒い風のように舞い込んで来た。

「まあ、どうしたの。灯もつけないで……それにこの匂い何?」

お君はヒクヒクと鼻をびくつかせながら、部屋の中を見廻した。

「何、今一寸実験をしていたのでの。待て待て、今電気をつけてやる」

スイッチをひねると、薄暗い電灯がついた。博士は不機嫌そうに相手の顔を見ながら、

「どうしたのじゃ今頃——？　何か変った事でも起ったのか」

「分ったの！　叔父さま、金塊の隠場所《かくし》が分ったのよ」

「えッ！」博士は思わずお君の手を握りしめると、「お君、え、そりゃ本当か」

「本当ですわ。御覧なさい。私今日こんな物を黒沢の書斎で発見しましたの」

お君は懐中から一葉の青写真を取出して机の上に拡げた。博士の眼が貪欲《どんよく》な鱶《ふか》のように輝く。

「御覧なさい、これ黒沢邸の設計図でしょう」

「おゝ、成程そうじゃ、それに違いない」

「ところが此処ンところを見て頂戴」お君は指で設計図の上を指しながら、「これ、三階のお爺さんの部屋でしょう。ところがこの居間の煖炉《ストーブ》の背後《うしろ》にこんな間隙《すき》があるじゃありませんか」

「おゝ、成程の、成程の」

「この間隙《すき》は二階の書斎にある煖炉《ストーブ》の背後《うしろ》を通ってずっと地面の下まで続いています。そして一方の出口は、河ぶちにあるボートハウスの中になっているのです。ところで御覧なさい。この地下の隧道《トンネル》の真中にこんなに脹《ふく》れている個所があるじゃありませんか。しかもこゝには×印がついていますわ。これがきっと金塊の隠場所に違いありませんわ」

「成程、そうじゃ、それに違いない」老博士は昂奮《こうふん》に身を慄わせて、ポキポキと指を折りながら、「それじゃ金塊の隠場所の入口というのは、あの爺さんの部屋にあるのじゃな」

「そうですわ。今から思えばあのお爺さんが不自由な三階の部屋に頑張っていたのは、見晴らしがいゝばかりじゃなかったのですわ。お爺さん、宝の番人だったのです」

「そうじゃ、それに違いない。今迄何故それに気がつかなんだのじゃろう、お君、これは大手柄じゃぞ。一千万円という金塊は、もうすっかり此方《こっち》の物も同様じゃ」

高木博士は有頂天になってお君の体を揺すぶった。灰色の眼が希望と勝利に輝き、長い山羊髯が浅間《あさま》しい慾望のためにブルブルと慄えている。お君は眼を反《そら》して溜息をついた。

「どうした、お君、お前何故そんな不機嫌な顔をしている。長い間の苦労が酬いられて、一千万円という大金が手に入ろうというのに、そなた何故そんな悲しそうな顔をしている。一千万円、のうお君、一千万円じゃぞ」

高木博士はその一千万円という言葉を、何か甘美なメロディーででもあるかのように、口の中で繰り返していた。

「そりゃ、私だって嬉《うれ》しくない事はございませんわ。然し、信二さんの事を考えると私心配で心配で……」

博士もふと気がついたように、「おゝ、そうじゃったの。もともと、この金塊は信二と弓枝の親爺と黒沢の三人が満洲から持ち帰ったものじゃ。それを最初、弓枝の親爺の田代倫造が一人占めにしようとして何処《どこ》かへ隠してしまった。そこへ黒沢の奴が割り込んで弓枝を女房にすると、あいつは田代倫造を殺して、今度は自分がその金塊を独占《ひとりじ》めにしようとした。俺《わし》たちは信二の味方となって長い事苦労したが今度こそその苦労が酬いられたというものじゃ。もう誰も邪魔をする奴はない。田代も死んだ、黒沢も……死んだ。金塊は信二一人《ひとり》のものじゃ。のう、信二は一千万円の大分限者《ぶげんしゃ》になったのじゃぞ。そしてそなたはその大分限者の奥様じゃないか。笑え、もっと陽気に笑え。ほゝゝゝ」

「だって、だって、叔父さま、信二さんは一体どこに居《お》りますの」

「信二が……？」博士はキョトンとして、「俺《わし》ゃ知らん。お前知っとるのじゃないのか」

「知りません。あの夜以来、信二さんからは何んのお便りもありませんの」

「あの夜というと……」

「黒沢の奴をやっつけた晩のこと……」

「叱《し》ッ！」

高木博士はぎょっとしてお君の口に手を当てるとあわてゝ辺《あたり》を見廻した。

「お君、滅多な事を言うものじゃない」

「えゝ」お君はためらいながら、「私だって、あなた方が本当に黒沢を殺しておしまいになるつもりではなかった事はよく承知していますわ。あの晩、奥さまに眠り薬を飲ませた私は、その後であなたと信二さんの二人を、黒沢の部屋に案内しました。あなた達二人は、黒沢の体を椅子に縛りつけて、ストーブの中に足を突込んだり手を突込んだり、散々拷問《ごうもん》にかけて金塊の所在《ありか》を白状させようとなすった。そうしているうちに黒沢はウーンと唸って……あゝ、恐ろしい、今考えてもぞっとする。私達は狼狽した。そして後を信二さん一人にまかせて、あなたと私とはあの家から逃げ出したのです。あなたは劇場へ、私はあなたのお宅へと……。然し、然し、後に残った信二さんはどうなすったのでしょう。あれからプッツリと消息がありません、あゝ私何んだか心配で心配で……」

お君の眼から涙が溢れた。彼女は両手をしっかり握り合せて、訴えるように叔父の姿を見守っている。

博士は焦々《いらいら》として部屋の中を歩き廻っていたが、

「お君、何もそう心配する事はない。のう、信二は大丈夫じゃ。あれは敏捷《はしこ》い男じゃから、万が一にも間違いのあろう道理がない」

「それなら何故私に一言便りを下さらないのでしょう、私何んだかあの人に間違いがあったような気がして……」

「馬鹿な！　お君、お前は今夜余程どうかしている様子じゃの。まあ、気を鎮めたがえゝ。信二は今に帰ってくる。ウン、きっと帰ってくるとも。じゃから、我々は先ず第一に、あの金塊を人知れず取出す算段をせにゃならん」

その時扉の外で烈しくネロの吠《ほ》える声が聞えた。二人はそれを聞くと、何かしらぎょっとして顔を見合せた。ネロは狂気の如く吠立《ほえた》てゝいる。

「お君、お前こゝに待っておいで。俺《わし》は一寸様子を見てくる」

博士は太いステッキを取上げると不安そうに部屋を出て行った。ネロ、ネロと博士の呼ぶ声が聞えていたが、間もなくその足音もネロの吠える声もどこか遠くの方へ消えていった。

博士は工場を一巡したが別に変った事はなかった。何処へ行ったのかネロの姿も見えない。博士が重いステッキをついて、再びゴトゴトと事務所の方へ帰ってくると、お君は頬杖をついてぼんやりと考え込んでいた。

「お君、ネロの姿を見なんだか」

「いゝえ」お君は力なく立上ると、「叔父さま、それじゃ私、もうお暇《いとま》をしますわ」

「おゝ、そうか、何もそう心配する事はないぞ。信二はじきに帰ってくる。そのうちに俺《わし》の方から差図《さしず》をするから、その時にゃいつものようにやるんだぞ」

お君は力なく頷きながら、よろよろと事務所から出て行った。

その後で博士は、暫くじっと青写真を眺めていたが、ふと思い出したように扉を開いて隣室を覗いた。麻袋は相変らず床の上に転がっている。博士はその袋を見下しながら、暫く考えていたが、やがてにやりと気味悪く笑うと、ステッキを置いて袋の口に手をかけた。

「こいつは重い」

博士は呟きながら麻袋を引き摺《ず》って事務所を出た。袋の中の風間は昏々と眠っていると見えて唸声《うなりごえ》も立てぬ。事務所の入口で博士は素早く辺を見廻した。広い工場には夜の闇が覆いかぶさって、人の姿は何処にも見えぬ。倖せよしと北叟笑《ほくそえ》みながら、博士は麻袋を引摺って大きな煉瓦建ての工場の中へ入って行った。

工場の中には大鎔鉱炉が二つ、ガラスの熔《と》ける強い瓦斯《ガス》を発散していた。その中にはドロドロに熔けたガラスの原料が、紅蓮《ぐれん》の焔《ほのお》をあげながら、地獄の熱湯の如く沸々《ふつふつ》と滾《たぎ》り立っているのだ。

博士ははっはと犬のように舌を吐きながら、鎔鉱炉にかゝっている渡り板の上に、麻袋を引摺り上げた。

「ほゝゝゝゝゝ」博士は奇妙な笛のような笑声を立てた。「我れながら名案じゃて。この釜の中へ落ち込んだが最後、肉は勿論、骨の髄まで熔けてしまうのじゃ。素晴らしい死体の始末場じゃて。風間辰之助、来世はガラスになっておいで。南無阿弥陀仏……」

ばさっと麻袋が、滾り立ったガラスの中へ落ちた。一瞬間、めらめらと青白い焔が舞い上ったが、それきりだった。忽《たちま》ち一塊の袋は、沸々と滾り立つガラスの熔液と化してしまった。

「ほゝゝゝゝ！　見事じゃわえ」

じっと釜の中を覗き込んでいた博士の顔は、地獄の赤鬼よりも物凄《ものすご》かった。

隧道《トンネル》の中の死体

暗い秘密と、邪悪な陰謀と、疑いぶかい世間の眼に取囲《とりかこ》まれた弓枝は、恐怖と心労と苦悩のために、日一日と痩せおとろえて、この頃ではもう風にも耐えぬ糸薄《いとすすき》のように、身も心も疲れ果てていた。

昼も夜も間断なく何者かに狙われているような強迫感。のしかゝって来る圧迫感、暗闇の中からじっとこちらを見詰めている恐ろしい眼。――弓枝は毎晩のようにその恐ろしい眼を夢に見た。

事件はあれだけで終ったのではない。何かしら自分を中心に、大きな陰謀の輪が渦巻いている。しかも、その真黒な渦は、次第に狭まって来つゝあるのだ。――弓枝は女性特有の鋭い本能から、はっきりとそれを意識する事が出来る。彼女は慄え、戦《おのの》き、歎息し、歔欷《きょき》した。しかも、この不安、この恐怖を打開《うちあ》けて縋《すが》らん人は誰一人いないのだ。たった一人の肉親である祖父の熊吉老人は、前にも言った通り全身不随で一日寝たきり、耳は聞えても口を利く事が出来ないのだ。

「お祖父さま、御機嫌いかゞ？」

ぽかぽかと陽気に向う早春の午後など、老人は小間使いのお君に車の後を押させて、庭に散歩している事があるが、弓枝の言葉を聞いても返事をしない事が多い。視力が鈍って来たのか、この頃かけ始めた黒眼鏡の奥から、物憂げな眼をちょっとあげて見るだけで、後は始終うつらうつらとしている。あの事件があって以来、痴呆状態が一層はげしくなったようである。弓枝は暗憺《あんたん》たる気持ちになった。

この哀れな廃人の姿を見るにつけて、弓枝が切実に思い出すのは風間辰之助のことだった。あの夜以来ぷっつりと消息を断った風間、――何かあの人の身に間違いでもあったのではなかろうか、それを思うと弓枝の心は千々《ちぢ》に砕けるのだ。自分の為に危険を冒してまで、恐ろしい犯人の役を引受けてくれた風間の男らしさ、頼もしさが、今更の如くひしひしと胸に迫って来る。あの人の身に万一の事でもあれば、これから先の長い将来を、何を楽しみに生きて行く事が出来るだろう。――弓枝の枕は夜毎《よごと》しとじとと濡れるのだった。

「奥様、まだお寝《やす》みになりませんか」

ほの暗い電灯の下で、さっきから頻りに編棒を動かしていたお君が、ふと顔をあげてそう言った。

「あゝお君、あなたまだそこにいたの」

思い佗《わ》び、疲れ果てた眼をあげた弓枝は、半ば驚いたように、半ば物憂げに言った。

「奥様、そんなにくよくよ遊ばしてはお体の毒ですわ。今に何も彼もよくなります。さあもう十一時です。お寝みになったら如何でございますか」

「有難う。それじゃ寝ませて戴きましょうか」

「じゃ、いつもの通り、レモン茶《ティ》を入れましょうね」

寝る前のレモン茶《ティ》一杯。弓枝にとってはせめてものはかない楽しみだった。

「奥様、どうかなさいましたの。少し濃過ぎましたかしら」

「いゝえ、何んでもないの。有難う」

一寸舌を刺すような味《あじわ》いに、弓枝は軽く眉をしかめたが、すぐ思い直したように飲み干した。

「さあ、寝ましょう、あなたもいゝ加減にお寝みなさいよ」

「えゝ、有難うございますわ」

弓枝を寝室へ送込《おくりこ》んで、再び居間へとって返したお君は、薄暗がりの部屋の入口でぎょっとしたように立ちすくんだ。

「あゝ、あなたでしたの？」

「どうじゃの、首尾は——？」

「今薬を飲ませたところです。もう直ぐお眠りになるでしょう」

「三階の方も大丈夫だろうな」

「え﹅、大丈夫、さっき行ってみましたら、前後不覚の高鼾で眠っていましたわ」

「上首尾、上首尾」

高木博士は螽蟖《きりぎりす》のような手を擦《す》り合せた。

「のう、お君、俺《わし》ゃ何んだか体が慄えてならぬ、笑《わろ》うてくれるな。……何かしら恐ろしい。あまり物事が順調に行きすぎる。これでよいのか、これが本当なのか、……俺《わし》ゃ今更になって何んとなく不安でならぬ、恐ろしゅうてならぬ。のう、お君、はっきり言っておくれ、何も恐ろしい事はない、……何も不安な事はないと……」

博士は真実不安らしく、焦々しながら部屋の中を歩き廻っている。膝頭ががくがくと慄え、蠟のような額には汗がびっしょり。お君は不安そうな眼で、博士の様子を眺めている。ふいに博士は立上った。

「は﹅﹅﹅﹅、馬鹿な！　何が怖いことがあるものか。邪魔者はみんな片附けてしもうた。誰一人金塊のことを知っている者はありゃせん。勝利は我れにありじゃ。そうとも、勝利は我れにありじゃ。……お君、一寸弓枝の様子を見て来ておくれ」

薬が利いたと見えて、弓枝はぐっすりと眠っていた。その報告を聞くと、博士は満足そうに両手を擦り合せながら、

「よし、それじゃ愈々取りか﹅る事にしよう。お君、案内せい」

シャベルだのスコップだのカンテラだのを担いだ博士は、お君を先に立て﹅三階へ上って行った。熊吉老人はぐっすりと眠り込んでいる。房々《ふさふさ》とした頭髪が額に縺《もつ》れか﹅って、だらりと開いた唇の間からは、黄色い乱杭歯《らんぐいば》が覗いていた。寝苦しそうな鼾が雷のように響き渡って、時々ヒクヒクと体を痙攣《けいれん》させていた。

「よく寝ている、大丈夫だ」瞼《まぶた》を押開けて老人の瞳孔《どう こう》を覗き込んだ博士はにやりと笑うと、「秘密の通

路というのはこれじゃの。成程、これなら誰にも分らぬ筈だわい」

お君は壁に切ってある大きな暖炉《ストーブ》の端に手をかけた。

「今日、お爺さんが庭にいる間に一寸調べてみましたの、ほら、この釦《ボタン》を押すと……」

お君が釦を押すと、暖炉《ストーブ》の裏の鉄板がスルスルと壁の中に吸い込まれて、その後にポッカリと真黒な孔《あな》が開いた。

「成程、これはうまい仕掛けじゃの」

暖炉《ストーブ》の中に首を突込んで覗いてみると、孔の内部には狭い階段が斜についていた。

「入りますか」

「ウン、やってみよう。お君、お前は此処で番をしていておくれ、何か変った事があったら、この呼笛《よびこ》を吹くのじゃ、いゝかの」

「大丈夫ですか」

「大丈夫じゃ。今に吉報を持って帰ってくる」

お君を残して、博士は暗い孔の中へ潜《もぐ》り込んだ。

「おい、そのシャベルだのスコップだのをこちらへ貸しておくれ」

階段は暗くて、おまけにかなり急だった。長い間太陽から遮《さえ》ぎられた空気は、重苦しく腐敗して、歩く度に窒息しそうな埃《ほこり》が舞い上る。博士はしかし、そんな事にはお構いなく、ほの暗いカンテラの光を頼りに、ごとごと階段を下りて行く。

階段は三階から二階、二階から一階を通りすぎて地下まで続いていた。そこで最後の階段を下りると、行手にはかなり大きな隧道《トンネル》が拡がっている。

「フーム、これは大工事じゃの」

博士が思わず呻声《うめきごえ》をあげたのも無理ではない。粗末ながらも隧道《トンネル》の内部はコンクリートと石とで固めてあるのだ。思うにこの地下隧道《トンネル》は隅田川の水運を利用して、運び出す荷物のための倉庫として築造されたものに違いなかった。田代倫造はそれを知っていてこの邸宅を買入れ、金塊の隠場所として手を加えたものに違いない。

隧道《トンネル》は真直《まっす》ぐに川の方へ拡がっている。果してその中程に倉庫のような広い部屋があった。そこまで来ると博士は、スコップだのシャベルだのを置いて辺を見廻した。設計図の上に×印がついているのは、確かにこの部屋に違いない。金塊はこの部屋のどこかに埋められてあるのだ。

博士はカンテラの柄を粗《あら》い壁に突きさして汗を拭いた。昂奮の為に心臓がドキドキと鳴って、膝頭がガクガクと慄える。おお、一千万円の金塊！　黄金の匂いがする。……

博士はカンテラの灯で部屋の中を見て歩いた。すると、果して壁の一方に煉瓦《れんが》が少しゆるくなっているのを発見した。一度その煉瓦を抜きとって、後からまた嵌《は》め込んだものに違いない。大きさは人間一人が潜り込まれるくらいの面積だった。金塊はこの煉瓦の背後《うしろ》にあるのだ！

博士は床に膝をついて、戦《おのの》く指でこの煉瓦を取りのけにかゝる。一つ二つ三つ……爪の間に泥が入って、指先が破れて血が滲《にじ》み出る。しかし、博士はそんな事にはお構いなしだ。五つ六つ七つ……床の上には見るみるうちに煉瓦の山が築かれて行く。

博士は夢中になって作業を続けていたが、ふいに鋭い聞耳《ききみみ》を立てるとギョッとして背後《うしろ》を振返った。

「誰じゃ？」

と、低い声で叫んでじっと闇の中を見据えていたが、無論答うる者はなかった。博士の声が方々の壁に突当って、陰々としてかなたの闇に溶け込んで行く。博士はそれでもなお気になるようにカンテラを提《さ》げてそこらを歩き廻ったが、何処にも異状はなかった。

「ふふふ！　気のせいかな。どうも少し神経が尖《とが》り過ぎている。落着かにゃいかんわい」

博士は汗を拭きカンテラを壁につき刺すと、再び煉瓦の取除けにかゝった。その態度は次第に焦燥《しょうそう》を加えてくる。まるで狂気した犬のように眼を剝《む》き、歯を喰いしばり、鼻を鳴らしながら煉瓦の山を築いて行く。間もなく問題の煉瓦はすっかり取払われてその後《うしろ》に泥の穴が見えはじめた。触って見ると近頃掘り返したと見え土が柔かだった。博士はシャベルを取上げて土を掻きのけた。一掻き、……二掻き……、ふとシャベルの先に何やら手応えがあった。

「しめたぞ！」

心臓がガンガンと鳴って、額には汗がビッショリ浮んでいる。一千万円の金塊だ！　おお、黄金の大宝庫だ！

博士はふいに顔をしかめた。そして何か気になるように小首をかしげたが、いきなりシャベルを投出《なげだ》すと、柔い土の中に手を突込んで指に触ったものをズルズルと引張りだした。

その途端、うわッ！　と叫んで博士は背後《うしろ》に跳び退いたのである。博士の前には、ボロボロの着物に覆われた、半ば腐爛《ふらん》した死体が泥にまみれて横《よこた》わっているのだった。博士はベタベタとその場にへたばってしまった。


水だ！　水だ！


意外とも意外！

黄金を掘り出そうとした博士が、人間の死体を掘り出そうなどと誰が想像し得よう。この無気味な死体を前にして、博士は半ば放心したように、ゼイゼイと肩で息をしているのも無理ではなかった。昂奮とその後にやって来た驚愕のために、恐ろしい喘息の発作が今博士を襲いつゝあった。

「やはあ！　飛んだものを掘り出しましたな」

ふいに背後から人の声が聞えた。博士はビクッとして跳上ったが、薄暗いカンテラの灯で相手の姿を見た途端、まるで狂死するのではないかと思われる程吃驚《びっくり》した。

「や、や、や、キ、貴様は……貴様は。……貴様は一体誰じゃ」

「はゝゝゝ、誰だとは情《なさけ》ない。もう忘れたのですかね。この間お前さんのために、鎔鉱炉の中へ放り込まれた風間さ、風間辰之助でさ」

「あ、あ、あ」

あまりの驚きに言葉も出ない。今にも心臓が塞《ふさ》がって、絶息しそうな気がする。

「キ、貴様！……ユ、幽霊――」

「は、は、は、成程、お前さんの眼からみれば、幽霊としか思えないかも知れんね。ところがお気の毒ながら、俺ゃこうして生きているよ。血も通っていれば肉もある。正真正銘間違いなしの人間よ」

風間は積重ねた煉瓦の上に腰を下すと煙草を取出して火をつけた。

「どうだい、一本、——ナニ、要らぬ。そいつは残念だな、労働の後《のち》の一服は天の美禄《びろく》というぜ。あゝそうそう、お前さんは喘息だっけな」

博士は肩でゼイゼイと息をしながら、憎悪と恐怖に満ちた眼で、じっと相手の顔を見詰めている。何か言おうとして口をもごもごとさせていたが、言葉は咽喉から出なかった。

「はゝゝゝ、おい、爺さん、何をそんなに考え込んでいるんだ」風間はプッと煙草の煙を吐きかけながら、「お前さんが今何を考えているか当てゝ見ようか。どうして、この俺が助かったか、それが不思議でならないんだろう。ナーニ、わけはないさ。如何に俺だって鎔鉱炉へ投げ込まれりゃそれっきりよ。つまりその前にあの麻袋から脱出することが出来たからこそ、ガラスにもならず、こうして此の世でお眼にかゝれるんだ。なあ、おい大将、素敵じゃないか」

博士にはそんな事は信じられなかった。麻袋の中から脱出した——？　否《いな》、否！　鎔鉱炉へ放り込んだ袋の中には確かに誰かいた。あれが若し、風間でなかったとしたら一体何者だ。

「は、は、は、ひどく御心配の様子だね。ナーニ種を明かせば何んでもありゃしない。お君さんという娘さんが袋の口を解いてくれたのさ、お前さんが工場の方を見廻りに行っている間にね、じゃ、あの袋の中にいたなア誰だというのかい、ネロさ。お前さんの忠犬ネロだよ。は、は、は、驚いたかい。然し、こりゃ俺が考えた事じゃないんだぜ。みんなお君さんの考えさ。お前さんの毒矢でね、チクリとネロを突刺《つきさ》すと、キャンとも言わずくたばっちまったというぜ。後は犬と人間との入替り、細工は流々《りゅうりゅう》というところさ。は、は、は、驚いたね。憤ったね。然しなア大将、憤るなアお前の方が無理というもの、大仕事をするにゃ女は禁物。――不覚じゃったの、ほゝゝゝゝ」

博士の口真似をして奇妙な笑声をあげた風間は、三斗の溜飲《りゅういん》を一時に下したような快《い》い気持《こころもち》だ。

「お君が……馬鹿な、あの娘《こ》に限って……」

「そんな裏切りをするような娘じゃないというのかい。そこがそれ不覚の至りさ。女という奴は兎角《とかく》同情深く出来ているというものさ。助けてはならぬ敵と分っていても、薬を嗅《か》がされ、袋詰めになってよ、抵抗力のなくなっている男を見ると、ついむらむらと後生《ごしょう》っ気《け》の一つも出ようというもの、それにお君さんはお前さん程悪党じゃないし、憐れな犠牲者がこの風間辰之助のような好《い》い男と来てる。こいつに気附かなんだのは先生一期《いちご》の不覚じゃったの。ほゝゝゝゝゝゝ」

「ムーン」

と唸った博士は、憤怒のために突然ブルブルと激しい発作に襲われた。

咳《せき》が――絶入るような咳が咽喉の奥からこみあげてくる。血管はふくれ上り、髪の毛は逆立ち、涙がポロポロとこぼれてくる。風間はそれを尻目にかけ死体の上に身を跼《かが》めると、泥を払いのけて顔を覗き込んだ。半ば腐爛した醜い顔は無念の形相《ぎょうそう》物凄く、じっと風間の顔を凝視している。風間は仔細にその顔を見詰めていたが、ふいにあっと叫んで背後《うしろ》へとびのいた。全身の血が一時に凍って、心臓が真白になった。

「見ろ！」風間は博士の手を摑むと夢中になってゆすぶった。

「あの死人の顔を見ろ！」

無理矢理に押しつけられて死人の顔に眼をやった博士は一眼見るとぎょっとした。

その途端、喘息の発作が治った程激しい驚きに打たれた。半ば腐爛こそして居るが、長い灰色の頭髪、黄色い皮膚、醜い乱杭歯――擬《まご》うかたなき熊吉老人ではないか。

「あ、あ、あ、――熊吉老人――」

「そうだ、熊吉爺さんだ——」

熊吉爺さんがこゝに死体となっている。死体となって半ば腐りかけている。とすれば、今三階に寝ているのは何者だ。——

「あゝ！　分った、分った！」ふいに博士が狂気したような叫声をあげた。「彼奴《あいつ》だ！　彼奴だ！　そうだあの眼！　黒眼鏡で隠したあの眼、確かに彼奴の眼だ！」

「彼奴とは誰だ！　おい大将、しっかりしろ、彼奴とは誰の事だ！」

「黒沢だ！　黒沢の奴だ……」

博士はふいに両手で顔を覆うと歔欷《すすりな》くような呻声をあげた。今こそ真相がはっきりと眼に映じる。殺されたのは黒沢ではなかったのだ。恐らくあの死体は甥の信二だったのだろう。信二に殺されかけた黒沢は逆に相手を殺して自分の身替りとし、自分は熊吉老人を殺してそれに化け、そして金塊の番をしながら持出《もちだ》す時期を覘っていたのだ。

「やられた、やられた、計られた。あゝ恐ろしい！　俺《わし》はもうとても助からぬ！」

博士は絶望的な呻声をあげ、両手で顔を覆っていたが、ふいにむっくりと狂気した顔をあげるとよろよろと立上った。

その途端、壁にかけたカンテラがガチャンと音を立てゝ毀れた。火が消えて、隧道《トンネル》の中にはどっと冷い闇が覆いかぶさって来た。

「危いッ、気をつけろ！」

風間がはっと地上に体を伏せた刹那《せつな》、何かしら、ビューッと風を切って飛んだものがあった。

「ウーム！」

と呻声と共に、ドタリと朽木を倒すように、博士の倒れる物音が聞えた。地面に耳を当てゝ聞いていると、ひそかな足音が急ぎ足で遠のいて行くのが聞える。何処かでギイと重い扉《ドア》の軋《きし》る音がした。通り魔のような曲者は立去った。風間はむっくりと顔を上げると懐中電灯で辺を探してみた。果して部屋の入口に博士が倒れている。

「おい、しっかりしろ！　傷は何処だ？」

「ウーム」

博士は白い眼を見開いて微《かす》かに呻いた。その時風間はぎょっとして背後《うしろ》へとびのいた。見よ！　博士の胸に突刺さっている一本の矢――おゝ、恐ろしい毒の吹矢だ。

毒の巡《まわ》りは風間が想像したよりも遥かに敏速だった。博士の顔面からは退潮の如く刻々として生の影が褪《あ》せてゆく。見るみるうちに殖《ふ》えてゆく凶々《まがまが》しい紫色の斑点、唇が白くなって、瞳孔がガラスのように曇《くも》って来た。明かに断末魔だ。

「おい、しっかりしろ！　お前の探していたのは何んだ！　宝というのは何んだ！」

博士の瞳がピクピクと動いて、白い唇がかすかに痙攣する。

「おい！　言え！　はっきり言え！　敵《かたき》は必ず俺がとってやるぞ！」

「金塊――奉天《ほうてん》から盗んで来た金塊――一千万円の金塊だ――」

それだけが博士の最後の力だった。ふいに激しい痙攣が全身を這《は》いのぼって来たかと思うと、間もなくガックリと硬直した四肢が土の上に伸びてしまった。

「可哀そうに、悪い奴だがこんな所を見るのはあまりいゝ気持じゃないな。俺を殺そうとした吹矢で殺されるなんて、これも何かの因縁だろう。なア爺さん、丁度幸いこゝにゃ道連れがあらア。急いで行けば三途《さんず》の川あたりで追いつくだろう。南無阿弥陀仏――」

博士の眼を閉じ懐中電灯を取上げた風間は立上ってあたりを見廻した、が、その途端、彼はぎょっとして息を大きく吸い込んだ。

今迄少しも気がつかなかったが、真黒な水が白い泡を立てながら足下に渦巻いている。何処か遠くの方でドッという凄《すさま》じい水音が聞えた。

「しまった！」

稲妻のように危険の予感がひらめいた。隅田川へ通じている水門の戸が開かれたのに違いない。愚《ぐ》図々《ずぐず》していたらこの隧道《トンネル》の中は水浸しになってしまうのだ。

風間は懐中電灯を振りかざしながら夢中になって走った。その背後《うしろ》から濁流が追っかけるように押寄せて来る。水嵩《みずかさ》は見る見るうちに殖えて、階段の下まで駆けつけた時には、もう膝の辺まで達していた。

風間はふいに、ドシンと厚い壁に鼻頭《はなさき》を叩かれてびっくりして立止った。懐中電灯で前方を照してみると、いつの間にか、厚い扉がピッタリと下りていて、水がそこで凄じい渦を画いていた。

風間は驚いた拍子に取落した懐中電灯を探してみたが、もう何処にも見当らなかった。水の流れがどこかへ奪い去ってしまったのだ。辺はもう漆《うるし》のように真の闇。その闇の底から鼕々《とうとう》たる水音が聞えてくる。

「畜生！　畜生！」

風間は歯ぎしりをしながら扉を叩いた。拳が破れてたらたらと血が流れる。然し扉は巌《いわお》の如く厳然《げんぜん》と沈黙を続けてビクともしない。水はもう腰の辺まで達していた。

この扉が開かないとすれば、逃口は唯一つ、水門があるばかりだ。然し無事にそこへ行きつく事が出来るだろうか。水門に達する迄果してこの隧道《トンネル》の中に余裕があるだろうか。……然し今はそんな事で躊躇しているべき場合ではないのだ。水嵩は刻々として増してくる。幾何《いくばく》ならずして、この隧道《トンネル》内を満してしまうだろう。

風間は両手で水を掻き分けながら進んだ。ともすれば水勢に押されて、背後《うしろ》へ流されそうになる。風間はきっと歯を喰いしばり、壁を伝いながら夢中になって進んで行った。水は既に胸の辺まで達している。ふいに何かしら小さな動物が風間の肩に這いのぼって来た。

鼠だ！　この隧道《トンネル》の穴にひそんでいた鼠が水の為に巣を追われて逃げ出して来たのだ。

「畜生！」

風間がぞっとして首を振ると、鼠はボチャンと水の中へ落ちて渦の中へ巻き込まれた。然し、隧道《トンネル》の中に一匹の鼠しかいないというわけはない。果してその後からすぐ第二の鼠が襲撃して来た。一匹——二匹——三匹。——肩から胸へと駆けのぼるその気味悪さ。しかも払えども払えども、鼠の襲撃には限りがないのだ。しかも水門までにはまだ大分距離がある。しかも水は既に胸から肩、肩から口の辺まで達していた。

「あゝ、もう駄目だ——」

風間は全身から力が抜けてゆくのを感じた。真暗な地下の隧道《トンネル》、そこには何んの光も希望もない。隧道《トンネル》自身が既に大きな墓窖《はかあな》だ。この隧道《トンネル》の中で、鼠と共に死んで行く自分——風間の意識は次第に朦朧《もうろう》とぼやけて行った。

幽霊騎手の正体

その頃、地上の黒沢家の庭園では、今しも奇怪な事件が進展しつゝあった。

大きな楡《にれ》の木の下に、新らしく住込んだ下男の芳蔵がじっと蹲《うずくま》って、河ぶちに立っている古びたボートハウスに、猫のような瞳を凝《こ》らしているのだった。

ボートハウスというのは、この邸の前の主人の代からあるもので、底の一隅に立てた小屋の中に隅田川の水を引き込んでプールが作ってあった。無論、今はもうボートなんか浮かんでいなかったが、それでも始終、黒い水が小屋の中にプールを作っていた。その小屋の中でさっきから怪しい灯が頻りに動いているのだ。

芳蔵は猫のような、足音のない歩き方でその小屋の方へ近附いて行った。息を殺して小屋の隙間から覗いてみると、一人の男が向う向きになってじっとプールの水面を見詰めている。垢じんだ帽子、ボロボロの洋服、一見して職にあぶれたルンペンといった恰好だが、何にしてもこのまゝ見捨てゝ置くわけには行かぬ。芳蔵はそっと扉《ドア》を押して中へ滑り込んだが、その物音に曲者がぎょっとしてうしろを振返った。その途端、芳蔵が鞠《まり》のように相手に躍りかゝって行った。

二つの肉塊が一団となって地上を転げ廻る。上になり下になり、暫く黙々として二人は争闘を続けていたが、間もなく勝負がついた。芳蔵は怪漢の上に馬乗りになると、カンテラの灯を引き寄せて相手の顔を覗き込んだが、その途端びっくりして跳びのいた。

「何んだ、貴様、音丸じゃないか」

音丸は相手が飛退《とびの》いた隙に、急いで跳起《はねお》きようとしていたが、その声を聞くとぎょっとして相手の顔を見直した。

「誰だ！　手前は――」

「俺だよ。南条だよ」

「え？」

音丸が二度びっくりして眼を丸くしている前で、南条はもじゃ〳〵の義髭《ぎし》をむしり取った。違いない。擬うかたなき新聞記者の南条三郎だ。

「あゝ、南条、君は一体こんなところで何をしているのだ」

「そんな事はどうでもいゝ。いずれ後で説明する。そういう貴様こそこゝで何をしているのだ」

それを聞くと、音丸は急に不安そうな眼をプールの上に落した。

「見てくれ、この水を――」

「何んだ、水がどうしたのだ」

「ほら、どんどん何処かへ吸い込まれて行くじゃないか。一体この水はどこへ流れて行くのだろう、俺ゃ何んだか不安で耐《たま》らないんだ」

南条はふいにきっと音丸の腕を摑んだ。

「おい、音丸、――もっとはっきり言え。水の吸い込まれて行くのが何故不安なんだ」

「俺にゃ――俺にゃよく分らねえ。しかし俺ゃさっき、この小屋の中からよぼよぼの爺さんが飛出してくるのを見たんだ。中風で身動きも出来ない筈の老人が、こゝから飛出してくるのを見たんだ」

「何んだって！　あの中風の爺さんが歩いていたというのかい？」

「歩いていたどころじゃねえ、まるで鉄砲玉みたいに飛んで行きやがった。中風とは真赤な偽り、ありゃ偽病だぜ」

南条はわけの分らぬ疑惑に捕えられた。あのよぼよぼの、身動きも出来ぬ老人がこの小屋から飛出して行ったなんてことが信じられるだろうか。彼は音丸の腕をはげしくゆすぶった。

「おい、音丸！　貴様がビクビクしてるなアそれだけじゃあるまい。もっと他に理由があるんだろう」

「フム、実は——」

「実は——？」

「実は風間がどこかこの邸の地下へ潜り込んでいる筈なんだ。俺ゃこの水は、若しかするとその地下へ流れ込んでいるのじゃないかと思って……」

南条は音丸の手を離すと、矢庭にプールの方へ飛んで行った。

「貴様、それを何故もっと早く言わねえんだ！」

プールの奥まったところに大きな堰《せき》があったが、堰の鉄門は今水面高く吊上《つりあ》げてあってその中にどんどん水が流込《ながれこ》んでいた。その水門の側へ飛んで行ってせわしく辺を見廻した南条の眼に、ふと小屋の片隅にある大きな鉄のハンドルが映った。

「是《こ》れだ！」

南条がハンドルを廻すと、鉄門は左右の溝を滑ってスルスルと水中へ沈んでゆく。流れは安全にせきとめられた。見れば水門の裏側に当るプールの底には、マンホールのような孔があいていて、その揚蓋が上の方に跳ね上げてあるのだった。僅《わず》か残った水が、音を立ててその孔の中へ流れ込んで行った。

南条は腹這《はらば》いになるとその孔の入口に耳を当てゝじっと様子をうかゞっていたが、ふいにむっくりと頭をあげると音丸の方を振返った。

「確かに誰かいる！」

「じゃ、まだ活《い》きているか」

音丸の声は慄えていた。

「フム、竪孔《たてあな》はまだ一杯にゃなっていないが、若し隧道《トンネル》の方が水浸しになっていたら……」

「おい、助けてくれ！　南条、お願いだ！　風間を助けてやってくれ……」

「よし！」

南条は印半纏《しるしばんてん》を脱いでその孔の中へ入って行きか

けたが、何を思ったのかふいにニヤリと笑うとまた引返して来た。

「おい、音丸、助けてやらぬでもないが一つ条件がある」

「おい、止せよ。何んでも聞くから早く助けてやってくれよ」

「いや、貴様がその条件を承知するまで、俺ゃこの孔の中へ入るのは止した」

「だからさ、どんな事でもきくと言ってるじゃないか。条件というのは一体どんな事だ」

「幽霊騎手というのは風間辰之助だろうな」

南条がピシリと言った。

「バ、馬鹿な！　ソ、そんな事が……」

「フフン、貴様がその気なら俺も風間を助けるのは止した。もう一度この水門の口を開いてやろう。ははは、幽霊騎手地下隧道《トンネル》に於て溺死《できし》す——か。重なる罪業《ざいごう》の酬いだね」

「おい、南条、ソ、そんな意地の悪い事を言わずに頼む。助けてやってくれ」

「だから、貴様も素直に白状すればいゝじゃないか。えゝ、おい、今都下を荒し廻っている怪盗幽霊騎手の正体は風間辰之助——だ。ね？　そうだろう」

音丸は恐ろしい板挟み《ジレンマ》にブルブルと慄えている。苦悶のために顔は歪《ゆが》み、額には汗がビッショリ浮んでいた。

「南条——貴様は卑怯だ、こ、こんな際に至って……」

「おい、愚図々々いうのは止せ！　風間の生命は一刻を争うのだぞ。おい、風間辰之助こそ幽霊騎手であろうな！」

音丸は激しく頷いた。あゝ、この際これより他にどうしようがあるというのだ。南条の言葉通り、風間の一命は今風前の灯火《ともしび》も同様ではないか。

「よし、分った。それが貴様の返事だな。音丸安心しろ。風間は確かに生きているぞ。俺ゃ今、彼奴の呻き声を聞いたのだ！」

言い切るや否《いな》や、南条は飛鳥《とぶとり》の如く身を躍らせて孔の中へ潜り込んで行った。

河上《かじょう》の追跡

真暗な竪孔の内部には一挺の鉄梯子《ばしご》が垂直についていた。それを伝って降りて行くと、南条の足は間もなく水面に達した。隧道《トンネル》の中はどうやら九分通り水浸しになっているらしい。念の為に梯子を下まで降りてみると、間もなく足が地面に達《とど》いた。立ってみると、水は丁度南条の鼻のあたりまである。風間は南条より少くとも三寸は脊《せ》が高いから、この分なら大丈夫、よし立っている事が出来なくとも、泳ぎの達者な風間のことだ、まさか溺死するような事はあるまい。

「おうい、風間――風間はいるかい！」

南条の声が隧道《トンネル》の天井と水面に反響して、奥の方へ転がって行った。

「ウーム、誰だ――音丸か――」

弱々しいが確かに風間の声だ。嬉《うれ》しや風間はまだ生きている。

「どちらだ、どちらだ！」

「こっちだ――、早く来てくれ……あっ、畜生！」

「どうした、どうした、誰かいるのか」

「鼠だ！　鼠の畜生だ……あっ、ム、畜生！」

水中に立った南条の足に、ふと何か触れた物があった。探ってみるとどうやらレールらしい。多分荷物でも運ぶために、トロッコが敷いてあったのだろう。しめた！　このレールにさえ気を附けていれば、暗闇の中でも道を間違うような事はない。

「おい、風間、何かしゃべっていてくれ！　その声を頼りに泳いで行ってやる」

「よし来た！」

風間は言下に大声で歌を歌い出した。これにはさすがの南条も舌を捲《ま》いて驚嘆しずにはいられない。この危急の場合に何んという大胆な男だろう。……南条はその歌声を頼りに水を掻分《かきわ》けて泳いで行く。時々水中に潜り込んでレールの所在を探る事を忘れなかった。

間もなく彼は風間の側に泳ぎついた。風間は壁の凹《くぼ》みに足をかけて、漸く水面から首を出しながら、襲い来る鼠群と闘いつづけているのだった。

「おい、鼠の奴に気をつけろ！　水よりこいつの方がよっぽど恐ろしい！」

風間の言葉が終らぬうちに、一匹の鼠が南条の肩に跳びついて来た。

「うわッ！　畜生！　ペッペッ！」

「おい、どうした、大丈夫か」

「大丈夫、貴様こそどうした。気は確《たしか》か」

「おや、そういう声は誰だ、音丸じゃねえのか」

「誰でもいゝ、早く俺の肩に摑まれ。うわッ！　この畜生、……成程、この鼠にゃ恐れるね」

「あゝ！　貴様、南条だな！　貴様どうしてこゝへ……？」

「そんな事はどうでもいゝ。早く俺の肩に摑まれ。こいつは耐《たま》らぬ」

南条が必死となって襲いかゝる鼠群と闘っている様子に、風間は、くすくすと笑い出した。

風間が肩につかまると南条はすぐ泳ぎ出した。幸い今度は水中に潜ってレールを探らなくとも、帰り道に迷うような事はなかった。音丸の機転だろう。綱の端にくゝりつけたカンテラがぶらぶらと水面にゆれていたから、その光を目当てに泳いで行けばいゝのだった。

途中まで泳いでくると、ふいに何かしら水面に浮んでいる大きな物体が南条の鼻先を遮《さえぎ》った。南条は何気なくそれを押しのけようとしたが、その途端、ウワッ！　と叫ぶや、ブクブクと水の中に沈んで行った。

「どうした、どうした」

風間があわてゝ腕を吊しあげると、やっと水面に頭を出した南条は、ブルブルと首を振って水を切りながら、

「シ、死体だ……土左衛門が浮いている！」

風間にはすぐ万事了解が出来た。思うに熊吉老人か高木博士の死体が水に浮上《うきあが》って流されて来たのだろう。

「何も驚く事はねえよ。この隧道《トンネル》は墓窖も同然なんだ」

「墓窖――？」

「詳しい事はいずれ後程話す。それよりも一刻も早くこゝを出なけりゃならん」

やっとの事でボートハウスの中へ這い出して来た風間辰之助は、世にも滑稽な顔をしていた。頰といわず鼻の頭といわず、一面の嚙傷で、皮膚は破れ血が滲み出している。猛烈な鼠群の襲撃と闘った名誉の負傷だった。これを見ると、心配のために蒼くなっていた音丸も思わずプッと吹出した。

「こん畜生！　笑い事じゃねえぜ。それより彼奴《あいつ》はどうした。あの中風の爺はどうした？」

「あの爺さんなら、さっきこのボートハウスから出て来て、家の方へ走って行きましたぜ」

「彼奴だ！　彼奴を逃がしちゃならん！」

風間が矢庭に駆け出そうとするのを、南条が抱きとめた。

「おい、風間、あの爺さんがどうかしたのか、彼奴本当に歩けるのかい？」

「歩ける？　無論だ、彼奴は大した喰わせ者だぜ、おい、南条、貴様も手伝ってくれ！」

三人はボートハウスを出ると、勝手口から家の中へ飛込んだ。そして物音に驚いて飛出して来た召使いたちを尻目にかけて、まっしぐらに三階へ駆け上って行ったが、熊吉老人の部屋は藻《も》抜《ぬ》けの殻だった。

「しまった！　逃げた！」

「おい、あんな所に女が倒れている！」

南条の叫び声にその方を見れば成程寝台の下から、白足袋《たび》をはいた女の足がニュッと突出している。音丸が素速くその足を摑んで体を引摺り出した。

「あっ、小間使いのお君だ！」

無惨、お君の胸には例の毒矢がぐさっと突刺さっていた。かッと見開いた白い眼、紫色の斑点、白い唇……既に事切れていた。

高木博士にそゝのかされて、恋しい男の為とばかりに、間違った道へ踏迷《ふみまよ》った女ではあったけれど、嘗《か》つては自分の生命を救ってくれた事もあるお君――そのお君の無惨な死態《しにざま》を見て風間は烈火の如く憤った。

「畜生！　行きがけの駄賃に殺して行きやがった。……お君さん、この敵《かたき》はきっと討ってやるぜ」

風間が涙を飲んで合掌している折柄《おりから》、俄かに階下《した》の方からけたゝましい機関《エンジン》の音が聞えてきた。三人があわてゝ窓の側へ駆けよってみれば、今しも一艘のランチが黒沢家の庭の端にある桟橋《さんばし》から出発しようとしているところだった。しかもほの暗い石油ランプの下に蹲っているのは、確かに熊吉老人の姿ではないか。

「畜生！　船でズラかろうというのだ」

その時、音丸がいきなり風間の腕を摑むと、ランチの中を指さして叫んだ。

「大将……あれを見なさい！　爺さん、誰かを抱いている……あっ！　女だ！　弓枝さんだ！」

「畜生！」

風間は風のように部屋を飛出して行った。

「音丸来い！　南条、貴様に素晴らしい特種《とくだね》をくれてやる、一緒に来い！」

三人は飛ぶように階段を駆け下りて行った。しかし、彼等が桟橋へ駆けつけて行ったときには、ランチは既に、嘲るような白波を残しながら一町《ちょう》程彼方《かなた》を走っているのだった。

「おい、南条、何んとかしてくれ！　頼む！　彼奴は弓枝さんを殺してしまう。おい、南条……何んとかしてくれ……おい！」

南条の肩を摑んだ風間は、夢中になって相手の体をゆすぶった。苦悶のために顔は引釣《ひきつ》り、眼には涙が一杯浮んでいる。子供のように彼は地団駄を踏んでいた。

「何んとかしてくれと言ったところで、俺だって鳥じゃねえし、飛んで行くわけにゃいかねえ。それより水上署へ頼んで……」

「駄目だ！　そんな暇はありゃしねえ。その間に弓枝さんは殺されてしまう。おい、南条、貴様の力に負えねえのか、おい！」

「だって仕方がねえ。貴様に出来ねえ事が俺に出来る筈はありゃ……あっ！　しめた！　風間助かったぞ！」

南条が狂気の如く手を振って大声で叫んだ。その声を聞きつけたのか、今しも中流を下っていたランチがするするとこちらへ近附いて来た。

「水上署のランチだ。愚図々々いわせずに跳乗《とびの》っちまえ！」

ランチが一間《けん》程手前まで近附いてくると、三人は一斉に飛移《とびうつ》った。そして呆気《あっけ》に取られている警官に、南条が手短かに事情を話した。この際、南条の新聞記者の徽章《きしょう》が大いに役立った事はいう迄もない。しかも話の最中にひょっこりと船室から顔を出したのは、南条と馴染みの警部だった。

「やあ、南条君じゃないか。ひどく昂奮しているが何か事件かね」

「殺人事件です。いま犯人がランチで逃亡したのです」

「そして一千万円の金塊拐帯《かいたい》犯人です！」

風間がその後に附加えた。

「なに、一千万円の金塊？」

警部と南条が異口同音《いくどうおん》に叫んだ。

「事情は後で詳しく話します。ともかく追跡して下さい」

「よし！」

命令一下、俄然ランチは猛烈なスピードを出した。両岸の家も船も筏《いかだ》も矢のようにうしろへけし飛んで行く。

毒矢の襲撃

「おい、一千万円の金塊というのは本当か」

「本当だとも！　南条、実際素晴らしい事件だ。生命を助けてくれたお礼に、貴様にこの特種をくれてやる！」

野菜を満載した荷船がランチの煽りを喰《くら》ってぐらぐらと揺れた。櫓《ろ》を押していた船頭夫婦が眼を丸くして、この気狂《きちが》いじみたランチの驀進《ばくしん》を見送っていた。

月が浅野セメントの煙突の上に懸《かか》って、川上は銀を流したように明るかった。追跡にはもって来いの晩だ。

ランチは佐賀町を左に見て永代橋の下をくゞった。然し目指す船影はまだ見当らぬ。風間は次第に焦々してきた。石川島で川は二叉《また》に岐《わか》れているから、それまでに敵のランチを見つけなければ、取逃してしまう懼《おそ》れがある。海へ出てしまえば捜索は容易ではないのだ。

「警部さん、これ以上スピードは出ないのですか」

「これで一杯だ。これ以上出したら顚覆《てんぷく》してしまうばかりだ」

警部の言葉は事実だった。汽罐《きかん》は一杯に開かれて嵐のような唸りをあげている。飛沫《しぶき》は雨となってランチの上に降りかゝり、小舟や艀《はしけ》や荷足船や伝馬船が走馬灯のようにうしろへ飛んで行った。間もなく石川島造船所の黒い建物が前方に見えてきた。

「いた！」

ふいに音丸が叫んだ。

「あれだ！　あの赤い火だ。警部さん、お願いです、スピードを——スピードを——畜生！　もう一息だ」

二町程彼方を、敵のランチが奔馬の如く驀進している。白い波が鋸《のこぎり》でひかれたようにさっと左右に飛沫をあげていた。時々船体がぐらぐらと左右に揺れた。

「無茶な速力を出しやがるな！　しかし、もう大丈夫だ。見ろ！　吃水線《きっすい》がとても沈んでいる。積載量以上のものを積込んでいるので、思うように速力が出ないのだ」

彼我《ひが》の距離は刻々として迫って行く。もう一息だ。然しその時、ふいに追手のランチにとって不運が見舞って来た。三艘の荷船を曳いた曳船が悠々と間に割り込んできたのだ。

「畜生！　危い、退《ど》け！」

ふいに舵《かじ》を廻したので、ランチが大きく傾いて、乗組員は危く水中へ投出されそうになった。

風間が地団駄を踏んで罵声《ばせい》を浴せかける。漸く曳船を迂廻《うかい》して進路を取直して前方を見れば、敵のランチは既に数町のかなたに逃げのびていた。

「ナーニ、心配は要らん、姿さえ見失わなけりゃ、スピードはこちらの方が速いんだから、今に追っつける」

川の分岐点まで来ると、敵は右へと針路を取った。再び彼我の距離は刻々と狭まって来た。速度計の針が気狂いのように躍って、汽罐はブーブー傷ついた牡牛のように猛《たけ》り狂っている。

佃《つくだ》の渡《わたし》の辺まで差しかゝった頃には、向うのランチの内部がはっきりと見えはじめた。船尾には熊吉老人が跼《かが》んで、気狂いのような獰猛《どうもう》な眼でじっとこちらを見据えている。房々とした雪白の長い髪、もじゃもじゃの顎、剝き出した黄色い乱杭歯、全く悪鬼の如き形相だった。

十間、五間、三間、二間——二つの船は次第に接近して行く。風間も南条も、いつでも向うの船に飛移れるように身構えをしていた。

「危い!」

突然、風間が南条の腕を摑んで身をかゞめた。老人が口に吹矢筒を当てるのを見たからだ。二人がはっとして頭を伏せた瞬間、ビューと風を切って矢がとんだ。矢はランチとすれすれに水の中へ落ちた。

「みな気をつけろ! 毒矢だ! 恐ろしい毒矢だ。あいつにやられると生命はないぞ」

二本目の矢が飛んで来た。矢は艙口《ハッチ》にぐさと刺さった。熊吉老人は狂気の如き眼を瞋《いか》らせながら三本目の矢をさし込んで口に当てた。

風間は急いでポケットからピストルを取出したが、弾丸《たま》が水に濡れて役に立たなかった。

「畜生!」

「ピストルならこゝにあります」

音丸がいった。

「射て! 殺すんじゃないぞ。腕を狙え!」

三本目の矢は音丸を目がけて飛んできた。音丸は危く体をかわすと、ピストルの曳金《ひきがね》に手をかけた。ズドンと一発、最初の弾丸は外れた。熊吉老人はあわてゝ四本目の矢を筒の中へ仕込んでいる。

「今だ!」

第二発目! 弾丸は見事に老人の右腕に命中した。

「あっ!」

と叫ぶと共に、吹矢筒が手をすべって水中に落ちた。

「しめた！　飛移れ！」

南条が一番に飛乗った。泡を食った老人はバタバタと船室の中へ逃込むと、そこに倒れていた弓枝の咽喉へいきなり手をかけた。

「馬鹿！」

と、一喝！　南条の猿臂《えんぴ》が伸びたかと思うと、老人の体は翻筋斗《もんどり》打って床の上に叩きつけられていた。

風間をはじめ、警部や音丸がそこへとび込んできた。

弓枝の姿をみると風間はいきなり体を抱き起した。

「弓枝さん、弓枝さん、しっかりして下さい。もう大丈夫です」

弓枝はうっすらと眼を見開いたが、風間の顔を見ると、にっこりと笑って、安心したようにそのまゝ再び昏倒してしまった。

「音丸、弓枝さんの介抱は貴様にまかせる」

風間はツカツカと熊吉老人の方へ近附いて行った。

警部と南条の二人に、左右から押えられた老人は、狂犬のように兇暴な眼を光らせながら風間の顔を見ていた。

「警部さん、これが黒沢事件の真犯人です！」

老人の頭髪に手をかけた風間がそういいながら、スッポリと鬘《かつら》を取れば、老人とは似ても似つかぬ頑強な面構えが現れた。

「田代倫造の殺害者、白石信二の殺害者、そして熊吉老人と高木博士とお君の殺害者、恐るべき殺人鬼、黒沢剛三というのが即ちこの男です」

仮面は剝《は》がれた。秘密の帳《とばり》はあげられた。あゝ、その真実の何んという恐ろしさであろう。黒沢はもう、何んと抗弁しても無駄だと覚ったのであろうか。悄然《しょうぜん》としてうなだれている。

南条は手帳を出して急がしく鉛筆を走らせていた。

「しかし、金塊はどうした？　一千万円の金塊というのはどうした？」

「警部殿！　このランチには御覧の通り、樽《たる》が一杯積込んであります。その樽の中をお調べになれば、忽ち御了解がいく事と存じます」

警部は部下に命じて一つの樽をあけさせた。

「おゝ！」

警部も南条も音丸も、その樽の中を一目見るや、呆気《あっけ》にとられて次ぎの言葉が出なかった。樽の中には黄金の棒がぎっしりと詰っているのだった。

「大事件だ！　畜生！　素晴らしい特種だぞ！」

南条の鉛筆は狂気の如く躍っていた。黒沢は銷沈《しょうちん》しきった面を伏せて、唖《おし》の如く押し黙っている。二艘《そう》のランチは静かに月島の渡口へ近寄って行った。

許されぬ恋

その翌日の東都新聞が、素晴らしい旋風を日本全国に捲起《まきおこ》したことは、こゝに書加える迄もあるまい。昭々として白日の下に曝《さら》け出された秘密の恐ろしさ、奇怪さ、五人殺しの犯人の兇暴さ、かてゝ加えて一千万円の金塊が事件の背景をなしているというのだ。世をあげてゴールドラッシュの時代。天賞堂の飾窓《ショーウインド》から小っぽけな金塊が盗まれても大騒ぎをする世の中だ。一千万円の金塊事件が世間の耳目《じもく》を聳《しょう》動《どう》させずにおかぬ筈がない。

金塊の出所は間もなく判明した。一昨年の秋、満洲事変が突発した当時、奉天の某方面にあった筈の金塊が一夜にして姿を掻消《かきけ》したという事件があった。犯人は三名の日本人で金塊と共に内地へ潜入したらしいというところまで判明していたが、それから先は杳《よう》として消息が断ち切れていた。勿論内地の各警察では躍起《やっき》となって犯人厳探中だったが、今迄遂々《とうとう》その手懸りを摑む事が出来なかった。その金塊が今突如として出現したのだから、要路の大官が驚喜した事は言う迄もない。

黒沢の供述によって事件の全貌は曝露《ばくろ》した。それによると凡《およ》そ、事件は次ぎの如き経過を辿《たど》っているのだ。金塊奪取の計画を樹《た》てたのは弓枝の父田代倫造だった。彼は黒沢と白石信二の二人を仲間に語らって、巧みにその目的を達したが、さて金塊が手に入ると、今度は自分一人でそれを着服しようとした。彼は二人の仲間を満洲に置きざりにして、金塊と共に東京へ舞い戻って来たのである。

無論、黒沢と白石信二の二人がそのまゝ指を銜《くわ》えて引込んでいるわけはなかった。二人は別の方向から田代倫造の捜索を開始した。そして最初に成功したのが黒沢剛三で、彼は田代倫造の所在を突止めると、そこへ乗込み倫造を脅迫《きょうはく》して弓枝と結婚したのだ。ところが、間もなくそこへ白石信二が割り込んできた。白石信二は叔父の高木博士を仲間に語らって、黒沢を脅迫しはじめたが、間もなくこの三人の間に同盟条約が成立し、先ず第一に田代倫造を殺し、熊吉爺さんに毒を盛った。

　ところがこの時分から黒沢は再び態度を豹変しはじめたのだ。彼は言を左右にして、金塊の分配を肯《がえ》んじないばかりか、その所在をも絶対に明そうとしない。そこで今度は白石信二と高木博士の二人が黒沢剛三を脅迫しはじめたのである。事件の起った夜、博士と信二の二人はお君の手引きによって黒沢邸へ乗込み、厳しい拷問にかけて金塊の所在を白状させようと試みた。ところが、その拷問の度がすぎて、黒沢が一時気絶したのを、死んで了《しま》ったと誤解した博士とお君の二人はあわてふためいて黒沢邸を出た。ところが、その後で間もなく息を吹返した黒沢剛三は、唯一人踏止《ふみとどま》っていた信二を斃《たお》し、それを自分の身替りとしたのである。何故黒沢がこんな廻り諄《くど》い細工をしたかというと、彼は博士の復讐を怖れたのだ。こうして自分が死んだようにみせかける事によって博士の復讐から逃れると同時に、殺人犯人として追跡される事からも免《まぬか》れた。つまり彼は一石二鳥《いっせきにちょう》といううまい方法を考えついたのである。

　このまゝ彼が身を隠してしまえば何んでもなかったのだが、そう出来ない重大な理由がある。即ち、金塊が黒沢邸に隠してあるという事だ。いつ何時博士の手によってそれが奪い去られるか分らない。一刻も彼は金塊の側から離れるわけには行かないのである。そこで考えついたのが熊吉老人に変装する事だ。老人は口を利く事も出来なければ身動きをする事も出来ないのだから、変装するのには最も好都合だった。長い雪白の頭髪、もじゃもじゃの顎髯——これですっかり彼は老人に化《ば》けおおせた。誰がこの虫けらのように生きている廃人に疑惑の眼を向けようか。孫の弓枝でさえが、全く気附かぬ程巧妙な欺《ぎ》瞞《まん》がそこにあった。かくして黒沢の計画はまんまと思う壺《つぼ》にはまった。そして彼は、秘かに金塊を運び出す時期を覗っていたのである。

もし、風間辰之助という人物が割り込んで来なかったなら、彼の計画は見事に成功していたゞろう。しかし、これが結局悪の酬いとでもいうべきか。計画は半ばで挫折し、金塊は今、政府の手によって安全に保管されている。再び盗み去られるような事はあるまい。

数日経った。

新聞記者の南条が相変らず鉄砲玉のように風間のアパートへ飛込んで来た。音丸が何んだかぶつぶつ不平をこぼしながら皿を洗っている。隣室からは奇妙な音楽の音が洩れていた。

「おい、大将はどうしたい!」

「あの通りでさ」音丸は溜息をつきながら、

「一日中、恋の歌なんか搔き鳴らして、からだらしがねえんでさ」

隣室を覗いてみると、成程ウクレレを搔き鳴らしながら、風間は夢中になって歌っている。然し、その姿を一目見た時、南条は思わずはっとした。幽霊騎手――黒のフェルト帽に、裏縞の二重廻し、まさしく幽霊騎手の扮装ではないか。

「や! や!……貴様……」

風間はその声に振返ると、にっこりとして手を差出した。

「やあ、よく来たね、素晴らしい人気じゃないか。南条三郎、一躍してヒーローになっちまったな。……おや、どうしたというんだ。何をそうもじもじしているんだね。あゝ、そうか。この服装《みなり》か、ナニ、こりゃ舞台衣裳だよ。こいつが最初事件に関《かか》り合うきっかけを作ってくれたのだから、記念のために取ってあるのさ」

「あゝ、そうか、それならいゝが……」

南条はほっとしたようにそういうと、改めて風間の手をしっかりと握りしめた。

「いや、お目出度う、ヒーローというのは俺より寧《むし》ろ君のことさ。警視庁の方でも何か君を表彰する方法を考えているという話だぜ、何しろ一千万円という金塊を見附けてくれたのだからね。……時に、弓枝さんの具合はどうだね」

「有難う。あまりの衝動に一寸神経を痛めてるんだが、ナニ、もういゝのさ。もう二三日もすれば全快するだろう」

「それは重ね重ねお目出度いな。全快の暁にはいよいよ結婚話が持ち上るか。そうなれば事件は愈々目出度くチョンというわけだね」

「結婚――?」

風間は一寸ウクレレの糸を弾《はじ》いた。

「俺ゃ結婚なんかしやしないよ」

「おや、どうして?」

「どうしてゞも」

風間はウクレレを取上げると、静かなゆるやかな曲を弾《ひ》きはじめた。

結婚――? それは風間にとっては絶対に許されない事だった。弓枝を愛していればいる程、それは避けなければならぬ問題なのだ。弓枝にしても自分の隠れた職業を知ったら、必ずや躊躇する事だろう。彼女を愛していればいる程、彼女を不幸に導くような事は避けなければならぬ。

持って産れた才智と、冒険心と、侠気《きょうき》のために、不知不識《しらずしらず》のうちに踏込んでしまった途《みち》――新聞で勝手につけてくれた幽霊騎手という、変に気取った綽名《ニックネーム》に苦笑を洩らしながらも、今では止《や》むに止《や》まれぬ本能の導くまゝに、到底思い切れない強盗稼業。冒険の魅力と、戦慄《スリル》の誘惑は、再び自分を昔の無垢《むく》な体にしてはくれない。

良家に生れ、最高の教育を受けながら、風間にとってはこの世はあまり退屈すぎた。真面目な勤人《つとめびと》になるには才智がありあまり、学究の徒として暮すには覇気《はき》が過ぎ、そうかといって親の財産を守って生涯を送るには、冒険心に富み過ぎていた。役者という職業を選んで、自ら新進劇団の首脳者になったのも、そういうロマン癖《へき》からだったが、この職業もいつ迄も彼を満足させてはくれなかった。そういう風間の眼に映った、この退屈な社会に生きて行く途は唯一つ。……肥《ふと》り過ぎた富豪や、淫蕩《いんとう》な有閑夫人を搦手《からめて》から一寸痛めつけるという手だった。最初は無論、ほんの悪戯のつもりだった。ところがそれが予期以上の効果をおさめ、しかもその悪戯の魅力に圧倒された彼は、いつの間にやら深入りをし過ぎて、今では押しも押されもせぬ紳士強盗。幽霊騎手という立派な名前までついて、気の合った音丸新平を片腕に、冒険と戦慄《スリル》の虜《とりこ》になってしまったが、それでも彼の念願として、飽迄も不正には与《くみ》しないという、他人のものを只奪《と》る職業ながら、そこに正義感と矜持《ほこり》とを持っていた。

然し、それは単なる自己流の矜持《ほこり》に過ぎない。いつかはこの暗黒商売が露見する事もあるだろう。現に南条三郎はあやふやながらも感附いている。彼がそれを公に出来ないのは、確たる証拠がないのと、友情のためであろうが、いつかその証拠を押えられた時、弓枝は果してそれを許してくれるだろうか。いやいや、仮令《たとえ》彼女が許してくれるとしても、結局は彼女を不幸に導く事だ。金塊泥棒を父に持ち、今又紳士強盗を良人に持つ、それではあまり彼女が惨《みじ》めだというものだ。……

「おい、おい、いやに考え込んじまったじゃないか。どうかしたのかね」

「いや」

風間は急にウクレレを強く弾いてそれを置くと、南条と顔見合せて大声で笑った。その笑いの中に彼は一切の憂鬱《ゆううつ》を吹き飛ばしてしまって、

「南条、俺は貴様に借りがあったな。実際君があの邸へ忍び込んでいなかったら、それこそ俺は土左衛門になってしまうところだった。しかし、貴様が変装してあの邸に住込んでいようとは、俺は夢にも知らなかったよ」

「ナーニね、最初からあの事件を臭いと睨んでいたので、弥作爺さんに一寸金を摑ませ、その甥という事にして住込んでいたのだが、まさか、あんな大事件だとは知らなかったぜ。お蔭で大した特種がつかめたというわけだが、それもこれも君あったればこ

そだ。これでまあ俺の貸《かし》は帳消しにしておこう」

南条は愉快そうに笑いながら、

「しかし、風間、貴様は最初からあの事件の真相に気附いていたのか」

「知るもんか。地下室で熊吉老人の死体を見、高木博士から金塊の秘密を聞く迄は全く五里霧中《ごりむちゅう》だったのさ。しかしなア、今だから白状するが、もう少し頭を働かせりゃ、もっと早く黒沢の面皮《めんぴ》を剝いでやる事が出来た筈なんだ」

「フーム、何か怪しい素振《そぶ》りがあったのかい」

「いやね。最初の夜、怪しい電話で黒沢邸へ呼寄《よびよ》せられたときの事さ。俺ゃ階段の中途で変な奴に出会った。生憎の暗闇で、顔を見る事は出来なかったが、そいつは俺の側を通り抜けて三階へ逃げて行きやがった。後で曲者の逃込んだと覚しい部屋を調べてみると、何んと、そこに寝ていたのがあの熊吉老人さ。その時少し頭を何んとか働かせりゃ、老人が怪しいと分る筈なんだが、何んしろ相手はよぼよぼの老人と知っているだろう、つい油断をしたのがこっちの落度だね。今になって考えてみると、暗闇の中であいつの手を摑んだ時、ぺっとりと血が着いたから、あの時黒沢は老人を殺して、地下室へ運びこんだその帰りだったのだね」

「成程ね、しかし君に贋電話を掛けたというのは何者だろうね。抑々《そもそも》それが事件の発端なんだが……」

「多分高木博士かお君か、どちらかだろうと思う。黒沢が死んだとばかり信じて、その罪を俺と弓枝さんにかけようという企みだったのだろう。しかし、この俺をそんな甘ちゃんだと思っていたのが、抑々の間違いさ」

「そうさ、君ゃ全く、そんな甘ちゃんじゃないからね」

南条はにやにや笑いながら相手の顔を見ていたが、

「ところでね、風間。最近俺の社へ頻々《ひんぴん》と投書が舞い込んで困ることがあるんだ。ほら、いつか幽霊騎手が東都新聞へ宣言書を発表したことがあるだろう。黒沢事件の真犯人は必ず自分の手で取押えて見せるってね。ところが結果は意外にも、風間辰之助という一俳優によって見事解決されてしまった。幽霊騎手以って如何《いかん》となすという詰問《きつもん》状なんだ」

「フフン、そんな事俺が知るもんか。高木博士にでも聞けばいいのだが、生憎博士も死んじまったしねえ」

「馬鹿な！　成程博士は黒沢宛ての脅迫状に幽霊騎手という署名を用いているが、ありゃいつか細君が幽霊騎手に襲われた事があるのを思い出して、一寸悪戯に借用したばかりなんだ。幽霊騎手というのは他にある。そいつはとても頭のいゝ敏捷《すばしこ》い奴さ。そして恰《あたか》も風間辰之助の如く若くして美貌で健康な男だよ」

「馬鹿だなア、君は……」風間は煩《うる》さそうに生欠伸《なまあくび》をしながら、

「そうそう、この間音丸が言ってたぜ。いつか彼奴が君に、幽霊騎手とは俺の事だと言った事があるそうだね。然しあれは、そう言わなければ君が俺を見殺しにしそうなので、つい口から出まかせを言ったのだそうだ。尤《もっと》も南条三郎ともあろう敏腕の記者が、そんな下らない言葉を真に受けていようとは思われないがね」

「はゝゝゝゝ、何んとでも言ってろ！　そのうちに動かぬ証拠を押えてやる。時に高木博士といや、夫人の奈美子ね、ほらとても君を御贔屓にしてる……」

風間は嫌な顔をしながら、

「フム、あの女がどうかしたかい。亭主があんな事になったので、さぞがっかりしている事だろう」

「ところが大違い。何んでも若い映画俳優か何かを引っ張り込んで、大した御乱行だそうだ。呆《あき》れたものじゃないか」

「フーン。そんな事もあるだろう」

風間は何か思い当る節《ふし》があるように頷いた。他人には言えない事だけれど、いつか幽霊騎手として、夫人の部屋へ忍び込んだ時、若い男を引っ張り込んで、見るに耐えない醜態《しゅうたい》を演じている夫人の姿を、眼《ま》の辺り見せつけられた苦い経験がある。しかもその腹癒《い》せに強奪してきた頸飾が、真赤な贋物《にせもの》、ガラ

ス製の模造品ときていたので、その後、風間辰之助として夫人と交際するようになってからも、洒々《しゃあしゃあ》とした夫人の顔を見る度に、おかしいやら、腹が立つやらしたものだ。

「成程、あの女なら、それぐらいの事はしかねまい。あんな女もいる。そして又、弓枝さんのような可哀《かわい》そうな女もいる」

それから風間はウクレレを引きよせて、静かに歌い出した。

憂《うれ》いに沈む君が瞳《め》よ、何を嘆き何を求むる、

我れ君を愛すれど、そは許されぬ縁なれ……

突如として隣室からガチャンという音が聞えた。音丸が皿を叩き割ったらしい。

「チェッ！　何んてだらしのねえ声だろうな。だから俺ゃ、ハッピイ・エンドは嫌いだといってるんだ」

孔雀屏風《くじゃくびょうぶ》

戦地からの手紙

この不思議な物語をお話するにあたって、私はどのように記述していったらよいのか、尠《すくな》からず迷わざるを得ない。これは一種の探偵譚のようにも見える。しかし、探偵譚としては、およそ風変りである。なにしろ事件の発端というのが、百数十年の昔、遠く文化《ぶんか》の時代に遡《さかのぼ》っているのだから。これはまた西洋の小説によくある、宝探し物語のひとつなのかも知れない。

どちらにしてもこれは奇妙な話だ。そこにはわれわれの持っている知識では、解きれぬ謎《なぞ》があるように見える。

しかし私はこの奇蹟的な事件の当事者が、現在私とともに生きている以上、私は他人が信じようと信じまいと、只《ただ》自分の経験をありのままにお話していくよりほかないようである。

さて、事の起りというのは私の従弟《いとこ》から来た手紙である。

私の従弟、久我与一《くがよいち》は、いま大君《おおきみ》の御楯《みたて》となって中支戦線で戦っている。与一と私とは母方同志の従兄弟《いとこ》で、与一は私より八つ年少《としすくな》だから、今年二十五になる筈《はず》だ。与一は早く父を失い、事変が起るころまでは母ひとり子ひとりの平和な暮しを送っていたうえに、まだ独身だったから、彼がお召しに応じて出征したあとには、私の叔母《おば》にあたる与一の母が唯《ただ》ひとり残されたわけだ。幸い、久我の家は私の家などと違って、ずいぶん裕福なほうだから、一人息子を戦地へ送ったからといって、生活《くらし》に困窮するようなことはなかったが、しかし、何《な》んといっても年老いた女ひとりだ。淋《さび》しくもあり、心細くもあるだろうというので、与一の頼みもあり、かたがた私たち夫婦が、与一の留守宅に同居することになったのである。

そういう私のところへ、ある日、戦線にいる与一から奇妙な手紙が来た。もっとも与一の手紙は珍らしいことではない。叔母の頼みもあることとて、私のほうでも出来るだけ頻繁《ひんぱん》に手紙を書くことにしているし、与一のほうでも几帳面《きちょうめん》な青年だから、何くれとなく戦地の模様や、現在の健康状態などを、なるべく母を安心させるような調子で報《しら》せてよこす。それはいつも、いかにも軍人らしい、元気な、礼儀正しいものであったが、その日受取《うけと》った手紙に限って、おやとばかりに、私に首をかしげさせるようなものがあった。第一その手紙の中には、不思議な写真がいちまい同封してあった。それに分量からいっても、不断の手紙の十倍ぐらいもあった。それもその筈、そこにはお極《き》まりの近況報告のあとに、次のような奇妙な依頼がつけ加えてあったのである。その部分だけをこゝへ書抜《かきぬ》いてお眼にかけよう。

――慎吾兄《しんごけい》。さて君はこの手紙に同封した一葉の美人写真について、さきほどより尠からず疑問を感じていられた事だろう。見らるゝ如《ごと》く、これは十月号の雑誌○○○の口絵から切抜いたものである。僕はこの雑誌を、未知の人より送られた慰問袋の中から発見したのだが、計らずもこの口絵に眼がとまると、直《ただ》ちにこれを切抜く気になった。この写真のかなり痛んでいることよりしても、僕がいかに大切に、これを肌身離さず持っていたか、お察しを乞う。そうだ、僕は一昨日《おととい》まで従事していた匪賊《ひぞく》討伐戦の間中、これを肌につけていた。戦線に立っているわれわれが、いかに日本婦人の写真に憬《あこが》れを持つか、それは君などの想像をはるかに超えるものがあるだろう。これは一種の気附け薬だ。また、清涼剤だ。

――しかし慎吾兄。僕がこの口絵を切抜いて、かくも大切に身につけていたというのは、ただそれだけの理由ではない。僕はこの写真を見た刹那《せつな》、一種異様な衝動を感じた。恰《あたか》も強い電流を、頭のてっぺんから足の裏まで通されたような戦慄《せんりつ》を感じた。慎吾兄よ。僕はこの婦人を知っているのだ。そうだ、僕はたしかに彼女を知っている。

――だが、こういったからといって、僕がこの婦人と懇意だったというわけではない。いやいや、僕はいままで一度も彼女に会ったこともなければ、彼女の写真を見たわけでもない。ましてやこの口絵についている説明で知るまでは、ついぞ、そういう名前すら知らなかった。しかし、それにも拘《かかわ》らず僕はたしかにこの婦人を知っているのだ。

――慎吾兄よ。暫《しばら》く僕の奇妙な打明け話に耳をかしてくれたまえ。これは今迄《まで》、誰にも――母にさえも打明けたことのない僕の秘密だが、幼少の頃から、僕は瞼《まぶた》を閉じると、必ずありありと瞼花《けんか》となって現れる、不思議な面影《おもかげ》を持っている。しかもその面影たるや、僕の記憶する限り、いままで一度も会ったことのない婦人のように思われる。第一そういう幻が何によって齎《もた》らされたのか、それすら僕は思い出すことが出来ない。つまり、彼女は、僕にとっては全《まった》く未知未見の女なのだ。それでいて、彼女の幻は実にしばしば僕を訪れる。長ずるに及んで僕は、その幻の女に対して、深い関心を持つようになった。摑《つか》まえどころのないその幻に対して、名状することの出来ない焦燥《しょうそう》を感ずるようにさえなった。いつの日にか、その幻の女にめぐりぞ遭《あ》わん、そう決心するにさえいたった。しかも、僕はその女を知らない。いや、そういう女が果してこの世に存在するものか否かさえ不明なのだ。

――ところが、いま計らずもこの口絵写真を見て、僕は忽然《こつぜん》として、幻の秘密を解くことが出来たのだ。瞼花となって現れるあの幻が、何に由来するか、僕は翻然として覚《さと》ることが出来たのだ。慎吾兄よ、この写真をよく見てくれたまえ。この女は咲き乱れた桜花の下に立っている。足下には、白《しろ》孔雀《くじゃく》が誇らしげに尾をひろげている。彼女の左手は軽く胸にあてられ、右手はしなやかに伸びている。その手は写真には現れていぬ、目に見えぬ人物に向って伸ばされているように見える。この肢態《ポーズ》だ。この肢態《ポーズ》を一瞥《いちべつ》した刹那、僕は万事を諒《りょう》解《かい》することが出来たのだ。

――慎吾兄よ。君は僕のうちに、孔雀屏風《びょうぶ》と称する奇妙な屏風が、昔から伝わっていることを知っているだろうか。それはまことに妙な屏風で、三曲《きょく》屏風である。世に三曲屏風などというものが存在する筈がないから、これは恐らく、もと六曲屏風であったのをどういう理由でか、真中から切断して、その右の部分だけが僕のうちに伝わったものと思われる。ところが問題はその屏風の画なのだが、そこに画《か》かれた女の肢態《ポーズ》というのが、実にこの口絵そっくりなのだ。僕は現在《いま》でもその屏風に画かれた絵を、一分《ぶ》一厘《りん》の間違いもなく、髣《ほう》髴《ふつ》と眼前に描くことが出来る。そこには桜花が爛《らん》漫《まん》と咲き乱れている。その下には白孔雀が尾をひろげている。そしてその側《そば》に立っているのは、薄綾の小袖《こそで》を纏《まと》うた、眼もさめるばかり美しい十五六の女﨟《じょろう》だ。その女﨟は左手を軽く胸にあて、右手はしなやかに下手のほうへさしのべている。

――少年の頃、僕はよく蔵の中へ入りこんで、この屏風のまえで時刻の移るのも忘れたものだ。僕は恍惚《こうこつ》としてこの少女を眺めた。どうかすると、眺めているうちに、涙の湧《わ》き出《い》でて来ることさえあった。いったいこの女﨟は、何人《なんぴと》に向って手をさしのべているのだろう。この屏風の他の半分には、いったいどういう場面が画かれているのだろう。幼い頭で、僕はよくそれを疑問にした。そうすると、どういう理由《わけ》か、僕はなんともいえぬ物狂おしい心持になるのだった。

――慎吾兄、こゝまでお話すれば大体わかって戴けたことと思う。僕がしばしば悩まされた幻の面影は、実に孔雀屏風の女から来ていたのだ。今まで、それに気附かなかったのは迂闊《うかつ》だったけれど、君も知られる通り、日本画というものは元来非常に平面的に出来ている。それに反して、僕の瞼にうかぶ女の幻は、実に生々《いきいき》とした表情を持っているのだ。今迄僕が、ついぞこの二つを結びつけて考えてみなかったのも、無理のないことと分って戴《いただ》けることと思う。

――しかし、今こそすべてが諒解された。口絵の女は、幻の面影とそっくり同じ顔をしている。そして、彼女はまた、あの不思議な孔雀屛風と同じ肢態《ポーズ》を示している。慎吾兄よ、僕はこの奇妙な因縁の秘密を知りたいのだ。彼女はどうして、僕のうちにある屛風と同じような肢態《ポーズ》を示す気になったのだろう。ひょっとすると、彼女こそ、孔雀屛風の他の半分の持主なのではなかろうか。いやいや、たとい、彼女が、孔雀屛風の他の半分を持っていたとしたところで、どうして、失われた他の半分、即《すなわ》ち僕の家にある部分に描かれた場面を知っているのだろう。ひょっとすると、同じような屛風がもう一枚ほかにあるのではなかろうか。

――慎吾兄よ。僕はこういう秘密をすっかり知りたいのだ。実は僕自身、無事に帰還することが出来たら、早速その調査に着手するつもりだった。しかし、近くまた前線に出動しなければならぬ僕は、生還をも期しがたい体なのだ。そこで甚《はなは》だ不躾《ぶしつけ》ながら、この調査をあげて君に委任したいのだが、どうだろう。それは大して面倒なことではないように思う。御覧の通りこの口絵は、雑誌〇〇〇で募集した美人投票に応募した写真だ。口絵の説明では、たゞ単に、広島県尾《お》の道《みち》、羽《は》鳥梨枝《とりなしえ》とあるだけだが、雑誌社へ照会すれば、もっと詳しく住所が分るだろう。一度、そこへ手紙を出して見てくれないか。そしてこの婦人と、孔雀屛風とのあいだに、どのような因縁があるのか、出来るだけ詳しく調査してみてくれないか。

――慎吾兄よ。僕は決して気が狂っているのでもなければ、また冗談でもない。僕はただ知りたいのだ。この婦人の面影が、どうして僕の瞼の裏に顕《あらわ》れるのか。彼女と僕との間に、いったい、どのような因縁があるのか、唯それを知りたいと思うのだ。慎吾兄よ。どうぞ僕の、些《いささ》か常規《じょうき》を逸したかに見える、この願いを聴いてくれたまえ。

わが従弟、久我与一が戦線からよこした、奇妙な手紙というのは、だいたい以上の如きものだったが、最後の結びの文句にいたっては、こゝに書抜いたより、遥かに熱烈なものがあった。

孔雀女﨟

私がもし、与一という青年をよく知らなかったら、この手紙を読んで、狂気の沙汰《さた》だと思ったことだろう。匪賊討伐から帰って来たばかりだというから、迫撃砲かなにかにやられて、頭脳《あたま》が変になったのだと考えたに違いない。しかし、私は与一という青年をよく知っている。自分の従弟を褒《ほ》めるのは些か気がひけるが、世の中に与一ほど立派な青年は、そう沢山はあるまいと私は考えている。沈着で、思慮深く、思いやりがあって、冷静な与一は、どんな場合にも、気を取り乱すような青年ではなかった。この手紙を読むと、彼としては珍らしく熱しているようだが、彼が熱するには、きっとそれだけの根拠があるにちがいない。

しかし、そうはいうものの、私はやっぱり一種異様な感じにうたれずにはいられなかった。私はその手紙の重要な部分を、繰りかえし繰りかえし読んだ揚げ句、同封の口絵写真を取り出してみた。なるほど与一が告白した通り、この前の戦闘中、ポケットの中に入れていたものと見え、折目はところどころ破れかけ、汗と脂《あぶら》に滲《にじ》んでいる。私は何故《なぜ》か、神聖なものでも見るような気がして、注意深くその折目をひらいてみた。

なるほど、与一が言ったとおりに違いない。若い洋装の女が桜花の下に立っている。着ているのは、真紅《まっか》な夜会服のように見える。片手を軽く胸にあて、片手をゆるやかに伸ばしている。その足下には、白孔雀がありたけ尾をひろげて、その尾の一部分は画面の外にはみ出している。

私はこの写真を机のうえにひろげ、それからゆっくりと煙草《タバコ》をくゆらした。どういうわけか、激しい胸騒ぎを感じた。それは、この女の顔があまり美しかったためか、それともほかに理由のあってのことか私にも分らない。暫くこうして、私はその写真と睨《にら》めっこをしていたが、やがて思い切って立上《たちあが》ると、隠居所のほうへいった。

与一が出征したあと、叔母はいつも、六畳と三畳つづきの、この隠居所へ閉じこもったきりで、息子の武運長久を祈るのに余念がない。床の間には、軍服姿の与一の写真が掲げてあって、そのまえには三度三度陰膳《かげぜん》をかゝしたことがない。私が入っていった時、叔母と妻は、何か話しながら、せっせと慰問袋をつくっていた。

私の叔母というひとは、今時には珍らしい切髪《きりがみ》の上品な老婆で、細面の、肌理《きめ》の細かい皮膚は、老人とは思えぬほど若々しく、切長《きれなが》な眼の美しさは与一とそっくりだった。二人は私の顔を見ると、すぐ気遣わしげに眼を見交わした。きっと私の表情《かおいろ》に、ただならぬものを感じたのだろう。

「あなた、与一さんの手紙に、何か変ったことでもあって？」

妻が物尺《ものさし》であたまを掻《か》きながら首をかしげた。

「いゝや、別に。相変らず元気だそうです。ところで叔母さん、妙なことを訊《たず》ねるようですけれど、この家に孔雀屏風というのがありますか」

叔母は妙な表情《かお》をして、私を見詰めていたが、それでも持ちまえの落着《おちつ》いた声音で答えた。

「はあ、ござんすよ。だけど慎吾さん、だしぬけに、それがどうかしたというの」

「そうですか。不思議ですねえ。僕はまだ一度も見たことがありませんが」

「それはそうでしょう、慎吾さん。その屏風というのが不思議でしてね、うちには半分しかないんですよ。そんなもの、まさか座敷に飾るわけにはいきませんしね、いつも、蔵の中にしまってあります。しかし、それがどうしたというの。与一の手紙にその屏風のことでも書いてあったのですか」

叔母は私の持っている手紙に眼をつけながらそう訊ねる。妻もお針の手をやめて不思議そうに私の顔を見ている。私は何もこの二人に隠す必要はないと思った。そこで、いま読んだ手紙の趣《おもむ》きを、二人に語ってきかせると、例の口絵写真を取り出してみせた。この奇妙な物語に、二人が驚いたことはいうまでもない。叔母は急《いそ》がしく眼鏡をかけると、膝《ひざ》のうえに、口絵写真をひろげてみたが、すると、その唇が遽《にわ》かにはげしく顫《ふる》えるのが見てとれた。

「慎吾さん、与一はいったいどういうつもりなのでしょう。そんなことをあなたに頼んで、与一は、この女《ひと》を想ってでもいるのでしょうか」

「さあ、僕にもよく分りません。しかし叔母さんはどうお考えですか。その写真と、屏風の絵と似ているとお思いですか」

叔母はそれには答えないで、手を鳴らすと女中を呼んで、爺《じい》やに蔵の中から、孔雀屏風を持って来るようにいっておくれと命じた。やがて、問題の孔雀屏風が、その座敷にひろげられたが、その時の驚きを、私はいまだに忘れることが出来ない。全く、与一ならずとも疑問を起すのは無理ではなかった。その屏風と、その写真と、それはまったく同一のものであるようにさえ見られる。なるほど、屏風のほうの女が薄綾の小袖を着ているのに反して、口絵の方は夜会服を着ている。屏風のほうが髪をおすべらかしにしているのに、口絵のほうは、頸《くび》のあたりで切った髪を、ゆるやかに縮らせている。しかし、そういう相違があるにも拘らず、私はこの二つのものの相似に驚かずにはいられなかった。

屏風はかなりの年代ものらしい。金泥《きんでい》はところどころ剝《は》げかゝって朱も群青《ぐんじょう》も群白緑《ぐんびゃくりょく》もいろ褪《あ》せていたが、その美しさは今もなおひとの眼を奪うに足る。桜花の下に立って、軽く右手をさしのべた女﨟の肢態のしなやかさ、尾をひろげた白孔雀の、沈んだような華《はなや》かさ、初めてこの屏風を見る私と妻とは、しばらく呼吸《いき》もつかずに見惚《みと》れていた。

「それにしても叔母さん、この絵はいったい誰の作なのです。それにどうしてこう半分しかないのでしょう。実に惜しいものですね。これがひとつに揃っていたら、大したものだと思いますがねえ」

「この屛風がどうして、半分に切られたのかわたしも知りません。昔からずっとこの通りだったそうです」

叔母は相変らず落着いた声で説明した。

「しかし、この絵を画いた人については、一度与一の父から聴いたことがあります。これを画いたのは与一の御先祖にあたる人だそうですよ」

これは私には初耳だったから驚いた。久我の先祖に画工《えかき》がいたということは、私は今迄ついぞ聞いたことがなかった。

「これは驚きました。今迄、そんな話は少しも知りませんでしたよ。これだけの絵を残すからにはよほどの名人だと思いますが」

「そう、長生《ながいき》したら有名になった人かも知れませんね。しかし、惜しいことにその人は、この絵いちまい残したきりで死んでしまったのです。それについて私は与一の父から聴いたことがあります。その人は政信《まさのぶ》といって、与一の父の曾祖父にあたる人だそうです。わたしなどにはよくわかりませんが、文化だとか文政《ぶんせい》だとかの頃の人で、はじめは土佐《とさ》派の絵を修業したのだそうですが、途中で気が変って、そうそう、その時分司馬江漢《しばこうかん》という画工《えかき》があったそうですね」

「えゝ、ありました。西洋画の手法をはじめて日本に取入《とりい》れた人だそうです」

「そうそう、その司馬江漢の絵を見て以来、ひどくそれに動かされて、自分もひとつ西洋の絵について学びたいというので、わざわざ長崎まで修業にいったのです。この絵は長崎で修業中画いたものだそうですよ」

なるほど、そう言われてみれば、この絵のどこかに洋画の影響がうけとられるような気がする。それは極《ご》く力の弱いものだったけれど。

「きっとそこに留学中、誰かの求めに応じて画いたものでしょうけれど、それが誰だか分っておりません。唯分《ただ》っていることは、その人が江戸へ帰って来るとき、こうして屏風の半分だけ土産《みやげ》にしたのだそうです。だからこの屏風が全部出来あがっていたものか、それともこゝにある半分しかないものか、誰も知ってはいないのです。とにかく、そうしてこの不思議な屏風を持って江戸へかえって来ると、間もなくその人はお嫁さんを貰《もら》い、与一の父の祖父になる人がうまれたのですが、それからじき、その人は死んだのだということです。わたしが、この屏風について知っていることは唯それだけですよ」

この物語のなかには、何かしら多分にロマンチックなところがあるように感じられる。長崎に留学中の若い画工《えかき》が、どういう動機でこの絵を画いたのか、そして、何故その半分だけを江戸へ持ちかえったのか、広島県尾の道に住んでいる羽鳥梨枝という女性が、この屏風の女とどういう関係を持っているのか、元来私は、それほど空想家ではないつもりだけれど、これらの疑問には強く心を動かされた。そこで叔母の同意を得た私は、その日、雑誌社へ電話をかけて、羽鳥梨枝というひとの住所を詳しく聴くと、すぐ、長い丁寧な手紙を書き送った。

猫の眼を持った男

私のこの物語が、俄《にわ》かに奇怪な色彩を帯びて来たのは、それから間もなくのことである。

尾の道からは折返し返事が来た。差出人は緒方万蔵《おがたまんぞう》という人物で、手紙を読んで非常に驚いた。実はこちらにも屏風の半分が昔から伝わっているのだが、それについて是非《ぜひ》一度、そちらの屏風を拝見したい。幸い近く上京するついでがあるから、その節には必ずお伺《うかが》いする、というようなことが書いてあった。しかし失望したことには、その手紙には、ひとことも羽鳥梨枝という女性について書いてない。

彼が羽鳥梨枝の何にあたるにしろ、こちらからの手紙は、彼女にあてたものなのだから、筆のついでに一行ぐらい、その女性について報せて来てもよかりそうなものだと、私はいくらか不満を感じたが、そんなことを言って見てもはじまらなかった。

「叔母さん、やっぱり向うに、この屏風の半分らしいものがあるそうですよ。そして、近くこちらの屛風を見にやって来るそうですよ」

「おや、そうですか」

叔母はなんとなく、気になる風で、あの奇妙な屛風のほうへ眼をやった。

緒方万蔵という人物がやって来たのは、その翌日の晩のことだった。これには私も驚いた。上京するついでというから、もっと先《さ》きのことだと思っていたのだが、どうやら向うは、あの手紙を出したあと、すぐ尾の道をたって上京したものらしい。

「はじめてお眼にかゝります。私が緒方ですが、昨日はお手紙を有難《ありがと》うございました」

そういう相手はと見ると、四十二三の堂々たる恰《かっ》幅《ぷく》の男で、白い条《すじ》のはいったモーニングを着ていた。そのモーニングのズボンで窮屈そうに坐った膝《ひざ》は、山のように盛りあがっていて、その膝のうえにおいた赤ん坊のような指には、太い金の指輪が嵌《はま》っている。

「いや、これは……わざわざお運びを願って恐縮しました」

そう挨拶《あいさつ》をしながらも、私はなんとなく相手の眼附きが気になった。丸々と禿《は》げた頭の小鬢《こびん》のところだけ毛が残っていて、微笑《わら》うとなかなか愛嬌《あいきょう》のある顔なのだが、それでいて、その眼附きを見るとなんとなく気になる。つまり、顔のほかの部分は微笑っていても、その眼だけは微笑っていないのだ。私はそれを見ると、なんとなくひやりとしたものを、体内《みうち》に感じずにはいられなかった。

万蔵は自ら羽鳥梨枝の伯父《おじ》だと名乗った。そして、梨枝には両親がないので、自分が一切羽鳥家の管理をまかされているのだといった。彼の口吻《くちぶり》によると、羽鳥家というのはその地方の素封《そほう》家《か》ともいうべき家柄で、なかなか裕福らしい模様だった。

さて、私たちの話は当然、あの孔雀屛風のほうへ落ちていったが、万蔵の話によると、羽鳥の家にも昔から、屛風の半分が伝わっている。それがどうして半分に切断されたのか、誰も知っている者はなかったが、そこには美しいお小姓《こしょう》が跪《ひざまず》いて、半ば開いた扇《おうぎ》で桜の花弁《はなびら》をうけているところが画いてあるという。

「その屛風の右手のほうから、孔雀の尾らしいものが覗《のぞ》いておりますので、失くなった右半分に孔雀が画いてあるらしいことは、以前から分っておりましたが、それが近頃になって妙なものが、その屛風の裏から見附かりましたので」

そういいながら、万蔵が取り出した一枚の紙片を眺めて、私も叔母も尠からず驚いた。それは明《あきら》かに孔雀屛風の下絵にちがいなかった。下絵だから、むろん大きさはそれほど大きなものではなく、また色ざしもしてなくて、ほんの輪郭だけだったが、その右半分は、明かにうちにある屛風とそっくり同じだ。そして左半分にはなるほど、美しいお小姓が扇で花弁をうけているところが画いてある。

「分りました。この間拝見した雑誌の口絵写真というのは、この下絵が扮本《ふんぽん》になったのですね」

「そうです、そうです。私の方でも以前から、その屛風をまことに惜しいものだと思いまして、失《な》くなった半分のほうを、もし手に入るものならと探しておりましたので、そこへ、この扮本が見付かったものですから、屛風の絵はこうもあろうかと、梨枝をモデルに私が写真に撮ってみましたので。時に、甚だ恐入《おそれい》りますが、お宅にある分を拝見させて戴《いただ》けないでしょうか」

むろんそれに否《いな》やのある筈はなかった。叔母はすぐ女中に命じて、隠居所にある屛風を持って来させたが、この時である。非常に妙なことが起った。女中が誤って屛風を電球に触ったのだが、すると、電気がフーッと消えた。そのとたん、私も叔母も妻も思わずあっと呼吸《いき》をのみこんだのである。電気が消えて、一瞬真暗《まっくら》になった座敷のなかに万蔵の片眼だけが、燐《りん》のように仄蒼《ほのあお》く輝いているのを見たのである。それは恰度《ちょうど》、猫の眼のように見えた。

幸い女中はそれに気がつかなかった。彼女はあわてて電球に手を触れたが、すると、球がゆるんだだけだったと見えて、すぐ電気はもと通りついた。そして、それと同時に、万蔵の片眼の、怪しい輝きは消えてしまった。しかし、私たちにはそれだけで十分だったのだ。さすがに誰も、声を立てるものはなかったが、私たちは思わず顔を見合せた。ことに叔母は真蒼《まっさお》になって、うつむいたまゝかすかに切髪をふるわせていた。

私たちが、それだけの事に何故そのように驚いたか——むろんそれだけでも十分気味悪いことであったが——それには理由がある。その日の夕方、私たちは差出人不明の電報を受け取っていた。ところがその電報というのがたいへん奇怪な文句なのだ。

イレメノオトコニキヲツケヨ

唯それだけなのである。私たちにはむろん何んのことだか、さっぱり理由《わけ》がわからなかった。第一、私たちの周囲には義眼《いれめ》の男なんかひとりもいなかった。発信局は静岡になっていたが、その土地には私も叔母も知りあいは一人もなかった。叔母や妻は、この電報を非常に気味悪がったものだが、そこへいまの猫の眼騒ぎなのである。私たちは改めてこの男の眼を見直すまでもなく（そんな勇気はとてもなかった）相手の片眼が義眼であることをはっきり知った。それと同時に、あの奇怪な電報が、この男に対して警戒するよう言って来たものであることを覚ったのだ。叔母が真蒼になったのも無理はない。

「あの、大変恐縮でございますが、わたくし少し気分が悪うございますから、これで中座させて戴きます。慎吾さん、あなたよろしいように」

蒼皇《そうこう》として叔母が出ていくあとから、妻も茶を淹《い》れかえるような顔をして出ていった。あとには私と、この気味悪い相手だけが残った。むろん、万蔵はそんなことには少しも気がつかない。彼は立って、いかにも感服したように首を振りながら、その屏風を眺めていたが、やがて静かにもとの座へかえると、次のようなことを話しはじめた。

実は自分のほうでも、あの半分の屏風を完全なものにしたいと、かねてから苦心していたところだ。幸いこうして偶然この屏風が見附かったのも何かの因縁だと思うから、甚だ失礼ながら、これを譲って戴くわけにはいかないか、と、非常に言い難《にく》そうであったが、そういう話なのである。

むろん私は断った。あの電報を見ないまえならともかく、金輪際《こんりんざい》この男に気は許すまいと決心していた。断られると、万蔵は非常に残念らしく、手をかえ品をかえ懇望したが、私のほうでもこれは家宝同様にしているのだから、決してお譲りするわけにはいかぬと、固く主張した。そして反対に、彼がこの屛風の由来について、何か知っているのではないかと思って訊《ただ》してみたが、それについては彼も、何も知らないらしかった。ただ、羽鳥の家に数代まえから伝わっているので、ということだけしか語らなかった。

やがて、万蔵は非常に残念そうに立ちあがったが玄関へおり立った時、彼はふと、またこんなことをいった。

「いや、お邪魔をいたしました。お譲りしていただけないのは甚だ残念です。たしかにあの屛風にちがいないのですが、表装も同じだし……そうそう、表装といえば、こちら様のも、昔のまゝでございましょうね」

むろんそうだと思ったから、私もその通り答えた。

「近頃手を加えたり、修理なすったようなことはないでしょうね。いや有難うございました。どうも夜分にあがってお邪魔さまで」

玄関から外へ出て行く時、その男の義眼がまた、猫の眼のようにきらりと光って、唇のはしに奇妙な微笑がうかんだ。そのとたん私はおやと、思わず心《うち》の中で叫んだが、と同時に、ある暗示がさっと脳裡《のうり》にひらめいたのだ。

私は急いでもとの座敷へとって返すと、

「妙子《たえこ》、妙子」

と、妻の名を呼んだ。妻は隠居所から出て来ると、

「あら、お客様、もうお帰りになったの」

「うん、帰った。あいつどうも気に喰わぬ奴だ。帰りがけにね、この屛風に近頃手を入れたようなことはないかと、しきりに念を押していやがった。妙子、おまえそれをどう思う。どうも変だぜ。ほら、さっきあいつの見せたあの下絵ね。あれは屛風の中に貼

り込まれてあったんだと言ってたろう。してみると、こちらの屏風にだって、何か大切なものが下貼りに使われていないとも限らないじゃないか。あいつの狙っているのはきっとその下貼りなんだぜ。妙子、その電気をおろして屏風の表から照らして御覧。裏のほうからすかしてみれば、中に何が貼りこんであるか分るかも知れないよ」

妻はさっそく、電球を取りおろして煌々《あかあか》と屏風の表側から照らした。私は暗い裏側へまわって、屏風の中をすかしてみたが、するとそこに巻紙に書かれた長い手紙が、いちめんに貼りつけてあるのが見えたのである。

百五十年前の恋文

商売人の手にかけると、屏風の絵を損《そこな》わずに、中の下貼を取り出すことなんぞ、造作のない仕事なのだ。それから二日目、私たちはその屏風の中からなにを発見したか。それこそ世にも奇妙な、世にも物語めいたものだった。実にわれわれは、与一の先祖にあたる人が、百数十年以前に書いた、綿々たる恋文の一束を発見したのだ。

ところどころ虫が食っていた。また途中で断ちきられているのもある。おまけに現在のわれわれには甚だ縁遠い書体で、墨のうすれているところもあり、読みこなすのに甚だ難儀だったが、それでも三人が額《ひたい》を集めて判読したところによると、それらの悉《ことごと》くが、長崎留学中の若い絵師政信から、紫《むらさき》という娘にやられた恋文であることがわかった。

それらの手紙を、そのまゝこゝに転載することは殆《ほと》んど不可能である。そこで、われわれがそれらの手紙によって知り得た事実だけを、こゝに簡単に書き誌《しる》しておこう。

紫というのは、当時の長崎における豪商の娘らしい。父の名ははっきりそれと書いてなかったが、文中のところどころに出て来る、辰砂源兵衛《しんしゃげんべえ》というのが、前後の関係からそれではないかと思われる。政信はその男の依頼で、孔雀屏風を画いたらしい。そして、これだけは明瞭に書き誌してあるのだが、その屏風に画かれた孔雀女﨟のモデルとして、政信は紫という娘を使ったらしいのである。

つまり、いまわれわれの眼のまえにある孔雀屏風の女こそ、政信の悲恋の相手、紫という娘の絵姿なのだ。そこまではどうやら想像出来た。しかし、そのあとは依然として謎なのである。手紙の文面によると、紫という娘も、政信を憎からず思っていたらしいが、二人の恋の遂げられなかったことは、それから間もなく、政信が単身江戸へかえって来たところでも察せられる。それのみならず、政信の手紙の中にはところどころ、漠然《ばくぜん》とした不安が述べられている。その不安の原因が何んであるか、明瞭に記してないから、もとよりわれわれに知るべくもないが、とにかく何か恐ろしい不幸が、政信自身にか、恋人にか、それとも辰砂源兵衛のうえにか降りかゝりつつあるように見える。

そこで以上の事実を綜合すると、結局こういうことになる。孔雀屏風は画きあがった。そして、それを表装する時、紫という娘は恋のかたみの恋文を、その屏風の下貼りに用いたらしい。そこまでは分るが、さて、その屏風が何故、二つに引裂《ひきさ》かれたのか。そして、何故そのひとつが政信の家に伝えられ、もうひとつの方が羽鳥梨枝という娘のもとに伝えられたのだろう。羽鳥梨枝という娘は、紫の何にあたるのだろう。それからもう一つの疑問は、緒方万蔵という男だ。この古い恋文に、それほど大した価値があろうとは思えない。してみると、あの男を疑《うたぐ》ったのは、やっぱりこちらの邪推だったかしら。いやいや、私はやっぱりあの男を信ずることは出来ぬ。帰りがけに洩《も》らしたあの気味悪い薄笑い、私はそこにはっきりと、あの男の腹黒さと、悪企みを見てとったのだ。何かあるに違いない。この屏風には、いま私が発見した以上の秘密がかくされているのだ。

私はしばらく茫然《ぼうぜん》として屏風のまえに坐っていた。私の頭脳《あたま》はおもに、緒方万蔵という男の奇怪な行動に占領されていたが、叔母の考えはまたそれと違っていた。彼女はいま発見した、愛する一人息子の先祖にあたる人の悲しい恋にひどく心を動かされていた。彼女は暫く、悲しそうな眼をほそめて、孔雀女蘊の姿を見ていたが、やがて切髪をふるわせながら静かに呟《つぶや》いた。

「慎吾さん、お妙さんも聴いておくれ。わたしがこんなことをいうとまた年寄りの迷信と嗤《わら》われるかも知れないけれど、わたしにははっきりとわかりますよ。御先祖の深い想いが、与一の魂のなかに生きているのです。遂げられぬ恋の憬れが、与一の胸のなかで生きかえって来たのです。それでなくて、どうして与一が、この屏風の女に心を惹《ひ》かれよう。またあの口絵の写真を一瞥《ひとめ》みて、その人だと気がつきましょう。羽鳥梨枝というあの人こそ、紫という娘さんの血をうけて、この世にうまれかわって来た分身にちがいない。あゝ、その女《ひと》がよい娘であってくれたら、与一のよい嫁であってくれたら」

それを聴いたとたん、私も妻も、ある厳粛《げんしゅく》な想いに、ジーンと体中がふるえるのを感じたのである。

その夜、私は二通の手紙を書いた。

一通は長崎に住んでいる大学時代の友人で、長崎研究家として、ひろく天下に知られている風間伍六《かざまごろく》にあてたもので、用件はいうまでもなく、辰砂源兵衛という人物の調査についての依頼だった。そしてもう一通は、もう一度羽鳥梨枝という女性にあてたもので、その手紙のなかで、私はまえよりももっと詳しく、久我家に伝わる孔雀屏風のいわれから、古い恋文の発見、更にまた与一の奇蹟にいたるまで、あますところなく書き送った。

これらの手紙の返事は、なか二日おいて私の手許《てもと》に届いた。そしてそれと殆んど時を同じゅうして、またこゝにひとつの事件が持ちあがったのだが、こゝには二通の手紙の方から先にお眼にかけておこう。


謹《つつし》みて返《か》えし文《ぶみ》まいらせ候《そうろう》、以前にも一度おん文賜《たまわ》りし由《よし》に候共《そうらえども》、それは私が手には入らず、いといぶかしきことと一旦は怪しみ申候も、私は伯父緒方万蔵がお宅へ伺いし由承《うけたまわ》り候いて、はたと合点《がてん》仕《つかまつり》候《そうろう》。わが親戚、ましてや伯父なる人を

悪しざまに申上候は、いと心苦しき事に候共、かの伯父というは日頃よりとかく腹黒き人にて、かねてより心許《こころもと》なく思い候いし折柄《おりから》、私あての手紙を隠し、私にはなんの断りもなくお宅へ推参《すいざん》仕候段、甚だ怪しきことと被存《ぞんぜられ》候。それにて思いあたり候は、お眼にとまり候写真と申すも、かの伯父のすゝめにて撮影いたし候もの、かたがた怪しきことと、念のためお訊ねの屏風調べ申候ところ、屏風の裏貼りに一ケ所切り取り候跡ござ候。尤《もっと》も以前同じ裏貼りのうちより、屏風の下絵見附け候こと、私も存じおり候共、この度のはまたそれと違った場所にて候程に、なにかよからぬ企《たく》みのあるやと、いよ〳〵心いぶせく存じ候。かえすがえすもかの人に、御用心あそばさるゝようお願申上候。

さて、お訊ねの孔雀屏風の儀、私の承知仕候ほどのことを残らず申上げまいらせ候。かの屏風はいまより百数十年の昔、長崎より当家へ嫁してまいられ候紫女《むらさきじょ》と申す方の、持参あそばされ候ものの由、幼きころ母より承りおり候。お話の如くその表面には美しきお小姓の姿えがかれ申候が、これにつきて母より承《うけたまわ》りうろ覚えに覚え候は、その姿こそこの絵をお画きなされ候画工《えかき》の君が、おのが姿をそのまゝに写ししものの由、まことに美しく凛々《りり》しく、その屏風を見るにつけ、幼きころさまざまの怪しきことども有是《これあり》、心乱れ候こともたびたびにてござ候。いまはからずもおん文拝見仕候て、与一さまとやら申さるゝおん方のお話ども承り候につけ、その想いますます烈《はげ》しく、何やら心狂わんばかりに怪しき心地いたし申候。かゝるはしたなきこと打明け申候も、ひとえにあなた様の御親切に甘えたくと存じ候まゝ、何卒《なにとぞ》何卒、悪しくなおん蔑《さげす》み被下《くださるま》間敷《じく》、いまはただ与一さまのみ写真なりとも拝見いたしたく、心とびたつばかりの想いにてござ候。

あまり意外なおん文に接し、心甚だ乱れ候まゝ、一旦は筆をおき申候も、近日中に必ず必ずおん許《もと》様へまいり、詳しきお話などお伺い申上度、その節はよろしくお願い申上候。

この手紙はわれわれを驚かすに十分だった。これで見ると、与一に起った同じ奇蹟が、梨枝という女にも起っているに違いなかった。百数十年まえに満たされなかった、哀れな男女の想いが、忽然として現代に甦ったのだ。そして、お互いに怪しき魂の呼声にゆすぶられて、見も知らぬその相手の幻を追いつづけて来ているのだ。私はあまりの不思議さに、ただ啞然《あぜん》として、妻と顔を見交わすばかりだった。しかし、叔母はわれわれとは違っていた。彼女はさもいとおしげに繰りかえし、繰りかえしこの手紙を読み返すと、やがて涙を湛《たた》えた眼でわれわれ夫婦を振りかえった。

「慎吾さん。よく御覧、なんという美しい字であろう。この娘《こ》はきっと、この字のように、性質《こころだて》も美しく優しい娘にちがいない。与一の嫁はこの娘よりほかにはありません。はい、どのようなことがあっても私はこの娘を、わが嫁と呼ばずにはおきませぬ」

さて、もう一通の、風間伍六から来た返事というのはこうである。

拝呈貴翰《きかん》只今落手《らくしゅ》仕候。如何《いか》なる風の吹廻しにや、長崎の事御調《おしらべ》の趣《おもむき》、愚生甚だ会心の事と存候。扨御訊《さておたずね》の辰砂源兵衛が事改めて取調の労を煩《わずら》わす迄も無是《これなく》、当地に於《おい》て甚だ有名なる人物に候《そうら》えば、早速御報告申上候。当地に今も尚辰砂屋敷跡と申所有是《これあり》、愚生等幼少の砌《みぎり》よく其処《そこ》にて遊びし記憶有是《これあり》候。これこそ御訊の源兵衛が住居《すまい》の跡にて、辰砂源兵衛と申候は化政度の豪商にて、かの淀屋《よどや》辰五郎《たつごろう》、銭屋五兵衛《ぜにやごへえ》等にも匹敵すべき闊達《かったつ》の人物なりし由、幾多の文献に散見致居候。其の全盛時代は紀文《きぶん》の富もしのぐ可《べ》き程にて候所、文政三年、抜荷《ぬけに》買——つまり現今の密貿易に候——の一件露見致候由にて、家は闕所《けっしょ》、己《おのれ》は打首《うちくび》と相成申候。該事件は「梅花《うめや》堂見聞集《どうけんもんしゅう》」と申す古書に詳しく有《これ》是候間《ありそうろうあいだ》、御参考の為一度御被見なさる可候《べくそうろう》。尚辰砂源兵衛の子孫に就《つい》ては残念乍《なが》ら小生も知る所なく、尚精々調査仕候共、茲《ここ》に一つ興味ある伝説を申上候。そは源兵衛が打首となる少し以前、予《あらかじ》めこの事あるを覚悟したるにや、財産のうち黄金三万両、黄金の鶏一対《つい》、千枚分銅《ふんどう》、大枝珊瑚《おおえださんご》樹《じゅ》、白銀《しろがね》の碗等、其の他莫大なる財宝をいずくへか埋《うず》め置き候由にて、当地の古老のうちには今尚その伝説を固く信じ居候者間々《まま》御座候。右御参考までに附加へ申上候。

私はこれを読んではじめて何もかも分ったような気がした。政信の手紙にある、あの一種異様な不安、それは辰砂源兵衛のうえに迫りつつある、あの大きな不幸を意味していたに違いない。その頃からすでに、源兵衛の闕所は、避けられぬ運命として、政信の眼にもうつっていたのだろう。しかし若い画家の彼に、それをどうすることが出来よう。彼はただ、恋人への手紙のなかに、それとはなしに、その不幸の予想を書き綴《つづ》っていたのだろう。

だが、源兵衛が打首になるまえに、埋めておいた財宝というのは、真実あるものだろうか。その当時の黄金三万両といえば、現代の金にすれば、莫大なものにちがいない。――とそこまで考えて来たとき、私は愕然《がくぜん》として膝を打った。そうだ、あの義眼《いれめ》の緒方万蔵が覘《ねら》っているのは、その埋められた宝ではあるまいか。その宝の所在に関して記した書類のようなものが、この屏風のどこかに隠されているのではあるまいか。

それはかなり突飛《とっぴ》な考えのようだが、また翻《ひるがえ》って考えてみれば、あながち荒唐無稽《こうとうむけい》だとも思われない。財宝を埋めた辰砂源兵衛が、その所在《ありか》を示す書類を、子孫のために遺《のこ》すということは実際考えられないことではない。そしてその書類を、当時出来あがったばかりの屏風のなかに貼りこんでおくということも、考えられそうな事だ。現に、羽鳥家にある屏風の裏側は、緒方万蔵の手によって切りとられた形跡があるというではないか。きっと、その部分だけでは、埋められた財宝の所在を知るには不十分だったのだろう。そして、それを満《み》すべき鍵が、こちらの半分のなかに隠されていると信ずべき、なんらかの根拠があったのだろう。

　私は非常な昂奮《こうふん》を感じて、もう一度あの屏風を隈《くま》なく調べてみた。しかし、結局、何物をも発見することは出来なかった。私がその屏風のなかから得たものは、まえにいったあの一束の恋文ばかりである。ひょっとすると、あの恋文のなかに、何かそれを暗示するようなことが書いてあるのではあるまいかと、そこで私はもう一度、あの古い手紙を取出して調べてみたが、自分の不敏《ふびん》のせいか、別に変ったところも発見することは出来なかった。だからもし、辰砂源兵衛の埋めた宝というのが、真実この世に存在するとしても、恐らくそれはこの屏風の関知するところではあるまい。緒方万蔵はなにか途方もない間違いをやっているのだ、と、そう信ぜざるを得なかった。ところが、その夜にいたって、はしなくもこゝに非常に恐ろしい事件が持ちあがったのである。

屏風の奇蹟

　これから述べるような血腥《ちなまぐさ》い事件を、あまり詳しく話することは私の好むところではない。第一それは、一人の愛児を戦地へ送って、ひとり静かに留守宅を守っている叔母に対しても冒瀆《ぼうとく》にあたる。だから出来るだけ簡単にその夜の出来事を述べることにしよう。

　真夜中の二時頃のことであったろう。私は異様な物音に眼を覚まして、俄破《がば》とばかりに寝床のうえに起き直った。妻も同じ物音を聴いたと見えて、私より先に起き直っていた。物音はどうやら隠居所のほうらしく思われる。そこには叔母がひとりで臥《ふ》している筈だから、私には何よりもそれが気にかゝった。そこで、ついて来ようとする妻を宥《なだ》めておいて、渡り廊下づたいに離家《はなれ》のほうへ来ると、暗闇のなかで、だしぬけに人につきあたった。

　これには私も驚いた。私は必ずしも自分を臆病者だとは思わないが、この時ばかりは胆《きも》を潰《つぶ》した。相手の真黒《まっくろ》な姿が天井につかえるような大男に見えた。相手は私を突きとばしておいて渡り廊下の雨戸を蹴破り、風のように外へとび出していった。だが、その瞬間、私ははっきりと見たのである。その男の片眼が、猫のように闇のなかに光っているのを。緒方万蔵以外に、そんな不思議な眼を持った男があるべき筈がない。

私は一瞬、その男のあとを追おうかどうしようかと躊躇《ちゅうちょ》したが、すぐ思い直して離れ座敷へ入っていくと、電気のスイッチをひねった。私が非常に安心したことには、叔母は寝床のうえに、きちんと起き直ったまゝ、眼をつむって、何か口のなかで唱えていた。切髪がかすかにふるえていたが、別に恐怖の表情《いろ》は見えなかった。

「慎吾さんかえ」

叔母はまだ眼をつむったまゝ、落着いた声で言った。

「はい、叔母さん、どうかしましたか」

「いゝえ、わたしは大丈夫です。しかし慎吾さん、わたしはいま不思議な声を聞きました」

「不思議な声と言いますと?」

「与一の声です。はい、あの子の声を聴いたのです。『お母さん』と、あの子は叫びました。それから、『あの人を頼みます』と言ったようです。今夜、与一の身に何か変った事があったにちがいありません」

私は何かしら、ゾッとするような衝動《ショック》をうけて、眼動《まじろ》ぎもせずに、叔母の顔を見詰めていた。その時の私の感じをどういって言い現わしていゝか私にはわからない。蒲団《ふとん》のうえにきちんと端坐している、叔母の小さい切髪姿が、私の眼には聖者のように写った。その小さい卵型の顔から、後光がさしているように思えた。私が息をつかずに、その厳粛な老婆の像を見詰めていると、やがて叔母は、パチリと澄んだ眼を見開いた。

「慎吾さん、あの悪者は逃げましたか」

「はい、逃げてしまいました」

「そうですか。それではすぐに警察へ電話をかけて下さい。その屏風の裏側に、もう一人の悪者が殺されている筈ですから」

その夜は、私にとっては驚くことばかりだった。叔母の言葉にぎょっとして、次の間にある、あの孔雀屏風の裏側を覗いてみると、なるほど、そこには無残に胸を抉《えぐ》られた、醜《みにく》い男の死体が横《よこた》わっている。それはまだ年の若い青年だったが、どこかモルヒネ中毒患者を思わせるような、畸型《きけい》的な、この世からの落後《らくご》者の面影だった。むろん、今迄いちども見たことのない男である。

私は驚いて叔母のそばへ帰って来ると、向うの座敷へいくようにすすめた。しかし、叔母は軽く頭をふったきりで、穏《おだや》かにこう言った。

「いゝえ、私はやっぱりこゝにおりましょう。こゝには与一の写真があるのですから」

そこで私は妻を呼びよせて叔母の介抱《みとり》を命じると、すぐ警察へ電話をかけた。それから後《あと》のことはおもに警察の領分であって、私たちの与り知らぬところである。第一、私はその被害者を知らない。また、加害者についても、私はあまり多くのことを語らなかった。彼等の目的が、あの孔雀屏風にあったろうことは、疑う余地もなかったが、それについても私は沈黙を守っていた。これ以上、叔母の身辺を騒がせることを好まなかったからである。だから結局、この事件はこういうふうに世間へ報道された。

二人組の強盗が押入って、その一人が仲間を殺害して逃亡した云々《うんぬん》。

だが、諸君よ、私はこれよりほんの少しばかり余計なことを知っているのである。その殺害された男は、決してもう一人の男の仲間ではなかったのである。彼等はむしろ競争者だったのだ、全く別々の手《て》懸《がか》りから、あの孔雀屏風に眼をつけた二人は、偶然その夜、目的物のそばで落ち合ったのだ。そして一人の方が、競争者を斃《たお》して逃亡したのであろう。いつか私のところへよこした、あの奇怪な電報の発信者がその夜、私の家で殺された男であろうことを、私は殆んど疑うことが出来ない。

私が何故、そう信じるか、それには理由がある。その夜私は、警察へ電話をかけた後、警官が来るまでに、死体の懐中を探って不思議な書類を発見したのである。そのことについては、私は妻にさえも語らなかったくらいだが、いまその書類というのを次に掲げておこう。それは美濃紙《みのがみ》に書かれた古い写本の一種で、表紙には「長崎異聞《いぶん》集」と書いてあった。

この小冊子の著者は、長崎奉行所に勤めた役人あがりらしく、閑斎《かんさい》翁という署名がある。内容はすべて閑斎翁が長崎奉行所に勤めていた頃、見聞した事実を書き集めたものらしく、その最後に次のような一節がある。

「辰砂源兵衛が娘屏風の裏に財宝の所在を書き残すこと」

私はこゝに、その一節を原文のまゝ掲げることにする。この一節こそ、孔雀屏風の秘密を解く鍵と信じられたからである。事実は、この一節の裏には、もう一つの秘密があったことが、間もなく分ったものだけれど。


余《よ》がいまだ長崎奉行所に勤め候頃、糸女《いとじょ》と申す老婆を知れり、斯者《このもの》は文恭院《ぶんきょういん》様（家斉《いえなり》のこと）御治世の砌《みぎり》、抜荷買の一件顕《あらわ》れお仕置《しおき》と成りたる辰砂源兵衛方に奉公仕り候者の由、斯者申すに源兵衛お仕置の後、娘紫と申すが尾の道へ立退《たちの》き候に従いて参り、其者《そのもの》の死す迄仕《つか》へ候由なるも、紫の他界するに及びて再び長崎へ帰り老後を養い居《お》る所、某日余に向いて次の如き奇怪なる話を成したり。

娘紫と申すは其後《そののち》縁ありて所の豪士羽鳥某なる者の許に嫁《とつ》ぎ一子を儲《もう》け候も、産後の肥立ちや悪しかりけん、間もなく他界 仕《つかまつ》り候が、臨終《いまわ》の際にまことに奇怪なる一書を屏風の裏に貼附《はりつ》け候由、其一書を何んぞと申すに、彼の源兵衛がお仕置を受け候前、窃《ひそか》に黄金三万両、黄金の鶏一対、千枚分銅《ふんどう》、白銀《しろがね》の碗、大枝珊瑚《おおえださんご》、其他様々の金銀財宝を隠匿《いんとく》仕り、其《そ》の所在《ありか》を示す絵図面を屏風の中に貼込候由なり。然《しか》る所其屏風、仔細《しさい》ありて真中より引裂かれ、大切なる絵図面を貼込みたる分は、江戸へ持去《もちさ》られ候由。然《しか》るに依《よ》って、此《この》一書を見候わん者は、必ず江戸へ参りて其《その》屏風を取戻し、絵図面を見附出し首尾よく財宝を掘出せよとの趣《おもむき》なり。これまことに近世の一大事、奇怪なる事共に候が、扨《さて》糸女の申すには。――

と、この奇怪な手記はそこでぷっつりと切れているのである。おそらくその後の一枚が落丁になっているのであろう。しかし、これだけでも十分である。緒方万蔵や身許《みもと》不詳の男が、あの孔雀屏風に眼をつけるには、それだけの立派な理由があったのだ。万蔵が羽鳥家にある屏風の裏から切抜いたというのは、おそらく紫の遺書だったのだろう。彼はあの下絵を発見した時、それと同時に、この遺書をも見附け出したのに違いない。そして、殺されたあの身許不詳の男は、それとは別の緒《いとぐち》、即ちこの写本から、辰砂源兵衛の埋《うず》めた財宝の存在を知ったのに違いない。それはまことに奇怪な話だが、ともかく一応当ってみるだけの値打ちは十分あるほどの真実性を持っている。しかも、前にもいった通り、黄金三万両といえば、それだけでも大した値打ちの代物《しろもの》なのだ。

しかし、これはいったいどうしたというのだろう。彼等が命がけで探している肝腎《かんじん》の絵図面が、あの屏風の裏側になかったことはすでに諸君も御存じの通りである。紫という娘が、罪な悪戯《いたずら》で百数十年の後に、人をあざむいたのだろうか。それとも、事実、その絵図面は存在していたのだが、ずっと昔に、何人かの発見するところとなったものであろうか。私は告白する、その時私が非常な好奇心のとりことなったということを。しかし幸か不幸か、その時私は、この浅間《あさま》しい好奇心の衝動にしたがって行動するいとまがなかったのである。

あの夜、叔母が聴いたという与一の声、それが大きな不安となってわれわれの一家にのしかゝって来ていた。叔母はその後、絶対に隠居所を出ようとしなかった。昼も夜も彼女は、与一の写真のまえに坐って数珠《じゅず》をつまぐっている。彼女は与一の戦死を信じて疑わなかった。そして私たち夫婦は、彼女を慰《なぐさ》めるのに大童《おおわらわ》だったのである。

果然、叔母の予感は半ば的中した。それから数日の後、私たちはある方面から、与一の消息に接することが出来た。与一は戦死したのではなかったが、名誉の負傷で現地の衛戍《えいじゅ》病院に後送されたのである。この時の与一の働きは、戦史にも遺るほどの立派なものであったらしい。私たちはつぎからつぎへと、新聞社の人々の訪問をうけた。それらの人々から、与一の働きを聴かされる度に、叔母は黙って頷《うなず》いていた。与一の戦死を信じて疑わなかった際も、少しも取乱したところを見せなかった叔母は、与一の負傷の程度を聴いても（それはかなり重いものだったが）眉ひとつ動かさなかった。いま私は、この尊敬すべき母子《おやこ》のまえに脱帽しておこう。

与一の働きは、もちろん、彼の写真入りで新聞に掲げられた。あとから知ったことであるが、この記事は全国の新聞に出たようである。その結果、私たちは既知といわず、未知といわず、全国の人々から懇切な見舞いをうけた。こういう大きな感動の渦巻のなかにあって、私たちが一時、あの孔雀屏風のことを全く念頭から忘却してしまったのも、当然のことであろう。

ところが、あの記事が出てから二日目のことである。私は再び、長崎の風間伍六から一通の書面と、小さい小包を受取《うけと》った。書面にはその後、辰砂源兵衛に関して、興味ある事実を記した小冊子を発見したから、一覧に供する旨が認《したた》めてあった。私は急いで、小包を開いてみたが、そこに発見したのは、私がすでにこの間、身許不詳の男の死体から見附け出した、あの「長崎異聞集」であった。

写本のことだから、写し手の間違いや、脱落と思われる箇所がところどころにあったが、二つのものが全然同一のものであることは疑う余地がない。それでも私は、寄贈者に対する礼儀として、一応、例の節を開いてみたが、そこで私は非常に意外なものを発見した。まえの写本では、最後の一枚が脱落していることを、私は述べておいたが、風間から送られた分には、ちゃんとそれがついていた。そして、問題は実に、その最後の一枚にあったのだ。こゝにその部分だけを書抜いてお眼にかけよう。

まえの写本では、「これまことに近世の一大事、奇怪なる事共に候が、扨《さて》糸女の申すには――」というところで切れていたが、その後が次の如く続いている。

扨糸女の申すには、これすべて偽《いつわり》の事共なり。然らば何を以《も》って紫がかゝる怪しき事共を書遺し候哉と問うに、仔細はかの屏風にあり。かの屏風と言うは美しき男女《なんにょ》二人を画きたり。女は紫にて男はそを描きし画工《えかき》某に候由。彼者《かのもの》共は深き相思の仲なりしも辰砂源兵衛闕所《けっしょ》打首の砌《みぎり》、本意《ほい》なき別れをこそなしたれ。其節紫の申すに、江戸と長崎と相別れては再び相見ん事得叶《かな》うまじ。せめてもの思出に、妾《わらわ》の絵姿持ち帰り候え。妾又御身の絵姿を日毎側に置きて君を忍ばんとて屏風を二つに引裂きたり。紫其後縁ありて他家へ嫁ぎ候も、想いは常にかの画工《えかき》某のうえにあり。死すとも今一度《たび》かの者に巡り遭わんぞかしと日頃歎《なげ》き悲しみ候所、ふと思出だし候は、別れの砌其者と契《ちぎ》り候言葉なり。此屏風再び一つに成時こそ、二人が一つに成候時なれ、そは今生《こんじょう》にてもよし、又未来にてもよかるべし。引裂かれたる屏風の再び原《もと》に復する時こそ御身と我との一つに成時ぞ、そを必ず忘れ給うなと彼者の言残し候言葉なり。然るを以って紫は子孫にかの屏風を探させんと欲するも、唯それのみにては仲々諾《うべな》うまじ。さるを以って、計《はかりごと》にて屏風を探させんと欲する也。世に慾なき人間はあらじ。黄金三万両と申せば、何人も必ず慾に駆られ彼屏風を探求め候事必定《ひつじょう》なり。是畢《ひっ》竟《きょう》紫の君の哀れなる恋のなす所なれば、君必ず他言《たごん》致されなと糸女の申すを聞きて、余あまりの事に暫《しばし》言葉も出でず、後日の為に此事書記《かきしる》す者也。

あまりの事に暫《しば》し言葉の出なかったのは、必ずしも閑斎翁《おう》ばかりではない。かくいう私も、暫《しばら》く茫然としてなすところを知らなかった。してみると、緒方万蔵も、あの身許不詳の男も、ありもしない財宝の幻影を追うて命をかけていたのだ。なんという奇

怪なことだろう。百数十年の昔、悲恋に狂った女の設けておいた罠の中に、今となって二人の男がまんまと落ちたのだ。あの身許不詳の男は、肝腎の部分が脱落している写本を手に入れた。それが彼の不運だったのだ。私はもうあの男のことを考えまい。彼が誰であろうと、それはもう私の関知するところではない。また緒方万蔵にしたところで、殺人の大罪を犯した男が、再び私たちの眼前にかえって来るようなことはあるまい。想えば可哀《かわい》そうな男である。私は彼を、彼を待っている運命にまかせて自分から手出しをしないでおくことにしよう。いつかは彼も、自分の間違いに気がつくことであろう。

それにしてもこれはどういう事になるのだろう。引裂かれた二つの屛風はまだひとつにはならないが、今や互いにその所在《ありか》を知っている。それがひとつになる時は——と、私がそこまで考えた時である。けたゝましい声で妻が書斎の外から私を呼んだ。

「あなた、あなた、あの方がいらっしゃいましたわ。羽鳥梨枝さんが。屛風を持って」

私が書斎から跳び出すと、妻は呼吸《いき》を弾《はず》ませながらこう言った。

「いま、隠居所にいらっしゃいます。あの新聞の写真を御覧になったのですって。とても、とても、それは口では言えないほど綺麗な方」

私が隠居所へ入っていった時、羽鳥梨枝は床《とこ》の間《ま》の与一の写真を、おもても振らずに眺めているところだった。私は生まれてからこの方この時ほど感動的な場面を見たことがない。妻の言葉は嘘《うそ》ではなかった。彼女の美しさは、この世のものとは思えないほどだった。いつか見た口絵写真とはちがって、彼女はむしろ地味な着物を着ているが、それは彼女の美しさを微塵《みじん》も傷つけなかった。切長な眼がパッチリと円にひらいて、ふくよかな頰《ほお》から顎《あご》の線が、床に活《い》けた白百合《しらゆり》のようにかすかに顫《ふる》えていた。ふいにその眼から、真珠のような涙が湧《わ》き出して来たかと思うと、彼女は崩れるように、座を滑って叔母のまえに手をつかえた。

「この方にちがいございません。はい、たしかにこの方でございました。幼い時からあたしが、こうして瞼を閉じると、その底にありありと浮ぶ面影は、たしかにこの与一さまにちがいございません。あゝ、あたしはどのように、この面影をお慕い申上《もうしあ》げたでしょう。そして、どのように物狂おしい気持になったことでしょう。この間の晩も、あたしはたしかにこの方のお姿を見ました。それは真夜中の二時ごろのことだったでございましょうか。あたしは物凄《ものすさ》まじい物音に眼を覚ましました。私の眼のまえには、何やら黒い煙がいっぱい立ちこめておりました。それは炸裂《さくれつ》した砂煙のようでもございました。それが晴れていくに従って、あたしははっきり見たのでございます。五六人の兵士の先頭に立って、与一さまが剣をふるって突進していらっしゃるのを。その時、また恐ろしい物音が炸裂いたしました。そしてあたりは再び砂煙で閉じこめられてしまいました。そしてそれが今度晴れた時、与一さまが傷ついて倒れているのをあたしは見たのでございます。その時与一さまはにっこりとお微笑《わら》いなさいました。そして、声も嗄《か》れんばかりにお叫びになったのでございます。バンザイと。ひとこえ高く」

梨枝はよゝと泣き崩れた。私と妻とは思わず顔を見合せた。叔母は無言のまゝ、梨枝の肩に手をかけている。梨枝は再び顔をあげた。

「小母《おば》さま。お願いでございます。あたしをこゝにおいて下さいまし。あたしはこゝよりほかに行くところはございません。ふつつかな者でございますが、どうぞ、どうぞ、与一さまのお写真のそばにおいて下さいまし」

「おゝ、あなたをどこへやりましょう。あなたは与一の嫁です。いゝえあなたのほかにどこに与一の嫁がありましょう。さあ」

と、叔母は改めて梨枝を与一の写真のまえに坐らせると、いまこそ一つになった孔雀屏風を振りかえり、それから私たちのほうを見てにっこりと晴れやかに微笑った。そして言った。

「慎吾さん、お妙さん、さあ、祝言《しゅうげん》の支度をしておくれ」

湖泥

一

舷《ふなべり》から半身乗り出した代助《だいすけ》は、ゴーゴンの首を見たポリデクテス王のように、そのまゝ石人と化し果るかと疑われるばかり、立ち騒ぐ波、蘆《あし》の穂を吹く風の音も、彼の注意を奪うことは出来ませなんだが、稍《やや》あってふと気が附いたというのは、舷を握りしめた手の甲に、ポタリと落ちて来た何やら温かいものがありました。と見れば、蜘蛛《くも》が脚を展《ひろ》げたような、黒い斑点が、ポッチリと手の甲に着いています。おやと思う拍子に又一つ、更に続いて二つ三つ四つ。

……

代助は幼い時分から何かにひどく興奮すると、よく鼻血を出す癖《くせ》がありましたが、今彼の手の甲を斑々《はんぱん》として紅《あけ》に染めているのは、その鼻血でありました。しかもその時の鼻血たるや、未だ嘗《かつ》て代助が経験したこともない程の凄《すさま》じさで、縷々《るる》として、滾々《こんこん》として、滴々《てきてき》として鼻孔の奥より湧《わ》き出ずる生温かい血潮は、殆《ほとん》ど止まる時がないのではないかと思われるばかりです。代助は惘然《きょうぜん》と眼を瞠《みは》って、斑々として彩られて行く舷を眺めていましたが、やがて名状しがたい恐怖を感じると、呀《あっ》と叫んで舟底に打ち倒れました。

あゝあの時、彼の胸中を吹き荒《すさ》む颷風《ひょうふう》は、真黒《まっくろ》な旋風を作って、黯黮《あんたん》たる絶望の彼方に彼の想念《おもい》を運んで行きます。恐ろしい従兄弟の断末魔の光景は、執念《しゅうね》く彼の眼底に灼《や》きつけられ、悲痛な従兄弟《いとこ》の最後の声は、未だ嫋々《じょうじょう》として彼の耳底に鳴っているかと思われます。しかも代助はその時潸々《さめざめ》と涕《な》いていると自分に気が附いて愕然《がくぜん》としました。何のための泪《なみだ》なのか、何人のための歎《なげ》きなのか、代助自身にも分りません。万造《まんぞう》の死を悲しんでいるのであろうか、否《いな》！　否！　自分を陥入《おとしい》れ自分の生涯を滅茶滅茶《めちゃめちゃ》に叩き潰《つぶ》したばかりか、今又自分を計らんとして、却《かえ》って自らその罠《わな》に落ちて死んだ万造のことですから、手を拍《う》ってその死を嘲《あざけ》るとしても、一滴たりとも彼の為に流す泪があろうとは思われません。しかし、しかし、あゝ胸を打つこの寂寥《せきりょう》、魂を揺ぶるこの悲愁は、一体何のためでありましたろうか。……

稍《やや》あって代助は鼻血も止まり、泪も漸《ようや》く乾いたので、蹌踉《そうろう》として起きあがりましたが、その時ふと眼に附いたのは舟底に落ちていた白い仮面です、万造はいま湖底の泥濘《でいねい》の中に呑み込まれてしまったのに、皮肉にも彼の仮面ばかりは、こうして代助の手許《てもと》に残ったのです。恐らくあの死物狂《しにものぐるい》の格闘の際に万造の面から落ちたのでありましょう。代助は一眼見るより忌《いま》わしそうに、湖水の上に投げ捨てようとしましたが、また思い直して手に持ったまゝ力なく棹《さお》を取りあげました。

代助と万造を送り出したお銀《ぎん》は、あれからアトリエの長椅子に寝そべって、狆《ちん》ころのロロを相手に巫《ふ》山戯《ざけ》ておりましたが、折から露台《バルコニー》の下にボートが止まった様子に、ハテ、天龍川の口まで行って来たにしては、少し早いがと訝《いぶか》りながら半身を起したところへ、蹣跚《まんさん》としてアトリエの入口に現れたのは、思いがけない代助の姿でありました。唯《ただ》ならぬ顔色といい、且《かつ》又胸から腹へかけて点々として滴《したた》っている血潮といい、お銀は思わず真蒼《まっさお》になると、棒を嚥《の》んだようにその場に立ち竦《すく》んでしまいました。

——まあ、あなたでしたの。……そしてあの人は……万造はどうしました。

——死んだよ。と、代助は唯一言《ひとこと》そういうと、傍の椅子にガックリと体を落して両手で犇《ひし》と頭を抱えてしまいました。

——死んだ？　万造が？……お銀は憑《つ》かれたような声で訊《き》き返しましたが、やがて敲《たた》きつけるような早口で、あゝ、あなたが殺したのね。そうだわ、きっとそうだわ。あゝ恐ろしい。その血……その胸の血、……あゝ、あなたが万造を殺したのだ。あんなに前非《ぜんぴ》を後悔して謝っていた万造を。……

——違うよ。私が殺したんじゃないよ。

——嘘《うそ》！　嘘！　じゃその血はどうしたのです。その恐ろしい血の飛沫《しぶき》は。……

——まあ、お聴き、どうして私が万さんを殺すものか。私こそ万さんに危く殺されかゝったくらいなのだよ。

鞭《むち》のように鋭いお銀の舌が歇《や》むのを待って、代助はぼつぼつと一伍一什《いちごいちじゅう》を語って聞かせましたが、それを聞いているうちに、お銀にもどうやら一切の事情が呑み込めて来たようでありました。

——まあ！　間もなく彼女は呻《うめ》くように言いました。それじゃ万造は自分の計画した罠に自分から堕《お》ち込んでしまったのね。そして代さん、あなたこれからどうなさるおつもり。

——仕方がないよ自首して出る事にしようよ。

——そう。あゝ！　だけど代さん、あなたの持っていらっしゃるその白い物は一体何？

——これかい。これは万さんの仮面《めん》だよ。舟の中に落ちていたから拾って来たのだ。

ふいにお銀がけたゝましい声をあげて笑いました。それがあまり突然であったので、代助はぎょっとして彼女の顔を打ち見守って居《お》りましたが、お銀はどうしたものか、まるで七笑《しちわらい》の時平《しへい》公のように、とめどもなく打ち笑いながら、

——御免なさい。……あゝ、だけど世の中って何て面白いんでしょう。……自分の作った罠に落ちて死ぬ人もあるし、そうかと思うとまた、……

お銀は何を思ったのかつと立ち上ると、アトリエを出て行きましたが、間もなく引返して来た彼女を見ると、何やら黒い着物のような物を持っていました。

——さあ、これを着て御覧なさい。そしてこゝに万造の嵌《は》めていた手袋もあります。あの人が一つずつ余分に作っておいてくれたのは、何という有難《ありがた》い

ことでしたろう。この黒い袍《ころも》を着て、この手袋を嵌めて、そしてその仮面《めん》をかぶっていたら、誰があなたを万造でないと疑う人がありましょう。あなたは誰とも口を利かず、歩く時には少し猫背の気味に背を曲げて、そしてあゝ、そこにある笞《むち》でピシピシと床を叩く癖さえ忘れなかったら、そのまゝ万造に化ける事が出来ます。何というこれは素晴《すば》しいお芝居ではありませんか。そう云《い》ってお銀は再び笑い転げるのでありました。

女の智慧《ちえ》は屢々《しばしば》悪魔の智慧よりも恐ろしいと云いますが、この時のお銀の言葉がそれでしたろう。この邪悪な誘惑を退けて、最初の決心通り自首さえしていたら、代助はこれからお話するような、あの世にも凄惨《せいさん》な場面は直面しなくて済んだのでしょうが、女の思い付きの異常さに、つい心を惹《ひ》かれたのが彼にとっては千載《せんざい》の痛恨事でありました。

その翌日警部が再びアトリエを訪ねて来た時には、あのダブダブの袍衣に身を包み、頭からすっぽりと頭巾を被った仮面の男が、稍前屈《まえこごみ》に、黙然として窓際に坐っていました。

——どうですか。代さんはまだやって来ませんか。

警部の質問に対して、微《かすか》に首を左右に振ってみせるその男こそ、現に彼の探《たず》ねている代助その人であろうとは、どうして彼に分りましょう。警部がつゞいて何か云おうとする前に、ロロを相手に巫山戯ていたお銀が素速く口を挟みました。

——代さんは本当にこちらへ来たのかしら。いゝえ、本当にこちらへ来たとしても、とてもこの家へは参りますまいよ。だってあの人、とても万造とは仲が悪いんですもの。ねえ、あなた。

お銀に言葉をかけられた時、代助は思わず黒い袍の中で戦慄《せんりつ》しましたが、警部はもとよりそれと知ろう筈《はず》がありません。

——いや、それは私も知っていますがね。兎《と》に角《かく》来たら引き止めておいて下さい。おや、この絵はもう中止ですか。

警部が指したのは昨日、万造が絵筆を揮《ふる》っていたかのカンヴァスです。

——いえ。お銀がいち速く遮《さえぎ》ると、今日は少し気分が悪いと言って考え込んでおりますの。ほほほ、矢張《やは》り代さんの事が気になると見えますのね。

だが、警部が何の疑惑《うたがい》も抱かずに帰って行った後、お銀はいきなり代助に向かってこう云いました。

——あなた駄目よ、警部は当分毎日様子を見に来るに極《きま》っているわ。いつ迄《まで》経《た》っても絵が進行しないとなると、そのうちにはきっと怪しみ出すに違いないわ。さあ、あなた絵筆をお執りなさいよ。そしてこの絵の続きを描かなきゃいけませんわ。

お銀がこうして代助を庇立《かばいだて》をするのは、果してどういう心事であったのか私にもよく分りませんが、彼女が若《も》し今の代助に昔日の如《ごと》き闊達《かったつ》さと明朗さとを期待していたとしたら、彼女は非常な失望を味《あじわ》わねばならなかったでありましょう。突如起った身辺の激変と、未だ生々しく脳裡《のうり》にこびり着いている、あの悲惨な従兄弟の最後の場面は、彼をして、お銀から顔を反向《そむ》けさせるに充分な程、強い、劇《はげ》しい印象を投げかけていました。

それでも彼は、お銀の言葉の尤《もっとも》らしさに、つい彼女をモデルとしてのあの忌わしい絵を続けて行くことになりましたが、そうしているうちにも次第に彼の胸中に蔓《はびこ》って来るのはお銀に対する言い難き憎悪の感情でありました。二人の男の生涯を滅茶滅茶に叩き潰しておきながら、尚且恬然《てんぜん》として嬌笑《きょうしょう》を泛《うか》べているお銀の顔を見ると、代助は勃然《ぼつぜん》として劇しい憤怒《ふんぬ》に襲われ、若し己の困難な立場さえ自覚していなかったなら、片時もこの罪悪の巣に足を止めている事を肯《がえん》じなかったでしょう。

こういう熾烈《しれつ》な感情がお銀に感染せずにいる筈がありません。彼女は漸く自分の期待の的外れであったことを覚《さと》ると、これまた猛然として代助を憎みはじめたのです。今やこの湖畔のアトリエは救い難き二人の男女の、無言の、しかし無言なだけに一層気味の悪い、激烈な闘争の渦の中に投げ込まれてしまいました。私はずっと後にこの当時の心境を切々《せっせつ》たる文章で書き綴《つづ》った代助の日記を、このアトリエの中から発見しましたが、それに依《よ》って見るも、当時の彼が如何《いか》に大きな苦脳の中に生活していたか、想像するに難くありません。この日記は今でも持っておりますから、何でしたら後でお見せしましょう。あなたも既に想像されたでありましょうが、こういう男女の間は早晩破綻《はたん》を来さずには置きません。しかもこの終局たるや、案外早く、万造が亡くなってから僅《わずか》三週間しか経たぬにやって参りました。

代助はこの二三日、お銀の態度の著《いちじる》しく変って来たことに気が附きました。一週間ほど殆ど口も利かずに睨《にら》み合っていたお銀が、どういうものか、心にもないお世辞を陳《なら》べ、兎角《とかく》代助の機嫌を取り結ぼうと努めているように見える。代助は昔の経験からして、お銀がこういう態度に出る時には必ず、彼女の胸中に、恐ろしい裏切行為が醱酵《はっこう》しつゝある事をよく知っていましたから、それとはなしに気を配っていると、その日の午後に至って、彼女の態度は益々軽躁を極めます。朝から何となく、落着《おちつき》がなくソワソワとして、試みに代助が二言三言話しかけてみても、殆どそれに正当な応答を与える事すら出来ない。そうかと思うと、急にゲラゲラと笑い出し、無闇矢鱈《むやみやたら》に話しかけて来る。

夕方代助はお銀が風呂に入っている間にこっそりと彼女の居間を調べてみましたが、先《ま》ず第一に眼についたのは、押入《おしいれ》の中に突込《つっこ》んであった風呂敷包、開いてみると二三の着更《きがえ》の他に、指輪だの耳輪だの宝石類の入った函《はこ》が、さも大事そうに衣類の中にたたみ込んであります。この風呂敷包の他にもう一つ注意を惹いたのは、銀鎖のついた派手な手提鞄《てさげかばん》で、凡《およ》そ驚いた事にはギッチリと中に詰っているのは、四五百円はたっぷりあろうと思われる紙幣の束でした。しかし代助を真実驚かし、又怒らせたは、この手提鞄の中に入っていた二通の手紙でありました。一通は例の浪花節《なにわぶし》語り、紅梅亭鶯吉《こうばいていおうきち》から来たもので、今松本に来ているから遊びに来ないかというような事が、歯の浮くような調子で書いてありました。さてもう一通の手紙と云うのは、紛《まご》うべくもなくお銀の筆跡でしたが、何とそれはこの町の警察署に宛てたもので、内容は今更こゝに申すまでもありますまい。お銀は多分、行きがけの駄賃《だちん》として、代助を警察の手に引き渡してやろうくらいに考えていたのでしょう。

代助はこの手紙を読むとさすがにくゎっとして、思わず全身がブルブルと顫《ふる》えました。前後の考《かんがえ》もなく二通の手紙を鷲摑《わしづかみ》にしてアトリエへ引き返して来ると、ちょうど今しも、お銀が風呂から上って来たばかりのところでした。

——お銀！　代助の声は著しく顫え、興奮のために舌が廻りかねるくらいでした。

——なあによ。

湯上りの火照《ほて》った体を、燃ゆるような緋縮緬《ひぢりめん》の長襦袢《ながじゅばん》に包んだ彼女の姿は、又となく艶冶《えんや》たるものでありましたが、可哀そうに彼女はまだ、代助が口も利かぬ程興奮している事に気が附きませなんだ。無理もありません。あの無表情な仮面の下に隠れた代助の顔色は、さすが鬼のようなお銀と雖《いえど》も、視透《みとお》すわけには行きませんでしたから。

——これは何だ！

いきなり目前に差しつけられた手紙を見たお銀は、はっとしたように眼を瞑《つむ》ると、暫《しばら》く気が遠くなったような表情を示しました。賢い彼女はこうなっては最早、どのような弁解も、どのような胡麻化《ごまか》しも一切無用である事をよく知っていたのでありましょう。ふいに身を翻《ひるがえ》して、二三歩バタ〳〵と逃げかけました。

——待て！

お銀はしかしこの鋭い言葉に従う代りに、そこにあった紙切ナイフをいきなり代助の方へ投げつけました。幸い代助が素早く身をかわしたので、ナイフは纔《わずか》に彼の腕を掠《かす》めて飛んだに過《す》ぎませなんだが、この事がくゎっと代助を逆上させ、前後の分別をも忘れさせるに充分でありました。彼はいきなり手に触れたものを、思わずはっしとお銀の背後から投げつけてしまったのです。代助の手に触れたもの——不幸にもそれはかなりの重量を持った青銅製のヴィナス像で、これをまともに後頭部に喰《くら》ったのですから耐《たま》りません。お銀はくら〳〵と眩《めまい》がしたように一度その場に膝《ひざ》をつきましたが、すぐ起直《おきなお》ると、又二三歩ふら〳〵と扉の方へ行きかけました。と思うと絨《じゅう》緞《たん》の端に躓《つまず》いたのでしょうか、彼女はまたガックリとその場にのめりましたが、非常な努力をもって起上がろうとするらしく、二三度泳ぐように虚空《こくう》を引っ掻き廻していましたが、ふいに鼻と口からどっと血を吐くと、そのまゝ崩れるようにその場に突伏《つっぷ》してしまいました。その周囲を狆ころのロロが気狂《きちがい》のように吶《な》き立てながら躍り狂っているのを、代助は何かしら遠い夢でも見るような心持で、茫然《ぼうぜん》と眺めているのでありました。

その晩の真夜中過ぎの事でありましたろう。河沿いにあるあの遊廓、――あなたも多分通りがかりに御覧になった事がおありでしょうが、この町の女郎屋には一つだけ他の土地にないものがある。何かというと屋上にある六角形の展望台で、どういうわけであんなものを拵《こしら》えたのか分りませんが、知らない者が遠くから望むと、よく教会の塔と間違えるそうです。その晩の二時過ぎのこと、この塔の上から、ぼんやりと湖水の方を眺めている男がありました。何と別に目的があって眺めているわけではなく、何といいますか、遊びの後の妙な物憂さ、胸を噬《か》むような遣瀬《やるせ》なさ、大方そういう気分をまぎらせるためでしたろう、唯一人塔にのぼって深夜の風に吹かれていましたが、そういう彼の眼をふと捉えたというのは、河下の岬《みさき》の蔭《かげ》から、今しも箭《や》のように漕《こ》ぎ出した一艘《そう》の小舟の姿でありました。

何処《どこ》かに月があると見えて、絖《ぬめ》のように鈍く光っている湖水の表面を、スイ〳〵と水虫のように流れてゆくのが手に取るように見えます。乗っているのはどうやら一人らしいのですが、間もなく岬の手前の蘆の浮洲のところまで来ると、ふと舟を停めて、何やら舟底から抱きあげた様子です。それがどうやら人間のようにも思えたので、塔上の男はおやとばかり、思わず体を前に乗り出しました。

ちょうどその時湖水の方では、例の人間らしいものを抱きあげた不思議な人物が、やおら舟から浮洲の上へ降りようとしましたが、どうした機《はずみ》か舟がくらりと傾いて、その拍子にかの男はもんどり打って水の中へ落ちました。もとより浅い場所ですからすぐに起き直りましたが、その途端塔上の男は、ゾッとばかりに全身に鳥肌が立つのを覚えました。無理もありません。今水より起き上った男の体は、まるで燐《りん》を塗ったように炯々《けいけい》として光を放ち、その妖《あや》しい光の中で彼はハッキリとあの無気味な白い仮面と、胸に抱いている人間の形を識別することが出来ました。そしてそれ等のものからポタポタと落ちる滴《しずく》は、恰《あたか》も人魚の涙でもあるかのように、閃々《せんせん》として金色に輝いています。塔上の男はむろんこの土地のものでしたから、諏訪《すわ》の湖に夜光虫のいるということは知っていましたが、このように綺麗な、そしてまたこのように恐ろしい風景は未だ嘗《か》つて見たことがありませなんだ。何となくそれはこの世のものというよりは、遥かに夢魔の世界の出来事とも思え、全身から燃え上るような燐光を放っている、奇怪な仮面の男は、人間というよりも地獄の底から這《は》い上って来た悪鬼のようにも見えるのでありました。

この男がもう少し展望台に頑張っていたら、彼はその後で起った更に更に奇怪な事実を目撃したのでありましょうが、遺憾ながら彼はゾッと身に滲《し》みる臆病風に、それ以上この恐ろしい景色を見ている勇気が失《な》くなり、そゝくさとして自分の敵娼《あいかた》の部屋に逃げて帰ったということです。そしてこの男が目撃したあの不思議な場面が、夢でもなく幻でもなく、世にも恐ろしい事実であった事を知るに至ったものは、それから数日後のことでありました。

二

その翌日は朝から妙に蒸々《むしむし》とする陰鬱《いんうつ》なお天気でありましたが、午過《ひるす》ぎに至って古綿のような雲が、いよいよ低く垂れて来たかと思うと、下界は突如として日蝕にあったように、暗澹《あんたん》たる悪気の中に閉じ籠められ、何となく不安な予感が四辺《あたり》を圧し、湖畔《こはん》に住む人々の心を脅《おびや》かすようでありました。

湖水は巨大な鉛の坩堝《るつぼ》と化して、死のような静寂を湛《たた》えています。風はひねもすうち絶えて、湖畔の蘆の葉も、樹々の梢《こずえ》も、化石したように黙して動かず、万物 悉《ことごと》く凝って、大磐石《だいばんじゃく》になったのではなかろうかと思われるなかに、悠々とひくゝ輪を画いて飛ぶ黒い鳶《とび》の影だけが、凶兆を知らせる不吉の使者のように見えました。空気は蠟《ろう》のように重く、息苦しく日頃は千変万化の情趣を見せる湖畔の山々も、今日は唯灰色の塊となって、混沌《こんとん》たる雲のかなたに打沈《うち》んでいます。人も犬も牛も鶏も、生きとし生けるものは悉く、窒息したように塒《ねぐら》の奥深く閉じ籠《こも》っていると見えて、湖畔は一瞬、廃墟《はいきょ》のようなわびしさに包まれました。

そういう銅版画のような寂寞《じゃくまく》のなかを、喘《あえ》ぐように自転車を操って、今しも岬の突端にあるかの万造のアトリエを訪ねて来たのは、いう迄もなく例の警部でありましたが、その時アトリエの中では代助が唯一人、漸く完成に近づいて来たかのカンヴァスに向って、しきりに絵筆を揮っているところでありました。

代助は例によって、警部の姿を見ても、会釈《えしゃく》をしようともせず、無言のまゝ仕事を続けています。警部の方でも彼の不愛想には慣れっこになっている事とて、別に気を悪くした風もなく、暫く代助の背後に立って、画かれてゆく、カンヴァスの面を見詰めていましたが、その顔には、何やら妙に釈然としないところがあります。何となくこの絵は妙である、腑《ふ》に落ちないところがある。しかしどこが妙なのか、何が腑に落ちないのか、それを思い出すことが出来ない、と、そういった風な表情であります。

——お銀さんはいないそうですね。警部は相変らずカンヴァスのうえに眼をやったまゝ、妙に上ずった声でそう云いました。どこへ行ったのですか。

代助はそれを聴くと、ゆったりと体を捻《ね》じらせて、無言のまゝ絵筆で机のうえを指しました。警部が何気なくその方を見ると、そこには封を切ったまゝの手紙が一通載っかっているのです。

——この手紙ですか。

——……

代助は無言のまゝ頷《うなず》いてみせながら、中身を取出《とりだ》して読んでみろというような仕草をして見せます。

——ああ、これを読めというのですか。

代助が頷くので警部は封筒の中から、墨の滲《にじ》んだ巻紙を取り出したが、それがあの浪花節語りの紅梅亭鶯吉から、お銀に宛て寄来《よこ》した手紙であったことは云う迄もありません。警部は二三度それを読み返すと驚いたように、

——成程《なるほど》、それじゃお銀さんは、この男の所へ逃げて行ったのですね。どうも怪《け》しからん話ですね。何でしたらこちらで手配をして連れ戻してあげましょうか。

代助はそれを聴くと激しく首を左右に振りながら、低いボソボソとした声で、切々《きれぎれ》にこう言いました。

——いいえ、いいえ、……それには及びません。……どうせ……金がなくなったら……帰って来るに極《き》まっています。

——そうですか。警部は代助の狼狽《ろうばい》ぶりにちょっと妙な気がしましたが、それ以上のことは何も気が附かず巻紙を封筒におさめると、それを机のうえに戻しながら、それじゃまた来ましょう、ああ、それからこんなことはもう云う必要もありますまいが、代さんが訪ねて来たら、必ず私の方へ知らせて下さいよ。

無言のまゝ頷いている代助の後姿を、何の気もなく観《み》つめていた警部は、それからまたかのカンヴァスの方に眼をやると、どうも腑に落ちないという風に、しきりに小首をかしげていましたが、やがて奥歯に物がはさまったような気持を抱いたまゝ、それでも幾分《いくぶん》思いきったように、そのアトリエから出て行きました。外へ出ると通いの媼《ばあ》さんが、風のない河縁で何か洗いものをしていましたが、その姿を見ると警部は、何ということなしに足を止めてしまいました。

——媼さん、奥さんは昨日何時ごろお出かけになったのだね。

——さあ、何時頃ですか。媼さんは腰を起すと周章《あわ》て襷《たすき》を外しながら、何しろ私は通いのことですから、ちっとも存じませんのでございますよ。

――何かそのような話が前からあったのかね。

――いいえ、一向承《うけたま》わっておりませんでしたが。

……

――昨日、奥さんの素振《そぶ》りに何か日頃と違ったところがあったかね。

――さあ、何ですか、一向。……私はぼんやりなもんですから。媼さんはなるべく当り触りのない言葉を選びながら、軽い薄笑いを泛べています。

警部と雖もその時はまだそれほど深く、お銀の行方を怪しんでいたわけではないのですが、さっきから心に蟠《わだか》まっている滓《おり》のようなものが気になって、何となくその場を立ち去りかねていたのです。

――どうも、妙だね。

――そうでございますかしら。媼さんはそう云いながらふいにギョッとしたように向《むこう》を向くと、おや、あれは何でございましょう、ロロの声ではございませんか。

成程どこやらで歔欷《すすりな》くような犬の啼声《なきごえ》がする。重い空気を撼《ゆる》がして、何事か訴えるような、世にも悲しげな、陰々たる犬の啼声が長く尾を曳《ひ》いて、湖水の方から聴えて来るのです。

――ああ、向です、向です、まあどうしたのでございましょう。

媼さんの後について岬の突端まで出て見ると、成程、向の蘆の浮洲のうえを悲しげな声をあげて喧《わめ》きたてながら、躍り狂うように跳《は》ね廻っている、白い動物の姿が見えました。

――ああ、矢張りロロでございますわ。どうしてまあ、あんな所へ参りましたやら。おや！　旦那さま、あれは一体どうしたのでございましょう。

媼さんが今にも絶息しそうな声を立てたのも無理ではありませなんだ。さっきから浮き洲のうえの、ドロドロとした水溜の周囲《まわり》を跳ね廻っていたロロが、ふいに脚を取られたようにズルズルと泥の中に滑り込みました。すると何かしら巨《おお》きな生物《いきもの》がその中に潜《ひそ》んでいて、脚を持って引き擦《ず》り込むように、ロロの体は次第に水溜の中へ沈んで行きます。ロロは必死となって、前脚で泥のうえを掻《か》き廻していますが、そうするうちにも全身は刻一刻と泥の中に呑まれて行き、今ではもう藻掻《もが》く気力さえなくなって行く様子です。

――ロロや！　ロロや！　どうしたの、早くこちらへおいで！

媼さんの声が耳に入ったのでしょう、ロロは狂気のように喚《わめ》きたてながら、ひとしきり泥のうえをバタバタやっていましたが、間もなく歔欷くような一声を湖水のうえに残したまゝ、その体は全《まった》く泥濘の中に呑み込まれてしまいました。

――ああ！　あれはどうしたのでしょう。あの気味の悪い水溜は、……そしてあの可哀そうなロロ！奥さんがお聴きになったらどんなにお歎きになるでしょう。あんなに奥さんを慕って、片時も側を離れようとはしない程、よく馴《な》附《つ》いていましたのに！

媼さんの最後の言葉を聴いた途端、警部の頭に颯《さっ》とひらめいた何物かがありました。

人間の頭脳というものは随分妙な仕掛になっているものです。何かしら解《げ》せない、腑に落ちないことがあって、一体それが何であるか、何が腑に落ちないのか、何が解せないのか、それすらも判別がつかずに、唯もう、もやもやとした暗霧に閉されているような、不愉快極まる気持にあるとき、何でもない、ほんのちょっとしたきっかけから、一時にその暗霧がからりと晴れわたることがあるものですが、今の警部の気持が即《すなわ》ちそれでした。片時もお銀の側を離れぬという狆コロが水の上を渡るような危険を冒《おか》してまで、あの浮洲へ行ったのは何のためであろう、気狂のように吠《ほ》えたてながら、彼女は一体何をあの水の中に求めていたのだろう。更にまた、一瞬にして狆コロの体を呑みつくしたあの気味の悪い水溜は、一体どういうわけであろう。――そういうことを考えているうちに、警部は、縺《もつ》れた糸がほぐされてゆくように、さっきから胸中に蟠まっていた疑問が、次から次へと氷解してゆくのを感じました。

ああ、それはあまりにも恐ろしい。あり得べからざる事柄のようにも思えましたが、それと同時に、どうしてもっと早く、そのことに気附かなんだろうと思われるほど、明瞭にして、且つ動かし難い事実でもありました。警部は思わずさっと色蒼褪《あおざ》め、わなわなと体を顫わせながら、憑かれたようにあの蘆の浮洲を眺めていましたが、やがて容易ならぬ決心を定めたように、眼をせばめ、息をのみこみ、蹌踉たる歩調で、もう一度アトリエへ取って返して参りました。ちょうどその時、代助も窓際に立ってあの浮洲のうえを眺めていました。おそらく彼も亦ロロの悲鳴をきき、そして悲惨なその最後の模様を目撃したのでありましょう、何となく打沈んでいるようでありましたが、警部の足音に何気なく振り返ると、ぎょっとしたようにそこに立ち竦《すく》んでしまいました。たった今出て行ったばかりの警部が、どういうわけで引返して来たのか、そしてまた、相手の容易ならぬ面持《おももち》が何を意味しているのであるか。代助は咄嗟《とっさ》の間にその恐ろしい意味を読み取ったのに違いありません。二人は暫く石になったように、凝《じ》っと互《たがい》の眼の中を覗《のぞ》き込んでいましたが、やがて魂も潰《つい》えるかと思われるばかりの、悲痛な呻き声をあげたのは、代助ではなくて却《かえ》って警部の方でありました。

——万さん、あなたはほんとうに万造君ですか。それとも、ああ、この間から私があれほど探ねていた、もう一人の人物ではありませんか。そういって警部はどっかとそこにあった椅子に腰を落しましたが、それを聞いた途端、黒い袍衣に包まれた代助の体は、まるで旋風《つむじかぜ》にあった木の葉のようにチリチリと顫えあがりました。警部はそれを見ると思わず両手で頭を抱え、肺腑《はいふ》を貫くような深い溜息を吐きましたが、それでも漸く気を取り直して頭をあげると、絶望的な眼差《まなざし》で、今自分の眼前に立っている男の姿を視つめながら、息も絶え絶えに次のようなことを言ったのでありました。

——万さん、あなたがほんとうの万造さんなら、嘗つて私に向って、こういうことを打明けられたのを憶えているでしょうね。あれは確か、あなたがこの湖畔へ引き揚げて来られてから間もなくのことでした。あまり傷心しきったあなたの様子の痛々しさに、何故《なぜ》絵を描くことに精進《しょうじん》しないのだ、何故それに魂を打ち込んで、すべての憂《う》さを忘れようとしないのだ、と私がお勧めすると、その時あなたはこう云われたではありませんか。私はもう二度と絵を描くことは出来ないでしょう。これは私以外には何人も——お銀でさえも知らない秘密なのですが、神様はあの大惨事の折、自分の顔と、自分の三本の指を持って行かれただけでは満足せず、無慙《むざん》にも私の眼から、色彩を判別する官能まで奪ってしまわれたのです。あの大惨事の刹那《せつな》の、炸裂《さくれつ》する火焔と、灼《しゃく》熱《ねつ》する金属の閃光《せんこう》とは、私の脳髄に致命的な衝撃を与え、あの日以来私は、完全に色彩を識別する能力を失ってしまったのです。私は今、物の形を見る事は出来ますが、物の色を観ることは出来ません。私の住んでいる世界は、冷い灰色の壁に包まれていて、そこには私の心を慰《なぐさ》めてくれるような、美しい色彩を持った物象《ぶっしょう》は何一つありません。むしろ私は、何んとかしてこの恐ろしい味気ない、苛責《かしゃく》から逃れようと、随分いろいろな医者に相談してみました。しかし一人として自信をもって治癒に当ろうとする医者はいなかったのです。ある一人の医者は私に次のようなことを言いました。欧洲戦争に出征した兵士の中から、二三こういう実例が報告されているけれども、未だそれを治療し得る方法は、どこの国の学者からも報告されていないというのです。従って私のこの病気もいつかは自然に恢復《かいふく》するものやら、それとも永遠にこの冷酷な、そして暗澹《あんたん》たる世界に住んでいなければならないのやら、今のところそれすらも分らないのです。色彩に対する感覚を失ったものに、どうして絵を描くことが出来ましょう。思えば私は、あの大惨事の折にいっそひと思いに死んでいた方が、どんなによかったか知れないのです。実際私はずっと後になって、はじめて絵筆をとったとき、絶望のあまりお銀を絞め殺して、自分も死のうとまで思ったくらいでした。ああ、私は畢竟《ひっきょう》ミネルヴァに見放された惨《みじめ》な人間なのです。そういって万造さん、あなたは私の手をとって潸々《さめざめ》と哭《な》いたではありませんか。万造さん、ああ、あなたがほんとうに万造さんであるなら、私は今この絵を見て、あなたの恢復に対して心から祝福を申上《もうしあ》げます。この絵の色彩の配合には、少しも不自然なところや、盲目的なところがありませんから。しかし、若しそうでないなら、……ああ、あなたが若し万造さんでないなら。……警部はそこで嗚咽の声を嚥《の》みました。あなたは一体誰です。そして又、どういうわけで万造さんに成り済ましているのです。いやいや、それよりほんとうの万造さんやお銀さんはどこにいるのです。もしやもしや……今ロロを呑み込んだ、あの薄気味の悪い、浮洲の上の泥泥地獄の中にでもいるのではありませんか。

　警部はそこで言葉をきると、きっと代助の方を凝視しました。生憎《あいにく》白い仮面を被っているので彼がその時どういう表情をしていたか、知るよしもありませんが、警部はこの時ほど、人間の体が激しく痙攣《けいれん》する姿を見たことがありません。先《さっき》から窓際のテーブルの上に両手をついたまゝ、上体を前に乗り出し、呆然《ぼうぜん》として警部の話に耳を傾けていた代助は、警部の話が進むにしたがって、次第次第に全身を細《こま》かく顫わしはじめたが、やがて錐《きり》で揉《も》み込まれるように、或《あるい》はまたとめどなく廻転する電気独楽《ごま》のように、顫えて顫えて、あるいはこのまゝ顫え死んでしまうのではなかろうかと思われるほど、激しく、チリチリと戦慄して歇《や》みませんでしたが、やがてふと見れば、あの白い仮面の下からポタリとテーブルの上に滴下したものがありました。

——ああ、血が！　そう叫んだ警部は、てっきり代助が舌を嚙《か》み切ったのであろうと、思わずギョッとして腰を浮かしました。

　しかし、警部の考えは間違っておりました。代助は決して舌を嚙み切ったのではありません。再び異常な興奮が、彼の鼻粘膜を破壊して、止めようとしても止まるべくもあらぬ鼻血が、縷々として、滾々として、滴々としてテーブルから床のうえに降り灑《そそ》ぎ、斑々として彼の胸をべにがら色に染めました。代助はしばらく惘然として眼を瞠りそれを見詰めていましたが、やがてひくい冷嘲するような笑声を立てると、ふいにくるりと身を翻えして、蹣跚《まんさん》たる歩調《あしどり》で露台《バルコニー》の方へ出て行きました。その時彼は警部の手から遁《のが》れようと試みたのでしょうか、いいえ、遁《に》げようとするには、あまりにも蹌踉たる歩調《あしどり》でありました。それは恰《あたか》も、素晴らしい神の摂理の啓示に、酔えるものゝような姿でありました。おそらくその時彼は、何も彼《か》も打ち忘れて、一種恍惚《こうこつ》たる忘我の境を彷徨《ほうこう》していたのでありましょうが、その後姿を呆然として見送っていた警部は、ふいにハッとするような事実を発見したのです。万造のために霧ヶ峰の中腹から、谿底《たにそこ》へ突き墜《おと》された代助が、生涯軽い跛《びっこ》を引いていたということは、たしか先程申上げましたが、警部は今、自分の眼の前を飄々《ひょうひょう》として歩いてゆく男の姿に、はっきりとそれを認めることが出来たのです。警部が今の今まで抱いていた疑惑の、最後の鎖はこれによって見事に粉砕されてしまいました。警部は思わず絶望したように、

——代さん！　一声鋭く絶叫しました。

代助はそれに対して、軽く振り返ると二三度手を振ってみせましたが、そのまゝ蹌踉として露台《バルコニー》に繋《つな》いであった小舟に乗り移りました。私は——あゝ、既にお察しのことゝ思いますが、その警部というのはかく云う私でありましたが、私はその時、彼を引き止めようと思えば引き止める事が出来た筈なのです。それにも拘《かかわ》らず何故そうしなかったか、自分でもはっきりその時の気持ちが分りませんが、おそらく私は、あまり大きな悲しみのために、あらゆる思考力と判断力を打ちひしがれてしまって、唯もう白痴のように手を束《つか》ねているよりほかに仕様がなかったのでしょう。何故また私がそれほど大きな悲しみに打たれたか、それは私だけの秘密ですが、簡単にいえば私は何物にも換え難いほど、深く深く代助を愛していたのです。ああ、少年時代から私達はどんなにお互《たがい》に愛しあっていたでしょう。二人は五つ違いでありましたが、それこそほんとうの兄弟も及ばぬ程の、強い、愛情が私たちを結びつけていたのです。

こういえば私があんなにも熱心に代助を探していた理由もお分りでしょう。むろんそれは職務からで

ありましたけれど、もっと大きな理由としては、彼をあの危険な途《みち》から、もとの平穏な生活に引き戻してやろう、それには是非《ぜひ》とも彼を説いて自首させなければならないと、唯それればかりを考えていたのです。

しかし、今となってはその努力も、すべて水泡に帰したことを覚らねばなりませんでした。代助はもはや如何なる手段を以ってしても償《つぐな》うことの出来ない大きな罪、殺人の罪、しかも二重殺人の罪を背負っているのではありませんか、あゝ、その時私の悲痛、懊悩《おうのう》、絶望――それはとても筆紙《ひっし》にも尽せません。よく譬《たとえ》にいう腸《はらわた》を断つ想いとは、全くこの時の私の心でありましたろう。

私はしばらく両手で顔を掩《おお》うたまま、胸を剔《えぐ》られるような悲しみに打たれていましたが、漸く気を取り直して露台《バルコニー》へ出てみると、湖水のうえはいよいよ冥《くら》く、水は白い泡をあげ、凄じいうねりを作って岸を嚙もうとしています。その中を代助の操る小舟が、木の葉のように揺すぶられながら進んで行きます。

――危い、代さん。

私は露台《バルコニー》のうえから声を嗄《から》して叫びましたが、それが聴えたか聴えなかったのか、代助は尚《な》おも棹を操って進んでゆきます。その時真黒《まっくろ》な風がさっと吹きおろして来たかと思うと、岡谷《おかや》、下諏訪あたりは見る見るうちに濃い水滴の層に包まれ、湖水のうえには濃淡二つの竪縞《たてじま》が織り出されました。と見れば斜《なな》めに水面を打つ太い雨脚が、凄じい勢でこちらへ近附いて来るのが見えます。湖水はますます怒り猛《たけ》って、泡立った浪頭《なみがしら》は、数千の水蛇が鎌首をもたげたようです。

――危い、代さん！

再び私が絶叫したとき、今しもかの恐ろしい浮洲の辺を漕ぎ進んでいた代助の舟は、故意でありましたか、それとも偶然でありましたか、その時突如ぐらりと傾いたと見るや、代助の体は、かの人をも物をも呑み尽さずにはおかぬ泥濘地獄の中に、真っ逆様に墜ちて行きました。あなや！　と私が息を飲込んだ刹那、黒い風を捲いて、沛然《はいぜん》と襲って来た湖畔の驟雨《しゅうう》が、紗《しゃ》のヴェールを懸け連ねたらんが如く、模糊《もこ》として湖水の上を包んでしまったのでありました。

竹雨《ちくう》宗匠はこの長い物語りを終ると、泪を飲むが如く、しばし暗然とした面持《おももち》で桐火桶《きりひおけ》の中を視つめている。長物語りの疲労のためか、それとも悲しい想い出のためか、何となく憔悴《しょうすい》したように見える、淋《さび》しそうな横顔の陰影を、私は無言のまゝ打《うち》見守っていたが、ふと眼を転じて見れば、湖水の上はいつしか濃い夜色に包まれてしまって、美しい宝玉を鏤《ちりば》めたような対岸の町の灯が、遠く芝居の書割《かきわり》のようにしめやかに明滅しているのであった。竹雨宗匠は暫らくして口をひらくと、次のような言葉をもって、この長い物語りに結末をつけたのである。

「夕立は須臾《しゅゆ》にして歇《や》みましたが、再び湖水の上が明るく晴れ渡ったときは、代助の姿は既にどこにも見られませなんだ。遺《のこ》っていたのは主のない捨小舟《すておぶね》の中に、投げ捨てられた絵筆が唯一本代助の血に塗《まみ》れて紅《くれない》に染まっておりました。云う迄もなく湖水の上は、その後幾度となく捜索されましたけれど、遂に、三人の死骸《しがい》を発見する事は出来ませんでした。尤もそれから大分後に蜆舟《しじみぶね》の熊手《くまで》の先に一度あの気味の悪いゴム製の仮面がかかったことがあるそうですけれど、漁師の迷信から、怖毛《おじけ》をふるって再び湖水の底に沈めてしまったそうです。それから間もなく、あの関東の大震災で、この辺もかなりの打撃を蒙《こうむ》りましたが、不思議なことにはその地震のために、湖水の底にも地層の変動があったと見えて、いつの間にやらあの恐ろしい泥濘地獄も姿を消してしまったようです。従って今では誰も、この不気味な事件の起った場所を適確にそれと示すことの出来る者は一人もいないのです。況《いわ》んや代助と万造とお銀の三人が、現世の怨讐《おんしゅう》から解脱《げだつ》して三位一体《さんみいったい》の仏となり、不生不滅の涅槃界《ねはんかい》に入ることが出来たか、それともあの泥の中から、地下数千由旬《ゆじゅん》の底にあるという地獄へ堕ちて、永遠に啀《いが》み合う一身三頭の獣身となり果てたか、そこまではこの私にも分らないのです」

さきほどから窒息しそうな気持でこの物語りに聴きとれていた私は、竹雨宗匠の最後の言葉が切れるのを待って、静かに立って縁側へ出た。と、この時機を待ちかねていたかの如く、数千の竹の節を一時に吹き貫《ぬ》くような爆音が、闇の中で炸裂したかと思うと、あれ観よ、湖水の空高く巨きな花提灯《はなぢょうちん》を点じたように、花火が七彩の星をまたたかせながら、美しい花を開いた。そしてそれが一瞬の光芒《こうぼう》を誇りながら、再《ふたたび》闇の底に沈んで行った後には、唯《ただ》一団の青白い焔が、鬼火《おにび》のように閃々と明滅しながら、飄々として、湖水の闇の中を流れて行った。

付録①
一九四八年度の課題

中央を遠くはなれている自分にとっては、探偵作家クラブのメンバーが、現在どういう心構えで、どういう仕事をしているか、ちっとも知っていない。だから、これから自分の述べるようなことは、すでに着手されているのかもわからない。だがそれはそれでよい。井戸の中の蛙《かわず》の、狭い限られた視野以外に知らない譏《そし》りはあるかも知れないけれど、とにかく本年度における課題——と、いうよりも希望を述べてみる。

一九四八年度の課題中、何《な》んといっても最大の事は、江戸川乱歩《えどがわらんぽ》氏が小説を書くかいなかということにあるだろう。ちかごろ東京方面より入った情報によると、どうやら「某誌」へ書きそうだということである。これが真実ならば、これほど最大の期待はない。乱歩氏ももう書いてもよい時分であろう。決して早過ぎるということはない。自分の臆測では、一昨年の終りごろ、乱歩氏の創作機運はかなり動いていたようである。何かしら書こうとするものがあるらしいように、自分には感じられた。それが遂に実現にいたらなかったのは、身辺があまりにも多忙だからであろうと思われる。昨年度に於《おい》て、乱歩氏は探偵作家クラブをまとめあげた。そして精力の大部分をこの仕事のほうへ注ぎこんでしまったので、遂にまた創作を見ることが出来なかった。探偵作家クラブの仕事は尊い。殊《こと》に田舎《いなか》住いの自分などにとっては、いろいろ消息がわかるというだけでも裨益《ひえき》することが大きい。しかし、作家クラブの仕事も一応緒《ちょ》についたのだから、こゝらでこまごまとした事務的な面は、誰かに肩代りをして貰《もら》って、ひとつ創作の方へ精力を打ちこんで戴《いただ》きたいものである。

大下宇陀児《おおしたうだる》氏は戦後、家内中が揃って読める探偵小説を書きたいといっている。そして、また、それをロマンティック・リアリティーと呼んでいる。最近寄贈を戴いた「不思議な母」の諸短篇や、「柳下家の真理」は、おそらく氏の抱負の一端を示すものだろう。しかし、失礼ないいぶんかも知れないが、大下氏の才能を以《も》ってしては、これらの諸短篇は、居眠《いねむ》りしていても書けそうなものが多いのである。どうもまだ本力を発揮していない感が強い。戦後すでに三年目に突入しているのだから、こゝらでひとつロマンティック・リアリティーの大作を見せてほしいものだ。注文が多過ぎて困るなどと、いゝ気になっていられてはこちらが困る。やろうという気にさえなれば、いつでも出来る大下氏なのである。ひとつこゝらで本腰を入れて戴きたいものである。

角田喜久雄《つのだきくお》氏は戦後よい仕事をしている。「高木家の惨劇」など、慾の深い自分にとっては、いろいろ不満もある作品だが、それでもなおかつ、あゝいうガッチリとした本格的探偵小説はそれまで日本になかった。それだけでも、氏の仕事は褒《ほ》められてよい。しかし、真実のところ、あの小説は角田氏にとってはまだ習作の域を出《い》でなかったのであろう。「虹男」は読んでいないが、「奇蹟のボレロ」は「高木家の惨劇」よりはるかに面白い。シムノン調ももう気にならない程度にマスターされている。しかし、残念なことに、この小説も雑誌連載という条件に制約されることが大きくて、作者の抱負の何分の一も書き切れていないのではないかという気がする。それにしても「高木家」から「歪《ゆが》んだ顔」をへて「奇蹟のボレロ」と見て来ると、角田氏の発展のあとがよくわかる。まだまだ制約を受けることの大きい窮《きゅう》屈《くつ》な時代だが、こゝらでひとつ、思う存分、ありったけの精力と才能をぶちこんだ大作を、書きこなしていたゞきたいように思う。

木々高太郎《きぎたかたろう》氏は、戦後、精力的にずいぶん仕事をしているようだが、残念ながら、自分はこの人については余り多くいう資格はない。と、いうのは氏の大作が多く新聞に発表されるために、田舎住いの自分には、眼にふれる機会がないからである。あるいは氏のいわれる文学としての探偵小説は、すでに書かれているのかも知れない。短篇では「新月」のように光ったものを見せてもらったが、あの味が、どういう風に長篇で表現されるか、これも本年度の楽しみである。

本年度の課題のもう一つ大きなものは、坂口安吾《さかぐちあんご》氏の「不連続殺人事件」が、どう発展し、どういうふうに終るかということである。田舎では雑誌が手に入りにくゝて、自分はやっとちかごろ、第一回と第二回とを他から借りて読んだ。読むまえにいろんなひとからきいた感じでは、大変奔放《ほんぽう》無軌道なものゝように思っていた。ところが、実際読んでみると、イギリス風探偵小説の足跡をそのまゝ踏んだ、典型的ないわゆる本格探偵小説なので、これには自分も驚いた。驚くと同時に楽しみが湧《わ》いて来た。坂口氏とそのグループの人々の趣味からいえば、このいきかたは当然なのだろうが、本職の探偵作家自身は、とかくいわゆる本格的なものにあきたりなくて、何かほかに活路を求めようとあがいているのに、他の分野の作家にかえって、本格探偵小説のファンがあり、その熱が昂《こう》じて、自分も書いてみようと思い立つところに、謎《なぞ》と論理を主とした探偵小説の妙な魅力があるのだろう。とにかく第二回まで読んだところでは、探偵小説的テクニックは玄人《くろうと》はだしである。本年度における楽しみの一つになっている。

いずれにしても、一昨年度に於ては日和見《ひよりみ》をしていた作家も、昨年度からはボツボツ動き出している。新人登龍の門も一応ひらかれた。本年度こそは既成作家もいよいよ本腰となるだろうし、昨年輩出した新人たちの活動もようやく活潑となって来るだろう。実に、この風雲に乗じて、どのような新人が現れるか、本年度の楽しみは大きくかつ多様である。自分はまだまだ本格探偵小説に魅力があり、読むのも書くのも、一番それに興味をかんじているが、しかし、探偵小説はそれでなければならぬなどと、偏狭なことはいわないつもりである。各人おのれの好むところを掘り下げていってこそ、探偵小説壇は豊富となり、やがて百花リョーランと花咲くだろう。自分はそれをこそ期待している。

それぞれの花ありてこそ野は愉《たの》し

（一九四八・一・二）

付録②

探偵小説の花園

昭和二十年三月三十一日、東京から岡山へ疎開の途次、汽車の窓から神戸の市を眺め渡したとき、私は暗然として涙をのまずにはいられなかった。私を産み、私を育《はぐく》んでくれた神戸は、灰燼《かいじん》に帰してしまった。そこには見渡す限り瓦礫《がれき》の堆積《たいせき》があるばかりだった。かつての日、私の学をはぐくみ、探偵小説への憧れを駆り立てゝくれた、異国情緒豊かな神戸の町のたゝずまいは、もはやどこにも見られなかった。私は暗澹《あんたん》たる心を抱いて西への旅を急いだのであった。

昭和二十三年七月廿一日の夜、岡山から東京へ引揚げの途次、私は再び車中から、神戸の市を見渡した。夜のことだから詳しいことは見えなかったが、山から町へかけて点々として点じられた夥《おびただ》しい灯影は、私の胸に復興のよろこびを伝えた。

戦争は地形までかえることは出来なかった。六甲《ろっこう》、摩耶《まや》、再度《ふたたび》の連峯に抱かれ、瀬戸の内海を扼《やく》する神戸には、又あの異国情緒ゆたかな、美しい町が建設されるであろう。そしてその町のたゝずまいこそは、探偵小説を産み、育てるにこの上もない培養土なのだ。

夢多かりしかつての日、トーア・ロードを唯《ただ》一人、コツ〳〵と歩きながら、たゞひたすらに探偵小説のことを思いつゞけていた私は、いま又道を同じゅうする若い人たちが、同じ、夢を抱いて、同じ道を歩いているであろうことを考えると懐しさ溢《あふ》るゝばかりである。

神戸の作家クラブの人たちよ。君たちこそはこの上もなく恵まれた環境の中にいるのだ。大いに探偵小説を談じ、大いに探偵小説をよみ、大いに探偵小説を書きたまえ。やがてはそこに、リョウランたる探偵小説の花が咲くだろう。そして神戸をして、この上もなく美しい探偵小説の花園たらしめるであろう。

付録③

無題（「鬼」1号より）

昨年暮より健康を害して一進一退、そのためか気力一向充実せず、われながら弱っている。この時に当って、鬼ども相集《あいつど》い気勢を挙げると聞く。或《ある》いはこれが自分の無気力にとって、好刺戟《しげき》となるに非《あら》ずやと、心秘《ひそ》かに期待している。

付録④

当面の問題

探偵作家クラブの書記長というポストは、見かけによらぬ劇務らしい。初代書記長、渡辺健治《わたなべけんじ》も、途中病気で倒れたし、二代目書記長高木彬光《たかぎあきみつ》の、あの頑健な体をもってしても、一年にしてグロッキーとなり、悲鳴をあげてしまった。

高木彬光の書記長は、いろいろ問題を起したようだが、かれがクラブに一種の活をいれた功績は認めねばなるまい。この一年、探偵作家クラブはなかなか賑《にぎや》かであった。ポーの百年祭、捕物作家クラブの誕生と半七《はんしち》祭、そして文学派と本格派の論争、それからひいて「鬼」の発刊——と、これらの出来事のどれにも、高木彬光が大きな役割を演じているのだから面白い。かれが公私ともにいかにエネルギッシュに仕事をしたかよくわかる。土曜会の例会なども、かれが書記長に就任して以来、たしかに集《あつま》りがよくなったようだ。だが、それと同時に、探偵作家クラブが、いささか埃《ほこり》っぽくなったこともたしかである。

このときにあたって、高木彬光がさっと身を引き、水谷準《みずたにじゅん》が一時、書記長の役目を代行するなどというのは、なかなか見事な演出である。作家クラブも策士揃いである。

本格派と文学派の論争、大いによろしい。大いにやるべしである。しかし、いさゝか埃っぽい感じを受けるのはどうしたものか。とりわけ、それからひいて、江戸川《えどがわ》派だの木々《きぎ》派だのというような言葉を聞くにいたっては、まさに噴飯《ふんぱん》ものである。

戦前には作家クラブというような機関はなかった。しかし、探偵作家の強固にして、親密なグループはあって、いつも他の分野の作家たちから羨《うらやま》しがられたものである。その時分から、論争はいろいろあった。しかし、論者はいつも相手の立場を正当に認識し、いやしくも、小股《こまた》すくいや、揚足《あげあし》とりにわたるようなことはなかった。感情に激して、人身攻撃をやるようなことはなかったと思う。甚《はなは》だ紳士的だった。

　戦後はそれが、いくらかちがって来たような印象をうけるのはどうしたものか。江戸川・木々御両所の論争について、それぞれの崇拝者や支持者が、勝手に昂奮《こうふん》して派閥そっくり、感情的にまで対立するとしたら、実際バカげたことである。御両所にしても迷惑なことゝ信ずる。

　そういう意味においても、この際の水谷準の登場は珍重すべきである。高木彬光はファイターである。闘志満々である。したがってかれの身辺はいつも多少埃っぽい。水谷準も闘士である。その闘志においては、高木彬光以上であろう。しかし、かれは昔から、ポーカーフェースで通っている。およそ物に動じない。高木彬光のいさゝか埃っぽくした作家クラブの空気をおさめるのには、これほどの適役はまたとあるまい。水谷準には役不足ではあろうけれども。

　探偵作家クラブの過去一年もなかなか多事であったが、今後の一年もまた、ますます多事であろうと思う。しかも過去の一年が、陽気で賑かで、甚だ希望的であったのに対して、今後の一年は果してどうであろうか。

　出版界のこの深刻な不況が、なんらかのかたちで、探偵作家クラブとその会員に影響しないとは思われない。現に「新青年」をはじめとして、多くの雑誌がバタバタとつぶれていくことによって、多くの作家は脅威《きょうい》を感じずにはいられないだろう。

　発表機関が少くなるということは、既成作家にとってももちろん脅威だが、気の毒なのはこれから出ようとする新人である。

「宝石」は今後もドシドシ新人発掘の努力をつづけるだろう。だが、発掘された新人はどうして育っていくのだろう。むろん、これは探偵作家だけに限った課題ではないが、戦後新人発掘に、もっとも大きな意欲を示し、また実際に成功を見ている探偵作家クラブだけに、こゝらでなんらかの計画があってしかるべきではないか。

　何にしても、探偵作家クラブも、いまゝでのような甘い夢は見ていられまい。書記長の任務もますますす多事となろう。

高木彬光の労を謝すると共に、水谷準の積極的な活動を期待する所以《ゆえん》である。

付録⑤

だまされ電報

このあいだの江戸川乱歩《えどがわらんぽ》氏の出版記念会でわたしもスピーチを命じられたのだが、マイクの不備でほとんど聞きとれなかったらしい。だからそのときしゃべったことを、ここでもういちど繰り返《かえ》させてもらうことにする。

わたしが江戸川乱歩氏の電報にだまされて上京したのは大正十五年（その年が昭和元年である）の夏のことだった。当時わたしは薬剤師として、神戸で薬局を経営していた。江戸川氏と相識《あいしき》ったのはそれより少しさき、わたしが大阪薬専在学中で、当時江戸川氏も大阪郊外の守口に住んでおられ、虎視《こし》タンタン文壇へ進出の機をねらっていられたころである。

江戸川氏は当時から政治家肌のところがあり、関西在住の同好の士と糾合《きゅうごう》して「探偵趣味の会」というのを起され、わたしもその末席に加えていただいていたものである。いまから思えばわたしはそのころから、ずいぶん江戸川氏に可愛《かわい》がられたものである。大正十五年のまえにも一度、江戸川氏に連れられて上京し、森下雨村《もりしたうそん》氏をはじめとして当時の探偵文壇のお歴々にお眼にかかっている。その翌年江戸川氏は作家として立つ覚悟のもとに東京へ移住されたのである。しかし、かくいうわたし自身は、作家として生涯を送る気持ちもなければ、ましてや自信など毛頭なかった。薬局を経営しながら、ときどき間違いだらけの翻訳を「新青年」で買ってもらったり、それでも「サンデー毎日」や「苦楽」から注文があったりしたので（これも江戸川氏のアドバイスだったらしい）短いものを書いたりしていた。おそらくはじめに書いた電報が江戸川氏からとどいてなかったら、わたしも生涯をしがない薬局の経営者として、そして一種の投書マニヤとして過してきたのではないかと思う。

大正十五年の夏ごろ江戸川氏を中心として映画を作るという話が持ちあがっていた。それにはおまえがぜひ必要なのだから上京してこいという江戸川氏からの手紙であった。しかし、よくいえば慎重、悪くいえば臆病のわたしは、なかなかその話に乗らなかった。映画というものがそうたやすくできるはずがないというのが、当時のわたしの見通しであった。

するととつじょとして、「トモカクスグコイ」という電報が江戸川氏からやってきた。この電報にはさすが慎重居士《こじ》、臆病先生のわたしもだまされた。電報をよこされるくらいだから、それではいよいよ話が軌道に乗ったのかと、薬局をほったらかしておいて勇躍上京してみると、アニハカランヤ、映画の話はやっぱりお流れになっていたのである。

映画の話はお流れになってしまった。しかし、江戸川氏の口ききでわたしはそのまま神戸の薬局を放棄して博文館《はくぶんかん》へ入ってしまった。そして今日の探偵作家横溝正史《よこみぞせいし》が誕生したのである。だから江戸川さんよ、よくもあのとき電報でだましてくださいました。あなたこそ探偵作家横正《よこせい》のうみの親でございます。……というようなことをスピーチしたつもりなのだよ。よく聞きとれなかったようなので、この機会に繰り返えさせていただいたしだいである。

付録⑥

ピンチ・ヒッター

昭和二十一年の春のことである。当時岡山の農村に疎開していたわたしのところへ、小栗虫太郎《おぐりむしたろう》君から手紙がとどいた。当時虫太郎君は信州に疎開していたのであるが、このあいだ上京して江戸川《えどがわ》さんや海野《うんの》さんに会ってきた。海野さんにそちらのところをきいたから手紙を書く。元気であるか。じぶんはこんど思うところがあって、本格探偵小説一本槍でいくつもりである、云々《うんぬん》、と、そういう意味の手紙であった。

そのじぶん岡山にあってわたしもこんどはしっかりとした本格物を書いてみたいという意向をもっていたので、虫太郎君のこの手紙は大いにわが意をえたわけであった。それ以来二三度手紙を往復したのだが、さいごに貰《もら》った手紙によると、じぶんはいま砂糖のとれる芋《いも》を作っている。そのうちに砂糖がとれたら送ってあげる。いま容器を物色中である、云々と、あった。ほんとうをいうとわたしの疎開していた岡山の農村では、農家がてんでに砂糖キビを作っており、それから黒砂糖をしぼっているので、疎開以来わたしは甘味にはあまり困っていなかった。しかし、せっかくの虫太郎君の御好意なのだから、虫太郎君手作りの砂糖鶴首《かくしゅ》してお待ちしている旨申《もうし》送《おく》ったのだが、その手紙とほとんど入れちがいにわが家にまいこんだのが「チチシスオグリ」なる電報であった。虫太郎君のご令息がよこされたもので、わたしが茫然自失《ぼうぜんじしつ》してしまったことはいうまでもない。

虫太郎君が亡くなられたころから、ボツボツ戦後の雑誌が出はじめて、探偵雑誌としては「宝石」と「ロック」がほとんど時をおなじゅうして発刊された。虫太郎君は「ロック」の第三号から長篇を書く予定だったらしいのだが、とつぜんの逝去《せいきょ》で「ロック」の編輯長《へんしゅうちょう》山崎徹也君はとほうに暮れてしまったらしい。そこでわたしのところへピンチ・ヒッターとしてバッター・ボックスへ立つようにと要請があった。ところがそのわたしは「宝石」の創刊号から長篇を書く予定になっており、そうでなくとも自信のない本格探偵小説二本はどうかといったんは断ったのだけれど、重ねての山崎君の要請で、わたしはつぎのことを思いだしたのである。

昭和八年の六月号か七月号かにわたしは「新青年」に百枚物の読切を書くことが予定されていた。ところがこの間際になってわたしは大喀血《かっけつ》をやらかして倒れてしまった。ものが百枚物だけにあやうく〝新青年〟に穴があくところであったが、ちょうどさいわい当時の「新青年」の編輯長 水谷準《みずたにじゅん》君の手許《てもと》には、小栗虫太郎君の処女作ともいうべき「完全犯罪」が保存されており、これがピンチ・ヒッターの役割を果してくれたのである。おかげでわたしは水谷君に対して、すまない思いをせずにすんだのであった。

さらばかつてわたしのピンチ・ヒッターをつとめ、見事ホームランをかっとばした虫太郎君、こんどはわたしがピンチ・ヒッターをつとめるのも、なにかの因縁であるかもしれぬと、書きはじめたのが「蝶々《ちょうちょう》殺人事件」であった。

思えばまことに往々茫々《おうおうぼうぼう》というべきである。

編者解説

日下三蔵

本シリーズも、この第四巻から後半戦に突入である。角川文庫版の横溝正史《よこみぞせいし》作品集は昭和二十年代から活躍するミステリ評論家の中島河太郎《なかじまかわたろう》氏が作品をセレクトしたものと思われるが、第一巻の収録作は大正から昭和初期、第二巻は戦前の耽美《たんび》系、第三巻は戦後の本格系の代表作が手際よくまとめられており、さすがというしかない。

第三巻までをA面とすれば、第四巻以降はB面に当たる。「メジャーとマイナー」とか「表と裏」とか、どういう言い方をしてもいいが、決して「一軍と二軍」のように作品の出来に優劣がある訳ではない。むしろ内容のバラエティという点では既刊以上であり、本格、サスペンス、ユーモア、怪奇、冒険活劇からSFまで揃っている。第四巻以降は、よりディープな横溝正史の世界がお楽しみいただけるはずである。

後半にも五十篇以上の作品が収録される予定だが、その大半が戦前から戦時中にかけて発表されたものである。他に由利《ゆり》先生と三津木俊助《みつぎしゅんすけ》が活躍する作品や「人形佐七《さしち》捕物帳」を中心とした時代ミステリもかなりの量が書かれており、横溝の執筆量の多さには改めて驚かされる。戦後にしても、ノンシリーズ作品の数が少ないのは、第三巻の解説で述べた通り、新作の大半が金田《きんだ》一耕助《いちこうすけ》ものになったためであり、執筆量が減った訳ではないのだ。

シリーズ第四巻の本書には、一九七八（昭和五十三）年に刊行された『誘蛾燈』（78年2月）と『悪魔の家』（78年3月）の二冊を合本にして収めた。

各篇の初出は、以下の通り。

妖説血屋敷	「冨士」昭和11年4月増刊号	
面《マスク》	「週刊朝日」昭和11年6月特別号	
身替り花婿《はなむこ》	「新青年」昭和11年6月号	※阿部《あべ》鞠哉《まりや》名義
噴水のほとり	「明朗」昭和11年7月号	
舌	「新青年」昭和11年7月号	※阿部鞠哉名義
三十の顔を持った男	「新青年」昭和12年5月号	
風見鶏の下で	「モダン日本」昭和12年5月号	※「風見鶏《ウェザー・コック》の下」改題
音頭《おんど》流行《ばやり》	「婦人倶楽部」昭和12年7月増刊号	
ある戦死	「新青年」昭和12年10月号	
誘蛾燈	「オール讀物」昭和12年12月号	
広告面の女	「新青年」昭和13年1月号	
一週間	「新青年」昭和13年6月号	
薔薇《ばら》王《おう》	「新青年」昭和14年4月、5月号	
湖畔	「モダン日本」昭和15年7月号	
幽霊騎手	「講談倶楽部」昭和8年6〜8月号	

孔雀屏風《くじゃくびょうぶ》　「新青年」昭和15年2月号
湖泥　「シュピオ」昭和12年5月号

「妖説血屋敷」から「誘蛾燈」までの十篇が『誘蛾燈』、「広告面の女」から「湖畔」までの四篇が『悪魔の家』に、それぞれ収録されている。『悪魔の家』には他に「悪魔の家」「黒衣の人」「嵐の道化師」も収められているが、これらは由利・三津木ものなので、本シリーズには収録していない。「幽霊騎手」は角川文庫では『憑《つ》かれた女』（77年6月）、「孔雀屏風」は『真珠郎《しんじゅろう》』（74年10月）に、それぞれ併録された。

このうち、「面《マスク》」「身替り花婿」「噴水のほとり」「舌」は春秋社版『薔薇と鬱金香《うつこんこう》』（36年12月）、「音頭流行」「ある戦死」「広告面の女」「薔薇王」「孔雀屏風」は奥川書房版『孔雀屏風』（42年3月）に初めて収録された。「舌」は初出では「戦慄《せんりつ》百ものがたり　ひとりで夜読むな」というコーナーの一篇として掲載されたもの。

『孔雀屏風』
奥川書房版表紙

「幽霊騎手」は新潮社版『塙《ばん》侯爵一家』（34年2月）に初めて収録された後、春陽堂の日本小説文庫版『幽霊騎手』（36年10月）に表題作として再録された。戦後、東方社の『幽霊騎手』（54年6月）でも表題作になっている。「妖説血屋敷」は、その東方社版『幽霊騎手』で初めて単行本化された。なお「幽霊騎手」は前記の刊行本の他に、東方社の『由利・三津木探偵小説選　夜光虫』（57年2月）に「付録」として加えられている。活劇要素のあるサスペンスとして同系統の作品とみなされたためであろう。

「一週間」は講談社の『新版横溝正史全集4　仮面劇場』（75年4月）に初収録。「三十の顔を持った男」「風見鶏の下で」「誘蛾燈」「湖畔」の四篇は、角川文庫版が初の単行本化だが、それ以前に、「風見鶏の下で」は「幻影城」6号（75年7月）、「誘蛾燈」と「湖畔」は「幻影城」13号（76年1月）に、それぞれ再録されている。「風見鶏の下で」は戦後、近代ロマン社の小説誌「小説御殿」の第一集（49年1月）に再録された際、初出の「風見鶏《ウェザー・コック》の下」から現在の表記に改題された。

「鬼火」の後半を抄録した「湖泥」は、これまでの単行本には未収録、本書が初の単行本化となる。戦

『幽霊騎手』
春陽堂文庫版表紙
（日本小説文庫版の重版）

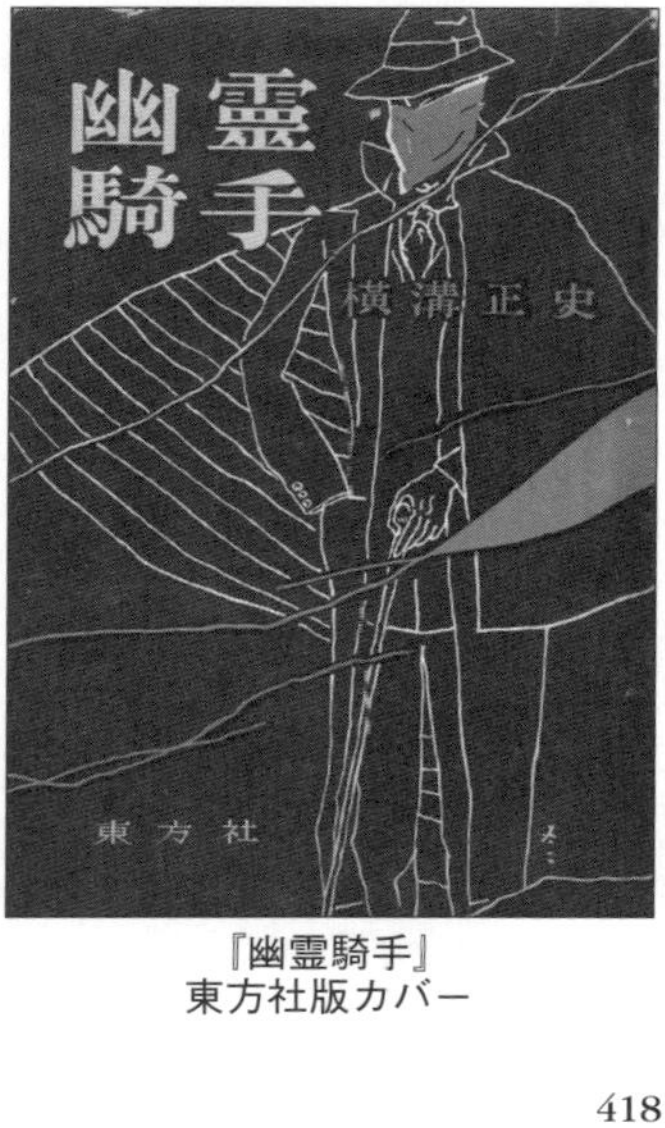

『幽霊騎手』
東方社版カバー

後に同タイトルの作品「湖泥」があるが、こちらは金田一ものの本格推理であり、内容的な関係はない。掲載誌の「シュピオ」は木々《きぎ》高太《たかた》郎《ろう》、小栗《おぐり》虫太《むした》郎《ろう》、海野《うんの》十三《じゅうざ》の三人が編集する古今荘の探偵小説誌である。

それでは各篇の異同について触れておこう。「妖説血屋敷」には若干の語句修正と初出時にはなかった改行があったが、いずれも初刊本の表記に従った。「身替り花婿」は冒頭とラストに加筆と本文中に改行あり。いずれも初刊本の表記に従った。「風見鶏の下で」には脱落と思われる文章が二か所あり、初出誌に従って補った。また初出時にあった伏字部分は「幻影城」再録時のものに準じた。「ある戦死」には若干の語句修正と改行あり。いずれも

『誘蛾燈』
角川文庫版カバー

『悪魔の家』
角川文庫版カバー

初刊本の表記に従った。「薔薇王」も初刊時に若干の加筆があったので、これを活かした。
「幽霊騎手」は初刊時に改行が増えているので、これを活かした。また、脱落と思われる箇所がひとつあったが、初出誌に従って復元した。

本シリーズでは巻末資料として、収録作品に関連したエッセイや単行本未収録エッセイを、可能な限り入れていく方針である。本書に付録として収録した戦後エッセイの初出は、以下の通り。

一九四八年度の課題　「探偵作家クラブ会報」8号（48年1月）
探偵小説の花園　「関西探偵作家クラブ会報」10号（48年12月）
無題　「鬼」1号（50年7月）
当面の問題　「探偵作家クラブ会報」38号（50年7月）
だまされ電報　「日本探偵作家クラブ会報」166号（61年7月）
ピンチ・ヒッター　「日本探偵作家クラブ会報」177号（62年6月）

四七年に発足した探偵作家クラブは、五四年に関西探偵作家クラブを併合して日本探偵作家クラブと改称、六三年に社団法人として現在の日本推理作家協会に改組された。もちろん横溝正史は創設時からの会員であり、会報にもしばしばエッセイを寄稿している。本書にはその中から横溝のエッセイ集に入っていない四本を選んで収めた。
「探偵小説の花園」は四八年に発足した関西探偵作家クラブの会報に掲載された。単行本未収録だが、野村恒彦氏の主宰する神戸探偵小説愛好會の会報第1号（06年11月）に再録され、その誌面が戎光祥出版の『横溝正史研究4』（13年3月）で紹介されているため、読むことは出来た。

「新青年」五〇年四月号に掲載された抜打座談会が本格ものを非難しているとして物議を醸し、これに反発した本格派の若手作家が中心となって同人グループ鬼クラブを結成した。創設メンバーは、高木彬光《たかぎあきみつ》、山田風太郎《やまだふうたろう》、島田一男《しまだかずお》、香山滋《かやましげる》など。「無題」は鬼クラブの機関誌「鬼」創刊号への寄稿である。

なお、第三巻の解説文中において、付録として収録したエッセイ「探偵茶話」を単行本未収録としたが、小林信彦《こばやしのぶひこ》氏の編による『横溝正史読本』（76年9月／角川書店　→　79年1月／角川文庫　→　08年9月／角川文庫）に収録されているのを見落としていました。お詫びして訂正いたします。

また、本稿の執筆にあたっては、浜田知明、黒田明の両氏および世田谷文学館から、貴重な資料と情報の提供をいただきました。ここに記して感謝いたします。

本選集は初出誌を底本とし、新字・新かなを用いたオリジナル版です。漢字・送り仮名・踊り字等の表記は初出時のものに従いました。角川文庫他各種刊本を参照しつつ異同を確認、明らかに誤植と思われるものは改め、ルビは編集部にて適宜振ってあります。なお、今日の人権意識に照らして不当・不適切と思われる語句や表現については、作品の時代的背景と価値とに鑑み、そのままとしました。

横溝正史《よこみぞせいし》ミステリ短篇《たんぺん》コレクション4

誘《ゆう》蛾《が》燈《とう》

二〇一八年四月五日　第一刷発行

著　者　横溝正史《よこみぞせいし》
編　者　日下三蔵《くさかさんぞう》

発行者　富澤凡子
発行所　柏書房株式会社
東京都文京区本郷二−一五−一三（〒一一三−〇〇三三）
電話（〇三）三八三〇−一八九一［営業］
（〇三）三八三〇−一八九四［編集］

装　丁　芦澤泰偉
装　画　大竹彩奈
組　版　有限会社一企画
印　刷　壮光舎印刷株式会社
製　本　株式会社ブックアート

ISBN978-4-7601-4907-0